MARTIN KRÜGER

WALDES KÄLTE

Der erste Fall für Valeria Ravelli

HarperCollins

1. Auflage 2021
Originalausgabe

Gesetzt aus der Stempel Garamond
von GGP Media GmbH, Pößneck
Druck und Bindung von CPI books GmbH, Leck
Printed in Germany
ISBN 978-3-7499-0152-4
www.harpercollins.de

Klimaneutral
Druckprodukt
ClimatePartner.com/15109-2009-1001

MIX
Papier
FSC FSC® C083411

Das Schicksal nimmt nichts, was es nicht gegeben hat.

SENECA

1

Das Läuten des Smartphones drang durch die Dunkelheit des Hotelzimmers, als wollte es die nächtliche Stille und den schmalen Streifen aus silbernem Mondlicht zerreißen, der zwischen den Jalousien hereinfiel.

Valeria schreckte hoch. Ihr T-Shirt war schweißnass, ihr Kopf schmerzte. Der Traum klebte an ihr wie die stickig warme Luft in diesem Raum, und nur mühsam wurde sie all die Bilder los.

Sie schnappte sich das Handy vom Tisch, auf den sie ihre Dienstwaffe samt Holster gelegt hatte, öffnete die Balkontür und ging hinaus. Feine Sandkörnchen knirschten unter ihren nackten Fußsohlen, der Wind frischte auf und blies kühl und belebend. Das nächtliche Zürich war still, nur wenige Autos fuhren durch die von neoklassizistischen Bauten gesäumten Straße vor dem Hotel, einige späte Nachtschwärmer riefen nach dem Portier.

Die Nummer auf dem Display kannte sie nicht.

Willst du da wirklich rangehen? Zu dieser Uhrzeit, nach diesem beschissenen Albtraum?

»Ravelli.« Vom Balkon des Hotelzimmers konnte sie über die Dächer von Zürich hinwegsehen, auf die Limmat, die dunkel und still durch die Stadt floss, die Fassaden am Ufer, die von bunten Lichtern angestrahlt wurden. Der Wind roch nach Kälte, als käme er direkt aus den Alpen herangeweht.

»Val? Bist du das?«

Val? Diese Stimme überkam sie wie eine Welle aus alten Erinnerungen, öffnete ein Album voller Bilder, erinnerte sie an einen warmen Frühlingstag, an würzigen milden Wind, der über Bergblumen strich. An ihre Jugend. Schroffe Berghänge und bitterkalte Winter, als sich der Schnee gegen die Hauswände drängte. Die verhärmten Blicke der Einheimischen, die sich Geschichten erzählten. Die feinen Härchen auf ihrem Nacken richteten sich auf.

Das kann nicht sein. Das hast du alles hinter dir gelassen. Wieso sollte er jetzt anrufen, nach all der Zeit?

»Hier ist Valeria Ravelli«, sagte sie kühl. »Wie kommen Sie an diese Nummer?«

»Die hat mir jemand von der Polizei gegeben. Der hier zuständige Ermittler. Ich hab ihm erzählt, dass du vielleicht …«, der Anrufer zögerte, »… davon erfahren willst. Dass es auch für dich wichtig ist, es mitzubekommen, meine ich.« Er klang unsicher. Nein, korrigierte sie sich, nicht nur unsicher: verzweifelt. Am Rand seiner Kräfte. »Erkennst du mich denn nicht mehr?«

Doch. Das tat sie.

Sie erinnerte sich an ihn, konnte Stimme und Namen in Einklang bringen. Elias. Er klang älter, die Stimme rauer, angegriffen von der Zeit, die an niemandem ohne Spuren vorüberzog, und doch erkannte sie ihn.

»Weißt du, wie spät es ist? Nach all der Zeit rufst du an und …«

»Ich weiß.«

»Elias Mattei.« Valeria fuhr sich durchs Haar, als eine neue Windböe herabstieß. »Elias. Mein Gott. Es ist, wie lange … einundzwanzig Jahre her?«

»Ja, das ist es. Und jetzt …«, er zögerte, »… erinnerst du dich? An das, was damals los war?«

Etwas im Unterton seiner Stimme gefiel ihr nicht. Sie fröstelte. Vielleicht war es der kühle Wind, der über die Stadt strich, vielleicht ein Gefühl, etwas wie eine Vorahnung. Etwas, das die ganze Zeit schon auf sie gewartet hatte.

»Ich erinnere mich nicht mehr an besonders viel«, sagte sie.

»Und ich erinnere mich an alles. An das Schlechte. Das Gute. Wie es eben so war. Vielleicht liegt das daran, dass ich nie hier weggekommen bin.«

»Weißt du noch, was ich sagte?«

»Du wolltest nie mehr wiederkommen.«

»Genau das«, entgegnete Valeria schroff. »Und es hat einen Grund, warum ich mich nicht mehr gemeldet habe. Weil *du* nie dort weggegangen bist. Und das«, sie seufzte, »kann ich einfach nicht verstehen.«

»Es ist wieder geschehen. Ein Mädchen ist verschwunden.«

Valeria spürte, wie sich ihre Hand am Geländer verkrampfte. *Das ist nicht deine Aufgabe. Du hast nichts mehr damit zu tun.* »Ein Mädchen?«

Da war ein Zögern in Elias' Stimme, als wollte er eine Emotion unterdrücken. »Nora. Meine Nichte. Ninos Tochter. Sie ist fort.« Elias hustete und blieb für einige Sekunden still, vielleicht weil er sich zusammenreißen musste, ehe er fortfahren konnte. »Zwei Tage, Valeria. Seit zwei Tagen ist sie ohne eine Spur verschwunden. Wir suchen nach ihr, die Rega sucht mit zwei Helikoptern, aber … wir finden sie einfach nicht. Ich bin seit vierzig Stunden auf den Beinen und …« Seine Stimme brach.

Valeria konnte den Schmerz, der sich hinter einem Damm aus Beherrschung aufgestaut hatte, über ihn hereinbrechen hören. Aus dem Hintergrund, drüben auf seiner Seite, pfiff und heulte der Wind.

»Wie alt ist Nora?«

»Vierzehn. Sie ist noch ein halbes Kind, begreifst du? Sie würde nie so lange wegbleiben. Es ist was passiert, ich kann das spüren.« Wieder zögerte er, als müsste er seine Tränen unterdrücken, und Valeria konnte es ihm nicht verübeln.

»Und ihre Eltern? Weißt du von Freundinnen, bei denen sie womöglich sein könnte? Von Jungs? Gab es etwas, das sie beschäftigte? Gab es Streit zu Hause? In ihrer Schule?«

»Das alles habe ich den Leuten hier schon gesagt. Nein. Nichts, von dem ich wüsste. Der Vater, mein Bruder Nino, lebt in der Nähe. Seine Frau …« Nun entstand die bislang längste Pause. »Die ist seit zwei Jahren tot. Nora und er sind allein.«

»Das tut mir leid. Das alles«, erwiderte Valeria. Sie konnte die Bitterkeit in seiner Stimme hören, Düsternis, die wie eine Flut über ihn hinwegfließen wollte. »Im Augenblick bin ich in Zürich. Ich kann nicht kommen. Aber ich kann versuchen, es den Kollegen vor Ort klarzumachen, dass der Fall höchste Priorität besitzen sollte.«

Wieder dieses Zögern. Valeria schloss die Augen, lauschte dem Wind, der wie mit tastenden Fingern über ihre nackte Haut strich, und den Geräuschen der nächtlichen Stadt. Dieser Anruf hätte nicht zu einem ungünstigeren Zeitpunkt kommen können.

»Was ist aus dir geworden, hm?«, fragte Elias dann. »Es gab mal eine Zeit, da hättest du alles stehen und liegen gelassen und wärst gekommen. Du warst *dort*, damals. Es waren *deine* beiden besten Freundinnen, die damals gestorben sind. Sophie. Stephanie. Hast du das etwa vergessen? Du warst drei Tage im Wald verschwunden.«

»Das habe ich nicht«, erwiderte sie schärfer als beabsichtigt. »Niemals. Auch wenn ich mich nicht erinnern kann, was geschehen ist, werde ich diese Tage niemals vergessen können.« Sie dachte an den Albtraum, der sie seit Jahren begleitete wie ein ungebetener Gast, der nicht mehr fortging.

Du bist in jedem Albtraum wieder zurück in der Kälte, als du verängstigt durch die Dunkelheit, den Wald in Eigerstal geirrt bist.

»Einundzwanzig Jahre war Ruhe. Und jetzt, verfluchte Scheiße, jetzt fängt es wieder an. Es ist das gleiche Zeichen.«

»Wie bitte?« Valeria hielt das Handy so fest umklammert, dass ihre Knöchel unter der Haut weiß hervortraten. Sie wechselte das Handy in die andere Hand und holte tief Luft. »*Was* hast du gerade gesagt?«

»Das Zeichen, Valeria. Es wurde wieder zurückgelassen. Im Wald, ein toter Hirsch auf der Lichtung, das Blut auf dem Felsen, der gehörnte Steinbock mit dem Blut gemalt. Etwas hat dem Hirsch die Kehle aufgerissen … etwas hat an ihm *gefressen.*«

»Wölfe? Ein Bär? Die wandern doch manchmal aus Italien über die Alpen herüber.«

»Vielleicht. Vielleicht auch nicht.« Elias räusperte sich. »Was machst du jetzt? Und was muss ich machen, dass du herkommst und mir hilfst?«

Valeria seufzte. Sie blickte über die Schulter in ihr Hotelzimmer hinein, zu dem Notebook, das halb aufgeklappt auf dem Tisch in der Mitte des Raums stand. »Ich bin mittlerweile bei Interpol. Und viel mehr kann ich dir auch gar nicht erzählen.«

»Glaub mir, ich hätte dich nicht angerufen, wenn ich nicht überzeugt wäre, dass du etwas bewirken kannst. Und natürlich dachte ich, du solltest es wissen.«

»Wofür ich dir auch sehr dankbar bin.« Was er nicht wusste, war, dass sie spätestens in einigen Tagen ohnehin von dem Vermisstenfall erfahren würde – sie hatte einen versteckten Marker im System hinterlassen, der sie über jegliche größere Operation im Gotthardgebiet informierte. Weil sie insgeheim all die Jahre damit gerechnet hatte, dass es noch nicht vorüber war. Er war noch immer da draußen, wartete nur auf eine neue Chance.

Für einen Moment fühlte sie sich, als wäre sie wieder vierzehn. Mit einem Mal war sie wieder zurück, in jenem kleinen Dorf mitten in den Alpen, so tief in den Wäldern, die sie alle umschlossen hielten, mit denen sie leben mussten, die über sie alle wachten … und bei ihren Freunden, Elias, Stephanie und Sophie. Sie vier und dieses Jahr, dieser Schrecken, der kein Ende nehmen wollte.

»Valeria?«, fragte Elias.

Sie holte tief Luft, spürte, wie die Kühle der Herbstnacht sie aufs Neue belebte. Der Albtraum war fort, davongeweht von diesen Neuigkeiten.

»Morgen muss ich hier noch etwas erledigen. Dann … also gut, dann komme ich.« *Auch wenn du es nicht willst*, ging ihr durch den Kopf. *Auch wenn du all die Erinnerungen, die dann zurückkehren werden, fürchtest.*

»Versprichst du mir das? Die Beamten, die man hier einsetzt … Ich glaube, sie verstehen es nicht. Dass hier etwas Böses vor sich geht. Etwas, das niemand von uns wirklich begreifen kann.«

»Etwas Böses.« Valeria schnaubte, doch sie spürte, wie der kühle Wind über ihren Nacken tastete, als besäße er lange dürre Finger, mit denen er nach ihr greifen wollte. Vielleicht waren dies auch die Schatten der Erinnerungen, die sie zu verdrängen versucht hatte. »Wir sind keine Kinder mehr, die an Geister und Gespenstergeschichten glauben.«

»Vielleicht. Aber ich versuche, dir nichts vorzumachen. Wenn du herkommst, wirst du bemerken, dass sich *nichts* verändert hat.«

Ihr Smartphone brummte, als zwei Bilder eintrafen, die ihr Elias geschickt hatte. Beide zeigten den Hirsch, wie er dort auf der Lichtung lag, die Kehle blutig, eine Lache aus Rot unter ihm, die das Gras befeuchtete. Und hinter ihm, auf einem Felsen, der von Flechten und Moos bewachsen aus dem Waldboden hervorragte, *das* Zeichen.

Sie schloss die Augen. *Triff eine Entscheidung, Val. Du kannst nicht dein ganzes Leben weiter davonlaufen. Du wusstest, eines Tages wirst du dich alldem stellen müssen.*

Weil es nie vorbei war.

Nie. Und du hast es immer gewusst.

»Elias? Ich werde mir die Sache ansehen.«

2

»Salvatore Guscino.«

Valeria drückte auf eine Taste ihres Notebooks, welche das Bild auf der Leinwand hinter ihr umschaltete. »Kopf des 'Ndrangheta-Clans, der von Norditalien bis ins Tessin agiert. Menschenhandel, Prostitution, Drogen, Giftmüllentsorgung. Wir haben sieben aktenkundige Morde, die wir mit ihm in Verbindung bringen können.«

Sie blickte in die Runde. Hier, in einem abhörsicheren Raum des Lagezentrums der Schweizer Fedpol mitten in Zürich, lauschten die Kollegen aus dem internationalen Ausland ihrem Vortrag. *Dass du mit fünfunddreißig vor Experten wie diesen stehst, ist ganz bestimmt nicht gewöhnlich, aber du hast auch hart dafür gearbeitet*, versuchte sie sich zu erinnern – was ihre Nervosität nur noch steigerte.

Ein Fremder in einem eleganten Anzug hob die Hand.

»Ja?«, fragte sie.

»Bundeskriminalamt Wiesbaden«, sagte der Mann mit einer leisen, wohlmodulierten Stimme. »Ihr Vortrag war zweifellos interessant. Guscino ist auch in Deutschland und Polen aktiv, und es gibt Beziehungen zu Österreich und der Schweiz. Was unternehmen unsere Schweizer Kollegen, um seine Wege aus seiner italienischen Heimat zu unterbinden?«

Valeria sah in die eisblauen Augen dieses Mannes. Dann

spulte sie ihre Antwort ab, professionell, detailliert und sachkundig, sodass es den Unbekannten zufrieden zurückließ. »Wir haben mit Sondereinheit 11 von Interpol eine grenzübergreifende Zusammenarbeit geschaffen, um diesen neuen Bedrohungen wenigstens einigermaßen Herr zu werden. Und ich möchte Sie hierbei um Ihre Unterstützung bitten. Wenn das alles ist«, schloss sie, »dann danke ich Ihnen allen für Ihr Erscheinen.«

Nachdem die Besprechung beendet war und Valeria die Dokumente einsammelte, bemerkte sie, wie der Unbekannte etwas zögerte, sich umständlich mit seiner Aktentasche anstellte und daher als Letzter zusammen mit ihr im Raum zurückblieb.

Sie tastete nach der Dienstwaffe an ihrer Hüfte, doch war dort natürlich nichts. Dieses schwere Gefühl von Sicherheit, manchmal vermisste sie es. Dann sah sie auf. »Ja?«

»Parkov«, sagte er. »Ich hörte von Ihnen.«

Sie schüttelte seine Hand. Sein Akzent klang nach Hochdeutsch, in das sich eine Spur etwas Fremden eingeschlichen hatte. »Sie *hörten* von mir?«

Er deutete in Richtung der Leinwand. »Es gab Sitzungen wie diese, in denen die bisherigen Informationen zu den Mordfällen genauer aufgeschlüsselt wurden und in denen Ihr Nachname fiel. Ich hab mich gefragt, ob das ein Zufall ist.«

»Wer sind Sie überhaupt? Das BKA wollte doch jemand anderes schicken …«

»Ich war nur zufällig in der Stadt«, sagte Parkov mit einem schmalen Lächeln.

Valeria schloss den Aktenordner und steckte ihn in ihre Umhängetasche. »Wie schön. Ich weiß nicht, worauf Sie anspielen.«

»Salvatore Guscino natürlich. Und … Rafael Ravelli.«

»Mein Bruder«, erwiderte sie. Valeria schob sich an Parkov vorbei und ging zur Tür. »Sie haben also von der Geschichte erfahren. Dann hören Sie mir besser zu, Parkov: Guscino ist so ziemlich das Gefährlichste, was Sie sich vorstellen können.«

»Kalabrische Mafia, ich weiß. Er hat Ihren Bruder ermordet.«

Valeria verschränkte die Arme nicht, doch stattdessen warf sie Parkov ein abweisendes kühles Lächeln zu. »Mein älterer Bruder hat Jahre in einem Zeugenschutzprogramm verbracht, ehe Guscinos Leute ihn erwischt haben. Die Polizei konnte ihn nicht schützen. Und dennoch – hier stehe ich und bin Sonderermittlerin von Team 11 im Einsatz gegen europaweites organisiertes Verbrechen geworden.«

Parkov nickte. Nun war sie sich sicher, etwas wie Respekt in seinen Augen zu erkennen. »Sie haben Mut. Bitte geben Sie auf sich acht.«

»Wo ich als Nächstes hingehe«, antwortete sie ihm, »bin ich so weit weg von alldem, wie man es sich nur vorstellen kann.«

Der BKA-Mann wandte sich noch einmal um. Seine blauen Augen schienen sie zu röntgen. »Und wo liegt dieser Ort?«

»Wohin ich nie mehr zurückkehren wollte«, erwiderte sie. »In der Vergangenheit.«

3

Zurückkehren.

Das Wort fühlte sich wie ein widerspenstiges Etwas in ihren Gedanken und auf ihrer Zunge an, als Valeria es leise aussprach.

Zurückkehren.

Während sie an der Limmat entlangging, strich der Wind vom Fluss herüber, wo sich das graue Wasser wie Glas in der tief stehenden Sonne spiegelte. Die Cafés, die die Promenade zum großen im Neorenaissance-Stil erbauten Hauptbahnhofsgebäude säumten, waren dicht an dicht von Menschen bevölkert, als wüssten sie, dass es den letzten goldenen Spätherbsttag auszukosten galt.

Valeria entdeckte ihn sofort, als sie sich dem Café näherte: Konrad Tanner, der Leiter der Ermittlungseinheit 11, zusammengestellt zur Bekämpfung des internationalen organisierten Verbrechens bei Interpol. Er hatte sein Gesicht hinter der Tageszeitung versteckt, doch sie erkannte den silbernen Koffer, den er wie einen Schatz mit sich herumtrug (er und Gott allein wussten, was er darin aufbewahrte), und die Cordhosen, von denen er wohl an die zwanzig Paar in seinem Kleiderschrank haben musste. Ein halb verzehrtes Stück Kirschtorte wartete auf dem Tisch, ein Espresso stand daneben.

Sie setzte sich. Tanner ließ die Zeitung sinken und musterte sie prüfend aus seinen hellblauen Augen. Er war zweiundfünfzig, und all die Jahre des Kampfes gegen die Hydra des organisierten Verbrechens waren ihm anzusehen.

»Morgen, Chef«, begrüßte sie ihn.

»Ravelli.« Für einen Moment ging ein Regenschauer durch das Blau seiner Augen. »Ich hörte, Sie haben gute Arbeit geleistet.« Er faltete die Zeitung zusammen, drehte sie herum und schob sie über den Tisch, sodass sie lesen konnte, was dort gedruckt war.

POLIZISTIN STELLT GESUCHTEN VERBRECHER BEIM GELDABHEBEN

»Sie werden nicht namentlich erwähnt. Das konnten wir raushalten.«

»Falsche Zeit, falscher Ort«, erwiderte sie.

»Für ihn.« Die Brauen über den kalten, verregneten Augen zogen sich zu einem gespannten V zusammen. »Diese Bank, Ravelli. Was haben Sie da gemacht?«

»Hätte ich einen Mann, nachdem schon lange gefahndet wird, entkommen lassen sollen? Nur weil ich riskiert habe, mein Gesicht in eines dieser Blätter zu bringen?«

»Ich fragte, *was* Sie da gemacht haben.«

»Das war privat.«

»Sie haben dort ein Schließfach.« Das war keine Frage, sondern eine Feststellung. Konrad Tanner war ein Mann der Geheimnisse, Winkelzüge und Doppelspiele – und Valeria wusste, dass man mit ihm vorsichtig sein musste. Er war ein gefährlicher Mann, wenn man ihn zum Feind hatte, und seine Ergebnisse sprachen für sich. Die Mafia hasste ihn. Er war ein Rückhalt, den man in der Branche brauchte, wo Geld vieles bestimmte und Interessen allein töten konnten.

»Ein *privates* Schließfach.«

»Was ist geschehen?«

»Ich glaube, man beobachtet mich. Guscinos Leute. Vielleicht haben sie entschieden, dass ich ihnen doch allmählich zu nahe komme.«

Tanner rührte in seinem Espresso, führte den Löffel zum Mund und leckte die Crema ab. »Das ist ziemlich übel. Was haben Sie bemerkt?«

Valeria schüttelte den Kopf. Ihr schwarzer Zopf schwang hin und her. »Darum geht es jetzt nicht. Ich kann auf mich aufpassen.«

»Sie wirken bedrückt. Ravelli, diese Sache funktioniert nur, wenn Sie ehrlich zu mir sind. Ich muss Ihnen trauen können. Kann ich das nicht mehr, sind Sie raus.« Er beugte sich vor. »Und im Augenblick bin ich mir nicht sicher, ob ich das noch kann. Ihnen *wirklich* trauen. Im Augenblick denke ich darüber nach, ob ich den Forderungen einiger politischer Elemente nachgeben und Sie denen zum Fraß vorwerfen soll … und Sie wissen, was das bedeutet.«

Elias Mattei, dachte sie. *Dieser Name, dieser Anruf. Das war es, das bedrückt dich, sonst nichts.*

»Es gibt da eine Sache, die ich überprüfen muss. Eine Sache, die sehr persönlich ist. Nichts mit meiner Arbeit, nichts mit Einheit 11. Es ist eine Spur, die in meine eigene Vergangenheit führt.«

»Erklären Sie mir das.«

»Die Nichte eines alten Freundes ist verschwunden. Am Gotthard. Eigerstal, kleines Dorf, knapp zweitausend Einwohner. Ein paar Hotels, Wälder, ein Skiresort. Ein Sägewerk, eine alte Mine und … es ist einfach ein Ort, den ich gut kenne. Er rief mich an und bat mich um Hilfe.«

»Warten Sie, Ravelli. Sie sind dort aufgewachsen. Höre ich das zwischen den Zeilen heraus?«

»Sie kennen doch meine Geschichte. Ich wäre nicht hier, wenn Sie mich nicht komplett durchleuchtet hätten.« Sie sah über die herumsitzenden Gäste hinweg, fing den Blick eines Kellners auf und bestellte, als er zu ihnen herüberkam, einen Espresso.

»Nein«, erwiderte er, »das wären Sie nicht.« Tanner lächelte. Das war ein Test, und sie hatte ihn bestanden, begriff Valeria. »Und nun bitten Sie mich um Urlaub.«

»Ich bitte Sie, mir ein paar Wochen freizugeben. Und ich bitte Sie, mir in dieser Zeit den Rücken freizuhalten.«

»Vielleicht ist es ein Trick, um Sie in die Hände zu bekommen.«

»Eine Falle? Dafür müssen Guscinos Leute mich nicht ins Gebirge locken.«

»Also ist es wirklich etwas Persönliches?«

»Etwas, das ich mir ansehen *muss*. Das schulde ich mir. Damals, als ich den Ort verließ, war ich eine junge Frau, die nicht wusste, was mit ihr geschehen war … Heute … heute wird es anders sein. Es wird keine Fehler mehr geben, wenn ich dort bin.«

»Dieser Vermisstenfall. Wer leitet die Ermittlungen?«

»Das weiß ich nicht. Noch nicht.«

Der Kellner brachte den Espresso.

»Sie werden es nicht mögen, wenn Sie dort auftauchen. Das wird zu Konflikten führen. Und Ihr Aufenthalt, Ravelli, bleibt dort nicht unbemerkt«, nahm Tanner das Gespräch wieder auf.

»Ich werde vorsichtig sein.«

»Dennoch kann ich das nicht gutheißen. Wir brauchen Sie hier. Wir brauchen Sie fokussiert.«

»Zwei Wochen, Chef. Um mehr bitte ich gar nicht.«

»Was war in dem Schließfach?« Wieder tauchte Tanner den Löffel in seine Tasse. Die Crema war dick und zähflüssig, er leckte ihn ab.

»Persönliche Dinge. Dinge aus meiner Jugend, die ich dort weggeschlossen hatte. Dinge, die ich vielleicht brauche, wenn ich zurückkehre.«

Tanner nickte. Er hatte seine Entscheidung getroffen, das sah sie ihm an. »Gehen Sie, Ravelli. Erledigen Sie das.«

»Danke.« Valeria nahm einen großen Schluck ihres Espressos. »Ich hätte sonst mein Zugticket stornieren müssen.«

»Was Sie natürlich vor diesem Treffen bereits gebucht hatten.« Tanner war keine Spur überrascht. »Wissen Sie, Ravelli, ich bin mir sicher, dass Sie das *nicht* getan hätten. Das Stornieren, meine ich.«

»Stimmt«, erwiderte sie und zwinkerte ihm zu. »Hätte ich nicht.«

Sie stieg in den Interregio Richtung Lugano, folgte dem Gang und schob ihren kleinen gelben Rollkoffer vor sich her. Schräg fielen die Sonnenstrahlen durch das Zugfenster herein, als sie die Tür zu einem leeren Abteil öffnete.

Du tust es wirklich, dachte sie. Der Pfiff erklang, der Zug fuhr mit einem Ruck an. *Du gehst zurück.*

Sie loggte das Handy ins WLAN des Zuges ein und griff auf das interne Netzwerk RIPOL der Schweizer Polizei zu. Der Keycode, den sie verwendete, erlaubte ihr den Level-4-Zugriff, der zweithöchste, der zur Verfügung stand – und nach einigen Minuten der Suche und Abfrage hatte sie ihn entdeckt. Fallnummer 33-877TZ.

Viel gab es nicht: Aufnahmen, den Bericht der Polizisten, die sich im Haus umgesehen hatten, eine Befragung des Vaters

Nino Mattei und des Onkels Elias. Ein Protokoll der eingeleiteten Suchmaßnahmen, eine Liste der eingesetzten Kräfte, mit denen man nach der verschwundenen Nora Mattei suchte.

Die Leitung lag in den Händen von Leutnant Remo Birkner. Ein gebürtiger Berner, der nun bei der Kantonspolizei in Luzern arbeitete. Er hatte auf der Befragung eine Notiz hinterlassen, die das System als Anhang wiedergab: *Bezug auf die Fälle Sophie Matthussen und Stephanie Grausteiner.* Dahinter hatte er zwei Fragezeichen gesetzt.

Zwei Fragezeichen. Zwei tote Mädchen vor einundzwanzig Jahren. Zwei Mädchen, mit denen Valeria bis zu diesem Tag ihr halbes Leben geteilt hatte. Mit einem Mal waren da Bilder in ihrem Kopf, Erinnerungen, Gerüche und Farben, all das, was sie seit langer Zeit in ihrer Kiste weit hinten in ihrem Verstand eingesperrt glaubte: Schnee, der lautlos an einem Winterabend fiel. Ski, die sich in Pulverschnee gruben und mit einem leisen metallischen Knirschen über die Oberfläche glitten. Ein Fest im Herbst, bunte Lichter am Dorfbrunnen. Stimmen und Gelächter, die aus einer offen stehenden Tür hallten, buttergelbes Licht, das in einem Streifen auf Kopfsteinpflaster fiel. Tropfend nasse Wälder. Die warme Hand eines Jungen in ihrer, ein Junge, an dessen Namen sie sich kaum mehr erinnern konnte.

Das waren gute Erinnerungen, doch spürte sie, wie all die schlechten sie überlagern wollten. Schnell versuchte sie, sich wieder auf das Hier zu konzentrieren. Der Zug fuhr in einen Tunnel ein, der Druck schmerzte in Valerias Ohren, als die Schienen anstiegen und sie an Höhe gewannen. Die Abteilbeleuchtung flackerte, summte wie ein eingesperrtes Insekt.

Valeria betrachtete ihr Spiegelbild im Glas, während dahinter Positionsleuchten die Schwärze des Tunnels durchbrachen.

Kleine Augen in der Dunkelheit, rasend schnell huschten sie vorbei. Sie entdeckte eine Träne auf ihrer Wange. Wie war die dorthin gekommen? Sie hob die Hand und wischte sie ab.

Was berührt dich? Was ist mit diesen Gedanken und Erinnerungen? Du hast schlimme Dinge gesehen, Kinder, die man eingesperrt hat, die man verkaufen wollte, erbarmungslose Auftragsmörder, die ihre Opfer nur auf ein Wort hin erledigt haben, Familien, die entzweigerissen wurden, weil sie die falschen Worte ausgesprochen hatten. Polizisten, die sich schmieren ließen, Staatsanwälte, die mit ihren Taufpaten essen gingen. Die Einheit 11 ist ein Pfuhl der Sünden, ein Sammelbecken für Dunkelheit – und du mittendrin.

Da sollte dir diese Sache doch wie ein Spaziergang vorkommen, nicht wahr?

Und dennoch – so fühlte es sich nicht an. Es fühlte sich an, als hätte jemand ihre Nervenenden gepackt und drehte und quetschte sie. Als hätte er eine Schatulle mit ihren geheimsten Erinnerungen geöffnet und wühlte nun darin herum, hielt ihr Bilder vor die Augen und verbrannte sie, und der Schmerz, den sie spürte, war der Rauch der gelben Flammen, die an dem alten Papier leckten …

Valeria steckte ihr Handy zurück in die Tasche. Der Zug schraubte sich weiter in die Höhe, die Alpen kamen in Sicht. Noch zwei Stunden. Zwei Stunden, dann war all das wieder in greifbarer Nähe.

Der Kontrolleur kam und fragte nach ihrem Zugticket. Sein Blick war prüfend und abschätzend. Sie trug ihre Dienstwaffe nicht bei sich, sondern hatte sie tief unten in ihrem kleinen Rollkoffer verstaut, und doch musterte er sie, als hätte sie sie offen auf den Sitz neben sich gelegt.

»Eine gute Fahrt«, wünschte er und ging.

Valeria stand auf und wollte die Schiebetür des Abteils schließen, die er einen Spalt offen gelassen hatte, entschied sich dann jedoch anders, und trat auf den Gang hinaus. Draußen vor den Fenstern schimmerte das hellblaue, von einem Gebirgsbach stammende Wasser eines kleinen Sees in der Herbstsonne. Sie wandte den Blick ab, als sie eine Bewegung zu ihrer Rechten wahrnahm: Ein Mädchen stand ein paar Meter weiter den Gang hinab, hatte sich auf die Zehenspitzen gestellt und spähte wie sie hinaus. Der Zug fuhr aufs Neue in einen Tunnel ein, es wurde pechschwarz vor den Fenstern. Dann zogen wieder Wälder vorüber, Schattierungen aus Grün und Braun und dem Bunt des Herbstes. In der Ferne schimmerten die ersten schneebedeckten Gipfel in der Sonne. Die Tannen und Fichten, die die Hänge nah der Bahnstrecke bedeckten, wogten im Wind hin und her, und kurz danach setzte Regen ein, der in Schlieren über die breiten Zugfenster lief. Dann wieder einige Tunnel, Schlag auf Schlag, und wieder fielen ihre Ohren zu, als der Zug aufs Neue an Höhe gewann.

Ihr Handy machte sich mit einem leisen Läuten bemerkbar, der Vibrationsalarm ließ es auf dem schmalen Tisch in ihrem Abteil hin und her bewegen. Valeria ging hinein, schloss die Schiebetür und betrachtete das Display.

Elias Mattei.

Sie nahm den Anruf entgegen.

»Und, wo bist du?«

»Unterwegs«, erwiderte sie.

Es entstand eine Pause. Etwas an seinem Zögern brachte Erinnerungen an den Jungen zurück – mit dem hellbraunen Haar, das in der Sonne leuchtete, den roten Backen, wenn sie ein Wolkenbruch überrascht hatte und sie durch den Sommerregen gerannt waren, die Nachmittage, die sie in dem kleinen

Zimmer bei ihr unter dem Dach verbracht hatten, als der Regen auf die Ziegel getrommelt hatte, mit Stephanie und Sophie zusammen, oder auch nur sie beide …

Sie hörte ihn vor Erleichterung seufzen. »Danke, dass du das tust.« Wieder zögerte er, und im Hintergrund hörte sie das Brummen einer großen Baumaschine. »Wenn du willst, kann ich dich abholen. Dann brauchst du nicht mit der Bahn hochzufahren. Wann bist du da?«

Valeria warf einen Blick auf ihre Uhr. Es war ein schlichtes Modell mit einem Lederband, das ihr die Tochter von Mark Harrington, ihrem englischen Kollegen in Einheit 11, geschenkt hatte – auf der Rückseite war ein kleiner Rotfuchs ins Holz gebrannt. Lieblingstante Valeria, hatte die kleine Maya sie genannt und über das ganze Gesicht gestrahlt wie ein Honigkuchenpferd, als sie ihr das Geschenk überreicht hatte. Mark und sie hatten während eines Einsatzes in einem abgelegenen Haus in England vor einiger Zeit einen jungen Fuchs gefunden – und nachdem ihr Vater ihn mit nach Hause gebracht hatte, beschloss Maya, das mutterlose winzige Ding aufzuziehen.

Valeria musste bei der Erinnerung lächeln. Das waren glücklichere Zeiten gewesen. Nicht einfach, aber glücklicher.

»Valeria? Bist du noch dran?«, riss sie Elias' Stimme aus den Gedanken.

»In einer Stunde«, erwiderte sie. »Und dann brauch ich noch eine halbe bis hoch zu euch, wenn ich die Zahnradbahn nehme.«

»Musst du nicht. Ich erwarte dich unten. Hast du schon einen Ort, wo du bleiben kannst?«

Valeria musste den Kopf schütteln, als sie diesen Unterton hörte. »Noch nicht. Ich will nicht zu weit abgelegen wohnen.«

In der Leitung blieb es für einige Momente lang still. »Ich verstehe«, sagte er. »Mittendrin bietet den besten Überblick, was?«

»Das wird sich zeigen.«

»Du weißt, dass …« Weiter kam er nicht, ein neuer Tunnel, länger als alle zuvor, unterbrach die Handyverbindung. Valeria wusste auch so, was er sagen wollte.

Wir könnten uns an die alten Zeiten erinnern.

Vielleicht an den Moment, wo wir falsch abgebogen sind.

Sie war sich nicht sicher, ob sie auch nur daran denken wollte.

4

Die alten Wälder, die Eigerstal einschlossen, ragten in den wolkenverhangenen Nachthimmel. Steineichen flankierten den schlammigen Waldpfad. Ihre Rinde war verwittert, von Flechten und Moosen überzogen wie die verwesende Haut einer Leiche. Schon drei Tage regnete es ohne Unterlass, Dunkelheit lag zwischen den Stämmen im dornigen Unterholz, floss wie der dichte Nebel in dieser Nacht von den schroffen Gebirgshängen herab und raubte ihr die Sicht.

Valeria rannte um ihr Leben.

Jemand verfolgt dich. Jemand ist hinter dir her. Jemand oder … vielleicht etwas?

Valeria hörte das schnelle Pochen ihres Herzens, ihren keuchenden Atem, das Geräusch ihrer Sportschuhe auf dem schlammigen, morastigen Waldboden. Hinter ihr brachen Äste, als etwas durchs Unterholz stampfte. Als sie über die Schulter blickte, vermochte sie im fahlen Mondlicht eine hoch aufragende, zottige Gestalt zu erkennen, die dort zwischen den Stämmen stetig näher kam.

Nein, du erwischst mich nicht!

Sie rannte noch schneller. Äste peitschten ihr ins Gesicht. Valeria spürte, wie ein feines Rinnsal Blut über ihre Haut lief.

Dann erreichte sie die Lichtung. Abrupt blieb sie stehen, verharrte. Auch ihr Verfolger zögerte.

Da ragte ein Baum in den Himmel, und im dunstigen Mondlicht, das hinter den Schleierwolken schimmerte, erkannte sie die Silhouette eines Mädchens, das an den Stamm der Eiche gebunden war.

Gefesselt. Leblos.

Blut tropfte von ihrem nackten Körper in das hohe Gras zu ihren Füßen.

Valeria ging einige Schritte näher. Angst umschloss ihr Herz mit eiskalter Faust. Der Wald war voller Geräusche, Knistern im Unterholz, Rascheln von Tieren, die sich durch das Dickicht bewegten.

Das fahle Mondlicht fiel auf die Tote, entlockte der Dunkelheit ihre Gesichtszüge. Valeria erkannte die gefesselte junge Frau sofort.

Das darf nicht sein.

Das Mondlicht spiegelte sich in den starren, geöffneten Augen. Auf ihrem Mund stand ein stummer Schrei, als wollte sie selbst jetzt noch fragen: *Wohin gehen die Toten? Warum hast du mich nicht gerettet?*

»Also bist du doch gekommen«, erklang eine tiefe Stimme hinter ihr.

Valeria sah nur den Schatten im Mondlicht, der näher kam, wagte es jedoch nicht, sich umzudrehen. Sie spürte die Kälte, die über die Lichtung wehte, als wäre der Wind von den eisigen Gletschern herabgekommen oder aus der Tiefe eines Grabes.

»Das ist mutig, aber dumm. Hier findest du nichts, nur dein eigenes Ende. Und jetzt, kleine Valeria, *jetzt* ist es so weit.«

5

Sie schreckte in ihrem Sitz hoch. Ihr Rücken schmerzte, ihr Herz schlug schnell, als ihr Blick hastig durch das Abteil huschte: Es war immer noch leer. Valeria atmete tief durch. *Das ist nie geschehen. Nie. Zumindest … nicht so.*

Für einen Moment fühlte sie sich fast so schwach und verängstigt wie ihr jüngeres Selbst, bevor all das geschehen war, was sie zu früh zu einer Erwachsenen gemacht hatte.

Aber du wachst wieder auf, und dann bist du nicht mehr das junge Mädchen von damals.

Eine Stunde später kam der Interregio-Express mit zischenden Druckluftbremsen zum Stillstand. Valeria nahm ihren gelben Rollkoffer und stieg aus. Es war kühl auf den knapp eintausend Metern Höhe, viel kühler als in Zürich. Ein paar Reisende waren mit ihr ausgestiegen, eine Familie mit zwei Kindern, die die Rucksäcke geschultert hatten. Sie blickte Richtung Süden, entlang der blank polierten Gleisstränge, die dort im Berg verschwanden. Der Tunnel durch das Gotthardmassiv zog sich siebzehn Kilometer hin, ehe man auf der gegenüberliegenden Seite im Tessin wieder das Tageslicht erblickte.

Sie mochte diese langen, engen Röhren nicht. *Wann immer du einen dieser Tunnel umgehen kannst, tust du es.* Das war schon immer so, seit ihrer Jugend. *Noch so eine Sache, an die du lieber nicht zurückdenkst. Die du besser verdrängst.*

Aus der Gegenrichtung donnerte ein Schnellzug aus Italien heran, der in Göschenen nicht einmal haltmachte. Die Wälder, die an den Hängen in die Höhe wuchsen, rauschten im Wind. Es war ein beständiges geheimnisvolles Wispern, als wüssten sie von versteckten Dingen, die man sich nur im Waldesdunkel flüsternd erzählte. *Du bist wirklich zurück.* Nur noch fünfhundert Höhenmeter hinauf, ein paar Kilometer auf einer gewundenen Straße entlang und dann …

Valeria schüttelte den Kopf und wandte sich ab. Die Rollen ihres Koffers machten ein lautes Geräusch auf dem asphaltierten Bahnsteig, dann trug sie ihn in die Unterführung hinab, wandte sich nach Westen und verließ den Bahnhof. Dort, hinter dem Gebäude, begannen die Schienen der Zahnradbahn. Ein paar rote Waggons warteten bereits, einige Urlauber stiegen gerade ein. Die Türen schlugen zu, schnitten die Unterhaltungen ab. Vor dem hohen Tor eines Lokschuppens lehnte ein alter, von der Sonne ausgebleichter Schlitten.

»Valeria!«

Die Stimme gehörte einem großen, kräftigen Mann um die fünfunddreißig, der an einem Pick-up auf dem Parkplatz neben den Gleisen wartete. Ein Vollbart, ebenso dunkelbraun wie sein Haar, umrandete sein Lächeln, als er auf sie zukam. Es war ein Arbeiterlächeln, so rau wie die wettergegerbten Furchen auf seiner Stirn. Ein Lächeln, das die Traurigkeit darunter nicht verbergen konnte.

»Elias«, sagte sie.

Er streckte die Arme aus, die Umarmung war freundschaftlich. Als er sie eine Armlänge von sich schob und ihr ins Gesicht sah, wofür er sich etwas herabbeugen musste – obwohl sie mit eins sechsundsiebzig nicht besonders klein war –, musste er grinsen.

»Du bist …« Ja, was? Wie er da stand, war er ganz anders, als sie ihn in Erinnerung behalten hatte. Die Schultern gebeugter, der Zug um den Mund härter, einsamer. Nur das Lächeln und der Glanz in seinen Augen erinnerten sie noch immer an den Jungen, den sie einmal gekannt hatte. Anstatt ihren Satz zu Ende zu bringen, schüttelte sie schwach lächelnd den Kopf. »Lass uns fahren.«

»Du bist allein gekommen. Gut.« Elias legte ihren Koffer auf die Rückbank.

»Wer allein reist, reist am schnellsten«, sagte Valeria, als sie neben ihm in den Pick-up stieg.

Der Motor erwachte zum Leben, Elias wendete und bog auf die Straße ein, die sie hinaus aus Göschenen auf die Schnellstraße hinauf ins Gebirge führen würde.

Valeria ließ ihr Fenster ein Stück herunter. Der Wind wehte ihr ins Gesicht. »Also«, begann sie, »ich bin zurück.«

TEIL EINS

Vor dem Frost

6

Die Schöllenenschlucht war mehr als dreihundert Meter tief und besaß dazu steile Hänge mit messerscharfen Felsen, Gesteinsbrocken, die wie riesige Hinterlassenschaften einer grauen Vorzeit wild verstreut herumlagen. Eisblaues Wasser brodelte in mächtigen Sturzbächen darunter hervor, die Schaumkronen weiß wie frisch gefallener Schnee. Die Straße, die sie nach oben führte, schmiegte sich dicht an den Berg, verschwand hier und da für einige Hundert Meter in Lawinenschutztunneln aus massivem Stahlbeton. Weiter unten waren sie von Bauarbeiten aufgehalten worden: Dort hatten Steinbrocken den Asphalt aufgerissen, ein Schaden, der noch vor dem ersten Frost behoben sein musste.

»Ich war jetzt ein paar Stunden unterwegs«, sagte Valeria und warf Elias, der sich neben ihr auf die Straße konzentrierte, einen langen Blick zu. »Hat sich in der Zwischenzeit etwas getan?«

Er schüttelte den Kopf. »Nichts. Sie suchen noch immer, aber ich kann es ihnen ansehen, dass niemand mehr große Hoffnung hat, sie noch zu finden. Lebend, meine ich. Kann's den Leuten auch nicht vorwerfen. Die sind seit Tagen auf den Beinen.«

»Und du?«, fragte sie behutsam. »Wie lange, hast du noch gleich gesagt, bis du schon wach?«

»Ich hab mich nach unserem Telefonat mal ein paar Stunden hingelegt. Aber es schläft sich echt beschissen in dieser Lage. Nino will am liebsten einfach drauflossuchen, will nach ihr rufen, will irgendwen in die Finger bekommen, der mehr weiß, und ihn schütteln, ihn ausquetschen …« Valeria sah die Erschöpfung in seinen Augen. »Es muss jemanden geben, der Nora gesehen hat. Irgendjemanden.«

»Wir werden sehen«, erwiderte sie. »Eins nach dem anderen.«

»Wie willst du anfangen?«

»Erst mal müssen wir reden. Ich brauche einen Überblick.« Valeria sah aus dem Fenster, auf das Wasser in den tiefen Schluchten unter ihnen, hinauf zu einem schmalen Pfad, der vom Tal zu der hoch gelegenen Ebene führte, sich zwischen den Tannen hindurchschlängelte. Dann verschwand die Straße erneut in einem Tunnel. Die Wandleuchten strahlten auf das helle schroffe Gestein, das sich rings um sie auftürmte, sie verschluckte wie ein Schlund eines riesigen Tiers. Ein Militärjeep kam ihnen entgegen, kurze Zeit später ein Motorradfahrer in Lederkluft, dem Elias zuhupte, ehe er die Hand hob.

»Schieß los«, sagte er, »frag, und ich werde versuchen, alles zu beantworten, soweit ich es kann.«

»Du sagst, ich muss die Sache hier mit eigenen Augen sehen. Du sagst, es ist wie früher. Vor einundzwanzig Jahren. Als wir noch Kinder waren.«

»Die einen mehr, die anderen weniger«, antwortete Elias mit einem kraftlosen Lächeln. »Aber ja, so ist es.«

Valeria schloss die Augen und konzentrierte sich. Nur das Geräusch der Räder des Pick-ups auf der frisch asphaltierten Straße war zu hören. »Sophie, Steph und ich.«

»Die drei, die so ziemlich jedem hier oben und unten bis Luzern den Kopf verdreht haben.«

Sie musste lachen. Das war Elias, wie sie ihn in Erinnerung hatte. »Fandest du? Wir waren wirklich ein ziemliches Trio, nicht wahr? Wir haben es dir und den anderen Jungs nicht immer leicht gemacht.«

»Nicht immer? Eigentlich nie. Wenn ihr zu dritt wart … allein warst du mir lieber.«

»Ich hoffe, heute weißt du es besser.«

»Was weiß ich besser?«

»Dass man mit einer italienischen Frau lieber vorsichtig sein sollte.«

Elias schüttelte den Kopf, und Valeria warf ihm einen langen Blick zu, ehe sie weitaus ernster fortfuhr. »Ich bin damals geflohen. Hab es nicht mehr ausgehalten. Wenn deine beiden besten Freundinnen auf eine solch fürchterliche Weise ermordet werden … Es tut mir leid, dass ich mich nicht mehr gemeldet habe.«

»Kein Grund, dich zu entschuldigen. Nach all dem, was geschehen ist, denke ich, jeder hätte so gehandelt.«

»Nein. Nicht jeder. Manche hätten auch versucht zu bleiben. Wären bei denen geblieben, die die Ereignisse ebenso schlimm getroffen haben wie sie selbst. Aber ich konnte es einfach nicht.« Sie seufzte. »All diese Zeit der Ungewissheit und der Suche, all das Misstrauen … diese Tage waren die schlimmsten meines Lebens. Als dann klar wurde, dass sie tot waren, da war es für viele fast schon so etwas wie eine Erleichterung, so kam es mir vor … und dann gab es da Momente, in denen ich ihnen am liebsten gefolgt wäre. In einer der tiefen Schluchten, da hätte ich am liebsten alles beendet. Und dann kam die Festnahme. Xaver Baumann.«

Elias nickte. Sie fuhren aus dem Tunnel wieder hinaus unter den freien Himmel, und die Serpentinen der Straße wanden sich weiter hinauf in die Höhe. Graue Wolken türmten sich auf, dazwischen schob sich die Sonne hervor, eine funkelnde Goldmünze am Himmel.

»Baumann. Neunzehn Jahre alt damals. Geistig behindert, wie dann festgestellt wurde. Es gab einige Hinweise, die auf seine Täterschaft deuteten, aber schlussendlich konnten ihm die Ermittler damals nichts beweisen.«

»Es kam nie zu einer Anklage«, ergänzte Elias, und seine Gesichtszüge verhärteten sich. Valeria sah nun, was das raue, harte Leben hier oben in den Bergen aus ihm gemacht hatte, sie sah den Schmerz, den frühen Verlust seines Vaters, der die Familie hatte sitzen lassen, sah die Kälte und die langen, schneereichen Winter. »Baumann wurde vor ein paar Jahren wegen einer anderen Sache festgenommen und angeklagt. Er hat eine Joggerin aus heiterem Himmel angegriffen, eine Urlauberin. Man hat ihn eingewiesen …« Da war etwas, ein Zucken in seinen Augen, ein Schmerz, der hindurchhuschte.

»Und weiter?«

»Vor sieben Monaten kam er wieder hierher zurück.«

»Das ist nicht dein Ernst?« Valeria sah, wie sich seine Fingerknöchel um das Lenkrad krampften, als wollte er es erwürgen.

»Es ist mein voller Ernst«, erwiderte er. »Er lebt seitdem wieder bei seiner Mutter. Nur zwei Dörfer weiter, hinten im Gebirge.«

»Die jetzt zuständigen Ermittler wissen doch davon?«

»Sicher. Das war mit das Erste, was ich denen gesagt hab.«

»Und?« Lass dir doch nicht alles aus der Nase ziehen, dachte sie.

Doch Elias klang, als hätte er in den letzten Stunden so viel geredet, gerufen und Erklärungen abgegeben, dass seine

Stimme kurz davor stand, sich mit einem heiseren Krächzen zu verabschieden. »Und sie werden es, wie sie es formuliert haben, berücksichtigen. Wahrscheinlich heißt das, dass man gar nichts unternehmen wird, nicht wahr?«

»Nein, das denke ich nicht. Man wird mit Baumann sprechen – vielmehr, das hat man bereits getan, darauf wette ich. Aber das bedeutet nicht, dass es einen Zusammenhang gibt.«

»Nicht?«, wiederholte Elias ungläubig.

»Nein. Aber nicht mit ihm zu sprechen können sie sich nicht erlauben.«

»Du kennst ihn nicht, den zuständigen Ermittler. Dieser Birkner, er glaubt, Nora wäre nur von zu Hause fortgelaufen. Er glaubt, mein Bruder und sie hätten sich gestritten. Er würde ihm etwas verheimlichen, das denkt er.«

»Und was noch? Ist das alles?«

»Er traut uns beiden nicht. Das genügt doch. Und nur deshalb steckt er nicht alle Energie in diese Suche.«

»Deshalb willst du, dass ich ihm ein wenig auf die Finger klopfe?«

»Ich will, dass Nora gefunden wird. Ganz gleich, wer das tut. Ich will, dass es aufhört. Was immer vor einundzwanzig Jahren seinen Anfang nahm, muss enden. Das ist alles, was ich will. Und …« Er zögerte, und als er fortfuhr, klang er rau und angeschlagen, als wäre dies der Augenblick, in dem sich die Erschöpfung endgültig seines Körpers bemächtigte. »… Du … na ja, du bist hier, weil du die Einzige bist, der ich wirklich zutraue, diese Sache zu lösen. Und ich habe mit Cristina gesprochen.«

»So ist das also.«

»Du solltest wenigstens einmal mit ihr reden. Valeria. Deine Mutter macht sich Sorgen. Immer noch, nach all dieser Zeit.«

»Du weißt, dass ich auch ihretwegen gegangen bin. Dass ich … eine Zeit lang auf der Straße gelebt habe.«

Für einen Moment war sie wieder zurück in der Vergangenheit. Die dichten Wälder, die Teufelsschlucht, in der sich der aufsteigende Nebel sammelte. Francesco, ihr Vater, der an seiner Pfeife schnitzte, sich zu ihr herumdrehte, als er ihre Füße auf dem staubigen Boden in der Werkstatt hinter dem Haus hörte. Seine große Hand, die ihre kleine umschloss.

Es ist gerecht, hörte sie seine Stimme. *Es ist gerecht, kleine Löwin.*

»Val?«

Die Worte holten sie ins Hier und Jetzt zurück. Sie blinzelte.

»Sie vermisst dich«, sagte Elias langsam, als fürchtete er, dass sie ihm über den Mund fahren würde. »Seit dem Tod deines Vaters ist sie einsam.«

»Sie hat es gehasst. Dass wir herkamen, weil Papa hier im Bergwerk Arbeit gefunden hatte. Dass es so anders war. Ich dagegen habe das Leben hier genossen. Ich war frei. Aber als sie damit anfing, ihn immer mehr für ihre Situation verantwortlich zu machen, habe ich begriffen, dass sie dachte, sie hätte … hätte ihm nicht hierher folgen sollen.« Valeria spürte, wie sich eine alte unterdrückte Wut aufs Neue in ihr breitmachte: Ihre Mutter hatte ihren Bruder Rafael zum Gehen gebracht. Das hatte ihn erst in Guscinos Hände getrieben. Und das würde sie ihr nie verzeihen. Aber diese Worte behielt sie für sich.

Elias warf ihr einen Blick zu. »Überleg's dir einfach.«

»Dafür ist jetzt ohnehin keine Zeit. Hoffen wir, Nora bald wohlauf zu finden, das ist am wichtigsten.«

Er nickte, doch hatte Valeria den Eindruck, dass er noch etwas sagen wollte.

»Und du? Wie steht es mit dir? Gibt es da jemanden?«

»Jemanden …« Elias nickte. Ein düsterer, trauriger Ausdruck huschte über sein Gesicht, wie ein Wolkenschatten, der sich für immer vor die Sonne gelegt hatte. »Es gab jemanden. Sarah. Sie ist tot. Es ist schon eine ganze Weile her.«

»Tot? Das … tut mir sehr leid.«

»Sie wurde krank. Krebs, der gestreut hat. Es ging alles viel zu schnell.«

»Elias …«

»Nein, schon gut.« Sie spürte, dass er unbedingt das Thema wechseln wollte. »Sieh mal.« Er deutete voraus. »Wir sind oben.«

Sie fuhren ins gleißende Sonnenlicht hinein, das sich in einer weiten Hochebene ausbreitete. Schroffe, mit Felsen übersäte Berghänge, Wälder und dahinter die Spitzen und Gipfel der schneebedeckten Drei- und Viertausender umgaben sie, und dazwischen das Dorf, das die Straße berührte, die auf der anderen Seite des Tals zum Gotthard hinaufführte.

»Eigerstal«, sagte Elias. »Wie du es in Erinnerung hast.«

»Na ja. Nicht ganz.« Valeria sah sich um. »Alt und neu. Die ganzen neuen Skipisten, die Lifte. Fast wie übergestülpt. Man könnte auch sagen, die Einheimischen hier oben haben ihre Seele verkauft.«

Die Straße machte eine Biegung, trug sie zwei Kilometer weiter und führte dann über einen Kreisel an einem Neubaugebiet vorbei, wo sich einige Villen befanden – edle Holz- und Natursteinfassaden, Sportwagen in den Einfahrten. Dahinter tauchte das saftige Grün eines Golfplatzes zwischen neu gepflanzten Erlen und Pappeln auf.

»Das ist alles Teil des geplanten Resorts, des Ski-alpin-Projekts. Eigerstal soll das neue St. Moritz werden, jetzt, wo die Investoren ihren Willen bekommen haben«, erklärte Elias.

»Die Investoren? Wer sind die?«

»Ausländer. Wir sind gleich da.«

Die Straße wand sich in Richtung Eigerstal, doch führte sie nicht hinein. Erst als Elias abbog und sie die große Straße in Richtung eines kleineren Zubringers verließen, erreichten sie den größten der drei Orte, das gut zweitausend Einwohner umfassende Dorf, das sich zwischen den Hängen der umliegenden Bergriesen versteckte. Valeria sah die Tankstelle, die schon damals, als sie hier gelebt hatte, außer Betrieb gewesen war, und die alten Grand Hotels mit den Holzfassaden am Straßenrand, die in den Zwanzigern erblüht waren, ehe sie in ihren langen Dämmerschlaf fielen.

Es gab auch ein neues Hotel, es war ein mächtiger Bau – ein in einem asiatisch stromlinienförmigen Design konstruiertes Gebäude mit mehreren Giebeldächern, aus denen zahllose Schornsteine hervorragten.

»The Hokkaido«, sagte Elias. »Das neue Prunkstück.«

Valeria betrachtete die Fassade aus den vielen Hunderten edlen Holzelementen, die längs und quer verliefen. Dazwischen waren zurückgesetzte Balkone der einzelnen Suiten in den oberen Stockwerken angebracht. Akkurat geschnittene Zierhecken umgrenzten das Gelände. Der ganze Komplex strahlte eine luxuriöse und zugleich fernöstlich anmutende Zurückhaltung aus, wie ein Zen-Garten, der in ein exklusives Hotel verwandelt worden war.

»Das ist recht hübsch. Extravagant, aber nicht übermäßig prunkvoll. Hat sicher nicht wenig gekostet«, sagte sie.

»Eine zweistellige Millionensumme, nach dem, was man so hört. Weiter oben im Gebirge bauen sie noch ein zweites, kleineres, aber das steckt gerade mitten im Rohbau fest … Es gibt nur Gerüchte, wieso es dort nicht vorangeht. Und ja, von außen ist es eher zurückhaltend. Ich glaube, die Diamanten stecken tiefer im Inneren.«

»Wie es sein sollte«, erwiderte Valeria mit einem Lächeln. »Moment, du *glaubst*? Du hast es dir noch nicht von innen angesehen?«

»Diese Art von Exklusivität kann ich mir nicht leisten. Die Eigentümer führen auch ein paar Restaurants, bei denen schon das Wasser meinen halben Monatslohn kostet.«

Valeria musste lachen. Für einen Moment war es ihr, als wären sie beide wieder Jugendliche, kaum fünfzehn Jahre alt. Elias' Stimme hatte so sehr nach seinem damaligen Selbst geklungen, dass es sie mit einem Schlag zurückgeworfen hatte. »Ich könnte es mal testen, oder?«

Er starrte sie an und brachte den Wagen an einer Ampel so abrupt zum Stillstand, dass ein Ruck durch sie beide fuhr. Valeria wurde in den Gurt geworfen. »Du meinst …«

»Ich muss schließlich irgendwo schlafen.«

»Aber nicht da. Das ist …« Elias schüttelte angewidert den Kopf. Er überlegte, dann schlich sich ein Lächeln auf sein Gesicht. »Stell dir mal vor, wir müssen etwas besprechen. Etwas Wichtiges, das nur mich und dich angeht und nicht die anderen Polizisten. Willst du das wirklich *da drin* machen?«

»Weißt du etwas Besseres? Etwas Geheimeres?«

Er nickte. »Oh ja. Das weiß ich.«

7

Der Hof versteckte sich in den Wäldern und lag am Ende einer schmalen Straße, die durch Eigerstal hindurch und ins Gebirge hinaufführte. Eine Frau in ihren Vierzigern begrüßte sie – langes hellblondes Haar, das sie mit buntem Stoffband aus der Stirn hielt, die Hände erdig von der Gartenarbeit, das Lächeln warm und herzlich – wie sich herausstellte, eine vor zwölf Jahren zugewanderte Norwegerin, die in Eigerstal einen kleinen Gemischtwarenladen und hier oben eine Pension betrieb. Elias kannte sie gut, Nora und Hanna, die siebzehnjährige Tochter der Norwegerin, waren Freundinnen.

»Valeria, Margaret Haldirsen. Margaret, das ist Valeria Ravelli, eine gute …«

»… Freundin«, beendete Valeria seinen Satz.

Weil Elias Margaret bereits aus dem Wagen angerufen hatte, wussten sie, dass die kleine Ferienwohnung noch frei war, und Valeria beschloss nach einem kurzen Blick auf das nah am Waldrand gelegene Gebäude, dass sie bleiben und Elias' Empfehlung folgen wollte.

Tannen standen in Reihe hinter dem aus dunklen Holzbalken gezimmerten Chalet. Die weit ausladenden Äste überragten das Dach, das mit moosüberwucherten Ziegeln gedeckt war. Tannenzapfen lagen auf dem vom Regen aufgeweichten Boden. Der Geruch von Moder wehte aus dem nahen Wald heran. Valeria blickte hinüber. Im Unterholz, zwischen den Stämmen, lauerte Dunkelheit und Nebel, und für einen Moment war sie überzeugt, dass sich dort etwas bewegt hatte, eine haarige Hand, die einen der Äste beiseiteschob. Sie dachte an ihren Albtraum und ballte die Faust.

Die Rückkehr macht dich nervös, irrational. Verdräng es. Lass es nicht an dich heran.

Ein leises Miauen ließ sie hinabblicken. Eine weiß-schwarz gefleckte Katze musterte Valeria aus einiger Entfernung – das Tier hatte verschiedenfarbige Augen, eins war grün, das andere durchdringend blau. Etwas an ihrem Blick sagte ihr, dass die Katze sie nicht mochte.

»Mina«, sagte Margaret Haldirsen, »aber geben Sie besser acht. Sie lässt sich von niemandem anfassen, außer von mir. Ist mir zugelaufen, todkrank und völlig entkräftet. Sie muss irgendwo in den Bergen etwas Falsches gefressen haben.«

Die Katze fauchte leise und verschwand im Gestrüpp, das neben einem kleinen Schuppen wucherte.

»Kommen Sie rein. Ich zeige Ihnen alles.« Margaret Haldirsen griff nach einer Schüssel, die außen auf der Fensterbank stand. Valeria sah, dass Kastanien darin waren. »Ich weiß noch, wie wir die früher gesammelt haben. Erinnerst du dich?«

»Bruchstückhaft, Val«, erwiderte Elias. »Es ist so verdammt lang her.«

Valeria nickte. Natürlich. Warum sollte das alles auch so sehr in seinem Gedächtnis eingebrannt sein wie in ihrem? Er hatte nicht dasselbe erlebt. Sie wandte sich an Haldirsen. »Wir müssen gleich weiter. Ich würde nur meinen Koffer unterstellen.«

»Aber natürlich.«

Die Norwegerin führte sie durch einen schmalen, holzgetäfelten Flur in die Ferienwohnung der Pension. Valeria stellte ihren gelben Rollkoffer neben das frisch bezogene Bett. »Gebt ihr mir einen Moment?«

»Selbstverständlich.«

Als sie die Tür hinter sich geschlossen hatte, öffnete Valeria den Koffer und entnahm ihm das Holster mitsamt der Dienstwaffe, die sie sich unter der Jacke an der Hüfte befestigte. Valeria schloss den Koffer und stellte ihn neben das Bett. Dann richtete sie die Rollen aus – eine Richtung Norden, zwei andere Richtung Süden und die letzte Richtung Westen, ein Muster, das ihr verraten würde, ob der Koffer in ihrer Abwesenheit bewegt worden war.

»Fertig«, sagte sie, als sie aus dem Zimmer trat, vor dem Elias wartete. »Gehen wir.«

»Wohin zuerst?«, fragte er.

»Zeig mir den Ort, an dem der Hirsch gefunden wurde. Der Hirsch und das Zeichen. Und dann muss ich ihr Zimmer sehen. Noras Zimmer.«

»Das wurde bereits untersucht«, erwiderte er.

»Gründlich? War die Spurensicherung drin?«

»Nein, wieso denkst du …«

»Es ist zum jetzigen Stand noch alles möglich, Elias. Wir können nichts ausschließen.«

Sie verabschiedeten sich von Haldirsen und stiegen in den Pick-up. Elias lenkte ihn in den Wald hinein, auf einen schmaleren Weg, der sich beständig in die Höhe wand. Steine knirschten unter den Reifen. Valeria blickte hinaus. Der Himmel wurde grauer mit jedem Kilometer, den sie tiefer in den Wald hineinfuhren. Schwer beladene Regenwolken stauten sich an den Berghängen. Nebel kroch heran, floss über den

Waldweg. Elias stellte das Radio an: Der Moderator erzählte von einem nahenden Tiefdruckgebiet, einem Temperatursturz und baldigem Schnee.

»Ich brauche noch einen eigenen Wagen«, sagte Valeria. »Irgendwas Geländegängiges.«

»Den kann ich besorgen. Unten im Tal gibt es einen Händler, der auch ein paar zum Vermieten hat.«

»Wie lange dauert das? Du musst das nicht tun, meine ich.« Valeria blickte einen Moment auf ihre Hände. Es war so seltsam, zurück zu sein, hier mit Elias in diesem Wagen zu sitzen.

»Heute Abend hast du ihn.«

»Zuvorkommend wie immer«, erwiderte sie, doch entlockte ihr Kommentar Elias nicht eine Regung. Er war fokussiert, die Lippen aufeinandergepresst, Zorn im Blick.

»Was macht Noras Vater?«

»Nino ist ohne Unterlass draußen. Er sucht im Wald, in jeder Schlucht und jeder Höhle.«

»Die alte Krähenhöhle. Gibt es die noch?«

»Ja.« Er warf ihr einen langen Blick zu. »Sie ist nicht eingestürzt, falls du das meinst. Dafür ist dieser Berg viel zu zäh. Aber er hat fünf Bergsteigern das Leben gekostet in den letzten fünfzehn Jahren und ist genauso bösartig wie eh und je.« Er bremste. »Wir kommen nicht weiter. Den Rest müssen wir gehen.«

Laub bedeckte den Boden, klebte feucht an ihren Schuhen, als ihr Elias bedeutete, dass es nun an der Zeit war, den Weg zu verlassen und sich direkt zwischen die Bäume zu schlagen. Mitten hinein in den Wald. Valeria kam ein Erinnerungsfetzen in den Sinn, als wäre er mit dem kalten Wind von den uralten Gletschern direkt zu ihr herabgeweht: Dieses Waldstück nannte man vor einundzwanzig Jahren den Jakobsforst. Hier hatte sich ein Einheimischer, der erfahrene Bergarbeiter Jakob Leitner, das Leben genommen. Er war tagelang verschwunden gewesen, ehe man seine Leiche in seiner Hütte fand. Später flüsterten sich die Alten in Eigerstal zu, etwas Dunkles hätte von Leitner Besitz ergriffen. Ein Schatten, der sich auf seinen Geist gelegt hatte. Er war zu lange im Bergwerk, erzählten sie sich. Er war zu lange in den einsamen Tiefen, sagten die anderen, und hat dort etwas gesehen, das niemand sehen sollte. Diese Dunkelheit ist in ihn eingedrungen und hat ihn nie wieder losgelassen.

Valeria fragte sich, ob seine alte Hütte noch immer stand, trotzig in den Schnee und Regen ragte.

»Ja, ich weiß«, meinte Elias ironisch. »Kein Ort für eine sonnenverwöhnte Italienerin.«

Sie schnaubte. »Wann hast du Nora zuletzt gesehen?«

»Das war vor drei Tagen. Hab mit Nino und ihr zu Abend gegessen, dann wollte sie sich einen Film ansehen, aber nach einer halben Stunde sagte sie, dass ihr ein bisschen schlecht sei, und ging ins Bett.«

»Und?« Valeria warf ihm einen interessierten Blick zu, während sie über den mit braunem Laub bedeckten Waldboden gingen, einem Ziel entgegen, das nur Elias kannte.

»Und das war das letzte Mal, dass ich sie gesehen habe.«

»Weißt du, wie spät es da war?«

»Nino und ich haben statt des Films dann Fußball geschaut. Der FC Bern spielte, und da fiel das 2:0. Es war gegen halb elf.«

Valeria schob einen tief hängenden Tannenast zur Seite und duckte sich ein wenig, damit er sie nicht streifte. »Halb elf. Montag.«

»Genau.«

»Am nächsten Tag wäre wie üblich Schule gewesen?«

»Ja. Sie geht auf das Gymnasium unten in Altdorf.« Valeria hörte, wie seine Stimme bei diesen Worten fast brach. Es schien ihm schwerer zu fallen, über die zerbrochene Routine zu sprechen als über die jetzige Ausnahmesituation.

Sie sah zu den Tannenwipfeln hinauf, als eine Windböe aufkam und das Gehölz ächzen ließ. »In der Sache gibt es jede Menge Unbekannte. Wann hat Nino bemerkt, dass sie verschwunden war?«

»Am nächsten Morgen natürlich«, erwiderte er. »Er erzählte mir, sie sei manchmal vor ihm wach, aber dann wiederum an manchen Tagen kaum aus dem Bett zu kriegen. Als sie dann nicht auftauchte, ging er nachsehen. Das Bett war zerwühlt. Als hätte sie … ich weiß nicht. Vielleicht schlecht geträumt. Oder mit jemandem gekämpft. Ihrem Entführer, vielleicht.« Er seufzte. »Das Fenster stand offen. Als er reinkam, war es verdammt kalt, es hatte reingeregnet, der Teppichboden vor dem Fenster war völlig nass.«

»Das Fenster stand offen? Sie könnte aus dem Fenster geklettert sein. Aber hat dieser Birkner das Zimmer auch auf Einbruchsspuren untersuchen lassen?«

Elias nickte. »Er hat es sich selbst angesehen, das habe ich dir doch schon gesagt, aber die Spurensicherung war nicht da. Birkner war auch im Garten unten. Dort an der Hauswand liegt nur Kies, in dem keine Abdrücke zu finden sind, und weiter im Garten … da haben sie nichts entdecken können. Aber sie denken nun, dass Nora nachts aus dem Fenster gestiegen ist. Und ich hab nicht die leiseste Ahnung, wieso sie das getan haben könnte. Birkner meint, sie hätte sich mit ihrer Freundin getroffen. Das kann schon sein, aber … irgendwas ist da doch komisch.«

Valeria bemerkte seine leichte Ungeduld dabei, etwas wiederholen zu müssen. Das kannte sie von Zeugen, denen sie immer und immer wieder dieselben Fragen stellte, um zu überprüfen, ob die Story die gleiche blieb. Sie dachte an die Auflistung der Spuren im internen System RIPOL.

»Du glaubst, es ist etwas anderes geschehen?«

»Ich weiß es nicht. Dieser Birkner, er misstraut mir und Nino noch viel mehr. Ich erfahre nichts, und das … das macht mir eine Scheißangst.«

Elias duckte sich unter einem tief hängenden Ast hindurch und hielt ihn für sie hoch, sodass Valeria nur ein wenig in die Knie gehen musste. Ein großer moosbewachsener Findling lag auf einer von Tannen umstellten Lichtung, die ihn zu bewachen schienen. Der Wind rauschte in den Kronen und ließ die mit Tannenzapfen behangenen Äste ächzen und knarren.

Valeria spürte, wie Gänsehaut über ihre Arme kroch, sie fröstelte. *Du hast die Wälder zu dieser Jahreszeit nie gemocht. Und nach allem, was geschehen ist …* Hierher zurückzukommen fühlte sich an, als hätte sie eine gut verschlossene Kammer in ihrem Verstand wieder geöffnet, die eine gut verborgene, gehütete Angst enthielt.

»Alles in Ordnung?« Elias war stehen geblieben und betrachtete sie mit einem mitfühlenden Blick.

»Du weißt es doch. Ich war …«, sie schluckte, um gegen das raue Gefühl in ihrer Kehle anzukämpfen, »… drei Tage verschwunden. Bin durch den Wald geirrt, bis man mich fand. Um es mal so zu sagen: Es ist nicht einfach, wieder hierher zurückzukehren.« Valeria schloss die Augen. Da waren Erinnerungen an ihren Albtraum, aber auch an das, was damals wirklich geschehen war und sich nun mit ihren Träumen vermischte: wie der große schwarze Leichenwagen über die Hauptstraße gefahren war, wie man die abgedeckten Körper ihrer Freundinnen eingeladen hatte … wie kalt sich der Regen auf ihrer Haut angefühlt hatte … die entsetzten Schreie von Stephanies Mutter, das stumme Weinen, als sie auf die verregnete Straße hinausgerannt war, ihre Schuhe hinter ihr auf dem Asphalt liegen blieben …

»Ich weiß. Ich verlange hier viel von dir. Aber ich wusste nicht, an wen ich mich sonst wenden kann.« Elias klang hilflos, als wüsste er nicht so recht, wie er sie erreichen könnte.

Valeria schüttelte die Erinnerungen ab, ein Gefühl, als würde sie Dornen aus ihrer Haut ziehen. »Es geht schon. Es muss.«

»Hier ist es.« Er führte sie um den Felsen herum, der Boden war mit hohem Gras und widerspenstigem, stacheligem Gestrüpp bewachsen. »Hier hat ein Pilzsammler das Tier entdeckt. Das war etwa fünf Stunden, nachdem Nino Noras Verschwinden der Polizei gemeldet hat.«

Valeria entdeckte das Blut auf dem Findling, dunkles, fast schon braun gefärbtes Rot zog sich über das graue Felsgestein. Ein verschmiertes Zeichen eines gehörnten Tieres, einem Steinbock nicht unähnlich, war dort hinterlassen worden.

»Blut des getöteten Hirschs«, erklärte Elias. »Vermischt mit wasserfester Farbe, damit es der Regen nicht wegspült. Das Tier lag hier.« Er deutete ins hohe Gras, das noch immer etwas niedergedrückt und mit dunklem, getrocknetem Blut verklebt war. »Die Vorderläufe waren gebrochen. Die Kehle …« Er brach ab und schüttelte den Kopf. Valeria legte ihm die Hand auf den Arm – sie wusste, dass er das Gleiche fürchtete wie sie, dass die gleichen schrecklichen Bilder vor seinem inneren Auge aufzogen: dass dies auch Nora geschehen sein könnte.

Valeria nickte. »Die Fotos habe ich auch im internen Netzwerk gesehen. Er hat also den verzerrten Steinbock, dieses schaurige Zeichen, genau so auf den Fels gemalt, dass man, wenn man die Lichtung von dort betritt …«, sie wandte sich um, »… es als Erstes sehen würde.«

»Seine Kehle war aufgerissen«, erklang eine fremde Stimme hinter ihnen.

Valeria fuhr herum, entdeckte eine Gestalt, die zwischen den Tannen stand und sie beobachtete. Sie legte die Hand an den Griff ihrer Dienstwaffe. »Wer ist da?«, rief sie. Als Elias einen Schritt nach vorne machen wollte, hielt sie ihn mit der freien Hand zurück. »Kommen Sie raus!«

Der Mann trug eine grüne Regenjacke und graue Anzughosen, dazu helle Lederschuhe, die für diesen Ort vollkommen unpassend waren.

»Valeria«, hörte sie Elias flüstern, »das ist Remo Birkner.«

»Herr Mattei«, sagte der Fremde. Als er die Hand aus der Jackentasche zog, erkannte Valeria aus der Distanz den Ausweis, den er hochhielt.

»Sie sind Herr Birkner? Der Verantwortliche im Fall Nora Mattei?«, rief sie ihm zu.

»Wer will das wissen?« Seine Stimme klang rau, wie ein herber Whisky, der lange gereift war.

»Valeria Ravelli. Interpol.« Sie nahm die Hand von ihrer Waffe. »Kommen Sie rüber, ich bin eine Kollegin.«

»Wie bitte?« Nun klang Birkner ungläubig.

Weil er sich nicht bewegte, kam sie ihm entgegen. Sie sah den dunklen Schatten an seinen Wangen, seinem Kinn. Er hatte sich seit Tagen nicht mehr rasiert. Die Erschöpfung zeichnete seine Augen, dunkle Furchen durchzogen seine Stirn. Sie zeigte ihm ihren Dienstausweis, den er eine ganze Weile betrachtete.

»Interpol also. Aber … warten Sie, Sie sind nicht zufällig hier. Ich erinnere mich an Ihren Namen. Aus der Akte von früher, von vor einundzwanzig Jahren.«

Immerhin, er hat seinen Job gemacht. Wüsste er jedoch viel mehr über mich, hätten einige Kollegen ihren wiederum schlecht gemacht.

»Elias Mattei ist ein Freund«, sagte sie. »Er bat mich, ihn in dieser Sache zu unterstützen.«

»Ein Freund und der Onkel der Vermissten.« Birkner senkte die Stimme. Elias, der noch immer einige Meter hinter ihnen stand, sollte seine Worte wohl nicht hören, doch Valeria war sich sicher, dass er es sehr wohl konnte. »Und deshalb ist er in dieser Ermittlung eine Person von Interesse.« Birkners Miene verdüsterte sich, er betrachtete den Felsen hinter ihnen. »Einige sagen, hier läuft ein Wolf herum, der hat den Hirsch gerissen. Aber wir wissen doch auch, was dieses Zeichen bedeutet.«

»Und was, wenn das Ding nicht nur ein blöder Streich von jemandem war, der die Geschichten von früher kennt?« Valeria schnaubte.

»Daran glauben Sie doch nicht. Sonst wären Sie nicht gekommen. Und ich … ich wäre nicht wieder hier, um zu kontrollieren, ob der Täter an den Ort seiner Tat zurückkehrt.« Birkner warf einen Seitenblick auf Elias, den dieser ignorierte.

Er hat recht. Du weißt, dass es so ist. Zumindest irgendwo tief in deinem Unterbewusstsein hast du es geahnt. Es muss etwas mit damals zu tun haben.

»Ich bin hier aufgewachsen, genauso wie Valeria. Und damals, vor einundzwanzig Jahren, hat es genauso angefangen. Jemand hat Tiere getötet, die Hirschköpfe abgetrennt und vor die Häuser gelegt. Jemand, der dann auch zwei junge Frauen entführte und tötete. Jemand, der nie gefasst wurde. Jemand, der wieder damit anfängt«, sagte Elias.

Sie sah, wie Birkner erbleichte. *Gut.* Dann hatten Elias' Worte eine Wirkung auf ihn.

»Kommen Sie«, sagte Valeria, »wir sollten uns in Ruhe besprechen. Und dann bräuchte ich alles, was Sie bislang gesammelt haben. Die Auswertungen der Befragungen, die Ergebnisse der Suchaktionen. Und nein, ich bin nicht offiziell hier«, kam sie seiner Frage kühl zuvor. »Und das soll fürs Erste auch so bleiben.«

Birkner verschränkte die Arme und blickte skeptisch drein. »Sollte es das?«

»Sie müssen natürlich nicht mit mir zusammenarbeiten.« Valeria zuckte die Schultern. »Aber ich werde tun, was ich tun muss. Und allem Anschein nach könnten Sie Hilfe gebrauchen, wenn Sie drei Tage nach dem Verschwinden kaum Anhaltspunkte entdeckt haben.« Sie wandte sich zum Gehen, doch geschah dann genau das, womit sie gerechnet hatte: Birkner hielt sie auf. Seine Hand schloss sich um ihren Arm, fest wie ein Schraubstock.

»Das läuft so nicht. Wir ermitteln hier, nicht irgendeine Kollegin aus einer Abteilung von Interpol, die hier keine Zuständigkeit hat. Verstehen wir uns?«

Sie schüttelte die Hand ab und zog eine Karte hervor. »Haben Sie einen Stift?«

»Hier«, sagte Elias, der näher gekommen war, und reichte ihr einen Kugelschreiber.

Valeria notierte eine Nummer auf der Visitenkarte und drückte sie Birkner in die Hand. »Rufen Sie diese Nummer an. Lassen Sie es sich erklären.« Ohne ein weiteres Wort bedeutete sie Elias, ihr zu folgen. »Gehen wir.«

Am Rand der Lichtung drehte sie sich noch einmal um. Birkner stand noch immer am selben Fleck und hielt ihre Karte in der Hand, sah ihnen nach. »Was soll das sein, Ravelli?«

»Rufen Sie die Nummer an«, wiederholte sie. »Und eins noch: Wenn Sie es verstanden haben, rufen Sie mich zurück. Wir treffen uns heute Abend.«

8

Valeria betrat die Ferienwohnung, ging ins Schlafzimmer und ließ sich aufs Bett fallen. Die Decke über ihr war mit hellen Holzbrettern vertäfelt, deren Maserung sie an Wellen erinnerte, die gegen einen Strand spülten.

Wieder hier zu sein brachte zu viele Erinnerungen zurück. An den Winterwind, der von den schroffen Hängen und Gletschern herabwehte und den Geruch von wilden Bergblumen und jahrhundertealtem Eis mit sich trug. An das Geräusch, das der Regen auf den Ziegeln des schrägen Dachs machte, wenn sie wach im Bett gelegen hatte. An die alte Jakobshütte tief im Wald, wo das Holz verrottete, sich schwarz färbte wie die Haut eines Toten. An das Heulen des Sturms, wenn er durch die Teufelsschlucht blies. An den nebligen eiskalten Morgen, als sie durchgefroren und mit nackten Füßen zurück ins Dorf gestolpert kam, am Rand ihrer Kräfte und so verängstigt, dass sie kaum sprechen konnte. An das Schimmern der fernen Herbstsonne, die sich in den Eiszapfen spiegelte, während Wasser zu Boden tropfte wie kalte Tränen. An das Blut an ihren Händen, von dem sie vergessen hatte, woher und von wem es stammte. An die Bilder, die vor ihren Augen auftauchten und dafür sorgten, dass sie ihre Finger in die Daunenbettdecke grub.

Valeria atmete tief ein. Das Bett roch nach frisch gewaschenem Leinen, die Luft war kühl und klar, und schließlich ließ sie sich fallen. Es war nicht friedlich, aber still. Wenigstens für einen Moment. Sie erlaubte es sich, an früher zu denken. An ihre Kindheit, bevor man ihre Freundinnen ermordet hatte. Auch da hatte es schon Dunkelheit in ihrem Leben gegeben.

Da war diese eine Nacht. Noch schlimmer als die anderen *schlimmen* Nächte, wie Valeria sie damals für sich selbst genannt hatte. Die Nächte, in denen ihre Eltern mit Rafael stritten und sie ihre wütenden Worte selbst durch die dicken Wände und Decken des Hauses hören konnte. Die Nächte, in denen sie sich in ihrem kleinen Zimmer an der Ostseite unter die Decke verkroch und aus dem Fenster zu den schroffen Berghängen hinaussah.

Der Vollmond stand in dieser Nacht wie eine große silberne Münze am Himmel. Wolkenfetzen trieben schnell mit dem Wind vorüber, das Licht, das durch die Gardinen fiel, war eine samtige Mischung aus Blau, Gelb und Silber und beschien die Ecke in ihrem Zimmer, wo das kleine weiße Zelt stand, ihre Höhle, ihr Versteck, in das sie sich häufig zurückzog, wenn jemand sie geärgert hatte. Ganz hinten stand eine Kiste, die ihre größten Schätze enthielt: einen flachen, wunderbar marmorierten Stein, den sie am Strand gefunden hatte, mit einer makellosen Oberfläche, über die das Licht in schillernden Farben floss, wenn man ihn hin und her drehte. Daneben lag ein kleines Taschenmesser mit ihren Initialen, das ihr Rafael geschenkt hatte.

Valeria hörte Schritte im Erdgeschoss hallen. Sie hörte die unruhigen, zornigen Stimmen von Rafael und einem anderen Mann. Jemand rief etwas – laute, wütende Worte, die ihr Angst machten. Aber da war auch Neugier, die sie drängte, nachzusehen.

Es hat mit Rafaels Arbeit zu tun. All die nächtlichen Erledigungen. Die Besucher. Die Männer, die Dinge in die Kofferräume ihrer Wagen verladen. Was geht hier vor sich?

Wieder drang ein lauter Ruf von unten. Valeria sprang aus dem Bett, band sich das Haar mit ihrem roten Haargummi zusammen und schlüpfte in die Hausschuhe, die ihre Mama ihr geschenkt hatte.

Es war kühl geworden, die Vorboten des Herbstes waren da – während sich die Steineichen bunt verfärbten, trug der Wind, der von den Bergwiesen und Gletschern heranwehte, einen ganz besonderen Geruch mit sich. In solchen Nächten, das wusste sie, sollte man als zwölfjähriges Mädchen schlafen – und genau aus diesem Grund konnte sie es nicht. Sie berührte das kühle Metall der Türklinke und drückte sie langsam, ganz langsam nach unten.

Die Tür schwang auf, und das leise Knarren holte sie ins Hier und Jetzt zurück. Valeria schlüpfte hinaus. Der holzvertäfelte Korridor lag in lange Schatten gehüllt, nur von einigen Wandlampen unterbrochen, die ihren orangegelben Lichtschein auf die Maserungen des Parkettbodens warfen.

Von unten drangen dumpfe Stimmen herauf – mehrere, wie Valeria erkannte, schnelles Italienisch, doch durch die Wände und die massiven Decken verstand sie kaum ein Wort. Ihre Eltern waren nicht da, sie waren drei Tage fort, nur ihr Bruder war bei ihr … Also *wer* nur waren diese anderen?

Sie schlich an den kleinen Spielzeugtieren und -figuren vorbei, die das Regal im oberen Stock bevölkerten – Rafael hatte sie ihr geschenkt. »Eines Tages«, hatte er zu ihr gesagt, »da werden wir dieses düstere, verregnete Dorf hinter uns lassen. Das versprech ich dir, genau wie ich dir verspreche, dass ich immer für dich da bin, kleine Val.«

Die große Wanduhr an der Treppe schlug elf Mal. Schon so spät. Valeria erschrak. Viel zu spät, sie sollte längst schlafen.

Wenn Mama sie sähe, würde sie schimpfen. Wenn Papa sie sähe, würde er sie ins Bett zurückbringen, jedoch nicht schimpfen – er würde nur traurig dreinblicken und erklären, dass dies keine Uhrzeit war, zu der zwölfjährige Mädchen noch auf den Beinen sein sollten. Beide würden es nicht verstehen. Aber beide waren nicht da heute Nacht.

Sie musste es wissen. Musste ihren Bruder beschützen, wenn die bösen Männer wirklich beschlossen hatten, ihm wehzutun. Weil sie befürchtete, dass er vielleicht doch nicht so stark war, wie er ihr gegenüber vorgegeben hatte.

Ihre Schritte waren kaum hörbar, sie gab sich Mühe, so leise wie sie nur konnte über die mit Teppich ausgelegten Stufen hinabzuschleichen. Zwei Fensterschlitze lagen direkt der Treppe gegenüber, durch sie vermochte Valeria hinaus in die samtene, blauschwarze Nacht zu blicken.

Es muss etwas Wichtiges sein, dachte sie. Als sie Rafael nach seiner Arbeit gefragt hatte, war er immer wieder ausgewichen.

»Dafür bist du zu jung«, hatte er gesagt. Die zwölf Jahre zwischen ihnen betonte er oft. »Eines Tages wirst du verstehen, dass man als Mann manchmal keine Wahl hat. Dass man tun muss, was nötig ist, um seine Familie zu beschützen.«

»Es ist etwas, das er für wichtige Männer erledigt«, hatte ihre Mama später auf dieselbe Frage hin erklärt. Als wolle sie ihr nicht verraten, was Rafael tat. Als suche sie dafür Ausflüchte.

Valeria erreichte das Erdgeschoss, huschte voran und erreichte den Durchgang.

Da – wieder ein Schrei, doch war er nun viel, viel lauter. Und gar nicht weit entfernt.

Nun bekam sie Angst. Was, wenn man ihrem Bruder etwas angetan hatte? Was, wenn man sie sah? Aber zurück in ihr warmes Bett konnte sie nicht. Sie konnte sich nicht verstecken, *das* war etwas für Kinder.

Du bist erst zwölf, erklang eine mahnende Stimme in ihrem Kopf, die wie Rafaels klang.

Na und? Valeria ballte die Fäuste und schlich über den Läufer im Flur, den Rafael ihnen allen geschenkt hatte … genau wie den großen Wagen vor dem Haus.

Die Tür zur Werkstatt ihres Vaters war nur angelehnt. Dahinter, da war sie sich sicher, war jemand. Hier waren sie, die bösen Männer.

Importe und Exporte von Luxusgütern, hatte ihr Rafael einmal geantwortet, als Valeria ihn erneut gedrängt hatte, ihr doch zu erzählen, was genau er denn tat.

»Das ist doch nichts Gefährliches, oder?« Sie konnte sich unter Import und Export nichts vorstellen.

Die Werkstatt des Vaters war bis auf eine Lichtquelle an der hinteren Wand dunkel. Valeria huschte leise durch die offene Tür hinein, durch den Schatten des aufgebockten Wagens verborgen. Im schwachen Licht sah sie all die Werkzeuge, den Holzstaub auf den Arbeitsbänken, seine hingeworfenen Handschuhe. Sie hörte etwas, das die feinen Härchen auf ihrem Nacken, den Armen und ihrem Rücken aufrichten ließ: ein angsterfülltes Wimmern.

Jemand weinte!

War das ihr Bruder?

Nein, es klang anders.

Nun erklangen wieder die Männerstimmen, diesmal leise, aber noch immer genauso bedrohlich.

Ihr Herz pochte so heftig, dass Valeria glaubte, es wollte ihr aus der Brust springen. Ihre Handflächen wurden schweißnass, sie zitterte am ganzen Körper. Du wirst dich verraten, ging ihr durch den Kopf. *Sie werden dich hören! Das werden sie, gleich entdecken dich die bösen Männer, die Rafael holen wollen!* Sie stellte sich auf die Zehenspitzen und blickte durch die Scheibe des aufgebockten Wagens. Dahinter standen vier Männer im Lichtschein einer Bürolampe – und ihr Bruder.

Etwas ist falsch.

Die Fremden und ihr Bruder standen um einen Bürostuhl herum, den sie hier noch nie gesehen hatte. Die Lehne fehlte, nur die stählerne Halterung war noch da – und daran war ein Mann gefesselt. Valeria konnte seine Hände sehen, wie sie unter den dicken Seilen zuckten. Ganz weiß waren sie, als wäre alles Blut aus ihnen verschwunden.

Einer der Männer beugte sich vor und flüsterte dem Gefesselten etwas ins Ohr, das Valeria nicht verstehen konnte. Dann richtete er sich wieder auf und blickte zu ihrem Entsetzen direkt in ihre Richtung.

Sie hielt den Atem an. Erstarrte. Sah er sie? Nein, das war nicht möglich! Valeria überlegte, ob sie rennen sollte, verwarf den Gedanken jedoch. Sie würde nie rechtzeitig zur Tür kommen. Und das musste sie auch nicht, versuchte sie sich selbst zu beruhigen, denn dort war ihr Bruder, und ihr Bruder würde nie zulassen, dass ihr etwas zustieß.

»Wir müssen ihn fortschaffen«, sagte Rafael. »Dieses Haus ist kein Ort dafür.« Für Valeria klang er ganz fremd. Da war etwas in seiner Stimme, eine gnadenlose Härte, die ihr Angst machte. Was war mit ihm geschehen? Was war hier los?

Sie biss sich auf die Lippe und sah zu, wie Rafael den anderen half, den Mann von dem Stuhl zu binden und wegzutragen. Der Fremde stöhnte vor Schmerz. Er muss etwas Böses getan haben, deshalb haben sie ihn gefesselt, dachte sie.

Dann waren sie durch die vordere Garagentür nach draußen verschwunden. Valeria rannte los, zur Werkstatttür und ins Haus zurück. Gerade noch sah sie ihren Bruder durch das Flurfenster in der Scheune auf der anderen Seite des kleinen Gartens verschwinden.

Dann hörte sie, wie laute Schritte hinter ihr näher kamen. Valeria rannte polternd die Treppe hinauf. Wieder schlug die alte Wanduhr, als wollte sie sie verhöhnen.

Sie erreichte ihr Zimmer, stürzte hinein, kroch in ihr Zelt und hielt den Atem an.

Sie werden mich nicht finden.

Sie werden mich nicht …

Es klopfte.

9

Wieder wurde Valeria durch das Läuten ihres Diensthandys geweckt. Die Fetzen ihres Traumes verschwanden aus ihrem Bewusstsein, nur ein bedrohliches Gefühl blieb zurück.

Das Display zeigte ihr eine bekannte Nummer an.

»Später, als ich erwartet habe«, meldete sie sich.

»Haben Sie jetzt vollkommen den Verstand verloren?«, herrschte Konrad Tanner sie an. Nun klang er, wie man ihn nur selten zu hören bekam: ungehalten. Tanner hasste Kontrollverluste. »Sie können nicht einfach diese Nummer rausgeben!«

»Kann ich nicht? Wenn ich mich nicht täusche, habe ich es bereits getan.«

»Sie laufen gerade nah am Abgrund, Ravelli. Sehr nah.«

»Kommen Sie, genau das wussten Sie schon, als Sie mich freigestellt haben. Aber wenn wir diese junge Frau lebend finden wollen, muss ich hier Einsicht in Dinge bekommen, die man vor mir verschlossen halten würde. Was haben Sie zu Birkner gesagt?«

Tanner knurrte. »Dass er Sie machen lassen soll.«

»Volle Befugnisse?«

»Nein. Ich habe ihm gesagt, dass er Ihnen geben soll, was Sie haben wollen – aber aus allem anderen halten Sie sich raus. Sie schauen aus der Distanz zu; haben Sie mich verstanden?«

»So wird das aber nicht funktionieren. Birkner wird mich nicht ernst neh…« Valeria hielt inne. Konrad Tanner war ein gerissenes Schlitzohr. »Ah. Ich verstehe. Sie haben ihm das *nicht* gesagt. Nur, dass ich an der Sache mitarbeiten werde. Alles Weitere liegt bei mir.«

Nun ließ Tanner ein heiseres Lachen hören. »Ja, wie immer. Ich weiß, wie Sie am besten funktionieren, Ravelli. Aber seien Sie vorsichtig.«

»Das müssen Sie mir nicht sagen, Tanner.« Valeria zögerte, als sie ihr zweites, privates Handy klingeln hörte. *Elias Mattei* stand auf dem Display. Der Anruf brach ab, dann klingelte es erneut, dieses Mal erschien eine andere unbekannte Handynummer.

»Das klingt, als wären Sie schon wieder gefragt, Ravelli«, sagte Tanner. Irgendwo auf seiner Seite gab ein Computermonitor ein Piepen von sich.

»Ich denke, es ist Birkner, der mich da erreichen will.«

»Dann sprechen Sie mit ihm. Halten Sie mich auf dem Laufenden, wenn Sie's einrichten können.«

»Birkner«, sagte die Männerstimme auf der anderen Seite der Leitung.

Valeria ging zum Fenster und sah hinaus. Eigerstal lag in dichten Nebel gehüllt, die Bergriesen ringsum ragten wie stumme Wächter auf, schroffe Zinnen und Gipfel, die sich in den düster gefärbten Himmel bohrten. Valeria holte tief Luft. »Haben Sie die Nummer angerufen, die ich Ihnen gegeben habe?«

»Es war sehr aufschlussreich.«

Valeria schloss die Augen. *Wenn du das hier durchstehen willst, dann musst du dich zusammenreißen. Du musst im Hier und Jetzt sein. Nicht in der Vergangenheit. Da draußen ist jemand, der so gefährlich ist, dass du ihm nur fokussiert gegenübertreten kannst. Du darfst dir keinen Leichtsinn erlauben. Nicht einen Fehler.*

»Frau Ravelli?«

Aber was, wenn der Schlüssel dort liegt, in der Vergangenheit? Ausgerechnet dort?

Als sie die Augen wieder öffnete und ihr Spiegelbild in der Scheibe betrachtete, traf sie ihre Entscheidung. »Wir sollten uns treffen.«

»Ja, das wollte ich auch vorschlagen.« Birkner nannte eine Adresse. »Wann können Sie dort sein?«

»Fünfzehn Minuten, dann bin ich da. Außerdem brauchen wir Mattei.«

Birkner zögerte. »Welchen der beiden Brüder?«

»Elias. Mit Nino will ich später allein sprechen. Oder haben Sie eine Spur, die auf ihn verweist? Einen Verdacht oder vielleicht eine begründete Hoffnung, innerhalb der nächsten zwölf Stunden Nora Mattei wiederzufinden?« Nun klang sie unnachgiebig.

»Nein.«

»Ich will das genau hören.«

»Ich habe nichts. Meine Leute haben nichts. Wir haben alles abgesucht, die Spuren verfolgt, sind den Hinweisen nachgegangen, haben alles Offensichtliche getan, und das nicht Offensichtliche ebenso … Wenn ich ehrlich bin: Ich weiß nicht weiter. Und nur deshalb lasse ich Sie hier überhaupt mitmischen.«

Und ausgerechnet dann ruft Elias dich an, dachte sie. Etwas an dieser Überlegung beunruhigte Valeria, doch wollte sie diesen Gedanken nicht weiterverfolgen – nicht jetzt, noch nicht. »Wir werden sehen«, erwiderte sie.

»Nach drei Tagen sind die Chancen …«

»So oder so, wir werden sie finden.« Valeria wandte sich vom Fenster und dem hereinbrechenden Abend ab und ging zu ihrem Koffer. Dort, zwischen einigen Jeans und dem Ersatzholster ihrer Dienstwaffe, bewahrte sie das Tagebuch auf, das sie aus dem Bankschließfach in Zürich entnommen hatte. Aufzeichnungen, die ihr einundzwanzig Jahre jüngeres Selbst hinterlassen hatte. Die Gedanken einer Jugendlichen.

Du versuchst, irgendwo in den Tiefen deiner Gedanken eine Lösung zu finden.

»Frau Ravelli?«, fragte Birkner noch einmal und klang erschöpft und müde.

»Es gibt immer einen Weg«, wiederholte sie mit Überzeugung. »Ich bin in ein paar Minuten da.«

10

Elias brachte ihr den Mietwagen, um den sie ihn gebeten hatte. Ein Toyota Land Cruiser«, sagte er und deutete auf den Geländewagen in Schwarz, der in der Einfahrt der Pension hinter ihm stand. »Robust und genau das Richtige für hier oben.«

»Danke«, erwiderte Valeria.

Elias sah zum Himmel hinauf. »Val, du musst mir die Wahrheit sagen.« Seine Stimme klang gebrochen, voll unterdrücktem Schmerz. »Glaubst du wirklich, dass Nora noch lebt? Dass wir sie lebend finden? Oder ist sie längst …«

»Hey.« Valeria trat zu ihm, legte die Hand auf seinen Arm. Sie konnte die Kühle seiner Haut durch den Stoff des Hemds spüren. »Elias, ich weiß es nicht. Aber es bringt jetzt auch nichts, das Gegenteil anzunehmen. Was immer damals passiert ist, wir sollten Noras Fall nicht sofort mit all den Ereignissen von früher in Verbindung bringen. Nicht, ehe wir mehr wissen.« Sie nickte in Richtung des Geländewagens. »Wollen wir?«

Sie überließ Elias das Steuer. Eine Weile fuhren sie schweigend, nur begleitet vom Geräusch des Winds, der durch das hohe Gras am Fahrbahnrand strich. Schließlich hielt Elias es nicht mehr aus. »Aber du hattest solche Fälle schon mal? Und hast du sie gefunden? Die Kinder, meine ich.«

»Einige.« Valeria sah in die Dunkelheit hinaus. »Nicht alle.«

»Fuck.« Elias trat so stark auf das Gaspedal, dass der Motor aufheulte und der Wagen einen Satz vorwärtsmachte. »Du weißt wirklich, wie du jemanden aufmunterst.«

»Nein«, erwiderte sie und warf ihm einen langen Blick zu. »Weiß ich nicht. Das war nie mein Job. Ich kann dir nur die Wahrheit sagen. Das ist, was du von mir kriegst. Dafür hast du mich angerufen, oder nicht? Weil du die Wahrheit willst. Wenn du besänftigt werden möchtest, musst du dich bei jemand anderem umhören.«

»Du bist nicht mehr die Val, die ich mal kannte.«

»Vielleicht war ich die nie. Vielleicht gab es sie nur für dich. Seit der Sache mit Steph, mit Sophia … und dann noch mit Rafael … ist alles anders.«

Elias runzelte die Stirn. »Was ist mit deinem Bruder passiert?«

»Er ist tot.«

»Scheiße, das … das tut mir leid.«

Valeria nickte knapp. »Es ist Jahre her.«

»Du suchst sie immer noch, nicht wahr? Seine Mörder.«

»Sie sind gefährlich, Elias«, wich sie aus. »Gefährlicher als jeder, dem du jemals begegnet bist.«

Elias schüttelte den Kopf. »Das ist Wahnsinn. Ständig so unter Druck zu stehen …«

»Man gewöhnt sich daran«, erwiderte sie.

»Man gewöhnt sich an alles.« Elias schnaubte. »Aber das bedeutet noch lange nicht, dass es auch gut ist.«

»Ich bin diejenige, die damit lebt, vergiss das nicht. Du bist derjenige, der mich hierherholte und damit ein weiteres dunkles Kapitel meiner Vergangenheit wieder aufschlägt. Aber das bedeutet nicht, dass ich meine anderen Dämonen auch mitbringe. Die sind gut eingesperrt.«

»Du hast gesagt, Noras Verschwinden hat nichts mit den Ereignissen vor einundzwanzig Jahren zu tun. Aber was ist mit dem toten Hirsch und dem Zeichen?«

»Vielleicht nur ein Nachahmer. Lass uns keine voreiligen Schlüsse ziehen.«

Elias bremste den Wagen und deutete zum Fahrerfenster hinaus. Da war ein Gasthof, mitten in den Wäldern gelegen, die so hoch aufragten, als wollten sie alles Sonnenlicht verschlucken, das über die schroffen, hohen Bergkämme kam, nur um den Menschen hier oben nichts mehr übrig zu lassen. Ein schmaler Bachlauf floss in der Nähe, darüber eine marode Brücke, die unter ihren Schritten schwankte und knarrte. Eine geschwungene Treppe führte zum Gasthof hinauf. Rustikal und unheimlich, wie Valeria fand, ragte er da auf seiner kleinen Anhöhe auf, mit einem mit Natursteinen verkleideten Schornstein und dunklem Holz, dem die Witterung und die Jahreszeiten zugesetzt hatten. Der Dachfirst war schief und von Moos bewachsen, ein Windspiel hing von einem massiven Querbalken herab und schwang sanft hin und her. Ein paar Bänke standen unter dem Vordach auf einer Veranda, einige Transporter parkten in der Nähe. Auf einem Schild bei der Eingangstür war ein großer Adler abgebildet, der dem Gasthof seinen Namen gab: *Steinadler*.

»Hier ist es«, sagte Elias. »Wir sind früher gerne hier gewesen, Sarah und ich …« Seine Worte klangen nach Vergangenheit, nach alten, halb vergessenen Erinnerungen, die er doch nicht loslassen wollte. »Hier haben sie sich in einen der Räume einquartiert. Die provisorische Einsatzzentrale, von der aus Birkner die Suche koordiniert.«

Valeria stieg aus. Die Lufttemperatur schien in der letzten halben Stunde um mehrere Grade gefallen zu sein, vielleicht lag es aber auch einfach daran, dass sie tiefer im Wald waren. Sie schaute sich um. Einige der hinteren Fenster des Gasthofes waren verhängt worden, dahinter schien helles Licht, als hätte jemand große Scheinwerfer im Inneren aufgestellt. »Dass der hier immer noch steht. Der Steinadler war schon zu meiner Zeit alt.« Valeria warf einen Blick auf ihr Smartphone – nur ein Balken, kaum Empfang.

»Je weiter südlich wir fahren, Richtung Gotthard, desto weniger Empfang kriegen wir rein«, erklärte Elias, der ihren Blick bemerkt haben musste. »Dagegen können wir nichts machen.«

Valeria sah Richtung Süden, wo die Berge sich über den Baumwipfeln abzeichneten. Die Bergmassive waren nun fast schwarz, Giganten vor einem rot gefärbten Himmel, schroff, zerklüftet und abweisend. Und das Gebiet hier draußen war gewaltig und unübersichtlich.

Er könnte überall sein, dachte Valeria. *Der Täter, der das Mädchen versteckt hält, allein, geknebelt und im Dunkeln. Wenn sie noch lebt.* Was dachte sie da? Noch gab es kein Anzeichen, dass Nora etwas zugestoßen war. Noch war sie nur verschwunden. *Es ist dieser Ort. Er will dich in deine Erinnerungen ziehen, überrumpeln, dich in seinen Besitz nehmen. Aber du brauchst mehr Hinweise. Wenn es eine Verbindung gibt, musst du dem weiter nachgehen. Lass nicht zu, dass all das hier dir Angst macht.*

»In diesen Bergen ist sie schwer zu finden, selbst wenn sie sich nur verlaufen hat«, sagte Elias düster. »Wir sollten jetzt reingehen.«

Er schritt voran, die Treppen hinauf, an den Bänken, die jemand mit Planen für den Herbst abgedeckt hatte, vorbei zum Eingang, wo er anklopfte. Valeria bemerkte, dass die

Speisekarte, die in einem kleinen Kasten nah bei der Tür angebracht war, alt und vergilbt wirkte, als wäre sie schon seit Jahren nicht mehr verändert worden. Noch während sie darüber nachdachte, schwang die Tür auf.

»Sie kommen spät.« Birkner trug einen dicken Wollpullover und hielt eine Tasse Kaffee in der Hand, aus der es dampfte. Seine Nase war gerötet, und er klang, als wäre da eine ordentliche Erkältung im Anflug.

»Wir sind so schnell wie möglich gekommen, aber die Straßen hier rauf sind nicht die allerbesten. Und der Regen hat die Reuss über die Ufer treten lassen. Da drüben ist ein ganzer Streckenabschnitt im Wasser und Schlamm versunken«, erklärte Elias.

Birkner führte sie in einen Raum, in dem Karten aufgehängt worden waren, mit Pins und Markern übersät, Tische, die man eilig herbeigeschafft hatte und die nun unter der Last von Aktenordnern ächzten.

»Ich wollte etwas Abgeschiedenes, eine Art Basislager für unsere Suche, nah bei den Wäldern«, erklärte Birkner.

»Was haben wir?«, fragte Valeria und betrachtete eine der Karten, die die Suchgebiete zeigte. »Was ist der bisherige Stand der Suche? Ich weiß nur, dass Nora aus ihrem Zimmer verschwand.«

»Wir haben uns mit ihrer Freundin Lara Wegner unterhalten. Die sagte, dass Nora abends noch bei ihr war. Sie wollten gemeinsam an einem Schulprojekt arbeiten. Nora schlich sich gegen zweiundzwanzig Uhr nach draußen, fuhr mit dem Fahrrad zu ihr, zum Hof der Wegners, der ein Stück außerhalb liegt. Auf dem Rückweg, gegen dreiundzwanzig Uhr zehn, muss sie einen platten Reifen gehabt haben und lief zu Fuß weiter. Wir haben ihr Fahrrad nämlich dort ganz in der Nähe gefunden, wo sie es an einen jungen Baum angeschlossen hat. Bis dahin können wir ihren Weg nachvollziehen. Aber dann … dann ist sie einfach spurlos verschwunden. Wir haben alle Ansässigen im Ort befragt, niemand will sie nach elf Uhr am Sonntagabend noch gesehen haben. Ein Suchtrupp mit Hunden durchkämmt die Wälder seit Tagen. Wenn sie irgendwo dort wäre, womöglich verletzt oder unfähig, sich aus eigener Kraft zurück zum Dorf zu retten, hätten wir sie schon gefunden. Es ist, als sei sie vom Boden verschluckt worden.« Birkner warf Elias einen Blick zu, und als Valeria sich umdrehte, sah sie, wie Elias sich in einen Stuhl fallen ließ und den Kopf in die Hände stützte.

»Nach aktuellem Stand der Ermittlungen können wir weder ausschließen, dass Nora aus eigenem Antrieb weggelaufen ist, noch, dass es sich bei ihrem Verschwinden um Fremdeinwirkung handelt«, schloss Birkner.

»Sie ist nicht weggelaufen!«, brauste Elias auf. »Wie oft soll ich das denn noch …«

»Elias.« Valeria warf ihm einen scharfen Blick zu, er hielt inne. Weitere solcher Aussetzer konnte sie nicht gebrauchen, sie waren auf Birkners Zusammenarbeit angewiesen, wenn sie überhaupt etwas herausfinden wollten, das wussten sie beide. Seine verzweifelten Augen kreuzten ihren Blick, aber sie gab nicht nach. »Das sind bisher noch ganz gute Nachrichten«, sagte sie beruhigend. »Die Nachttemperatur schwankte bislang um zehn, acht Grad Celsius herum, das ist nicht zu kalt, sollte sie irgendwo da draußen sein und Schutz gefunden haben. Oder …«, Valeria zögerte, »… falls sie irgendwo im Wald versteckt wurde.«

»Sie meinen, es könnte sich auch um eine Entführung handeln?«, fragte Birkner. »Dafür gibt es bisher keine Indizien. Wir haben auch keine Forderung vorliegen.«

Sie musterte ihn. Birkner wirkte müde und überarbeitet.

So, als wäre er inzwischen für jede Unterstützung zu haben.

»Fremdeinwirkung sollten wir nicht mehr völlig ausschließen, wenn Nora in dem Umkreis, den sie zu Fuß hätte erreichen können, noch nicht gefunden wurde«, sagte Valeria langsam, fast widerwillig. Sie war sich nicht mehr sicher, ob es eine gute Idee gewesen war, darauf zu bestehen, dass Elias dabei war. Etwas nagte an ihr, sie musste den Gedanken zu Ende führen, um sich sicher zu sein. »Elias, wusstest du von dem Treffen mit der Freundin?«, fragte sie. Davon hatte er bisher noch nichts erwähnt. Seine zusammengesackte Körperhaltung auf dem Stuhl wirkte, als sei er am Ende seiner Kräfte.

»Nein, nicht bevor Birkner uns darüber informiert hat, aber … es ist nichts Ungewöhnliches, dass sie sich manchmal rausschleicht. Das hat mir Nino schon gesagt. Hier gibt es nichts zu unternehmen. Da büxt Nora eben zu ihren Freundinnen aus, einfach, um Nino zu ärgern. Das hat nichts mit ihrem Verschwinden zu tun.«

»Spielen Drogen eine Rolle oder Alkohol?«, fragte Valeria und musterte ihn genau.

»Ich denke, so was macht Nora nicht.«

»Und ihre Freunde? Könnte es sein, dass sie bei einem von ihnen ist und sich dort versteckt? Oder dass uns Lara etwas verheimlicht?« Sie wandte sich wieder Birkner zu.

»Nein, davon gehen wir momentan nicht aus. Sie scheint ehrlich erschüttert über ihr Verschwinden zu sein. Sie wusste auch nichts davon, dass Nora Pläne gehabt hatte, sich irgendwo zu verstecken oder davonzulaufen«, antwortete der Beamte mit einem Seitenblick auf Elias.

Es entstand eine Pause. *Jetzt musst du wohl das aussprechen, was niemand in dieser Situation sagen will.*

»Wenn weder ihre Freunde noch ihre Verwandten davon ausgehen, dass Nora Pläne hatte wegzulaufen, dann können wir Fremdeinwirkung kaum mehr ausschließen. Sie ist schon zu lange verschwunden, als dass es sich um einen Streich handeln könnte. Und da sie weder in einem zu Fuß zu erreichenden Umkreis gefunden wurde noch mit einem Fahrzeug aus dem Ort verschwunden ist – sie hat kein Auto geklaut oder ist mit dem Zug abgehauen –, müssen wir davon ausgehen, dass sie versteckt gehalten wird. Dass sie jemand hier oben festhält.« Valeria nickte in Richtung von Elias und hob die Brauen.

»Ich … ich verstehe«, sagte er langsam.

Sie ging zu ihm. »Ich weiß, wie schwer es ist«, sagte sie behutsam. »Ich kann mir gar nicht vorstellen, was ihr gerade empfindet. Ich kann Nino und dir nur versprechen, mein Möglichstes zu tun, um Nora zu finden.«

Elias nickte. Er war blass geworden, aber da war auch noch immer eine Stärke zu spüren, die ihn nicht aufgeben ließ.

Valeria zog sich einen Stuhl heran. Birkner blieb stehen, als wüsste er nicht recht, was er als Nächstes tun sollte. »Weihen Sie uns in die Ermittlungen ein?«, fragte sie ihn.

»Ich bin immer noch nicht sicher, ob es das Richtige ist, wenn Herr Mattei all das hört.«

»Vielleicht haben Sie recht«, erwiderte sie. »Aber wir haben bessere Chancen, wenn er dabei ist. Als Einheimischer kennt er die Gegend weitaus besser als wir.«

Birkner starrte sie an. Valeria sah die Müdigkeit in seinem Gesicht, den Druck, der auf ihm lastete, und die Angst zu versagen. Er wollte nicht hier sein, er hätte diesen Fall am liebsten abgegeben … und dennoch war er hier. Wo kam er her, wieso hatte man ihm den Fall übertragen? Sie wusste gern alles über die Menschen, mit denen sie zusammenarbeitete. *Kenne deine Gegner – deine Verbündeten jedoch umso mehr.*

»Schon gut, schon gut, ich nehme euch die Entscheidung ab«, warf Elias schroff ein. »Ich gehe.« Er warf Valeria einen Blick zu. »Der Wagen steht ohnehin jetzt dir zur Verfügung. Ich laufe zurück. Ein bisschen Frischluft wird mir guttun, den Kopf frei machen …«

»Bist du sicher?«

»Nein, Val. Aber das hier ist eine Sache, die ihr professionell regeln müsst. Unter vier Augen. Ich kann ihn verstehen. Wenn ihr mich braucht … du weißt, wo du mich dann findest.«

Er stand auf. Die Tür knarrte, als er sie öffnete. Elias hob die Hand zum Gruß, und Valeria sah zu, wie er in der nebeligen Dunkelheit verschwand.

11

»Na schön«, sagte Valeria kühl. »Welche Spuren haben Sie und Ihre Leute noch gefunden?«

»Wir haben dort begonnen, wo so ein Fall für gewöhnlich immer beginnt: im Haus der Vermissten. Nora Mattei, vierzehn Jahre alt. Tochter von Nino und Josephine. Die Mutter starb vor zwei Jahren bei einem Autounfall. Ein Unglück, überhöhte Geschwindigkeit auf zu glatter Straße. Seitdem erzieht Nino Mattei seine Tochter allein und hat nicht mehr geheiratet. In der ersten Vernehmung, die ich persönlich durchgeführt habe, sprach er von einer Art Fluch, der auf seiner Familie lastet. Sie hätten nur wenig Glück gehabt, sagte er, und wie es scheint, stimmt das auch. Wir haben uns den Hintergrund seiner Familie angesehen, seine Finanzen …« Er schob einen schmalen Ordner über den Tisch, in dem sich Bankauszüge und Steuerbescheide befanden. Birkner war gründlich gewesen, das konnte Valeria jetzt sehen. »Es steht nicht besonders gut um ihn.«

»Das Motiv für ein mögliches Verbrechen ist also wahrscheinlich nicht Matteis prall gefülltes Konto. Falls wir es hier überhaupt mit einer Entführung mit finanziellem Motiv zu tun haben. Aber es wurde ja ohnehin kein Lösegeld gefordert, wenn ich Sie richtig verstanden habe«, sagte Valeria. Sie fühlte sich unangenehm schmutzig, als sie diese Kontoauszüge sah. Nino zahlte regelmäßig eine große Summe an die Kantonsbank, und das Gehalt reichte kaum aus, um ihn und seine Tochter über Wasser zu halten. »Diese Zahlungen hier …«

»Das ist der Kredit für das Haus.«

Valeria sah die Pfändungsandrohungen der Bank, als sie weiterblätterte. »Das konnte er immer nur kurz vor dem Ablauf der Frist aufwenden.«

Birkner verschränkte die Arme. »Wie wir aus der Befragung von Noras Freunden und Lehrern erfahren haben, wusste sie von der schwierigen finanziellen Situation. Wir haben Aussagen von Nachbarn, die besagen, dass Nino und seine Tochter sich häufiger stritten, wegen Geld. Aber nichts deutet auf mehr als normale Streitigkeiten hin oder darauf, dass sie …« Er zögerte und musterte Valeria mit langem abwägendem Blick.

»Dass sie Angst vor ihrem Vater hatte? Weil sie mitbekam, wie er langsam, Stück für Stück, weiter verzweifelte? Weil sie begriff, wie eine furchtbare Idee in seinem Kopf heranwuchs?«

»Was meinen Sie damit?«

»Nur so ein Gedanke. Wir liegen hier sehr abgelegen. Wenn hier ein Mädchen wie sie verschwindet, hübsch, dann könnte sie auch jemandem in die Hände geraten sein, der mit ihr Geld verdienen will. Der sie verkauft. Vielleicht, Gott bewahre, mit Zustimmung ihres verzweifelten Vaters.«

»Sie haben sehr düstere Gedanken, Ravelli.«

»Ein Autounfall, sagen Sie? Als die Mutter starb?«

»Ja. Überhöhte Geschwindigkeit. Leichtsinn.«

Valeria überlegte einen Moment, dann nickte sie. »Eine gewisse Tragik, dass nun beide Mattei-Frauen vor ihren Männern gestorben sind. Also, wer hat die Lehrer und Freunde von Nora befragt?«

»Das waren die Kollegen der Kriminalpolizei Luzern.«

»Aus Luzern? Wie sind die Kollegen mit den Einheimischen hier zurechtgekommen?«

»Wie meinen Sie das?«

»Sie trauen mir nicht, Birkner, aber da liegen Sie falsch. Nur weil Elias Mattei ein Freund von früher ist, bedeutet das nicht, dass ich nicht genau hinsehe. Mit seinem Bruder hatte ich damals wenig zu tun. Ich schaue so genau hin *wie immer*. Und die Leute hier, die schweigen, wenn sich Fremde einmischen. Was im Ort geschieht, bleibt im Ort, so war die Mentalität hier schon immer.«

»Ich verstehe nicht, worauf Sie …«

»Kommen Sie, Birkner. Wir haben zurzeit drei Möglichkeiten: Entweder hat der Vater eine Entführung selbst inszeniert und seine eigene Tochter versteckt, um über eine Lösegeldforderung an das Geld einer Versicherung zu kommen – Möglichkeit eins. Dazu müssen wir herausfinden, ob er überhaupt so eine Versicherung abgeschlossen hat … Ich halte es für unwahrscheinlich. Oder jemand hat Nora Mattei entführt und sie getötet oder hält sie noch immer gefangen – Variante zwei … oder Option drei. Das wäre die gewöhnlichste Erklärung.«

»Und die wäre?«

»Nora ist von zu Hause weggelaufen und irgendwo in den Bergen und Schluchten verunglückt, sodass wir sie jetzt nicht finden können.«

»Normalerweise gibt es Anzeichen dafür, warum ein Kind wegläuft, Auffälligkeiten in der Schule, Gewalt im Elternhaus, eine Scheidung. Für nichts davon gab es hier Hinweise«, sagte Birkner.

»Nicht unbedingt. Vielleicht wussten ihre Freundinnen oder Lehrer nichts davon. Nora hat ihre wahre Motivation vielleicht sehr gut versteckt. Es gibt Dinge, über die sprechen Mädchen nicht, mit niemandem.«

Valeria sah, wie die Erkenntnis in Birkners Augen dämmerte. »Sie meinen, dass Nino Mattei seine Tochter missbraucht haben könnte?«

»Ich kann nichts ausschließen.« Valerias Stimme klang hart, doch ruhig zugleich. »Ich war lange nicht mehr hier.«

»Ich weiß. Es muss schwer für Sie sein, zurückzukehren.«

»Das spielt keine Rolle. Wir müssen diese Möglichkeiten durchgehen und eine nach der anderen ausschließen, bis nur noch die richtige Lösung übrig bleibt. Wir dürfen uns nicht von vornherein auf etwas einschießen. Das gilt auch für Ihre Ermittler. Wir müssen mit offenen Augen in diese Sache gehen.«

»Verstehe. Das sehe ich auch so. Nino Mattei ist aus dem Kreis der Verdächtigen ebenso wenig eliminiert wie Noras Onkel Elias.«

»Welche dieser drei Varianten halten Sie nach aktuellem Erkenntnisstand für die wahrscheinlichste?«, fragte Valeria ihn. Es war immer wichtig, die Meinung der Polizisten einzuholen, die zuerst vor Ort gewesen waren. Sie hatten die Umgebung gesehen, die Beteiligten befragt und, am wichtigsten: Sie hatten einen Instinkt für die Situation entwickelt. Der musste nicht stimmen, aber er gab einen Hinweis, eine Richtung an.

»Um ehrlich zu sein: Ich weiß es nicht. Dieser gottverdammte Ort macht mich wahnsinnig, diese ständige Dämmerung im Schatten der Berge, der Nebel, dieser feuchte, dunkle Wald … Ich würde mich hier über gar nichts wundern! Wer so leben kann, ist vielleicht zu allem fähig«, schloss er.

»Sicher. Keine Statistik schließt aus, dass einer der Familienangehörigen beteiligt ist. Ein Großteil der Täter stammt aus dem Umfeld.«

»Wir beide kennen die Zahlen.« Birkner klang pragmatisch. Sie fragte sich, was wohl in seiner Karriere dazu geführt hatte, dass er das Schlechteste in jedem Menschen vermutete.

Valeria verschränkte die Arme. »Wenn ein sexuell motivierter Hintergrund vorliegt«, entgegnete sie, »dann gibt es zwei wahrscheinliche Ausgänge: Entweder Nora ist weggelaufen, und ihr Vater will sie zurück, möglichst unbeschadet, damit sein Lügenkonstrukt nicht auffliegt, oder – die schlechteste Option – er hat sie selbst irgendwo eingesperrt oder bereits beseitigt, weil er seiner Enttarnung zuvorkommen wollte.«

»Meine Güte, Ravelli. Wie Sie vorhin mit Elias Mattei gesprochen haben …« Birkner erstarrte. »Sie *wollten* gar nicht, dass er hierbleibt? Aber ebenso wenig wollten Sie ihm das selbst sagen, sondern haben stattdessen … Sie haben *mich* dafür benutzt, ihn wegzuschicken! Damit Sie für ihn die Freundin bleiben, für die er Sie hält?«

»Das hilft mir dabei, ihn im Auge zu behalten und auch seinem Bruder keinen Grund zu geben, misstrauisch zu sein. Vielleicht sind das die Tricks, die man anwenden muss in unserem Job, um ihn gut zu machen.« Valeria schloss den Aktenordner. »So schwer es mir auch fällt.«

»Seien Sie vorsichtig mit solchen Theorien, so was läuft schnell aus dem Ruder. Wenn publik wird – die Presse wittert schon eine Story –, dass wir den Vater massiv ins Visier nehmen, dann kann das sein Leben zerstören.« Er musterte sie warnend aus seinen dunklen Augen.

»Sie sind der Einsatzleiter, Birkner. *Sie* werden alles abbekommen, falls das Ganze an die Presse gelangt. Ich bin nur ein Geist. Ich zähle in dieser Gleichung nicht.«

Das schien ihn aus der Fassung zu bringen. »Verflucht, Ravelli, was soll das?« Er schlug mit der Faust auf den Tisch. »Wollen Sie mich verarschen? Ihr Chef oder wer auch immer dieser Tanner ist – Abteilung 11 für Spezielle Einsätze, dass ich nicht lache –, der hat mir gesagt, Sie werden hier helfen und an den richtigen Stellschrauben drehen, damit der Fall schnell und unkompliziert über die Bühne geht ... aber jetzt *das*! Das ist eine große Scheiße, dafür will ich nicht die Verantwortung tragen! Das ist meine Karriere, die hier auf dem Spiel steht!« Er war sehr laut geworden.

»Wir sind hier allein, nicht wahr?« Valeria blickte auf Birkners zorniges Spiegelbild im Fensterglas.

»Ja. Und?«

»Remo Birkner. Neunundvierzig. Seit vierzehn Jahren bei der Kantonspolizei Luzern.«

Er kam ein paar Schritte näher, ging um den Tisch herum, der sie bisher getrennt hatte, und baute sich vor ihr auf. »Was wollen Sie damit andeuten?«

»Ich will gar nichts andeuten. Ich will Sie testen. Und wenn ich mir das so ansehe, dann sind Sie gerade durchgefallen. Sie machen sich mehr Sorgen um Ihren Ruf als darum, die Wahrheit herauszufinden. Das finde ich, gelinde gesagt, sehr gefährlich.«

»Wagen Sie es nicht, Ravelli ...«

»Hören Sie mir zu.« Sie erhob sich. Er überragte sie um vielleicht zehn Zentimeter, und das, obwohl sie für eine Frau nicht besonders klein war. Valeria trat einen Schritt näher, Birkner blieb stehen, die Hände zu Fäusten geballt. »Wir müssen die Presse als das betrachten, was sie ist: ein Teil des Ganzen. Ein Werkzeug, das wir benutzen müssen. Verbündeter, Unterstützer oder Gegner. Je nachdem, was sie für uns werden sollen, je nachdem, was wir ihnen erlauben zu werden. Aber nicht als Bedrohung. Die geht hier nur von einem aus.«

Birkner schwieg. Sie sah ihm an, dass sie ihn bei Weitem nicht überzeugt hatte – und das war gut. Er musste überzeugt sein – und das ging nur, wenn er die Entscheidung selbst traf.

»Aber wenn ich recht habe, dann geht all das vielleicht noch tiefer. Wenn ich recht habe, müssen Sie sich keine Gedanken um schlechte Presse machen.«

»Und was soll das nun wieder bedeuten?«

»Ich hoffe, dass Elias oder Nino nichts damit zu tun haben. Ich hoffe – so schlimm dies auch klingt –, dass Nora von einem Fremden entführt wurde. Dass der Täter, mit dem wir es vor einundzwanzig Jahren zu tun hatten, wieder da ist, er oder ein Nachahmer. Und sollte es so sein, dann müssen wir uns nur dann Sorgen um die Presse machen, wenn wir scheitern. Wenn wir ihn *nicht* finden.« Valeria seufzte. »Aber egal, was geschieht – wir müssen uns für alle Richtungen, für alle Eventualitäten bereithalten.«

»Was wollen Sie eigentlich, Ravelli? Freie Hand? Meinen Platz?«

»Nein. Sie bleiben genau, wo Sie sind. Ich will nur Zugang zu den laufenden Berichten. Eine Übersicht über alles, was Sie bis jetzt haben – alles, ohne vorherige Bewertung. Ich muss Noras Zimmer sehen und die Aufnahmen der Waldlichtung, auf der man den Hirsch entdeckt hat. Wir beide fürchten doch, dass es kein Wolf war. Kein Tier.«

»Sie gehen immer noch von einer Verbindung zu dem Fall von vor einundzwanzig Jahren aus. Ich habe mir die alte Akte angeschaut, bisher gibt es keinerlei Indizien für eine Verbindung zwischen den Fällen. Der damalige Tatverdächtige lebt inzwischen woanders. Für die Tatzeit hat er ein Alibi.«

»Bravo, Sie haben also Ihre Hausaufgaben gemacht. Vielleicht hat man aber den Falschen verdächtigt. Vielleicht gibt es ihn noch, den Täter von damals, eine Bestie in Menschengestalt, jemand, der sich schlimmer verhält als jedes Raubtier.«

Birkner nickte, sein Gesicht verdüsterte sich. »Was geschehen ist, hatte etwas Bestialisches, da gebe ich Ihnen recht. Aber dafür sehe ich *hier* noch keine Anzeichen. Das Zeichen auf dem Stein, das soll uns nur Angst machen, uns in die Irre führen. Davon bin ich überzeugt. Was ist es bei Ihnen, Ravelli, das Sie zurückgeführt hat? Eine innere Unruhe, der Gedanke, der Sie antreibt, dass Sie nie wirklich damit abschließen konnten?«

Sie atmete tief durch. »Sie wissen es doch. Ich war das dritte Mädchen, das verschwand. Das Mädchen, das wiederaufgetaucht ist und sich an nichts erinnern konnte.«

Birkner nickte erneut. Da war ein Ausdruck in seinen Augen, den sie nicht mochte: Mitleid.

»Ich bin hier, weil ich damit abschließen will«, sagte sie fest, bevor sich ein Schwanken in ihre Stimme einschleichen konnte. »Es kann zwar keine Gerechtigkeit geben, aber einen Abschluss, den kann ich vielleicht finden. Ich muss es wenigstens versuchen.«

»Also ist er wirklich zurück?«

»Das weiß ich nicht. Haben Sie nicht daran gedacht, dass es so sein könnte?«

»Doch. Es vergeht keine Stunde, in der ich es nicht befürchte. Was das bedeutet … für Nora Mattei, für die Menschen hier oben. Für uns. Für zukünftige Opfer.«

»Sie haben selbst mit Xaver Baumann gesprochen. Das kann ich doch hier zwischen Ihren Worten heraushören.«

»Natürlich habe ich das.«

»Und er machte auf Sie nicht den Eindruck …, dass er in der Lage ist, Nora zu entführen?«

Birkner starrte zu den Fenstern hinüber oder vielleicht vielmehr in die Dunkelheit dahinter. Der Wind stieß in die Tannenwipfel hinab, sie bogen sich hin und her. Die Wolken hatten das letzte Licht verschluckt, während Regen gegen das Glas prasselte. Für einen Moment schien es Valeria, als würde ein Licht zwischen den Stämmen hin und her schwanken, als würde dort jemand durch die Finsternis streifen, aber als sie ein zweites Mal hinüberschaute, konnte sie nichts dergleichen mehr erkennen.

»Ich weiß es nicht«, erwiderte Birkner dann. »Er wirkt … abwesend, geisteskrank. Früher hätte man ihn vielleicht für dämonisch gehalten und ihn weggesperrt. Aber heute, nach allem, was wir heute über die Psyche eines Menschen wissen? Die Jahre in der Anstalt haben ihn verändert. Ich kann nicht einschätzen, wozu er fähig ist.«

»Sie hätten mit einem richterlichen Beschluss das Haus seiner Mutter durchsuchen können.«

»Ja. Sie ist zweiundachtzig, wissen Sie das, Ravelli? Und eine zweite Falschverdächtigung … dafür würde man uns zerfetzen.«

»Darauf können wir keine Rücksicht nehmen, wenn ein Leben auf dem Spiel steht.« Valeria stand auf, die Stuhlbeine kratzten über den Parkettboden des kleinen Saals dieses Gasthofs. Sie trat zu den Pinnwänden, die die Kollegen mitten im Raum aufgestellt hatten. »Ich habe mir die Ermittlungsergebnisse von damals angesehen, wann immer ich Zugriff darauf bekam. Es war wie eine Obsession, als ich zur Polizei ging. Meine beiden besten Freundinnen. Sophie Matthussen und Stephanie Grausteiner, beide ermordet, und ich … ein vierzehnjähriges Mädchen, das nicht begreifen konnte, was geschehen war. Das aus dem Wald zurückkam und sich nicht erinnern konnte, was dort passiert war.« Unwillkürlich ballte sie die Hände zu Fäusten. Birkner warf ihr einen Blick zu. Sie wollte kein Mitleid, aber er sah auch nicht länger aus, als hätte er welches zu verteilen. »Dies ist vielleicht meine Chance, es endlich herauszufinden. Falls die Fälle miteinander zu tun haben. Und sonst ist es meine Chance, ein verängstigtes Mädchen zu retten, wie ich damals eines war.« Valeria entkrampfte die Hände, die Fingernägel hatten rote Abdrücke in ihren Innenflächen hinterlassen. All das auszusprechen glich einem Hindernislauf, der nicht enden wollte, mit Steinen und kaum überwindbaren Steilwänden. »Gehen wir es an?« Bevor ich es mir anders überlege und von hier abhaue, fügte sie in Gedanken hinzu. Dies war ein Ort, an den sie nie hatte zurückkehren wollen, der sie jedoch tief im Inneren nicht losgelassen hatte. Ein Ort, an dem all das, was damals geschehen war, nie aufgeklärt worden, sondern nur unter der Oberfläche verschwunden war. Versteckt in einem dunklen Winkel, einer schmutzigen Abstellkammer, einem fiebrigen Unterbewusstsein.

Man dachte, es wäre fort, aber das war es nicht.

Es hatte nur gewartet.

Auf sie.

12

Die Wälder nahe Eigerstal waren dunkel, tropfend nass, und Valeria hatte das Gefühl, der Regen wolle ihr Worte zuflüstern, wie eine Stimme da draußen in der Dunkelheit. Krähen saßen auf einer nahen Stromleitung, stießen ihre heiseren Schreie aus und schienen sie zu beobachten, diese fremden Menschen, die in ihr Territorium eingedrungen waren.

Remo Birkner steuerte seinen Dienstwagen, einen älteren VW Passat, bis ans Ende des Pfades und stellte den Motor ab. Als das Abblendlicht erlosch, kroch die Dunkelheit näher, schlug ihre Krallen wie ein Tier in den nassen kalten Erdboden und die Luft, die durch das Fenster hereinströmte, das Valeria ein Stück nach unten gekurbelt hatte.

»Dieser Ort ist seltsam. Wie ein Anachronismus. Die Bauern mit ihrem Vieh, denen man das Land abgekauft hat, all die Einheimischen, die ihren Ort an einen ausländischen Investor verschachern, der dieses Hochland in ein exklusives Paradies verwandeln will – mit Konsequenzen für alle«, sagte Birkner.

»Und das bedeutet?«

»Dass man die Menschen spaltet. Die einen profitieren, die anderen sehen, wie ihre Heimat zerstört wird. Noras Vater ist einer der erbittertsten Gegner des Ski-alpin-Projekts, wussten Sie das nicht? Wegen der Umwelt, wie er und die anderen sagen, wegen der unumkehrbaren Verwandlung einer Natur, die seit vielen Jahrhunderten kaum angerührt wurde. Eine neue Skilift- und Zugverbindung soll über die Gletscher hinüber nach Graubünden geschaffen werden, gewaltige Touristenstätten hier wie auch drüben sollen entstehen ... Die Steinböcke da oben würden vertrieben werden, die Naturlandschaft zerstört, all die alten Bäume gefällt ... Ja, all das hat er mir erzählt.«

»Wer waren diese Gegner? Ich weiß, es ist schon längst entschieden, aber wie verliefen die Fronten im Ort?«, fragte Valeria und folgte Birkner über einen Waldpfad, den er mit einer Stabtaschenlampe beleuchtete, bis er stehen blieb. Die Bäume flüsterten miteinander, schienen sich in der Dunkelheit zu bewegen, näher zu rücken wie ruhelose Schatten. Der Regen trommelte auf das fächrige Blätterwerk, erzeugte ein Muster, das sie beunruhigte. Es knarzte, knirschte unablässig, und einmal stürzte ein schwerer Ast zu Boden, dem sie nur durch einen schnellen Schritt zur Seite ausweichen konnte. Ihr Herz klopfte. Du Stadtmädchen, ging ihr durch den Kopf. *Reiß dich zusammen. Du kennst diesen Ort.*

»Zu Anfang waren die verfeindeten Lager zahlentechnisch wohl recht ausgeglichen. Aber dann gab es die Abstimmung, und die Befürworter gewannen, das Projekt wurde realisiert, sie bauen schon längst ...« Er warf ihr einen langen Blick zu. »Ich dachte zuerst, der Fall würde damit zusammenhängen. Vielleicht eine späte Rache. Immerhin geht es hier um Millionen.«

»Haben Sie mit den Verantwortlichen gesprochen?«

»Nein. Noch nicht. Ich wollte nicht gleich das ganz große Fass öffnen. Schließlich ist Nora erst seit drei Tagen weg, und ... na ja, ich habe immer noch die Hoffnung, dass es eine simplere Erklärung für ihr Verschwinden gibt.«

»Vielleicht sollte ich das tun, mit den Verantwortlichen des Projekts sprechen. Je nachdem, was als Nächstes passiert.« Valeria hatte das Absperrband der Polizei entdeckt, es flatterte im Wind und machte ein leises Geräusch, als würde jemand zwischen den Bäumen stehen. Sie spürte, wie kalt ihr war, ihre Jacke lag in der Pension, und die wiederum schien nun viele Kilometer entfernt. »Man kommt sich vollkommen abgeschieden hier vor. Sicher, dass Nora hier entlangkam?«

»Ja, das wissen wir.« Birkner winkte Valeria zu sich. »Ihr Vater sagte, sie wäre am Morgen nicht zum Frühstück erschienen, was etwa acht Stunden Zeitfenster eröffnet, aber wir wissen jetzt, dass Nora bereits spätabends das Haus verlassen hat. Ihre Freundin Lara hat uns bestätigt, dass sie noch bei ihr war. Nora schlich sich aus dem Haus, nahm ihr Fahrrad und fuhr die eineinhalb Kilometer von dem einen Ende von Eigerstal zum anderen und dann hinaus zu dem Wohnhaus, wo ihre Freundin wohnt ... Später verließ sie Lara gegen elf Uhr zehn und nahm die Abkürzung hier entlang, hatte ganz in der Nähe einen platten Reifen und ließ das Rad stehen. Wir haben es nicht weit von hier gefunden.«

»Das ist mutig, so ganz allein.«

»Sie vergessen, Ravelli, wir sind hier nicht in einer Großstadt. Noras Schuhabdrücke wurden hier gefunden.« Er deutete in Richtung des Absperrbands. »Aber dann hören die Abdrücke einfach auf, da ist nichts mehr. Sie ist wie vom Erdboden verschluckt.«

Valeria blickte den Waldweg hinab und wieder hinauf. »Wie ist es passiert, was meinen Sie?«

Birkner zuckte mit den Achseln. »Es war recht dunkel in der Nacht, dazu stark bewölkt und kaum Mondschein. Zwischen zwei und drei Uhr nachts fiel Regen.«

»Also hat sie den Weg mit ihrem Handy ausgeleuchtet. Können wir die Daten der nächsten Funkmasten gegenprüfen?«

»Ja. Da sind wir dran, aber das braucht seine Zeit. Vor allem, weil wir noch keine eindeutigen Spuren haben«, ergänzte Birkner. »Nichts, was auf eine Fremdeinwirkung hindeutet. Noch nicht. Und viel mehr gibt es auch nicht. Nur Fußspuren, die irgendwo im Nichts aufhören in einer verregneten Nacht.«

»Sie meinen, der Regen hat die Spuren fortgewaschen. Nora war hier.«

»Dieser Ort ist seltsam. Diese Wälder sind alt, sehr alt, fast unberührt seit vielen, vielen Jahren. Wir haben hier unzählige Felsspalten, Schluchten und Höhlen, die zum Teil nicht mal kartografiert sind oder unter Wasser stehen …« Birkner zuckte mit den Schultern. »Der Hund hat ihre Spur aufgenommen, aber nach gut achthundert Metern wieder verloren.«

»Welcher Hund? Ein Fährtensucher? Hatten Sie einen Spezialisten hier?«

»Jemanden von unten, aus dem Tal. Er hatte eine Bluthündin dabei, und wenn selbst die nichts findet …«

Valeria nickte. Sie strich sich eine vom Regen nasse Strähne hinters Ohr. Nebel zog zwischen den alten knorrigen Weißtannenstämmen auf. Eine Eule, die über ihre Köpfe hinwegstrich, stieß ein Krächzen aus, das sie beide zusammenzucken ließ.

»Es ist dieser Ort«, sagte Birkner. »Und die Kälte. Sie kriecht einem regelrecht unter die Haut.«

»Also gut.« Valeria trat einen Schritt zurück. »Es hat keinen Sinn, in der Dunkelheit nach neuen Spuren zu suchen. Zeigen Sie mir morgen bei Tageslicht die Stelle, an der der Hund die Fährte verloren hat.«

»Einverstanden.« Birkner wirkte erleichtert, wie Valeria fand. »Wir setzen die Suche fort, aber lange kann ich die Mannstärke nicht aufrechterhalten … Irgendwann wird Nora dann in den Akten als verschwundene Person abgelegt, das wissen Sie, Ravelli.«

»Wir werden sehen.« Valeria nahm ihr Smartphone aus der Tasche und fotografierte den Baum und das Dunkel zwischen den hoch aufragenden Tannen, wo das Fahrrad gefunden worden war.

»Was soll das?«

»Das ist für mich. Um ein Gefühl für den Ort zu bekommen. Oder besser gesagt: um es wiederzuerlangen. Fahren wir?«

»Zurück zu unserem Stützpunkt?«

Stützpunkt, so nannte Birkner den Raum im Gasthof, wo er und seine Kollegen ihr Ermittlungshauptquartier aufgebaut hatten. *Wie militärisch.*

»Es ist Zeit, dass wir alle ein paar Stunden Schlaf bekommen. Ja, fahren wir zurück.«

Auf der Rückfahrt versanken sie beide in Schweigen. Valeria entdeckte einen Hirsch, dessen Augen im Scheinwerferlicht aufleuchteten, als er den Kopf hob und sie aus dem Dickicht heraus musterte. Moos und Farn hingen an seinem weit ausladenden Geweih, er musste es abgestreift haben. Nebel glitt über die Landstraße. Einmal kam ihnen ein Jeep entgegen, der sein grelles Fernlicht nicht abschaltete.

»Das könnte er gewesen sein«, sagte Birkner und deutete hinaus. Ein anderer großer Wagen parkte verlassen am Straßenrand. »Oder der. Oder jeder andere. Wenn Nora von jemandem entführt wurde, wenn wir das annehmen, dann könnte es wirklich wieder sein … wie damals.«

»Ja«, antwortete Valeria in Gedanken verloren, »aber dafür brauchen wir Beweise.«

Zurück am Gasthof Steinadler, verabschiedeten sie sich. Valeria stieg in den Geländewagen, den Elias ihr besorgt hatte, und fuhr in die Nacht davon. Der Toyota glitt souverän über die Straßen, doch als die Windböen stärker wurden und sich von der Seite gegen den Wagen stemmten, musste sie das Lenkrad festhalten. Schließlich erreichte sie das Dorf, fuhr durch das nächtliche Eigerstal, an einem Brunnen vorbei, der von Scheinwerfern angestrahlt wurde, vorbei an dem nächtlichen, in Orangegelb gehüllten Hotelkomplex, wo einige späte Touristen mit ihren Windjacken über die Gehwege eilten, und danach zurück zur Pension.

Margaret Haldirsen schlief bereits, die Lichter im Haupthaus waren erloschen, dunkel die Fenster ringsum. Als Valeria zur Tür ging, raschelte es zwischen den Bäumen und Sträuchern, die bis an das Gebäude herangewachsen waren. Sie erstarrte.

Stand dort jemand? Ein Schatten, schwärzer als die Dunkelheit zwischen den alten knorrigen Baumstämmen? Eine Silhouette, die sie beobachtete?

Vielleicht war er wirklich zurückgekehrt, weil er damals vor einundzwanzig Jahren nicht mit seiner Tat abschließen konnte. Weil er nur zwei von dreien erwischt hatte.

Eine fehlt ihm.

Du. Du bist die Dritte.

Valeria schloss die Tür auf und trat ein. Zuvor kontrollierte sie jedoch den Sitz ihrer Dienstwaffe unter der Jacke. Ihre Finger tasteten über die raue Holzverkleidung nach dem Lichtschalter.

Wenn du ihn drückst, dann steht er dort. Im Flur, dir gleich gegenüber. In der Hand … etwas Blutiges.

Man wird niemanden finden. Weder Nora noch dich. Weil er nur ein Geist ist. Ein Albtraum, ein Aberglaube. Ein Fluch der Berge. Also genau das Richtige für dich. Weil du die Einzige bist, die ihn finden kann.

Das Licht ging an, der Raum war leer. Valeria fror. Ihr war es, als wäre die Lufttemperatur um viele Grad gefallen, als sie ihre neu angemieteten Räume betrat. Und doch öffnete sie das große Schlafzimmerfenster, setzte sich aufs Bett und nahm ihre Waffe in die Hand. Dann begann sie damit, sie zu zerlegen, den Schlitten und den Lauf zu reinigen, entfernte das Magazin und zerlegte sie in alle Teile, ehe sie sie wieder sorgfältig zusammensetzte.

Zum ersten Mal war sie sich nicht sicher, ob sie sie nicht doch brauchen würde – früher oder später. Das war kein angenehmes Gefühl.

Valeria sah nach ihrem gelben Reisekoffer – die Räder standen noch immer in jenem Winkel, in dem sie sie zurückgelassen hatte. Niemand war hier gewesen. Sie ging ins Bad, öffnete ihren Zopf und blickte in den Spiegel.

Ihre hohen Wangenknochen, ihre blasse, marmorfarbene Haut, ihre kalten blauen Augen. Und der Gedanke, was diese bereits alles mit ansehen mussten.

Sie zog sich aus und stieg in die Dusche. Das Wasser war eiskalt. Fluchend griff Valeria mit zitternden Fingern nach dem Einstellhebel an der Duscharmatur, doch egal, wie sehr sie ihn in den roten Bereich bewegte, das Wasser blieb eisig wie ein Gebirgsbach. Und das war es auch – alles Wasser hier wurde von einer unterirdischen, hoch oben gelegenen Quelle gespeist.

»Scheiße«, stieß sie aus. »Das kann doch jetzt wohl nicht wahr sein.«

Draußen läutete ihr Smartphone.

Valeria schnappte sich ein Handtuch und stürzte hinaus. »Ja?«

»Valeria? Ich bin es … Elias.«

»Was willst du?«

»Du klingst genervt«, sagte er, und wieder erinnerte er sie an jenen Jungen, der er einmal gewesen war.

»Bin ich auch. Kein Wasser hier. Kein warmes jedenfalls.« Sie fluchte noch mal, dann musste sie über sich selbst lachen.

»Val?« Da war etwas in seiner Stimme, das sie an früher erinnerte. An Momente, an die sie nicht denken wollte, wenn ihr klar wurde, was womöglich aus ihm geworden sein mochte.

»Du kannst von mir aus auch hier übernachten und duschen«, sagte er.

»Nein, das werde ich nicht. Du weißt, dass ich diese Sache professionell behandeln muss.«

»Ich verstehe. So war das auch nicht gemeint. Nur eine Hilfe für eine alte Freundin.«

»Ich bin müde«, wich sie aus. »Lass uns morgen früh weiterreden, ja?«

»Was hast du als Nächstes vor?«

»Das, was getan werden muss, Elias. Tut mir leid, dass ich dir nicht genau sagen kann, was das sein wird.«

»Ich verstehe.« Er klang nicht empört darüber, dass sie ihn nicht einweihte, nur erschöpft. »Hat Birkner dir das eingeredet? Dass du …«, er zögerte, »… mir nicht trauen kannst?«

Es ist dieser Ort und diese Erinnerungen, dachte Valeria. *Die füllen dich mit Argwohn vor allen und jedem, lassen dich nicht mehr klar denken.* Aber in Wahrheit stimmte das nicht. In Wahrheit war sie es selbst, ganz allein sie, nicht dieser Ort. *Du bist das, was du kannst. Und du bringst das mit, was du schon immer mit dir herumschleppst und einfach nicht loswerden willst.*

»Nein«, erwiderte sie. »Bin bloß müde. Es war ein langer Tag. Ich erkläre dir alles morgen.«

»Also gut. Aber du weißt, dass wir an einem Strang ziehen sollten.« Wenn er verärgert war, dann ließ sich Elias nichts anmerken. »Ich bin froh, dass du hier bist.«

Sie musste mit einem Mal gegen das Gefühl in ihrer Kehle ankämpfen. Das ist nur die Kälte, die durch das offene Fenster hereinweht, sagte sie sich, sonst nichts. *Es liegt keineswegs daran, dass du dabei bist, den Bruder eines alten Freundes der furchtbarsten Dinge zu verdächtigen und Elias zugleich auch noch zu belügen.* »Ich bin froh, dass du mich angerufen und mir Bescheid gesagt hast«, erwiderte sie. »Das bin ich wirklich.«

Valeria legte ihr Smartphone aufs Bett und betrachtete es lange und nachdenklich. Bestand wirklich die Möglichkeit, dass Elias oder Noras Vater mit ihrem Verschwinden zu tun hatten? Trotz der Nummer, die sie vor Birkner abgezogen hatte, um ihn wachzurütteln, wollte sie selbst nicht daran glauben. Draußen schrie ein Kauz, so dicht vor ihrem Fenster in den unteren Ästen einer Weißtanne, dass sie zusammenfuhr. Es war noch kälter im Zimmer geworden. Valeria trat zum Fenster und versuchte, den Vogel zu entdecken. Irgendwo dort unten raschelte es abermals. Etwas lief durchs Unterholz. Die Wölfe, von denen Birkner gesprochen hatte? Oder etwas anderes?

Sie schloss das Fenster und zog die Vorhänge zu. Rollläden gab es keine, also wusste sie bereits jetzt, dass das erste Morgenlicht sie aus den Federn holen würde, was ihr jedoch sehr recht war. Es gab so viel zu tun und so wenig Zeit.

Für ein paar Augenblicke wünschte sie sich, dass sie nie hergekommen wäre, obwohl sie gerade noch das Gegenteil behauptet hatte. Wünschte sich, dass sie Elias' Einladung abgelehnt hätte. Sollten die hier doch selbst mit allem zurechtkommen. Sollten sie zusehen, wie der Wahnsinn überhandnahm, wenn all das von vorne losging ... Noch war Nora die Einzige, aber wenn noch ein Mädchen verschwinden würde und wenn erst eine von ihnen tot aufgefunden würde ...

Dann würde hier oben im ganzen Tal die Angst herrschen.

Es ist einer von uns, dachte Valeria. Wie ein Gift, das durch einen lebenden Organismus fließt und ihn von innen heraus abtötet. Nur durch einen sauberen Schnitt zu beseitigen, der das nekrotische Gewebe entfernte. Sie legte die Stirn auf das kühle Kissen und zog die Daunendecke über sich. Blindlings tastete sie mit der Hand nach dem Lichtschalter. Ein Klicken ertönte, dann war alles dunkel.

Wenn du es nicht erledigst, kann es niemand. Diesen Gedanken wurde sie nicht los, und doch kämpfte er gegen einen anderen: *Pack deine Sachen, steig in den Wagen und fahr davon. Du kannst in drei Stunden wieder an einem Ort sein, an dem du dich wohlfühlst ... in einer lauten, unruhigen Stadt, die die Stimmen in deinem Kopf zum Schweigen bringt. In der du Ruhe findest. Und alles, was du dafür in Kauf nehmen müsstest, ist die Gewissheit, dass du eines Morgens die Zeitung aufschlagen wirst:* Junge Frau tot aufgefunden. Täter unbekannt. Täter nach Monaten noch immer auf freiem Fuß.

Das wäre alles.

Das wäre der gesamte Wahnsinn, den du ertragen müsstest. Der dich ganz sicher nicht mehr einschlafen ließe.

13

Valeria floh, sie rannte um ihr Leben.

Sie war wieder vierzehn und hörte das Stampfen ihres Verfolgers, der hinter ihr durch das Unterholz brach. Der Vollmond schimmerte hell zwischen den Tannenwipfeln hindurch. Sie sah das Blut, das von ihren Fingern auf den Boden tropfte, sich dort in den schlammig-braunen Pfützen mit dem Regen vermischte.

Wenn er mich erwischt, schoss es ihr wie ein Stromstoß durch den verängstigten Verstand, dann wirst du den nächsten Tagesanbruch nicht mehr erleben. *Vielleicht tötet er dich sofort, vielleicht sperrt er dich ein – doch die Sonne wirst du nie mehr sehen.*

Dieser Gedanke, diese panische Angst, die wie mit kalten, scharfen Klauen nach ihrem Nacken griff, trieb sie weiter voran. Sie spürte, wie die Muskeln in ihren Oberschenkeln brannten, spürte, dass sie kaum mehr laufen konnte.

Ein paar Meter noch. Nur noch ein paar Meter. Das Dorf ist gleich dort, in deiner Nähe, du musst es schaffen, musst nur die hellen Lichter erreichen, dann bist du gerettet.

Ein Tannenzweig peitschte in ihr Gesicht, riss eine Wunde in die kühle Haut. Valeria wischte das Blut weg, das sich so seltsam heiß auf ihren Fingern anfühlte.

Lauf. Lauf einfach weiter.

Doch dann mischte sich ein neuer bedrohlicher Gedanke hinzu: *Wenn du die Lichter des Dorfs siehst, bedeutet es keineswegs, dass du in Sicherheit bist. Es bedeutet …*

Nichts.

Denn wer auch immer dort hinter ihr her war, er kam selbst von dort.

Sie kannte ihn.

Sie hatte sein Gesicht gesehen.

Erinnere dich, verflucht!

Eine neblige Benommenheit belastete ihren Verstand. Sie wusste, dass sie an einem dunklen Ort gewesen war, zusammen mit ihren beiden Freundinnen, doch dann …

Etwas ist uns zugestoßen. Etwas Schreckliches. Stephanie und Sophie sind noch immer irgendwo hier draußen. Er hält sie gefangen. Quält sie. Er wird sie töten, wie er auch dich töten wird, wenn er dich erwischt.

Du kannst niemandem trauen.

Dieser Gedanke war ebenfalls präsent, wie eine Warnung, die ihr Unterbewusstsein ihr schickte, weil sie etwas so Gefährliches herausgefunden hatte, dass sie schon allein deshalb um ihr Leben fürchten musste.

Um deines, um das deiner beiden besten Freundinnen.

Was habt ihr da herausgefunden? Und wieso zum Teufel erinnerst du dich nicht?

Die vierzehnjährige Valeria erstarrte. Das war eine andere Stimme in ihrem Kopf, die diese drängenden Fragen gestellt hatte … eine Stimme, die ihrer eigenen glich, nur war sie viel älter, reifer, erfahrener und abgehärteter. Wie Valeria Ravelli in vielleicht zwanzig Jahren klingen würde.

Lauf weiter, Kleine, schien ihr diese ältere Valeria zuzuflüstern.

Und ihr vierzehnjähriges verängstigtes Ich vertraute ihr. Sie floh weiter voran. Ihre Sportschuhe jagten über den morastigen Waldboden, über die alten verrotteten Eichenblätter und die Lichtungen, deren moosbewachsene Böden bedeckt mit gelben Lärchennadeln ihre Schritte dämpften und abfederten.

Sie wirbelte herum, lauschte, während ihr Atem schnell ging, ihr Herz mit aller Kraft pochte. Das Geräusch ihres Verfolgers war verstummt. Da war nichts mehr, das durch das Unterholz preschte, stampfte, sie achtlos und unnachgiebig verfolgte.

Vielleicht war er stehen geblieben. Vielleicht lauschte er, versuchte, ihr ein kleines Geräusch zu entlocken, das ihm ihre Position verraten würde.

Aber das wird nicht geschehen, flüsterte ihr die Stimme ihres älteren Ichs zu. *Wir werden achtgeben und ganz vorsichtig, ganz leise sein.*

Was willst du von mir?

Wenn ich dir verraten würde, dass ich mich selbst einundzwanzig Jahre später noch nicht an die Ereignisse dieser Tage erinnern kann, in denen ich im Wald verschwunden war, würdest du mir glauben? Zeig mir einfach, wo wir waren, damals. Zeig mir, was ich vergessen habe.

Aber ich weiß es doch selbst nicht!

Doch, erwiderte diese andere Stimme zuversichtlich. *Das weißt du.*

Sie drehte sich um und erschrak.

Ohne es zu bemerken, hatten ihre Füße sie tiefer in den Wald hineingetragen, über eine schmale, halb verrottete Brücke, die über einen eisigen Bachlauf führte, tief in die Schatten unter mächtigen Weißtannen. Bis zu einer Holzkonstruktion, die schief wie die Knochen eines gefallenen verwesenden Tiers aus der Erde ragte. Ein schmaler Pfad, den die Natur, das wuchernde Unkraut und das hohe scharfkantige Gras fast wieder überdeckt hatten, führte hier entlang.

Da waren Stimmen. Valeria wirbelte herum. Durch das Unterholz fiel ein heller Lichtschein, wie von zwei Autoscheinwerfern, die näher kamen. Atemlos lauschte sie.

Was in aller Welt ist das?

Das bin ich, sagte die ältere Stimme.

Aber … aber wie ist das möglich?

Weil ich von dir träume. Und weil du dich gerade erinnert hast. An diesen Pfad, an diesen Ort.

Danke.

Dann wachte Valeria auf.

Im frühen Tageslicht prallte ein Stein von außen gegen ihr Zimmerfenster. Jemand lachte, dann waren rennende Schritte zu hören, die sich eilig entfernten.

Sie schnellte hoch. Trainiert, von der einen auf die andere Sekunde hellwach zu sein, langte sie nach ihrer Dienstwaffe, richtete sie auf die Schlafzimmertür und den dahinterliegenden Flur.

Valeria schlich auf nackten Füßen zur Tür, spähte in das kleine Badezimmer hinein und überprüfte die Fenster. Der Steinewerfer war natürlich fort, doch war sie sich sicher, aus der Nähe Kinderlachen zu hören – mehr als nur eins. Es war kurz nach sechs.

Der Stein, der wohl gegen das Glas geprallt war, lag unten im Gras. Sie entdeckte ihn, nachdem sie sich angezogen hatte und nach unten gegangen war; ihre Vermieterin im Haus gleich daneben schlief noch, die Vorhänge waren vorgezogen.

Valeria überlegte, ob sie ihr wegen des Warmwassers Bescheid sagen sollte, entschied sich dann jedoch dagegen. Das konnte warten.

Dieser Traum, dachte sie, dieser verrückte Albtraum … *Du hast mit dir selbst gesprochen, mit deinem früheren, jüngeren Ich. Und sie hat dir diesen Ort gezeigt.*

Valeria erinnerte sich schlagartig, als wären diese Bruchstücke die ganze Zeit da gewesen, nur hinter einem dichten Schleier versteckt, der ihre Erinnerungen verborgen gehalten hatte. Ein Stück dieses Schleiers war nun fort.

Du kennst diesen Ort. Er liegt nicht besonders weit von der Stelle entfernt, an der Birkner und du letzten Abend standet … Und es besteht die Möglichkeit, dass man ihn dennoch nicht entdeckt hat. Selbst die Hunde nicht. Aber Nora, sie kannte ihn womöglich. Ja, sie kannte ihn. Weil sie, wie du selbst, hier aufgewachsen ist.

Und vielleicht war sie in dieser Nacht genau dort gewesen, ehe sie verschwand.

Von neuer Energie erfüllt, ging Valeria zurück ins Haus, zog sich ihre Jacke über, griff nach den Autoschlüsseln und eilte hinaus.

14

Das Tal lag in Nebel verhüllt, niemand war unterwegs, als würden all seine Bewohner noch schlafen, verborgen in den Häusern mit ihren Dächern aus dunklem Schiefer, den Fassaden aus verblichenem Lärchenholz und den moosgrün oder weinrot gestrichenen Fensterläden, die allesamt zugeklappt waren.

Eine kleine Bäckerei in der Ortsmitte hatte schon geöffnet. Die Backwaren waren duftend und warm, Valeria kaufte ein Croissant und einen Becher Kaffee, heiß und mit viel Milch, wie sie es mochte.

»Sie sind nicht von hier«, stellte die Verkäuferin fest.

Sie ist hübsch und jung, dachte Valeria, vielleicht ist sie mit der Welle der Neuankömmlinge gekommen, die der Skigebiet-Ausbau hereingespült hat. Kaum zwanzig Jahre alt, so schätzte sie. »Sie auch nicht«, sagte Valeria laut. »Oder?«

»Nein. Ich mache das nur so lange, bis es klappt.«

»Klappt?« Valeria nahm den Kaffeebecher in beide Hände, die Wärme war eine Wohltat an diesem kühlen Morgen.

»Drüben im Hokkaido. Ich habe mich im Housekeeping beworben. Nächste Woche kann ich mich vorstellen.«

»Das klingt doch wunderbar. Ich wünsche Ihnen viel Glück.«

»Stimmt was nicht?«, fragte die junge Verkäuferin. »Mit den Sachen? Dem Kaffee?«

»Nein. Mit dem Kaffee ist alles in Ordnung.«

Die junge Frau sah sie an, als erwartete sie einen missbilligenden Kommentar. Vielleicht hatte sie das schon häufig erlebt, nicht unbedingt hier, aber an anderen Orten.

»Sie wissen, was hier geschehen ist. Wieso all die Suchmannschaften da draußen sind und jeden Stein umdrehen«, sagte Valeria.

»Nicht genau, aber … da ist ein Mädchen verschwunden, nicht wahr?« Valeria sah, wie sich die Hände der jungen Frau in die Schürze krallten, die sie trug. Sie wusste es. Und sie war beunruhigt.

»Die Verschwundene ist etwa vier Jahre jünger als Sie. Ich bin eine der Ermittlerinnen«, erwiderte Valeria.

»Also doch nicht nur Urlaub?« Ein flüchtiges nervöses Lächeln huschte über die Lippen der Verkäuferin. »Entschuldigen Sie. Hier kommen jeden Tag so viele neue Leute an, dass ich gar nicht mehr genau weiß, wen ich schon alles bedient habe.«

»Passen Sie auf sich auf, okay?«

»Ich versuche es.«

Valeria öffnete die Tür der Bäckerei und fühlte sich von der Kälte draußen überwältigt. Die Wetterwechsel, die Temperaturstürze kamen hier oben schon immer heftiger und schneller als anderswo.

Die Straße führte sie aus Eigerstal heraus, wo der Nebel mit jedem Meter dichter wurde, sich in winzigen feinen Tröpfchen auf die Scheibe legte. Valeria schaltete die Nebelscheinwerfer ein. Ein paar Kühe standen hinter ihrer Abzäunung am Straßenrand und hoben die Köpfe, blickten ihr nach, die Kuhglocken bimmelten leise. Sie nahm die Straße, die auch Birkner und sie am vergangenen Abend gewählt hatten, hinein in die

Wälder, wo sie parkte. Der Wind ließ ihr Haar wehen, sie zog die Kapuze ihrer Regenjacke über den Kopf und blickte ins Tal hinab, wo die Nebelschwaden über das Dorf zogen, hinauf zu den schroffen Berghängen kletterten und den Blick verhüllten. Hier oben gab es nur noch schwachen Handyempfang.

Valeria folgte dem schmalen Waldpfad bis zu jener Stelle, die ihr Birkner gezeigt hatte. Im frühen Tageslicht sah dieses Stück kaum heiterer aus als in der Nacht, im Gegenteil, die Bäume mit ihren moosbewachsenen Rinden wirkten wie die verkrüppelten, kranken Auswüchse einer unnatürlichen Natur, die sich gegen eine Krankheit wehrte, die tief in ihrem Inneren ausgebrochen war. Der Geruch, der dem Unterholz entstieg, roch nach Verwesung.

Valeria schüttelte den Kopf und blinzelte. *Lass diese Gedanken nicht zu. Es ist deine eigene Unruhe, deine Angst, die du selbst mit an diesen Ort gebracht hast. Diese Wälder sind nur Wälder, mehr nicht.*

Sie ging voran, verließ den Pfad und schlug sich ins Unterholz, wo das hohe Gras, die Farne und Büsche fast bis zu den Knien reichten, ihre Jeans durchfeuchteten. Große Pilze wucherten auf den Resten gefallener Baumstümpfe, es roch nach Moder, nach alter Feuchtigkeit, die niemals trocknete, weil niemals genügend Sonne diesen Ort erreichte.

Valeria zog ihre Jacke enger um sich. Sie fühlte sich beobachtet. Als würden Augen aus der Dunkelheit zwischen den Stämmen auf ihren Rücken starren, jeder ihrer Bewegungen folgen … Als wäre da ein Wispern im Schatten, eine Stimme, die keine Sprache sprach, die man je zuvor vernommen hatte.

Da war der schmale Bachlauf, dort die verrottete Brücke, die über das dunkle Wasser führte. Valeria hielt einen Moment inne. Im Wasser blitzte etwas Helles auf, der Bauch eines oben treibenden Fisches. Das Wasser hier hatte man noch nie trinken können, daran erinnerte sie sich gut.

Sie eilte hinüber, während das morsche Holz unter ihren Schritten bedenklich knarrte. *Nur noch ein paar Hundert Meter. Da ist der Pfad, und wie in deinem Traum von deinem vierzehnjährigen Ich ist er fast vollkommen überwuchert.* Dort schimmerte im Zwielicht, das nur mühsam durch die dichten Baumkronen herabfiel, eine gelbe Markierung auf dem Stamm einer Eiche. *Vielleicht ist dies der Ort, an dem sie die Spur verloren haben.*

Ja, ganz sicher ist er das.

Valeria schritt vorsichtig voran, lauschte all den seltsamen Lauten, die der frühmorgendliche Wald von sich gab, das Wispern des Windes im Geäst, das Rascheln im Laub, als ein paar kleine Tiere vor ihr flohen. Sie hörte das Grunzen eines Wildschweins und blieb stehen.

Aus dem Unterholz trat ein kapitaler Keiler mit hervorstehenden Hauern, die ihm weit aus dem Unterkiefer wuchsen. Sein Fell wirkte aus der Ferne so rau wie Stahlwolle, der Blick aus den kleinen Augen, die an der lang gezogenen, bedrohlichen Schnauze saßen, war verschlagen. Er wandte ihr den Kopf zu und schnaubte mit einem tiefen beängstigenden Laut, der ihr unmissverständlich klarmachen sollte: Komm nicht näher. Das ist mein Revier, mein Wald.

Valeria berührte ihre Dienstwaffe, die im Holster am Gürtel an ihrer Hüfte steckte. Das wird ihn nicht stoppen, ging ihr durch den Kopf. Sie hielt den Atem an. Für einige Sekunden rührten sie sich beide nicht, kein Laut war zu hören, nicht einmal der prasselnde Regen, so schien es ihr, nur ihr Herzschlag, das Blutrauschen in Valerias Ohren.

Mach schon. Verschwinde.

Der Keiler grunzte, entschied sich offenbar schließlich, dass sie für ihn keine Gefahr darstellte, und wandte sich ab. Er verschwand mit schnellen Schritten im Nebel zwischen den Bäumen. Sie hörte das Trampeln, das Brechen der Äste, als er davonrannte. Valeria holte tief Luft.

Unmengen Giftefeu wuchs hier, bemerkte sie, als sie tiefer in die Wälder vordrang. Die Spürhunde hatten sich gewiss nicht hierhingewagt, vielleicht hatte der starke Geruch der Wildschweinrotte sie auch abgelenkt.

Der Ort, von dem du geträumt hast, ist nah.

Der Boden fiel vor ihr ab, und Valeria näherte sich einer großen Senke, in der sich Wasser in Lachen sammelte. Dort waren einige der Tannen umgestürzt und verrotteten, während große, ungesund aussehende Pilze auf dem abgestorbenen Holz wuchsen. Einmal sank Valeria mit dem rechten Fuß tief in den Morast, der Schlamm klebte überall an ihrem Hosenbein. Dann entdeckte sie es.

Da waren die alten Holzbalken, die Jakob Leitner hier zu einem windschiefen Konstrukt aufgebaut hatte, das wie ein Galgen in die Höhe ragte. Ein Ort des Todes. Die Männer aus dem Dorf hatten es damals abgerissen, doch hatte es niemand gewagt, das Holz zu verbrennen. Seitdem lagen die Überreste herum wie ein Mahnmal.

Der Ort der Mutprobe.

Trafen sich die Jugendlichen heute noch immer hier? War es noch immer eine Art Ritual, eine Art Mutprobe? Valeria ging näher heran. Gänsehaut zog über ihre Arme, als die Kälte, die sich in dieser Senke auf so seltsame Weise zu sammeln schien, ihr bis unter die Jacke, unter den Wollpullover kroch. Es sah ganz danach aus. Sie entdeckte einige weggeworfene Bierflaschen, leere Zigarettenschachteln und -stummel.

Du warst hier, als du jung warst. Mit einigen Jungs aus dem Dorf, mit Stephanie, während sich Sophie zunächst geweigert hatte, dann aber doch mitgekommen war. Wie wir unsere Eltern belogen haben, was diese Nacht anging. Valeria schüttelte den Kopf. Eine Nacht am Galgen, eine Nacht an einem Ort, an dem sich schon mehr als nur einer der Männer, die in den Tiefen des Bergwerks arbeiteten, das Leben genommen hatte. Eine makabre Mutprobe, wie sie nur der Dorfjugend einfallen konnte.

Und die Überreste dieser Mutproben lagen heute noch hier. Sie kamen noch immer her, begriff sie, und womöglich hatte Nora in jener Nacht auch hier gefeiert.

Halt. Valeria sah sich um. Der Pfad, die Abkürzung durch dieses Waldstück war ein ganzes Stück entfernt … War es möglich? Hastig schlug sie sich durch die Büsche ins Unterholz, folgte einem blinden Instinkt und der Erinnerung, die ihr sagte, dass hier der kleine Pfad begann. Da waren Zweige, abgebrochen, umgeknickt, als wäre gerade vor Kurzem erst jemand hierhergekommen. Abdrücke im Boden … nicht von Nora, aber von jemand anderem, einer schwereren Person, die tiefer in den Morast eingesunken war.

Hatte jemand sie verfolgt?

Valeria spürte, wie das Jagdfieber sie packte. Aber bevor sie Birkner informierte und dieser angesichts der veränderten Lage womöglich sehr viel mehr Einsatzkräfte in Bewegung setzen musste, wollte sie sichergehen.

Wenn Nora den oberen Waldweg genommen hat, dann aber von ihm abgewichen ist, um diesen fast zugewucherten Pfad mitten durch dieses finstere Waldstück zu gehen, dann muss sie einen Grund dafür gehabt haben. Ihr Fahrrad hatte einen platten Reifen. Sie lief zu Fuß. Valeria drehte sich herum, blickte zurück. *Was hat Nora hierhergeführt? Was mag sie mitten in der Nacht zu diesem Ort getrieben haben? Sie hat ein teures Rad gefahren. Eines, das ihr Vater ihr geschenkt hat. Hätte sie das wirklich einfach zurückgelassen? Hätte sie nicht vielleicht versucht, es mit nach Hause zu nehmen, um den Reifen dort zu flicken?*

Doch. Das hätte sie. Die Bilder, die sie von ihr in der Fallakte gesehen hatte, zeigten Valeria eine lebenslustige, sportliche junge Frau. Nora mochte das Rad, sie mochte Sport. Nein, sie hätte es nicht zurückgelassen, wäre da nicht etwas gewesen, das sie zur Eile getrieben hatte. Wieso also hatte sie es dort oben an den Baum gekettet und war vom Pfad abgewichen?

War sie verfolgt worden? Aber dann hätte sie das Fahrrad nicht in aller Ruhe angekettet, sondern wäre einfach gerannt. Außerdem waren an der Fahrradfundstelle keine fremden Spuren gefunden worden. Hier unten jedoch sah es anders aus, hier gab es einige Spuren, viele waren älter, aber ein paar vielleicht auch frisch.

Die Frage blieb: Warum war Nora hierhergekommen?

Vielleicht, weil sie hier etwas suchte. Oder jemanden treffen wollte? War Nora mit jemandem hier oben verabredet gewesen und hatte sich deshalb beeilt, deshalb das Fahrrad zurückgelassen, damit sie nicht zu spät kam?

Valeria ging in die Hocke, betrachtete die Spuren, die eindeutig den kleineren Schuhen Noras zuzuordnen waren. Gewiss waren die Jugendlichen aus Eigerstal hier gewesen, Nora kannte diesen Ort von früheren Treffen.

Valeria schloss die Augen. Sie atmete tief ein, lauschte dem Regen, roch die Gerüche dieses Ortes, die Feuchtigkeit, den sauren Geruch des Sauerampfers, der hier zu Unmengen wuchs, den erdigen Odem, der dem Boden entstieg.

Vor ihrem geistigen Auge stellte sie sich Nora vor, wie sie vorsichtig herabkam, den Boden mit dem Licht ihres Smartphones beleuchtete, den Blick auf den Pfad gerichtet. Sie kam von Osten, sie folgte dem Pfad und verließ ihn dann, um sich zum alten Galgen zu begeben, weil dies der Ort war, wo sich die Jugendlichen noch immer trafen.

Valeria öffnete die Augen wieder. Da war die Spur. Sie folgte ihr, beugte sich immer wieder herab, um sich zu überzeugen, dass sie noch den richtigen Weg nahm. Nora war an den alten Holztrümmern vorbeigegangen, ein Stück tiefer in die Wälder … bis zu einem großen Findling, der grau und von Flechten bewachsen aus dem schwarzen Waldboden ragte.

Valeria hielt den Atem an. »Hab ich dich«, flüsterte sie. Dann zuckte sie zusammen, als eine Saatkrähe aus dem nahen Geäst herabstieß, an ihr vorbeiflog und laut krächzte.

Da lag ein helles, schimmerndes Ding im hohen Gras. Eine Halskette. Gehörte sie Nora? Hatte sie hier jemanden getroffen und die Kette dabei verloren? Oder hatte jemand Nora mit diesem Geschenk hierhergelockt? Oder hatte der Täter die Kette hier hinterlassen, um die Ermittler auf eine falsche Spur zu führen?

Möglich wäre es, möglich wären alle Theorien, aber das musste die Spurensicherung feststellen. Eine leichte Person mit Sneakern war hier gewesen, die Abdrücke, die sich mit Wasser im Waldboden gefüllt hatten, bewiesen es. Valeria betrachtete den Felsen näher. Er lag geschützt unter dichtem Geäst, der ihn fast vollkommen vor dem Regen abschirmte … und das Blut, das an ihm klebte, sah aus, als wäre es nur ein paar Tage alt.

Blut.

In der Nähe waren Handabdrücke im weichen Boden. Einige Meter weiter geknickte Äste. Etwas Helles stach dort aus dem Braun und Grün hervor. Es war ein Stofffetzen, wie von einer Jacke.

Noras Jacke. Valeria schloss die Augen.

Nun war es eindeutig. Nora Mattei war nicht nur verschwunden. Jemand hatte sie hierhergelockt. Jemand hatte sie verfolgt. Jemand war hier gewesen, mitten in der Nacht, und hatte das vierzehnjährige Mädchen erwartet, sie gejagt, sie überfallen.

Wieder flatterte die Krähe über Valerias Kopf hinweg, landete auf dem dicken knotigen Ast einer Blautanne und spähte auf sie herab. Valeria zog ihr Handy aus der Tasche und bemerkte, dass ihre Hände zitterten, als sie Birkners Nummer wählte.

15

Valeria wartete unter einer Tanne, weit genug von den Spuren entfernt, um sie nicht zu verwischen, bis Birkner und einer seiner Kollegen sie erreichten. Die Männer trugen lange Regenmäntel der Kantonspolizei und grüne Gummistiefel und kamen über den zugewachsenen Pfad herabgestampft. Valeria hörte sie fluchen.

»Wir brauchen ein Team«, erklärte sie Birkner, als dieser mit finsterem Gesichtsausdruck auf sie zukam. »Ich bin mir sicher, dass das hier der Ort ist, an dem Nora angegriffen wurde. Da hinten finden sich Spuren, die eindeutig nach Blut aussehen, sowie eine Halskette und ein Fetzen einer Jacke, die zu der Beschreibung von Noras Kleidung passt. Eindeutige Spuren von Fremdeinwirkung.«

Als Birkner näher herangehen wollte, hielt sie ihn zurück. »Ich war schon dort. Eine von uns, die durch die Gegend läuft und Spuren verwischt, genügt. Aber ich musste sichergehen.«

Birkner nickte. Sie sah ihm an, dass er zugleich besorgt und erleichtert war – vielleicht, weil sie nun etwas Konkretes entdeckt hatten, wo sie ansetzen konnten und er sich nun wieder mehr in seinem Element fühlte.

»Und das war richtig, hoffe ich. Also das volle Programm, Ravelli. Das ist nicht länger nur der Fall einer Vierzehnjährigen, die womöglich von zu Hause ausgerissen ist.«

Valeria wischte sich den Regen aus dem Gesicht. Sie nieste und bemerkte, wie durchgefroren sie war, wie sehr die Kälte, die dem Boden an diesem Ort zu entsteigen schien, bis unter ihre Haut vorgedrungen war. »Nino Mattei, wo ist der gerade?«, fragte sie Birkner.

»Ich weiß es nicht.« Er sah missmutig drein. »Aber wir haben schon mit Noras Vater gesprochen. Mehrmals.«

»Ja, aber wissen Sie, ich suche gerade nach einer Ausrede, um aus dem elenden Regen rauszukommen. War die nicht überzeugend?«

»Der Regen ist in der Tat ein Problem. Ein Glück, das überhaupt noch Spuren übrig sind.« Birkner zog sein Handy hervor, wählte, sagte ein paar Worte, lauschte und brummte. »Mein Kollege meint, er ist im Gasthof Steinadler. Sie besprechen dort ihre Suchstrategie für den heutigen Tag, bevor sie aufbrechen. Beeilen Sie sich besser, wenn Sie ihn noch erwischen wollen, Ravelli.«

»Gut«, entgegnete sie. Valeria sah noch einmal in die Senke hinab. »Wenn Nora vor vier Tagen entführt wurde, dann läuft uns definitiv die Zeit davon.«

»Wenn, Ravelli, *wenn* … Und wenn es wie damals ist, dann …« Er zögerte sichtlich, schien sich nicht sicher, wie er die weiteren Worte formulieren sollte. »Dann sollten Sie vielleicht besser noch einmal genau über alles, was damals geschehen ist, nachdenken. Über das, was Sie vergessen haben.«

»Ich bin schon dabei.« Valeria zögerte. »Aber mit Erinnerungen ist es wie mit Menschen, sie sind einem nicht immer so zugänglich, wie man es sich wünscht.«

Birkner seufzte. Nun konnte sie ihm ansehen, wie sehr er unter dem Druck ächzte, wie sehr ihn Noras Verschwinden mitnahm. »Ich bin kein Experte für Vermisstenfälle, die derart viele unbekannte Faktoren haben, Ravelli. Und dann auch noch in einem so verflucht unzugänglichen Terrain mit verschwiegener Bergbevölkerung. Das können Sie mir glauben.«

»Ja. Dafür bin ich ja da.«

Birkner lachte, doch wirkte er zugleich noch ein ganzes Stück besorgter als zuvor.

»Sperren Sie den Zufahrtsweg ab, und zwar auf beiden Seiten des Waldes«, sagte Valeria ernst. »Wir brauchen Verstärkung, um das ganze Waldstück erneut zu überprüfen. Stellen Sie fest, ob das Blut dort drüben auf dem Felsen von Nora ist. Die Kollegen sollten die ganze Senke nach Spuren absuchen – wer waren die Jugendlichen, die dort unten waren? Wer hat sich womöglich in der Nähe aufgehalten, sie beobachtet? Mit wem war Nora möglicherweise hier verabredet? Denn ganz ohne Grund kam sie sicher nicht mitten in der Nacht hierher. Und sucht eine Tatwaffe. Nora war sportlich und flink, sie ist bestimmt nicht freiwillig mit dem Täter mitgegangen – sie wurde überwältigt.«

Birkner nickte. »Noch was?«

»Im Moment nicht. Nur eines: Wenn wir hier mit vielen Fahrzeugen ankommen, lockt es die Dorfbevölkerung an, Schaulustige … und vielleicht auch denjenigen, der Nora attackiert hat. Weil es ihn hierher zurückzieht – oder weil er sehen will, mit wem er es aufseiten der Polizei zu tun hat. Also sage ich: Wachsam bleiben.«

Nino Mattei hatte einen Teller Suppe vor sich stehen, eine klare Brühe mit großen Fleischstücken darin, doch sah er nicht danach aus, als würde er in nächster Zeit auch nur einen Löffel zu sich nehmen können. Er war ein großer, kräftiger Mann, der selbst seinen Bruder Elias um einen Kopf überragte. Mattei trug ein Holzfällerhemd und eine mit Fell besetzte Weste darüber, sein Gesicht war wettergegerbt und hinter einem Vollbart versteckt, durch den sich die ersten grauen Streifen zogen. Seine Augen waren blau wie Gletscherwasser.

Valeria setzte sich ihm gegenüber. Die Wärme im alten Gasthof Steinadler war eine Wohltat nach dem Regen und der Kälte dort draußen. Es war voll in der großen Gaststube. All die Einheimischen, die in wetterfester Kleidung steckten, bereit, zu einem neuen Tag der Suche aufzubrechen, warfen ihr abschätzende Blicke zu. Sie hörte Getuschel, spürte die Blicke auf sich ruhen.

»Ist das nicht …«

»Das ist doch …«

»Francesco Ravellis Tochter … Das muss sie sein …«

Valeria betrachtete einen Moment lang die mit dunklem Eichenholz vertäfelten Wände, an denen Bilder von den winterlichen Skirennen hingen, Medaillen und Hirschgeweihe, deren Bast sich im Laufe der Jahre verfärbt hatte. Es roch nach altem Rauch und Frittierfett aus der Küche.

»Nino, ich bin Valeria … Valeria Ravelli«, sagte sie und musste sich nach vorn beugen, um sich über den Lärm hinweg verständlich zu machen. »Aber … ich denke, wir kennen uns noch.«

Nino Mattei nickte. Er schüttelte ihre Hand, sein Händedruck war kräftig und warm, aber es waren seine Augen, die verrieten, wie er sich wirklich fühlte. Da war eine Düsternis, als würde er sich schon allmählich darauf einstellen, dass er seine Tochter nur noch tot wiedersehen würde.

»Mein Bruder hat mir schon gesagt, dass er dich angerufen hat. Ich weiß nicht, was ich davon halten soll.«

»Elias weiß, dass ich als Polizistin nicht zum ersten Mal mit einer Vermisstensache wie dieser konfrontiert bin.« *Meine Güte, Val, du klingst gerade wie eine Polizeischülerin, die ihren ersten Fall bearbeiten muss. Reiß dich zusammen.*

»Eine Vermisstensache? Oder mehr?«

»Du hast recht. Es ist keine Vermisstensache mehr«, entgegnete sie. Valeria berichtete von den Funden: dem Stofffetzen, den Blutspuren.

Mattei sah aus, als wäre eine Schar Ameisen unter seine Haut gekrochen. Er sagte eine ganze Weile nichts. Dann: »Sie … sie wurde angegriffen, das bedeutet das doch.« Die Verzweiflung und Wut schienen ihn einen Moment fast ganz zu überwältigen, er rang nach Luft, krampfte eine Hand zur Faust. Es war, als hätte er das Schlimmste schon vermutet, und dies war nur die Bestätigung seiner Ängste.

»Davon müssen wir jetzt leider ausgehen. Ein Team ist von Luzern unterwegs, und wir nehmen diese Sache sehr, sehr ernst.« Valeria ließ Mattei nicht aus den Augen.

Er senkte den Blick und hob nach einigen Momenten die Hand, um eine Träne von seiner Wange zu wischen. »Es ist dieser verfluchte Ort, weißt du das? Als kostet er uns … als fordere er einen Blutzoll. Alle paar Jahre. Aber … du weißt das ja. Du bist hier aufgewachsen.« Er beugte sich vor. »Ich weiß, was damals geschehen ist. Elias war so alt wie du und ich nur neun Jahre älter.«

Valeria sah in seine fiebrig wirkenden Augen. »Es gibt im Wald einen Ort, eine Senke, in der sich der alte Galgen befindet. Nora ist dort hinabgegangen, und das mitten in der Nacht. Weißt du, was sie dorthin getrieben hat?«

»Dort oben? Sie ist vierzehn. Sie hat ihre Geheimnisse.

Vielleicht ein Junge? Ich weiß, dass die Jugendlichen aus dem Ort manchmal dorthin gehen.«

»Und wieso?«

»Weil es ein unheimlicher Ort ist und abgeschieden. Und weil er neue anzieht. Selbstmörder. In den letzten zehn Jahren waren es drei. Ja, es ist ein verfluchter Ort. Aber die Jugendlichen mögen gerade das, sonst würden sie nicht hingehen. Sie lieben diesen Nervenkitzel.«

»Und was machen sie dort?« Valeria bemerkte, wie die Kellnerin sich ihren Weg durch die Einheimischen bahnte, die sich nun zum Aufbruch bereitmachten.

»Alkohol trinken. Rauchen. Miteinander knutschen. Eben all das. Sag mir nicht, dass es zu deiner Zeit anders gewesen wäre.«

Kaum anders, ging ihr durch den Kopf.

»Du hast es wirklich vergessen«, brummte er. »Die kleine Valeria, die nach Tagen aus dem Wald auftaucht … verängstigt, frierend, am Rand ihrer Kräfte. Und niemand weiß, was geschehen ist. Bis heute.«

Sie musste sich zwingen, durchzuatmen. *Beruhig dich. Kontrolle, Val. Kontrolle ist alles.*

»Was damals geschehen ist … hat nichts mit heute zu tun.«

»Wir haben einen Hirsch im Wald gefunden. Auf der anderen Seite von Eigerstal. Da, wo die Kinder nicht hingehen. In der Nähe der Jakobshütte, weil die für sie wirklich unheimlich ist. Einen Hirsch und ein Zeichen. Diese dämonische Steinbockfratze. Du weißt doch, wovon ich spreche.«

»Was darf es denn sein?«, erklang eine laute Stimme neben ihr und ließ Valeria hochschrecken. Es war die Kellnerin, eine Frau in den Fünfzigern, die ihr vage bekannt vorkam.

»Nur …«, Valeria räusperte sich, »… nur einen Kräutertee.«

»Kommt gleich.« Die Frau warf ihr noch einen letzten Blick zu, dann wandte sie sich ab.

»Ich fasse es nicht«, sagte Mattei. »Deine Mutter ist krank, Valeria. Sie lebt immer noch in eurem alten Haus. Dass du all die Jahre nicht einmal die Zeit gefunden hast …«

»Nino, bitte. Es geht jetzt nicht um mich. Wir suchen Nora, also lass uns bitte auf deine Tochter fokussieren.«

Mattei zögerte. »Aber ich kann dir nicht viel sagen: Sie ist ein Teenager. Sie hat ihre beste Freundin Lara und noch ein paar Mädels, mit denen sie sich gut versteht. Wir haben ein gutes Verhältnis, sie ist ganz gut in der Schule, und sie macht mir keine Sorgen. Sie ist ganz bestimmt nicht einfach von zu Hause weggelaufen, und ich hab keine Ahnung, wer ihr etwas antun würde … Aber wer auch immer das war, er hat Nora ausgewählt, und zwar aus einem Grund, den *ich* ganz sicher nicht kenne.« Mattei ballte die Faust. »Ich will sie einfach zurück. Und wenn ich jemanden in die Finger kriege, der ihr etwas angetan hat, dann …«

Valeria dachte an die Kontobewegungen, die ihr Birkner am letzten Abend vorgelegt hatte.

»Ich möchte mich in Noras Zimmer umsehen«, sagte sie behutsam. »Einverstanden?«

Mattei zuckte mit den Schultern. »Sicher, wieso nicht? Mein Haus ist offen.«

»Offen?«

»Hier oben schließen wir die Türen nicht ab. Es gibt keinen Grund. Die Zeiten haben sich geändert, seit du weggegangen bist. Es war friedlich.«

Valeria entging nicht, dass er das Wort *war* gewählt hatte. »Und wo warst du in der Nacht, als Nora verschwand?«

Nino Mattei wich ihrem Blick nicht aus. »Früher oder später werdet ihr es ja doch erfahren. Ich war nicht im Haus, nicht die ganze Zeit jedenfalls.«

»Und das heißt?«

»Es gibt da eine Frau, aus dem Housekeeping im Hokkaido. Mit ihr war ich zusammen. Das weiß aber niemand. Hier oben … da redet man gerne. Und am liebsten über die, die nach Meinung der Alteingesessenen nicht hierhergehören.«

»Ich brauche ihren Namen und den Wohnort.« Als er zögerte, fügte Valeria hinzu: »Ich glaube dir ja, aber … ich muss gründlich sein, für die Akten, damit keine Zweifel aufkommen. Also bitte.«

Nino Mattei notierte ihr beides, und Valeria steckte den Notizzettel ein. »Denk dran«, sagte er. »Das ist meine Sache und hat … nicht wirklich was mit Nora zu tun. Auch wenn ich mir jetzt wünsche, dass ich in der Nacht einfach zu Hause geblieben wäre.«

Ganz tief in seinen Augen sah Valeria den Schatten einer Schuld, die er nie würde abschütteln können, wenn seine Tochter nicht lebend wiederauftauchte.

Ein Mann erschien an ihrem Tisch, dann die Kellnerin, die Valeria ihren Kräutertee brachte und sofort wieder verschwand, als wolle sie diesem Neuankömmling unbedingt aus dem Weg gehen. Der Mann hatte eine gewichtige Miene aufgesetzt, dabei verströmte er den Geruch eines herben Aftershaves. Er war groß, gewiss eins neunzig, und trug einen Dreitagebart und eine fast schon militärisch kurze Frisur. Wie viele der Einheimischen steckte er in einer wetterfesten Regenjacke und Gummistiefeln, war bereit, zu einem neuen Tag der Suche aufzubrechen.

»Und wer sind Sie?«, fragte Valeria. »Herr Mattei und ich unterhalten uns gerade.«

»Mathias Berglund, Bürgermeister von Eigerstal. Und *Sie* habe ich hier noch nie gesehen. Für welche Zeitung schreiben Sie? Können Sie dem Vater der Vermissten nicht wenigstens einige Tage Ruhe gönnen, ehe alle hier einfallen wie die Geier?«

»Ich bin nicht von der Presse.« Valeria hielt ihm ihren Ausweis unter die Nase.

»Interpol«, las Berglund. »Wegen einer verschwundenen Vierzehnjährigen?« Er kniff die Augen zusammen, und Valeria musste ihm ihren Ausweis fast aus den Fingern reißen, weil er ihn kaum loslassen wollte. »Moment«, sagte er dann, »ich kenne den Namen doch. Ravelli. Sie sind nicht zufällig die Tochter von Francesco und Cristina? Die Ravelli, die ...« Er verstummte. »Mein Gott. Sie sind das Mädchen, das überlebte. Ich wusste ja nicht, dass Sie zur Polizei gegangen sind.«

Das wird ja immer besser. »Jetzt wissen Sie es.«

»Wieso sind Sie wieder hier? Wollen Sie wirklich für noch mehr Ärger sorgen, als wir hier schon haben? Nora Mattei ist verschwunden, das hat ganz sicher nichts mit der Sache von früher zu tun.«

»Ich werde bei der Suche helfen«, sagte Valeria und versuchte, diplomatisch zu klingen. »Außerdem ist Nora nicht nur verschwunden.«

»Wie meinen Sie das?«

»Das hier, Herr Berglund, ist jetzt eine polizeiliche Ermittlung in einem Fall mit Fremdeinwirkung.«

Berglund öffnete den Mund, klappte ihn dann jedoch gleich wieder zu. »Ist sie ... gefunden worden?«

Mattei zuckte bei diesen Worten zusammen, wie Valeria aus den Augenwinkeln sah, und starrte sie an. Dieser Bürgermeister war wirklich unfassbar. Sicher würde Nino nicht hier einigermaßen ruhig mit ihr sitzen, wenn er gerade die Nachricht über den Tod seiner Tochter erhalten hätte.

»Es wurden Spuren gefunden, die darauf hinweisen, dass Nora nicht aus freiem Willen weggelaufen ist.« Valeria konnte mitverfolgen, wie sich der Gesichtsausdruck des Bürgermeisters von *überheblich* zu *erschrocken* veränderte. »Wir übernehmen jetzt. Ein Team der Spurensicherung ist aus Luzern unterwegs.«

»Ich verstehe«, sagte der Mann dann. »Aber das überrascht mich auch nicht.«

Mattei hob den Kopf. »Was soll das bedeuten?«, fragte er mit rauer Stimme. Valeria bemerkte, wie er erneut eine Faust ballte.

»Wer sich da im Wald herumtreibt, muss damit rechnen. Vielleicht hättest du einfach mal auf sie aufpassen müssen, anstatt …« Er brachte den Satz nicht zu Ende, denn Mattei sprang auf, wollte sich auf Berglund stürzen und ihn am Kragen packen.

»Hey!«, rief Valeria, erhob sich ebenfalls und trat zwischen die beiden Männer. Es kostete Kraft, sie auseinanderzuhalten. »Schluss damit! Hört auf, aber sofort!«

Mattei fluchte, warf Berglund einen zornigen Blick zu, ehe er zum Ausgang des Gasthofs stürmte und dabei einige der Herumstehenden anrempelte. Als er die Tür öffnete, spürte Valeria, wie die Kälte von draußen hereindrang, wie das Heulen des Windes laut und eisig wurde.

»Dem Mädchen fehlte eine Frau im Haus«, sagte Berglund leise. »Und Mattei wächst alles über den Kopf.« Er wollte sich ebenfalls abwenden, Valeria einfach stehen lassen, doch sie hielt ihn auf.

»Einen Augenblick.«

Berglund zog den Reißverschluss seiner Regenjacke zu. »Wir müssen weitersuchen«, sagte er. »Ich will nichts unversucht lassen.«

»Und ich fürchte, ihr werdet nichts mehr finden.« *Höchstens den Täter weiter aufschrecken.* »Ich habe dennoch eine Bitte. Jede ungewöhnliche Beobachtung, die jemand aus den Suchteams dort draußen macht … leitet sie bitte an mich oder den Kollegen Birkner weiter.«

»Ungewöhnlich? Hier oben ist vieles ungewöhnlich«, entgegnete Berglund unbeeindruckt.

»Es können auch Kleinigkeiten sein. Jemand, der sich seit Kurzem anders benimmt, jemand, der sich krankmeldet, obwohl er für eine der Suchmannschaften eingeteilt ist. Vielleicht ein Wagen, der verschwunden ist, obwohl er sonst immer hier herumgefahren ist. Oder umgekehrt: wenn plötzlich jemand ganz besonders engagiert ist, als würde ihm Noras Wohl am Herzen liegen.«

»Soll ich ein wenig spionieren, Frau Polizistin? Bei unseren eigenen Leuten?« Berglund schnaubte und schüttelte den Kopf. »Ich werde die Augen offen halten. Aber hier oben funktioniert das anders, als man es euch auf der Polizeischule beibringt. Du warst lange nicht mehr hier, Ravelli. Hier oben weht jetzt ein anderer Wind.«

»Meine Zeit auf der Polizeischule ist schon etwas her«, erwiderte Valeria kühl. »Und für Sie ist es immer noch *Leutnant* Ravelli.«

Sie ließ Berglund stehen, stellte die Teetasse auf dem Tresen ab und ging hinaus. Der Regen war stärker geworden, und Eigerstal in der Ferne war in dichten weißen Nebel gehüllt. Der Parkplatz vor dem Gasthof wirkte nun fast ausgestorben, all die Suchtrupps waren unterwegs. Sie dachte an Elias, der sich auch heute einem der Suchteams angeschlossen hatte, und daran, wie sehr er sich doch von seinem älteren Bruder unterschied.

Ein Schnauben drang aus der Nähe heran. Als Valeria sich umdrehte, stand dort im Nebel ein großer Hirsch, auf dessen zottigem Fell der Regen schimmerte. Valeria hatte das Gefühl, als würde er sie mustern, genau in Augenschein nehmen, als hätte er hier auf sie gewartet.

Sie trat einen Schritt näher heran und bemerkte, dass der Hirsch krank war: Ein breiter Streifen eines nässenden, blutigen Ausschlags zog sich über seine Flanke.

»Was ist mit dir?«, fragte sie leise. Doch ehe sie näher herangehen konnte, wandte sich das Tier trotz der Krankheit majestätisch ab und verschwand im Nebel, um Valeria allein zurückzulassen.

16

»Würden Sie mir einen Gefallen tun?«, fragte Valeria Margaret Haldirsen, als sie sie im Garten hinter der Pension traf. Die Norwegerin hatte schmutzige Hände voll nasser Erde und strich sich mit dem Handrücken das blonde Haar aus der Stirn.

»Es tut mir so leid mit dem Wasser. Hätten Sie mich doch geweckt, dann …«

Valeria schüttelte den Kopf. »Schon gut. Wenn ein bisschen kaltes Wasser das Schlimmste ist, was mich hier erwartet, können wir alle aufatmen, denke ich.«

»Aber das ist es leider nicht«, sagte Margaret leise. In ihren blauen Augen entdeckte Valeria große Sorge. »Sie sind nämlich hier, nicht nur, weil Elias Sie darum gebeten hat, nicht wahr? Sie sind hier, weil da draußen jemand ist, der Böses im Sinn hat. Und weil jemand ihn stoppen muss.«

»Ich wollte Sie bitten … Sagen Sie Ihrer Tochter, dass sie in nächster Zeit nicht … allein in den Wald gehen soll.«

»Das habe ich schon. Seit Nora verschwunden ist, sind wir beide sehr, sehr vorsichtig.«

»Danke.«

»Sie verdächtigen ihn doch nicht, oder?« Haldirsen musterte sie skeptisch. »Nino Mattei ist so ein lieber Mann. Er hat Mühe ohne seine Frau, aber er versucht wirklich, alles zusammenzuhalten.«

»Machen Sie sich keine Sorgen.«

»Da bin ich froh.« Haldirsen wischte sich die Hände an einem Lappen ab und nickte in Richtung des Gästehauses. »Jedenfalls sollte der Warmwasserboiler jetzt wieder funktionieren und schönes heißes Wasser ausspucken.« Sie blickte an Valeria mit ihren von Erde und Schlamm befleckten Jeans herab. »Was ist passiert?«

»Ausgerutscht«, wich Valeria mit einem Lächeln aus. »Ich habe so lange in Großstädten gelebt, da hatte ich fast vergessen, wie tückisch die Berge manchmal sein können. Nur ein falscher Schritt und …«

Ein Schatten huschte über Margaret Haldirsens Gesicht. »Das ist wahr. Manchmal genügt ein einziger Schritt.«

Valeria duschte und zog sich um, dann fuhr sie zum Haus der Matteis, während sich das Dorf ringsum mit Leben füllte: Die Sonne vertrieb den Nebel und kletterte am Himmel hinauf, eine kleine ferne goldene Münze, doch nicht mehr stark und warm genug, um die morgendliche Kälte zu vertreiben; zugleich machten sich die Suchmannschaften von Freiwilligen und den Kräften der Polizei und des Rettungsdienstes auf zu einem neuen Tag der Suche nach Nora.

Oder nach ihrer Leiche. Dieser Gedanke klang in Valerias Kopf nach wie ein schlechtes Mantra, das sie einfach nicht loswerden konnte.

Das Haus, das Nora und ihr Vater bewohnten, lag am östlichen Ende von Eigerstal; als Valeria in der Einfahrt von Nino Matteis Haus parkte, wirkte es verlassen, doch wie er angekündigt hatte, war die Haustür nicht abgeschlossen. Das Gebäude und der Garten waren gut in Schuss, die Wände frisch gestrichen, die Hecken zurückgeschnitten. An der Haustür hing ein Kranz aus wilden Bergblumen, den Nora kurz vor ihrem Verschwinden geflochten haben musste; er war vertrocknet, mehrere Tage alt.

Die Luft, die ihr aus dem Inneren entgegenströmte, roch nach der morgendlichen Kühle und nach frisch gebrühtem Kaffee, den Nino wohl getrunken hatte, ehe er aufbrach. Valeria betrat einen kleinen Windfang, Holzdielen knarrten unter ihren Schritten. Einige Bilder hingen an den Wänden. Matteis Frau Josephine war dort zu sehen, einen Kopf kleiner als Nino, mit einem freundlichen Lächeln, und auf einem anderen Foto strahlten alle drei Familienmitglieder in die Kamera.

Auf den Bildern wirkten sie glücklich. Nino war entspannt. Jener bedrückte, ja hoffnungslose Schimmer in seinen Augen und die tiefen Furchen auf seiner Stirn ... nichts davon war zu sehen. Die Entführung hatte ihn innerhalb von Tagen zu einem anderen Mann werden lassen, so hatte es den Anschein.

Und natürlich der Autounfall. Etwas an dieser Sache verursachte ein Kribbeln bei ihr, auch wenn sie sich nicht erklären konnte, was genau sie daran störte. Sie hatte die Unterlagen dazu bei Birkner angefordert, doch war sie bei all der Aufregung noch nicht dazu gekommen, sie zu sichten.

Valeria wusste, dass dieses Haus ihr viel verraten würde. Dass Mattei sie allein hier hereingelassen hatte, sprach für ihn. Es wäre ihm kaum möglich gewesen, in der Kürze der Zeit Spuren verschwinden zu lassen.

Vorsichtig stieg sie die knarrenden Treppenstufen hinauf und betrat, nachdem sie sich orientiert hatte, Noras Zimmer.

Der erste Eindruck von einem unbekannten Ort war nicht zu unterschätzen, denn das Unterbewusste arbeitete im Geheimen und mit dem, was sich aus den Jahren der Erfahrung und dem Instinkt zu einem jedem Polizisten eigenen Spürsinn verwoben hatte.

Der Raum war nicht besonders groß. Ein schwarzes Bettgestell mit Verzierungen, die Rosenkelche und Dornen darstellten, stand in einer Ecke, Poster von Metal- und Rockbands hingen an den Wänden, ein Bücherregal, gefüllt mit Fantasy- und Thriller-Titeln, ragte bis unter die Decke.

Gegenüber dem Fenster stand ein Schreibtisch, wo Valeria Noras Schulunterlagen entdeckte. Alles war ordentlich und aufgeräumt. Valeria warf einen Blick in den Kleiderschrank.

»Unangepasst«, sagte sie leise. Die Sachen waren sportlich. Nora wollte nicht wie alle anderen sein. Nicht, dass ihre Kleidung auffällig war ... aber für die Verhältnisse hier oben war sie das wahrscheinlich schon.

Einen Moment lang wünschte sich Valeria, sie hätte Mattei gefragt, ob Nora ein Tagebuch geführt hatte ... oder wo ihr Notebook, sofern sie denn eines besaß, geblieben war, denn hier entdeckte sie es nicht. Vermutlich hatte Birkner es beschlagnahmen lassen, um nach Spuren in den Social-Media-Accounts und E-Mail-Konten zu suchen – Valeria speicherte sich eine Notiz in ihr Smartphone, Birkner gleich danach zu fragen.

Sie drehte sich einmal im Kreis, blickte zur Decke hinauf. Eine Art Sternenmuster war dort angebracht, Leuchtdioden wie in manchen Kinosälen. Als sie einen der Lichtschalter an der Wand drückte, leuchteten die Sterne auf. Nachts musste all das wirken, als läge man unter freiem Himmel in einer klaren Sommernacht.

Hat Nora davon geträumt? Frei zu sein? Frei von den Zwängen dieses jungen Lebens? Ohne die Spuren im Wald hätte man wirklich den Eindruck bekommen können, sie wollte bloß davonlaufen.

Valeria schob die Kleiderbügel im Schrank hin und her, zog die Schubladen auf und ließ sich Zeit. Dann tastete sie die Poster ab: Es wäre nicht das erste Mal, dass sich dahinter etwas verborgen hätte, doch dieses Mal fand sie nichts, nur die Wände mit der rau strukturierten Tapete.

Es war, wie Birkner gesagt hatte: eine Sackgasse, ein totes Ende, an dem keine neuen relevanten Informationen zu gewinnen waren.

Draußen knarrte eine Treppenstufe.

Valeria hatte schon beim Hochkommen bemerkt, dass das Holz verräterisch lose war, als sie daraufgetreten war. Die ideale Alarmanlage gegen einen ungebetenen Gast, der diese Besonderheit nicht kannte.

Da war jemand, ohne Zweifel.

Jemand, der womöglich auf sie gewartet hatte.

Sie zog ihre Dienstwaffe, so leise und geschmeidig, wie sie es in all den Jahren trainiert hatte. Auf Zehenspitzen schlich sie zur Tür, drückte sich gegen die Wand neben dem Durchgang, lauschte und hielt den Atem an.

Die Schritte draußen waren verstummt.

Sie war ruhig in diesem Augenblick, völlig ruhig angesichts dieser nahenden Gefahr. Dann hörte sie das leise Atmen, kaum einen Meter entfernt. Da stand jemand genau auf der anderen Seite der Wand, und nur ein paar Zentimeter Holz trennten sie voneinander. Valeria richtete ihre Waffe nach rechts.

»Ich weiß, dass Sie da sind«, sagte sie. »Und ich habe gerade eine Waffe auf Ihren Kopf gerichtet. Das hier ist nur eine dünne Holzwand. Wollen Sie das wirklich riskieren?«

Wer auch immer auf der anderen Seite stand, bewegte sich nicht.

»Wie spannend«, hörte Valeria die leise Stimme einer Frau. Sie klang älter, autoritär, vollkommen gelassen und selbstsicher. »Ich habe gerade dasselbe getan.«

War das ein Bluff?

»Wer sind Sie?«

»Wer sind *Sie*?«, kam die Antwort, und Valeria war überzeugt, einen Hauch von Belustigung herauszuhören.

»Interpol. Leutnant Valeria Ravelli. Nehmen Sie sofort die Waffe herunter.«

»Also dann, Frau Ravelli, sieht es wohl ganz nach einer Pattsituation aus. Es sei denn, Nino Mattei hat hier besonders starkes Holz verbaut, und wir beide …«

»Wir beide würden dann ganz schön blöd dastehen«, erwiderte Valeria. »Und das wollen wir ja nicht.«

»Mein Name ist Chloe«, sagte die Unbekannte auf der anderen Seite. »Valeria, ehe hier etwas passiert – wie wär's, wir beide machen jetzt zugleich einen großen Schritt zur Seite: Sie nach rechts, ich nach links, dann stehen wir uns gegenüber.«

Valeria spürte, wie ihr Herz klopfte. Das hier war etwas Neues – so kühl, so gelassen dieses Gegenüber …

»Valeria?«

»Das könnten wir schon machen, aber dann …«

»Dann brauche ich Ihr Wort«, erwiderte die Unbekannte. »Habe ich Ihr Wort?«

»Sie haben es«, erwiderte Valeria. »Jetzt Sie.«

»Sie haben auch mein Wort. Auf drei?« Die Unbekannte begann zu zählen. »Eins«, sagte sie laut, »zwei … drei!«

Valeria machte einen Schritt zur Seite und streckte die Waffe zum Durchgang.

Die Unbekannte, die ihr nun gegenüberstand, war einen Kopf kleiner als sie. Sie trug einen marineblau karierten Mantel und kurzes kastanienrotes Haar, das zu einer Art Pagenfrisur geschnitten war, dazu eine Umhängetasche – Valeria schätzte sie auf Mitte fünfzig.

»Na, sieh mal einer an«, sagte die Fremde namens Chloe. »Für gewöhnlich kehrt mancher Täter zum Tatort zurück, aber … hier ist es offenbar anders.«

Valeria blickte in den Lauf der silbernen Pistole, die auf sie gerichtet war, und erkannte das Modell. »Die da haben Sie entweder einem Kollegen abgenommen oder …«

»Oder was?« Der Lauf bewegte sich kein Stück.

»Ich bin Polizistin«, wiederholte Valeria. »Wenn Sie mir nicht trauen, ich habe einen Ausweis dabei.«

»Und was machen Sie ausgerechnet hier?«

»Schnüffler beim Schnüffeln überraschen«, gab Valeria zurück. »Das ist es doch, was *Sie* hier machen.«

»Zeigen Sie mir den Ausweis.«

Valeria zögerte einen Moment, musterte die Fremde. Diese Frau war eindeutig ebenfalls vom Fach, eine Polizistin oder Exmilitär vielleicht. Sie kam ihr seltsam bekannt vor. Valeria traf eine Entscheidung und senkte die Waffe.

Für gewöhnlich, ging ihr durch den Kopf, hättest du dich nicht auf diese Weise überraschen lassen, du hättest die Tür abgeschlossen, während du im Haus suchst. *Das muss dieser Ort sein. Er macht dich unsicher. Bringt Fehler zutage, die nicht passieren dürfen.* Dann holte sie ihren Dienstausweis hervor.

»Nun, was sagt man dazu?« Ein prüfender Blick in ihr Gesicht folgte, dann ließ auch Chloe die Waffe sinken. »Das war nicht besonders clever, junge Frau, hier den Tatort zu durchsuchen und nicht einmal die Haustür abzuschließen.«

Valeria erwiderte nichts, doch ihr war, als wollten die Wände näher kriechen. Sie schloss für einen kurzen Moment die Augen. »Sie kennen meinen Namen«, entgegnete sie. »Wie wäre es also mit ausgleichender Gerechtigkeit?«

Die ältere Frau ließ ein leises Lachen hören. Dann trat sie an Valeria vorbei ins Zimmer hinein. »Ich bin Chloe, das sagte ich doch schon. Chloe Muston. Und ich weiß genau, wer *Sie* sind, Valeria Ravelli.«

»Sie wissen das?«

»Wir haben uns schon einmal unterhalten«, sagte sie, wandte sich um und musterte sie mit einem kühlen Blick. »Damals. Aber ich hätte nicht gedacht, Sie ausgerechnet *hier* wiederzutreffen.«

Valeria starrte sie an. Das war es, was sie an der Fremden irritiert hatte. Sie hatte sie früher schon gesehen. »Sie haben mich damals befragt, nicht wahr?«

»Man begegnet sich immer zwei Mal. Und jetzt sind wir wieder am Anfang. Dort, wo alles begonnen hat.«

17

Muston betrachtete die Sternendecke und schaltete das Licht ein und aus, genau wie es Valeria einige Minuten zuvor getan hatte, als versuchte sie, in dem Muster eine versteckte Bedeutung zu erkennen. »Das hier ist eine persönliche Sache. Also wie bei Ihnen, vermute ich.«

Chloe Muston, dachte Valeria. *Natürlich.* »Vor einundzwanzig Jahren«, sagte sie, »geschah hier etwas, das mein Leben für alle Zeiten verändert hat. Es geprägt hat. Aber nicht nur meines, wie ich sehe.«

Auch wenn Chloe Muston versuchte, die Gefühlsregungen zu verbergen, gelang es ihr nicht vollständig. »Es ist wahr«, erwiderte sie schließlich. »Ich war damals mit der Nachuntersuchung der Ermittlungen gegen Xaver Baumann betraut. Es gab mehr … mehr, als es zunächst den Anschein hatte.« Sie blickte Valeria an. »Es war chaotisch. Hart mit anzusehen. Und natürlich habe ich Ihren Namen wiedererkannt, Ravelli, das Mädchen, das aus den Wäldern zurückkehrte. Die *Überlebende*.«

»Ist das der Grund, wieso Sie dieses Mal so vorsichtig und heimlich vorgehen?«

»Merkt man mir das an?«

Valeria nickte. »All das steckt Ihnen noch in den Knochen.«

»Ein Fall wie dieser ist immer unangenehm. Aber ich kenne diese Gegend von damals. Ich musste zurückkehren … Die offenen Fragen haben mir keine Ruhe gelassen.«

Valeria musste lächeln. Das waren vielleicht die ersten ehrlichen Worte von Chloe Muston. Immerhin ein Anfang. »Ich bin mir sicher, dass damals Fehler gemacht wurden. Ich fürchte, Xaver Baumann ist nur ein Teil davon und der wahre Täter noch immer irgendwo da draußen«, sagte sie dann.

»Das sehe ich auch so.« Chloe kramte in ihrer Umhängetasche. »Ich weiß, was Sie hier gesucht haben. Aber Sie werden es nicht finden. Und dieser Remo Birkner auch nicht.«

»Und wieso?«

Chloes Hand tauchte aus der Umhängetasche wieder auf und hielt ein kleines Büchlein, das mit einem Schloss gesichert war. »Weil ich es schon vor euch beiden gefunden habe. Das hier, Leutnant Ravelli, ist Nora Matteis Tagebuch.« Valeria wollte die Hand nach dem Buch ausstrecken, doch Chloe ließ es nicht los. »Nicht so schnell.«

»Ich brauche das. Wo haben Sie es überhaupt her?«

»Nicht mehr als ich«, sagte Chloe, ohne auf die Frage einzugehen. Valeria musterte die ältere Polizistin scharf. In dem Moment klingelte ihr Smartphone. Es war Birkner, wie ihr ein Blick auf das Display verriet.

»Ich muss da ran«, erklärte sie. »Nicht weggehen.«

»Nein, das ganz sicher nicht.«

Chloe ging an ihr vorbei. Es war ganz offensichtlich, dass sie daran interessiert war herauszufinden, wer Valeria da zu erreichen versuchte.

Als sie den Anruf entgegennahm, klang Birkner weit entfernt. Der Wind rauschte auf seiner Seite heftig. Es klang, als stünde er noch immer mitten im Wald, tief in der Senke, wo sie sich zuletzt gesehen hatten.

»Die Kollegen sind eingetroffen«, sagte er. »Sie sollten herkommen. Es gibt Neuigkeiten.«

Valeria warf Chloe einen Blick zu. Diese lächelte und legte den Kopf schief. »Also gut. Bin auf dem Weg.« Valeria legte auf, auch weil es so mühsam war, sich auf diese Weise mit Birkner zu unterhalten, der fast schreien musste, um sich zu verständigen.

»Schlechte Nachrichten?«, fragte Chloe. Valeria bemerkte, dass sie das Tagebuch noch immer in der Hand hielt.

»Das weiß ich noch nicht.«

Chloe nickte. »Hören Sie, Valeria – ich darf Sie doch so nennen –, mir liegt wirklich daran, dass wir Nora finden und diese Sache beenden, schnell, effektiv und ohne dass es ein Leben kostet. Und ich traue den hiesigen Ermittlern nicht zu, dieses Problem zu lösen.«

»Ich würde es nicht ein Problem nennen.« Valeria verschränkte die Arme. »Eher eine Spinne, die sich hier eingerichtet hat. In ihrem Netz, in dem sie schon so lange an diesem Ort lauert.«

»Wenn der Täter von damals zurück ist, dann trifft dieser Vergleich gewiss zu. Aber vielleicht will uns dies auch nur jemand glauben lassen.« Chloe öffnete das Tagebuch. »Sie wollen wissen, woher ich das habe? Birkner war nicht aufmerksam genug.«

»Er war hier. Er hat alles abgesucht.«

»Nora hatte ein Versteck. Unter dem Teppich im Flur. Eine Diele ist lose, dort hat sie es aufbewahrt. Zugegeben, sie hat nicht besonders viel geschrieben, was für uns relevant ist«, erklärte Chloe, »aber eine Sache ist mir ins Auge gefallen. Schauen Sie selbst.«

Die ältere Polizistin hielt Valeria das Tagebuch hin. Auf der aufgeschlagenen Seite erkannte sie eine schnelle, flüchtige Mädchenschrift, die sich nach rechts lehnte. Der Eintrag handelte zunächst von einem normalen Schultag, dann änderte sich der Ton. Ein Satz fiel Valeria sofort auf:

Ich denke, jemand verfolgt mich.

Sie warf einen Blick auf Chloe, die sie wiederum abschätzend musterte. Dann las sie weiter:

Letzte Nacht, da war ich sicher, dass unten im Garten jemand stand, der mich beobachtete. Ein Mann, vielleicht. Ich habe Angst. Papa denkt, ich erzähle Unsinn, und lacht nur, wenn ich zu ihm sage, ich würde gerne ein paar Tage zu Hause bleiben.

Valeria starrte auf die Schrift vor sich, die im Kontext der aktuellen Ereignisse den schrecklichen, düsteren Geschmack einer Vorahnung besaß.

Chloe räusperte sich. Sie nahm Valeria das Buch aus der Hand und las laut vor: »*Ich werde beobachtet. Ich weiß nicht, von wem, aber jemand ist da, und ich kann spüren, dass er nichts Gutes im Sinn hat. Muss mich in Acht nehmen. Gestern wollte ich mit Onkel Elias sprechen, aber der will mit mir nicht wirklich darüber reden. Er verschweigt mir etwas, aber Papa ist auch nicht viel gesprächiger. Sie beide fürchten … ich weiß nicht genau, was, aber irgendetwas war damals los.*«

Valeria senkte den Blick. Einige Herzschläge lang war es ihr, als könnte sie das Stampfen des Verfolgers hören, der sie damals durch den finsteren Wald gejagt hatte.

»*Lara und ich waren im Wald, vorgestern. Da war ein Baum, auf den jemand ein Zeichen gemalt hat … Als Lara das gesehen hat, wollte sie sofort abhauen. Also hab ich sie gefragt, was es bedeutet, aber alles, was Lara mir erklären konnte, war, dass ihre Großmutter sie davor gewarnt hat.«*

»Ein Zeichen?«, fragte Valeria scharf.

»Nora hat es hier sogar gezeichnet. Blättern Sie um.« Valeria kam Chloes Bitte nach und entdeckte die Seite, die Nora mit einem schwarzen Kugelschreiber beschrieben hatte. Wieder war es der höhnisch blickende, grotesk wirkende Steinbock, so lebhaft gezeichnet, als würde er ihr mit seinen Augen folgen, in seinem Blick etwas wie ein Trugbild, das bei langem Betrachten hypnotisch wirkte. Etwas daran trieb Valeria einen unangenehm kalten Schauer über den Rücken, als stünde jemand hinter ihr im Raum, der sie beobachtete.

»Und dann, heute Morgen«, fuhr Valeria mit dem Vorlesen fort, »so schreibt sie hier in ihrem letzten Eintrag, *hab ich seine Nachricht bekommen. Also werde ich heut Abend zu Lara rüberfahren, wo sie wahrscheinlich wieder von ihrem Typen schwärmen wird, was echt nervt. Und danach … Gott, ich bin so aufgeregt. Als wir schon mal dort waren, war es echt seltsam. Aber so ganz allein mit ihm … bin gespannt, was passiert.«*

»Dieser letzte Eintrag ist leider recht kryptisch«, meinte Chloe.

»Wer ist diese dritte Person, von der Nora da schreibt? Mit wem war sie ›dort‹? Und wo ist ›dort‹?«, überlegte Valeria laut.

»Das weiß ich nicht«, erwiderte Chloe ernst. »Noch nicht.«

»Noras Vater hat keinen Jungen erwähnt. Wer ist der Unbekannte, von dem sie eine Nachricht erhielt? Heute Morgen habe sie seine Nachricht bekommen, schreibt sie. Lara hat diesen Jemand bisher nicht erwähnt. Hat sie gelogen? Oder kennt sie ihn nicht?« Valeria traf eine Entscheidung, folgte ihrem Instinkt. »Wir müssen mit ihr reden. Und dieses Tagebuch, ich muss es mitnehmen.« Sie streckte den Arm aus.

»Und schließen mich damit aus den Ermittlungen aus?«

»Nein. Sie wollen helfen? Dann *helfen* Sie. Aber nicht, indem sie allein agieren.«

»Dabei machen *Sie* das doch schon, nicht wahr, Valeria?«

Valeria spürte, dass sie die andere Frau erreichen musste, dass sie ihr entgleiten würde, wenn sie nicht die richtigen Worte fand, und dadurch vielleicht eine einmalige Gelegenheit verloren ging. »Nein«, sagte sie vorsichtig, »ich kann Unterstützung gebrauchen. Ich hab den Wert eines guten Teams schon oft zu schätzen gelernt.« Sie warf einen Blick aus dem Fenster. Wieder regnete es, und die Tropfen liefen in dicken Schlieren über das Glas. Die Welt dahinter war in Grau gehüllt, die Schemen der auf der Straße vorbeifahrenden Autos waren kaum mehr als verwischte Schattierungen aus Hell und Dunkel. »Treffen wir uns später. Versuchen wir, einen Ansatz zu erarbeiten, mit dem wir an diese Sache herangehen können: Xaver Baumann, das alte Zeichen, der Tagebucheintrag, meine Erinnerungen und Noras Verschwinden. Wie hängt all das zusammen? Finden wir es raus. Das ist mein Angebot.«

Chloe gab ihr das Tagebuch. Valeria erkannte, dass sie einen Zettel daraufgelegt hatte, auf dem ihre Handynummer stand. »Dann bringen Sie es später besser wieder mit. Und bitte, zeigen Sie es nur Birkner.«

»Werde ich. Ich halte meine Versprechen – das mache ich immer.«

18

Valeria traf Birkner in einem weißen riesigen Zelt mitten im Wald, das die Spurensicherung über den hölzernen Überresten des alten Galgens und den Spuren der Jugendlichen errichtet hatte. Die ganze Zufahrtsstraße war mit Fahrzeugen der Spurensicherung und der Unterstützungseinheit zugeparkt. All dieser Trubel nahm dem Ort etwas von seiner absonderlichen Fremdartigkeit, von seinem Schrecken, doch konnte Valeria in den Gesichtern der Kollegen, die stumm oder knapp nickend an ihr vorbeieilten, erkennen, wie unangenehm es ihnen war, hier zu sein: aufgrund der Kälte, aber auch wegen der seltsamen Düsternis, die jedem Winkel innewohnte und sich auf sie alle niederschlug.

»Was haben wir?«, fragte sie.

Birkner hatte den Reißverschluss seiner Regenjacke bis zum Hals zugezogen und die Hände in den Taschen verborgen. Valeria hörte einen Kollegen im Hintergrund niesen. Helle Scheinwerfer, die den ganzen Talkessel ausleuchteten, summten vor sich hin, die Stromkabel führten wie dicke Würmer über den Waldboden bis zu einem Generator in der Nähe, der monoton brummte. »Ich denke, wir wissen nun, wo man Nora Mattei überfallen hat. Diese Weißtanne da … auch dort war Blut zu finden. Wir vergleichen es mit einer DNA-Probe von ihr, aber … ich bin mir sicher, es ist ihres.«

»Hinweise auf eine Tatwaffe?«

»Ja. Die Kollegen haben einen schweren Buchenast gefunden, der Blut und Haare an der Rinde aufweist.«

»Er hatte die Waffe nicht von hier«, stellte sie fest. »Hier wachsen keine Buchen.«

Birkner nickte. »Ja, so weit war ich auch.«

»Die Frage ist, woher er wusste, dass Nora hier sein würde. Ist er ihr gefolgt, war er mit ihr verabredet? Er brachte sein Werkzeug mit. Es war geplant«, überlegte Valeria weiter. »Es war keine spontane Tat, er hat sie nicht zufällig überrascht …«

»Und was sagt uns das?«

»Dass er gefährlich ist. Sich so weit kontrollieren kann, dass er längerfristig beobachten und vorausplanen kann … Jemand aus der Umgebung. Jemand, der wusste, welchen Weg Nora nehmen würde.«

»Also doch …«, Birkner klang, als wollte er das Wort noch immer nur ungern aussprechen, »… ihr eigener Vater? Nach dem, was sie gestern Abend vermutet haben … Wäre doch eine gute Tarnung, es so aussehen zu lassen, als wäre sie von einem Fremden überfallen worden.«

»Ihr habt seinen Wagen überprüft, nicht wahr? Diesen Pick-up?«

»Das ist nicht seiner. Er hat keinen eigenen. Das ist der Wagen aus dem Sägewerk, bei dem er arbeitet. Sein Bruder übrigens auch. Beide leihen ihn sich immer wieder.«

Elias hatte auch so einen, um mich damit abzuholen, dachte Valeria, erwähnte es gegenüber Birkner jedoch nicht.

»Sie zögern, den Vater ernsthaft in Betracht zu ziehen«, stellte Birkner fest. »Aber in Anbetracht der Tatsache, dass der Angriff nicht weit vor hier stattfand und Täter und Opfer sich nicht zufällig begegnet sein können, kommen Personen in Noras unmittelbarer Nähe immer mehr infrage. Oben auf der anderen Waldseite haben wir Reifenspuren gefunden, wie sie zu einem Geländewagen passen könnten. Nino Matteis Wagen war jedoch nicht hier, als Nora entführt wurde, das haben wir abgeglichen. Es muss ein anderer großer Geländewagen gewesen sein, aber noch haben wir ihn nicht gefunden. Viele hier oben fahren solche Autos. Die Kollegen der Spurensicherung werden ein Reifenprofil erstellen … auch wenn der Wind und der Regen die meisten Spuren zerstört haben.«

»Wir müssen die Wagen aus dem Ort und ihre Besitzer alle überprüfen.«

»Ja«, brummte Birkner. »Auch wenn das für einige Unruhe sorgen wird.«

»Eine tote Vierzehnjährige wird für noch mehr Unruhe sorgen«, gab Valeria zu bedenken. »Und dann haben wir nicht nur die Einheimischen und die Presse, mit denen wir uns herumschlagen müssen. Ich denke, dann werden sich vor allem auch die neuen Investoren für den Fall interessieren … und das bedeutet nur noch mehr Ärger.« Sie dachte an den Bürgermeister, wie er ihr vorgeworfen hatte, eine Reporterin zu sein, die eine Story witterte.

»Wir? Jetzt gibt es schon ein Wir?« Birkner klang skeptisch, doch als Valeria ihm mit ihrer Taschenlampe in die Augen leuchtete, musste er unwillig grinsen. »Lassen Sie das.«

Sie ließ die Taschenlampe wieder sinken. Ihre Gedanken kreisten wie ein Strudel in ihrem Kopf, der verhinderte, dass sie jene Idee klar fassen konnte, die langsam in ihr heranreifte. »Nora hat ihr Fahrrad sorgfältig angeschlossen und ist dann vom großen Waldweg abgewichen und tiefer in den Wald gegangen. Wir haben nur ihre Fußspuren auf dem Pfad gefunden. Nichts deutet darauf hin, dass jemand sie hier hinuntergejagt hat. Ich glaube, dass sie beim Galgen mit ihrem Peiniger verabredet war. Er hat dort auf sie gewartet.«

»Es gibt keine Nachrichten in ihren Messenger-Apps oder dem E-Mail-Postfach, die darauf hindeuten. Das haben wir gleich nach ihrem Verschwinden überprüft«, brummte Birkner, zerschlug eine Mücke auf seinem Hals und wischte das Tier mit einem angeekelten Gesichtsausdruck an seinem Regenmantel ab.

»Man kann sich ja auch mündlich verabreden«, erwiderte Valeria. »Das wiederum legt nahe, dass sie den Täter kennt.«

»Und sie hat ihn nicht als Bedrohung wahrgenommen?«

Valeria runzelte die Stirn und holte ihr Smartphone hervor. »Nein, das passt nicht ganz. Vielleicht betraf die Verabredung jemand anderes, nicht den Täter, denn in ihrem Tagebuch schreibt sie, dass sie sich schon seit Tagen verfolgt fühlt. Vielleicht hat der Täter nur hierher gefunden, weil er von der Verabredung wusste. Und was sagt uns das über ihn? Woher wusste er davon?«

»Besser noch: Woher wissen *Sie* all das? Es gibt kein Tagebuch von Nora Mattei.«

Valeria berichtete Birkner von ihrer Begegnung mit Chloe Muston. »Überraschung«, sagte sie dann und holte das Tagebuch hervor, das er sofort entgegennahm.

Er blätterte durch die Seiten, seine Augen schienen sich festzusaugen. Minutenlang las er die letzten Einträge im Taschenlampenlicht. Dann rief er einen jungen Kollegen in weißer Schutzkleidung heran und ließ das Tagebuch in eine Beweismitteltasche fallen.

Birkner sah Valeria scharf an. Sie konnte sehen, dass er wütend war. »Wo hat diese Chloe Muston das her? Ich könnte diese Frau wegen Behinderung von Polizeiarbeit verhaften lassen!« Birkners Laune war weiter gesunken.

»Ich denke, dass die Kollegin nicht gut auf Druck reagiert«, sagte Valeria mit einem Seitenblick auf den Polizisten, der das Tagebuch zur Beweismittelaufnahme und Spurensicherung davontrug. »Sie war schon früher hier beteiligt.«

»Das macht all das nicht gerade leichter.« Birkner runzelte die Stirn und nieste abermals, dann verscheuchte er eine Schnake mit der Hand. »Zähe Biester sind das«, sagte er, aber Valeria war sich nicht sicher, ob er die Insekten meinte.

»Ich denke, wir sollten mit ihr zusammenarbeiten, vorerst«, sagte sie. »Und mit dem Onkel, Elias Mattei.«

»Sind Sie sich sicher?« Birkner war skeptisch.

»Es ist gut, einen Kontakt zur Familie des Opfers zu haben. Egal, wie es ausgeht oder wer verantwortlich ist, so bekomme ich Einblick in Noras engsten Kreis. Elias hat ausgerechnet mich zurückgeholt. Das werde ich mir zunutze machen.«

Valeria und Birkner tauschten einen Blick. Sie wussten beide, was das hieß, ohne es aussprechen zu müssen: Dies war sinnvoll, weil statistisch gesehen in der Familie eines Opfers auch meist der Täter zu finden war.

»Dieses Tagebuch verändert die Situation«, sagte Birkner und trat von einem Fuß auf den anderen, um sich aufzuwärmen. »Wir sind gerade dabei, auf die Personen in Noras Umfeld zu fokussieren. Nino Mattei hat kein gutes Alibi für den Tatzeitraum. Hinzu kommt die Tatsache, dass der Täter zu wissen schien, dass Nora hierherkommen würde. Diese Geschichte aus dem Tagebuch mit dem Unbekannten, der Nora verfolgt und gestalkt haben soll … Stimmt es, oder hat Nora sich das ausgedacht? Warum hat ihr Vater das bei der Befragung nicht erwähnt? Und wer ist dieser Jemand, mit dem sich Nora nach dem Besuch bei Lara treffen wollte?«

Valeria wusste, Birkner ließ eine weitere Tatsache unausgesprochen: dass Entführungsfälle mit Unbekannten eine viel niedrigere Aufklärungsrate hatten. So bitter es war – saßen die Täter im direkten Umfeld des Opfers, war die Überlebenschance deutlich höher. »Wer auch immer es ist, ich denke nicht, dass Lara Wegner ihn kennt. Sie hätte es erwähnt. Oder … Sie haben mit ihr nicht *ausführlich* genug gesprochen.«

»Was wollen Sie damit andeuten?«

»Dass ich mich mit Noras bester Freundin noch mal intensiver befassen werde. Dem Tagebuch zufolge gab es da klassische Mädchengeschichten«, sagte sie. »Es ging um einen Jungen, den diese Lara kennengelernt hat … Nora wollte wohl deswegen mit ihr reden. Der Eintrag spricht aber auch noch von einer dritten Person, die uns bisher unbekannt ist. Ich mag keine Unbekannten in unserer Gleichung.«

Birkner schnaubte. »Mädchen in diesem Alter … aber gut, ich verstehe. Und sonst? Hat Nino Mattei noch mehr zur fraglichen Nacht gesagt? Wo er wirklich war zum Beispiel?«

Valeria strich sich eine Strähne hinters Ohr zurück. »Es gibt da etwas, von dem er nicht will, dass es öffentlich wird. Eine Frau.«

»Details?«

»Eine der Angestellten des Hokkaido. Aus dem Housekeeping. Er sagt, sie waren in der Nacht zusammen.«

»Das ist ja interessant. Er gibt also zu, dass er außer Haus war?«

Valeria nickte. »Und er gab mir ihre Kontaktdaten, also überprüfe ich das. Ebenso wie das Alibi seines Bruders Elias, denn wenn Nino aus dem Haus war, bedeutet das für ihn … nun, das werden wir sehen.«

»Gut.«

Valeria schien es, als würde Birkner bereits Fakten gegen Nino Mattei sammeln. Und vielleicht hatte er damit noch nicht einmal unrecht. Wenn Elias wusste, dass Nino nicht zu Hause gewesen war, dann war Nino klar, dass er ein Alibi brauchte. Eine Geliebte darum zu bitten war eine Möglichkeit. Genauso gut konnte er sie jedoch tatsächlich in dieser Nacht gesehen haben. Valeria seufzte innerlich. Wie immer falteten sich zu Beginn eines Falles unzählige Möglichkeiten auf, die es zu eliminieren galt, bis nur noch eine übrig blieb. Dann hätten sie den Täter. Aber dafür brauchte sie so viele Fakten wie möglich. Sie betrachtete den Stamm der Weißtanne und den dunklen Fleck auf dem Felsen in der Nähe. Blut, das inzwischen fast sicher als Noras Blut identifiziert worden war. Ihr war kalt, aber daran war nicht allein die Temperatur in dieser Senke schuld.

»Also unternehmen wir als Nächstes Folgendes«, sagte sie. »Lara Wegner muss erneut befragt werden, ob sie weiß, was genau dazu führte, dass Nora hier herabkam, ob sie verabredet war und wer jener geheimnisvolle Dritte sein könnte. Ob sie ebenfalls den Eindruck hatte, verfolgt zu werden wie Nora. Und dann diese Angestellte …«, sie zeigte Birkner den Notizzettel, den ihr Mattei gegeben hatte, »… die Nino Matteis Alibi bestätigen soll, die muss auch befragt werden. Ebenso Elias, der Nino ja sein erstes Alibi gab. Und natürlich haben wir noch … Xaver Baumann. In Anbetracht dieser neuen Erkenntnisse sollten wir auch ihm einen längeren Besuch abstatten. Fünftens: der Wagen. Wir müssen ihn aufspüren.« Valeria zog den Reißverschluss ihrer Regenjacke ein Stück höher.

»Und jetzt habe ich noch ein paar Fragen zum Tatort«, fügte sie hinzu. »Der Täter hat Nora vermutlich niedergeschlagen. Was geschah danach?«

»Es gibt nur noch wenige Fuß- und Schleifspuren, die der Regen nicht fortgespült hat. Den Pfad hinab, weiter bis zur anderen Seite dieses Waldstücks, zur Stelle, wo der Wagen geparkt war. Dort enden sie, und es beginnen die Reifenspuren, doch konnten wir sie nur ein paar Hundert Meter den Waldweg hinab verfolgen. Irgendwo da unten verliert sich auch die Spur des Wagens. Das Profil konnten wir aufgrund des Starkregens nur zum Teil aufnehmen.«

»Was ist mit den Schuhabdrücken des Täters?«

»Haben wir. Gummistiefel, Größe vierundvierzig. Ein normal großer Mann. Oder eine Frau, die einige Socken in den Schuhen getragen hat. Größe spielte keine Rolle. Nicht, wenn sie diesen Ast mitgebracht und Nora überrascht hat. Nora Mattei wiegt, so sagt ihr Vater, um die fünfundvierzig Kilo. Sie war dünn für ihr Alter und ihre Größe. Sie fortzuschleifen wäre keine größere Herausforderung, mit genügend Zeit und gewissen Kenntnissen dieses Ortes. Dann hat der Täter sie in den Wagen gesteckt und mitgenommen. Wohin auch immer.«

Valeria spähte durch die Öffnung im Zelt hinaus in all das regengraue Grün und Braun des Waldes. »Der Geländewagen könnte mittlerweile überall sein. Senden Sie jemanden, der die Verkehrsüberwachungskameras in beide Richtungen durch den Gotthardtunnel und über die Gebirgspässe prüft – nur um sicherzugehen. Ich weiß, es ist viel, wir haben ein gewaltiges Verkehrsaufkommen, die Urlauber, die zurückkommen und wieder Richtung Deutschland fahren, all die anderen, die Richtung Süden unterwegs sind, aber …«

»Und das Team ist gerade erst angekommen.«

Valeria schüttelte den Kopf. »Tun Sie es trotzdem. Wir sind dazu verpflichtet, um alle Eventualitäten auszuschließen. Aber wenn ich mich nicht täusche, dann ist der Täter immer noch hier. Er hat das Tal nicht verlassen. Er ist hier, und Nora ist es ebenfalls. Sie sind nicht fort.«

»Und was ist das? Weibliche Intuition?«

Valeria ignorierte diesen Seitenhieb. »Es gibt da noch diese Verbindung in die Vergangenheit«, sagte sie. »Denken wir an das Zeichen auf der Waldlichtung auf der anderen Seite des Dorfes … und noch wichtiger, Noras Blut an der Stelle, an die ich mich von meiner eigenen Entführung erinnere … Entweder diese ganze Sache hat etwas mit früher zu tun, oder jemand will uns glauben machen, dass es das tut.«

Es entstand eine Pause, Birkner nickte. Außerhalb des Zeltes hatte es zu nieseln begonnen, die weißen Schutzanzüge der Mitarbeiter der Spurensicherung, die wie Ameisen das Gebiet systematisch untersuchten, begannen im Scheinwerferlicht nass zu glänzen.

»An was erinnern Sie sich denn nun überhaupt von damals?«, fragte er unvermittelt. Seine Stimme klang, als hätte er sich durchringen müssen, diese Frage zu stellen.

Valeria seufzte. »Kaum mehr an die Tage vor dem Verschwinden meiner beiden Freundinnen und noch weniger an die Zeit danach, nichts von der Zeit …, als ich verschwunden war.« Sie zögerte. Sie erzählte nicht gern von den Träumen. Im Unterholz, in all dem feuchten Dunkel knackte und knisterte es, als gingen dort vielbeinige Wesen auf und ab. »Vielleicht ist es Instinkt. Vielleicht eine Art Ahnung, weil ich damals …« Sie beendete den Satz nicht. »Aber ich vermute, dass er die *ganze Zeit* hier war. All die Jahre. Und jetzt hat er wieder zugeschlagen.«

Was sie nicht aussprach, waren die Gedanken, die dazu in ihrem Kopf herumgeisterten: Wenn ihr eigener Peiniger nun auch Nora entführt hatte, dann hatte er Valeria mit seiner Tat zurückgerufen, vielleicht, weil er es dieses Mal zu Ende bringen wollte und sie Zeugin dafür sein sollte. Vielleicht sollten es damals drei sein, und heute … könnten es wieder drei werden.

»Nora hat auch zwei Freundinnen, genau wie ich damals: Lara Wegner und Hanna, die Tochter von Margaret Haldirsen. Zwei von ihnen sind noch unter uns, also sollten wir den Fall besser klären, bevor es zu einer weiteren Entführung kommen kann.«

Birkner sah sie an, als sei er sich nicht sicher, ob er glauben wollte, was er da hörte. »Das leiten Sie anhand des Zeichens ab? Anhand dieses toten Hirschs?«

»Was immer er damit sagen will, für ihn als Täter ist es ein Teil seiner Inszenierung, seiner Vorstellungswelt. Etwas, das für ihn notwendig ist, wenn er tötet, etwas, das er uns zeigen muss. Sie kennen die Akten. Damals vor einundzwanzig Jahren hat jemand den mit Blut gemalten Steinbockkopf hinterlassen … *vor* den Morden … und auch *später*, am Fundort der Leichen von Sophie und Stephanie.«

Birkner brummte in seinen Bart und kratzte sich an der Wange. »Und jetzt taucht es wieder auf. Jetzt, wo wir wissen, dass Nora angegriffen wurde, ist das beängstigend, auch wenn wir hier bislang kein Zeichen gefunden haben. Vielleicht war der Täter unvorbereitet, vielleicht hat der Regen das Zeichen weggewaschen … Verflucht, wieso muss es hier so viel regnen?«

Valeria dachte an den massigen Keiler, der ihr im Wald gegenübergestanden hatte, an die Krähe, an den kranken Hirsch. *Als würde sich selbst die Natur an diesem Ort gegen uns stellen.*

»Er war vorbereitet«, sagte sie leise, während ihr Atem sich als weißer Hauch verflüchtigte. »Aber wenn wir die Schlinge enger um ihn ziehen, wird er sich verraten. Er *wird* Fehler machen, denn es gibt keine Tat ohne Spuren, keinen Täter, der sich so unter Kontrolle hat, dass ihm nicht einmal eine winzige Kleinigkeit durchrutscht. Bislang hatte er bloß Glück, aber jetzt bin ich hier. Jetzt werden wir ihn jagen.«

Valeria verabschiedete sich von Birkner, folgte dem schmalen abgesteckten Pfad der Spurensicherung an dem Findling vorüber, auf dem sie die Halskette und das Blut entdeckt hatten, zurück in den unberührten Forst. Hier verwuchs sich der Wald zu einem unwegsamen Dickicht aus Dornengestrüpp und dicht an dicht stehenden Tannen; ein Stück abgelegen vom Treiben der Kollegen war dies der richtige Ort, um nachzudenken. Sie sah den weiß gekleideten Beamten unten in der Senke eine Weile zu, wie sie im Regen, der im Licht der Spurensicherungsscheinwerfer grau und schwer wie Hagel wirkte, hin und her eilten.

Valeria schloss die Augen. *Was weißt du über diesen Ort? Was gibt es hier, das die anderen womöglich übersehen haben? Oder anders gedacht … was weißt du womöglich* nicht*?*

Irgendwo in der Nähe hörte sie ein leises Geräusch, das sie aus ihren Gedanken holte. Als sie die Augen öffnete, entdeckte sie ein Licht zwischen den Stämmen.

Eine Taschenlampe, die hin und her geschwenkt wurde. Valeria eilte hinüber, während unter ihren Schritten kleine Äste zerbrachen und sie in das triefend nasse Laub einsank.

Dann sah sie es – Flecken aus Gelb und Grau und Schwarz, die sich vom Moosgrün und Braun des Waldes abhoben –, eine Art Unterschlupf, der sich zwischen zwei Tannen schmiegte, mit Farnen, Ästen und Gräsern abgeschirmt, sodass man all das erst aus der Nähe ausmachen konnte: Der Unterschlupf bestand aus Blechteilen verschiedener Fahrzeuge, der breiten Tür eines Transporters, die nun als eine Wand diente, Holzbrettern und Dachziegeln, die hier jemand in sorgfältiger Arbeit zu einer kleinen Hütte zusammengesetzt hatte. Valeria kam näher.

Versteckt, verborgen, tief im Wald. Sie sah sich um, doch den Lichtkegel, der für sie hier ganz in der Nähe gerade noch auszumachen gewesen war – er schien fort.

Hast du dir das gerade eingebildet? Verflucht, was macht dieser Ort nur mit dir?

Und mehr noch: Ist es möglich, dass Nora hierherwollte? Ist dies ein Ort, den nur die Jugendlichen kennen, weil sie ihn vielleicht sogar selbst angelegt haben, unbemerkt von den Erwachsenen? Eine Art Treffpunkt, vielleicht das Versteck einer Clique? In was ist Nora hineingeraten, als sie sich hier verabredet hat?

Etwas in Valeria fürchtete, dass es eine Verabredung mit dem Tod gewesen war.

19

Damals

Das vierzehnjährige Mädchen wagte es kaum, Chloe Muston in die Augen zu sehen. Einer der Ärzte hatte ihr eine Decke umgehängt, an der sie sich festklammerte, als wäre dieser dünne Stoff alles, was ihr in dieser Welt noch Schutz bieten könnte. Mit weit aufgerissenen, unsicher blickenden Augen starrte sie in den nebligen Tag hinaus, der sich gegen die Fensterscheiben des Krankenzimmers drängte. Das trübe Licht, das aus der Deckenlampe fiel, ließ das weiße Bettzeug und Valerias Haut bleich und grau zugleich wirken.

»Valeria«, sagte Chloe behutsam, doch das Mädchen zuckte zusammen, als hätte sie sie angeschrien. Chloe brach ein großes Stück von der Schokolade ab, die sie ihr mitgebracht hatte, und reichte sie ihr. »Iss. Du musst wieder zu Kräften kommen. Probier sie, sie ist wirklich gut.«

Valeria biss ein Stück ab und seufzte. Die Hand, mit der sie das Schokoladenstück umklammert hielt, war weiß wie Schnee.

»Sie erlauben mir nur ein paar Minuten für dieses Gespräch«, sagte Chloe leise. »Und ich weiß, dass du alles andere lieber tun möchtest, als dich mit mir zu unterhalten. Du hast die ganze Nacht geschlafen, seitdem du gestern Abend aus dem Wald zurück ins Dorf getaumelt kamst …«

»Ich … ich weiß es nicht mehr …« Valerias Stimme war heiser, kaum mehr als ein Krächzen. »Sophie … Steph … Sind sie … Hat man sie …«

»Du bist die Erste, die wieder aus der Waldeskälte aufgetaucht ist«, sagte Chloe. »Aber wir finden sie. Keine Sorge.«

Doch Valeria schüttelte den Kopf. »Nein. Das glaub ich nicht.« Der Ton, mit dem sie diese Worte aussprach, war erschütternd, ernst und endgültig.

»An was erinnerst du dich, Valeria?«

Das Mädchen holte tief Luft. Der Regen machte ein leise trommelndes Geräusch auf der Fensterscheibe, was Valeria dazu brachte, hinüberzusehen. Eine ganze Weile blickte sie so hinaus. Chloe konnte die Tannen im Wind schwanken sehen, während sich der Nebel wie eine dichte, undurchdringliche Masse durch das Unterholz schob. »Es war eisig. Wir … waren irgendwo in der Höhe, da bin ich mir sicher. Und dann … dann bin ich geflohen, bin durch den Wald gelaufen. Jemand war hinter mir. Es waren laute, schwere Schritte. Jemand hat mich verfolgt, aber ich konnte die Lichter sehen … das Dorf … Ich war schneller …« Sie biss ein großes Stück von ihrer Schokolade ab, und Chloe reichte ihr kurz darauf ein neues. Das Silberpapier, in das die Tafel eingepackt war, raschelte leise.

»Haben Sie vielleicht ein Blatt für mich?«, fragte Valeria. »Ich will etwas aufzeichnen, ehe … ich es ganz vergessen habe … Ich weiß nicht, ob es … wichtig ist … ist mir nur gerade durch den Kopf gegangen.«

Chloe riss ein Blatt Papier von ihrem Notizblock ab. Als sie es Valeria reichte, packte die ihre Hand. Chloe erschrak, als sie Valerias eiskalte Finger spürte.

»Sie müssen mir versprechen, dass Sie sie suchen, ja? Dass

Sie sie finden. Es ist furchtbar da draußen. Kalt und ...« Doch Valeria beendete ihren Satz nicht.

»Versprochen. Ich werde alles tun, um deine Freundinnen zu finden.«

Valeria zeichnete etwas, und als sie das Blatt Chloe zurückgab, blickte sie auf eine Art Steinbock hinab, dessen Züge dämonisch verzerrt wirkten. Ein unangenehmes Gefühl kroch über Chloes Rücken, als sie die Zeichnung betrachtete. »Was hat das zu bedeuten?«

»Daran erinnere ich mich. Ich hab es gesehen – irgendwo. Und ich weiß ...«, nun sah Valeria Chloe direkt in die Augen, »... dass mir dieses Zeichen Albträume bereiten wird.«

Schon als sie ihn hereinbrachten, sah sie ihm an, dass er Angst hatte.

»Will nicht, will nicht, will nicht«, hörte Chloe Xaver Baumann leise vor sich hin murmeln, als man ihn aufforderte, sich zu setzen. Er gehorchte, wippte auf dem Stuhl vor und zurück und wirkte trotz seiner neunzehn Jahre noch wie ein Kind, während ihm das dunkle Haar wie ein Vorhang vor das blasse Gesicht hing. So saß er vor dem mit Akten beladenen Schreibtisch in jenem engen verrauchten Büro im Luzerner Polizeipräsidium und starrte in Richtung Decke.

Chloe warf dem leitenden Ermittler Rolf Hochstrasser einen Blick zu, den dieser erwiderte und sofort nickte. »Wir sind gleich zurück, Xaver«, sagte sie zu dem dunkelhaarigen jungen Mann, der nicht erkennen ließ, ob er sie verstanden hatte. Sein blasses Gesicht glänzte im Licht der Schreibtischlampe, er schwitzte, wie Chloe bemerkte, obwohl es hier im Büro kühl war. Dann ging sie mit Hochstrasser hinaus.

»Ich halte das für einen Fehler«, sagte sie zu Hochstrasser. »Sehen Sie ihn sich doch an! Er ist zwar körperlich fast erwachsen, aber geistig? Das ist er ganz sicher nicht. Für eine Entführung von drei Mädchen braucht es mehr als …«

»Können Sie das beurteilen?« Hochstrasser machte ein Gesicht, als hätte er auf etwas äußerst Saures gebissen. »Ich denke, das überlassen wir doch den dafür geschulten Kollegen.«

Chloe ließ sich nicht aus der Ruhe bringen. »Jemand versucht, ihm das anzuhängen.«

»Dafür gibt es keine Hinweise, und das wissen Sie auch ganz genau.« Hochstrasser seufzte. »Bitte, Chloe. Wir beide versuchen doch, das Richtige zu tun. Wir versuchen, die beiden Mädchen noch rechtzeitig zu finden.«

»Natürlich. Aber *das* ist nicht der richtige Weg.«

»Er hat dieses seltsame Zeichen gemalt. Diesen Steinbock. Immer wieder«, sagte Hochstrasser mit düsterer Stimme. »Und was hat Valeria uns gezeigt, uns aufgemalt, gerade nachdem sie ein paar Stunden aus dem Wald zurückgekehrt war?«

»Ich weiß. Ich war ja selbst dabei.« Chloe blickte durch die halb offen stehende Tür auf Xaver, der sich noch immer vor und zurück wiegte und einen Punkt an der Decke fixierte. »Was haben wir denn, was ihn verdächtig macht?«

»Wir haben ihn im Wald gefunden. Seine Hände waren mit Blut besudelt – ja, Tierblut, von einem Frischling, den wir ein paar Hundert Meter weiter gefunden haben. Sagte dann, er wollte das Tier retten, er hätte es schon so verletzt im Wald entdeckt. Er hat immer wieder davon gesprochen, dass er alle drei gesehen hat … und er hat Valerias Namen erwähnt.«

Chloe überlegte einen Augenblick. »Wir wissen, dass er gern in den Wald geht. Seine Mutter sagt, er liebt die Einsamkeit, den Wind, die Bäume. Schon mal darüber nachgedacht, dass er Valeria wirklich beobachtet hat? Aber nicht weil er sie entführt hat, sondern weil er mit angesehen hat, was in Wahrheit geschehen ist?«

»Dann sollte er besser schnell reden.«

»Wir sind es, die ihm all das nachweisen müssen, was Sie ihm unterstellen. Sonst wird er zur Tür rausspazieren, als wäre nichts gewesen.«

»Ja, Chloe, das würde Ihnen gefallen. Immer ein Herz für die Armen und Unterdrückten.«

»Nein«, erwiderte sie. »Aber für die Wahrheit.«

20

Heute

Valeria schob den Vorhang aus schwerem Zeltstoff zur Seite und blickte in das Innere des Unterschlupfs. Da lagen ein paar Gaming-Zeitschriften, leere Colaflaschen aus Plastik, Kerzen, die zu kleinen Wachsstummeln herabgebrannt waren, zwei Wodkaflaschen, die jemand in ein selbst gebautes Regal gestellt hatte, am Boden auf einem gemusterten Teppich, der nicht so recht in die Waldumgebung passen wollte, ein paar bunt zusammengewürfelte Kissen, einige Kisten und Truhen und weiter hinten ein kleiner Haufen im Trockenen gelagertes Brennholz, wahrscheinlich für ein Lagerfeuer.

Sie sah sich um, blätterte durch die Zeitschriften und lauschte dem Geräusch, das der fallende Regen auf der Plane und den Blechteilen machte, die das Wasser vom Inneren des Unterschlupfs abhielten.

»Ihr wart so oft hier«, flüsterte sie. »Was versteckt ihr?«

Doch in den Regalen und in den Kisten und Truhen fand sie nichts, das ihr von Noras heimlich geplanter Verabredung im Wald erzählen mochte. Sie hörte, wie jemand durch den Wald rief, vielleicht jemand von der Spurensicherung, der nach ihr suchte, und doch hielt es sie hier fest, als spürte etwas in ihrem

Unterbewusstsein, dass dieser Ort ihr noch nicht all seine Geheimnisse enthüllt hatte.

Valeria packte den Teppich, der sich feucht anfühlte, und zog ihn beiseite. Eine der Kisten fiel um, ein paar Bücher und Zigarettenschachteln fielen heraus, doch achtete sie gar nicht darauf: Ihr Blick lag auf einer Luke im Boden, die der Teppich verborgen hatte.

Sie packte den Metallring und öffnete die Luke, die mit einem leisen Quietschen zur Seite schwang. Eine Leiter führte hinab, die Wände waren mit Holzbrettern abgestützt. »Ihr habt euch ja richtig Mühe gegeben. Ein paar künftige Architekten bei der Sache, was?« Valeria strich sich eine Strähne hinters Ohr zurück und kam sich etwas seltsam vor, wie sie so mit sich selbst redete. Dann setzte sie den Fuß auf die Leiter. Das Holz fühlte sich wacklig an und knarrte bei jedem Schritt, den sie hinabmachte. Schließlich erreichte Valeria den Boden und sah sich im Lichtschein ihrer Handytaschenlampe um: festgestampfte Erde, auf die jemand Holzdielen gelegt hatte, dazwischen Holzbohlen, die die Decke abstützten. Auch hier unten standen Kerzen, ein paar weiche Polster, halb leere Flaschen und ein seltsames Brett, das an der Wand lehnte. Sie drehte es herum. Buchstaben, in einem Halbkreis angeordnet. Ein Ouija-Brett. Wachs war über die Oberfläche gelaufen und angetrocknet. »Wer von euch hat denn versucht, mit irgendwelchen Geistern Kontakt aufzunehmen?«

Valeria stellte das Brett zur Seite. Dann – als sie sich umdrehte – sah sie es im Lichtschein ihres Smartphones. Auf einem der Holzbalken, die das Erdreich dieser gegrabenen Höhle nach oben hin abstützten, hatte jemand etwas mit einem Messer hineingeschnitzt: *N + L* stand dort. Die Buchstaben wurden von einem Herz eingefasst.

»N plus L?«, wiederholte Valeria leise. »Nora? Nora und wer noch?«

Doch die stummen Wände aus kaltem Erdreich gaben ihr keine Antwort.

Etwa fünfzig Minuten später lenkte Valeria den Toyota-Geländewagen durch Eigerstal und sah den Verfall, der die Gebirgsregion heimsuchte wie eine bösartige Krankheit. Sie erblickte ein mit einem Schreibfehler versehenes Graffiti, das jemand gegen die Wand eines Rohbaus gesprüht hatte: *BONZEN VERPIST EUCH.*

Die rote Farbe lief am Beton herunter, und aus der Distanz sah sie aus wie Blut. Vor einer Kneipe, die sich zwischen zwei leer stehenden Geschäften duckte, standen ein paar Männer herum. Sie musterten sie, das konnte Valeria spüren, steckten die Köpfe zusammen, während sie an ihnen vorbeifuhr.

Die Neuigkeiten würden sich verbreiten, da machte sich Valeria nichts vor, wie ein Buschfeuer oder eine hochinfektiöse Krankheit. Vor einer roten Ampel bremste sie. Hinter ihr hatte sich ein weißer Transporter eingeordnet, dessen Züricher Kennzeichen ihn eindeutig als auswärtig enttarnte, als ein Einsatzfahrzeug der Spurensicherung. Das wussten die Einheimischen vielleicht nicht, aber sie wussten um die geheimen Wege, die durch den Ort, die Berge und die Wälder führten … Und einer von ihnen, ging ihr durch den Kopf, hat sich dieses Wissen zunutze gemacht, um etwas wirklich Bösartiges zu vollbringen. Er wusste von dem Unterschlupf im Wald. Er wusste, dass Nora sich dort treffen wollte … Valeria schloss für einen Moment die Augen und dachte an die Textzeilen aus dem Tagebuch. Wie hoffnungsvoll Nora geklungen hatte, wie ihre Begeisterung aus den wenigen Worten herausgedrungen war.

Sie sehnt sich, dachte Valeria, nach einem anderen Ort. *Wenn der Täter ihr das vorgegaukelt hat, ihr Hoffnung gemacht, ihr etwas versprochen hat, dann wäre es gewiss ein Leichtes für ihn gewesen, sie in den Wald zu locken.*

Ein lautes, energisches Hupen riss sie aus ihren Gedanken. Der weiße Wagen war abgebogen, im Rückspiegel erblickte sie nun einen schweren Holztransporter, der Baumstämme zum Sägewerk brachte, die schwarzen Reifen beinah so groß wie ihr gesamter Mietwagen. Sie trat aufs Gas, und das Auto schoss vorwärts.

Bald hatte sie Eigerstal hinter sich gelassen, und ehe sie es bemerkte, hatte sie die Straße und ihre Fahrt zu eben jenem Sägewerk geführt – dort, wo Elias und Nino arbeiteten, dort, wo gewiss mehr als die Hälfte der männlichen Bevölkerung Eigerstals einst eine Anstellung gefunden hatte. Vor dem Niedergang, bevor sich alles verändert hatte. Heute kämpfte auch das Werk um sein Überleben.

Valeria parkte auf einem schlammigen Platz neben einem mit rostigem Blech überdachten Vorbau. Gleich, so hoffte sie, würde sie zwei Punkte von der Liste, die sie mit Birkner besprochen hatte, streichen können. Die Luft roch nach den Tannenwäldern und nach frisch geschnittenem Holz. Das Sirren großer Kreis- und Bandsägen durchdrang die Stille. Sie hob den Blick zum Himmel: Es sah wieder nach Regen aus, vielleicht aber auch nach Schnee, nach dem Winter, der herannahte und alles hier oben in seinen unerbittlichen Griff nehmen würde: das Tal, das Dorf, die Wälder. Ihr war kalt, und als sie auf den Eingang des Verwaltungsgebäudes zuging, zog sie ihren Mantel fester um sich. RÄTHIS HOLZPRODUKTE stand auf einem rostigen, windschief hängenden Schild über der Tür.

Kein Ort für eine sonnenverwöhnte Italienerin. Sie musste

lächeln, als sie an Elias' Worte dachte. Einen Moment lang betrachtete sie ihr Spiegelbild in der Glasscheibe der Tür, die in das ganz aus Holz errichtete Verwaltungsgebäude des Sägewerks führte. Die Scharniere quietschten, als sie eintrat. *So sonnenverwöhnt bist du gar nicht, jedenfalls nicht mehr.* Zu viele Abende und endlose Tage in lichtlosen Räumen vor Monitoren, die Überwachungsvideos und digitalisierte Akten zeigten. Zu viele Nächte in stickigen Vernehmungszimmern, gegenüber von Menschen, deren Seelen sich schwarz wie Asche verfärbt hatten. Mörder, Kinderschänder, Menschenhändler, organisiertes Verbrechen. Auftragskiller, die für eine anonyme Bitcoin-Zahlung Leben auslöschten.

Wenn du diesen Job zu lange machst, gingen ihr Tanners Worte durch den Kopf, ist nicht mehr genug von dir übrig. *Wie recht er doch hat.* Er selbst war das beste Beispiel dafür.

Ein Mann trat in ihren Weg. Valeria musterte ihn: Er steckte in einem grob gestrickten Winterpullover, rot und braun die Fäden, die Ärmel zurückgekrempelt, ein Vollbart im Gesicht, der so wild wie das Gestrüpp draußen wucherte, das die Anlage zurückerobern wollte.

»Was haben Sie denn hier verloren?« Seine Stimme klang trocken wie ein morscher Baum.

Sie erkannte auch die feinen roten Äderchen auf seiner Nase. Vielleicht der eine oder andere Abend in einer der örtlichen Kneipen zu viel? Sehr wahrscheinlich. Zugleich ermahnte sie sich: *Halt dich zurück. Vermeide Ärger. Bring die Leute dazu, zu kooperieren.*

»Valeria Ravelli«, stellte sie sich vor. »Interpol.«

»Urs Räthi. Und? Was haben Sie hier verloren?« Er wirkte weder überrascht noch beeindruckt oder nervös, ja, er ließ gar keine Gefühlsregung erkennen.

Du bist bestimmt ein guter Pokerspieler, ging Valeria durch den Kopf. *Aber du bist nicht der erste Pokerspieler, dem ich sein Pokerface entrissen habe.*

»Sie wissen, was hier geschieht, nicht wahr?«

Da war ein kurzes Flackern in seinen Augen. »Jede Menge von … diesen Auswärtigen. Von euren Leuten. Polizei.« Er zögerte, kaum merklich, doch Valeria entging es nicht. »Aber ich weiß nicht, wieso die alle hier sind.« Er kratzte sich den struppigen Bart. »Ist es wegen des Mädchens? Die Kleine, die seit ein paar Tagen verschwunden ist?«

Die Kleine. Etwas an der Art, wie er dieses Wort aussprach, gefiel Val nicht. »Und?«, entgegnete sie. »Haben Sie was gesehen? Etwas Ungewöhnliches?«

Räthi schüttelte den Kopf. »Nichts«, erwiderte er. »Aber ich gebe mich mit den meisten Leuten auch nicht ab. Die stellen sich allem entgegen, was uns hier oben ein bisschen Fortschritt bringen könnte … Das war schon immer so.«

»Und wer sind diese Leute?« Valeria bemerkte, wie der Mann leicht zu schwitzen begann, obwohl es hier, in diesem dunklen, schlecht ausgeleuchteten Büro, wo sich ein alternder PC und zwei Aktenschränke befanden und der Linoleumboden mit einer feinen Schicht Sägespänen überzogen war, fast so kalt war wie draußen.

»Die Fortschrittsverweigerer.« Er schnaubte. »Die Zukunft lässt sich nicht aufhalten. Wenn die hier oben eine Ski-alpin-Erlebniswelt bauen wollen, dann lassen die sich nicht stoppen. Diese Investoren aus Übersee. Keine Chance. Ich sage: Nimm dir, was du kriegen kannst.« Er blickte aus dem Fenster zu den Berghängen hinüber, über die der Nebel, einer dichten weißen Decke gleich, herabkroch.

»Und Sie haben das getan?«, fragte Valeria weiter. Irgendwo

aus den Tiefen des Sägewerks drang das Kreischen der Sägen, aber es klang gedämpft und fern, als wüssten sie genau, dass sie schon bald nicht mehr arbeiten konnten.

Räthi nickte. Er warf Valeria einen scharfen Blick zu. »Dafür wird man mich hassen. Indem ich das Land hier verkaufe, damit Platz für eine der neuen Liftanlagen geschaffen werden kann, verlieren all diese Männer ihren Job. Das war beim alten Bergwerk auch nicht anders, als es damals schließen musste ... und doch haben sie es überlebt. Nun, die meisten von ihnen jedenfalls.« Er hustete.

»Nimm dir, was du kriegen kannst«, wiederholte Valeria seine Worte. »Wer weiß davon?«

»Wenige. Aber es gibt Gerüchte, wie immer hier oben.«

»Und der Verkauf ist bereits unter Dach und Fach? Wieso erzählen Sie mir das?«

»Sie sind eine Auswärtige.«

Valeria hob die Augenbrauen. »So? Lassen Sie uns doch über jemand anderen sprechen. Nino Mattei. Was fällt Ihnen zu ihm ein?«

Räthi zuckte die Achseln. »Nichts Besonderes. Ein zuverlässiger Mann. Einer, um dessen Job es wirklich schade ist. Vielleicht ...«

»Vielleicht was?«

»Vielleicht ist Mattei seit dem Tod seiner Frau etwas zu sehr ... wie soll ich sagen ... abgerutscht. Verbissen ist er geworden, als plagt ihn da etwas, eine Sache, die er mit niemand anders austragen kann als mit sich selbst.«

»Das haben Sie bemerkt?«

»Nicht nur ich. Das haben alle bemerkt, die mit ihm zu tun haben. Aber er hat nicht viele Freunde. Ein rechter Eigenbrötler, und das soll hier oben schon was heißen.« Räthi kratzte sich mit seinem Daumennagel, unter dem eine schwarze Schicht Dreck klebte, am Kinn. »Warten Sie mal, Mattei, Mattei … also sind Sie wegen des verschwundenen Mädchens hier?«

Valeria nickte. »Doch. Genau die suchen wir.«

Räthis Augenbrauen, die fast ebenso buschig waren wie der Bart, zogen sich zu einem scharfen V zusammen. »Dann sind Sie hier aber ganz am falschen Ort. Ich lasse nicht zu, dass sich Kinder hier herumtreiben. Es reicht schon, wenn sich ein paar meiner Arbeiter die Finger mit den großen Kreissägen abschneiden.« Er zögerte. »Wollen Sie etwas trinken? Kaffee?«

Valeria nickte, und während er nach draußen ging, sah sie sich in Räthis Büro um. Die unordentlichen Aktenschränke, der Staub, das schiefe Bild an der Wand, das einen alten Mann zeigte. In der Ecke ein überquellender Mülleimer. All das vermittelte den Eindruck eines Ortes, den der Betreiber innerlich bereits längst aufgegeben hatte.

Räthi tauchte wieder auf, eine Tasse mit milchigem Kaffee in den Pranken. Valeria nahm einen kleinen Schluck, er schmeckte bitter.

»Verdient man gut in der Holzindustrie?«, fragte sie ihn neugierig. »Ich kann mir vorstellen, dass es heutzutage immer schwieriger wird.«

»Wird es«, entgegnete er knapp. »Und deshalb werde ich von hier verschwinden, ehe alles den Bach runtergeht.« Am Fenster fuhr ein großer Transport-Lkw vorüber, der lange Bretter und Balken aufgeladen hatte.

»Sie beliefern die Hotelbaustelle oben in den Bergen, nicht wahr?«

Räthi nickte. Dabei huschte ein belustigtes Grinsen über sein Gesicht. »Wieso auch nicht? So kann ich zweimal abkassieren. Wussten Sie eigentlich, dass jemand hier eingebrochen ist? Hier und auch in meine Wohnung. Man hat alles durchsucht, aber ich bezweifle, dass sie etwas gefunden haben. Mitgenommen wurde auch nichts, außer ein bisschen Bargeld.«

»Haben Sie das gemeldet?«

»Ist schon etwas her. Und ja, habe ich. Aber es wurde niemand ermittelt. Wundert mich nicht, ehrlich gesagt.«

Valeria mochte den Mann mit jeder Minute weniger, und ebenso wenig mochte sie die abgestandene Luft in diesem Raum. Vergiss nicht, wieso du überhaupt hergekommen bist, ermahnte sie sich. *Das war mehr als nur eine Ahnung, das war dein Instinkt, der dich hierhergeführt hat.* »Könnten Sie mir womöglich den Fuhrpark des Sägewerks zeigen?«

»Unsere Lkw?«

»Alles, bitte.«

Räthi schien zu ahnen, warum das für sie von Interesse war, doch kommentierte er ihren Wunsch nicht weiter. »Folgen Sie mir. Und passen Sie auf, wo Sie hintreten.«

»Klar.«

Er führte sie wieder hinaus und tiefer in das Sägewerk hinein. Valeria bemerkte den rostigen, teils niedergedrückten Zaun, der das Gelände umgab, und die Hundehütte, in der schon lange kein Wachhund mehr lebte. Der Geruch von geschnittenen Stämmen und in Form gesägten Balken, Brettern und Latten lag in der Luft. Durch die Oberlichter der großen Halle fielen schräg Lichtstrahlen herein, als die Sonne für einige Minuten hinter den regengrauen Wolken hervorlugte, Holzspäne und Staubflocken wirbelten um sie herum. Valeria versuchte, inmitten der arbeitenden Männer Elias auszumachen, doch konnte sie ihn nicht entdecken.

»Nehmen viele Arbeiter an der Suche nach Nora Mattei teil?«

Räthi zuckte mit den Schultern. »Einige von ihnen. Andere kümmert es nicht. Es sind meistens die mit einer eigenen Familie, die mitmachen.« Er deutete auf einen Parkplatz, der an das Werk angrenzte. Der Beton war in die Jahre gekommen, Schlaglöcher hatten den Boden aufgerissen. Einige Lkw parkten dort, einer wurde gerade zur Aufladestelle rangiert, das Piepen der Rückfahrwarntöne vermischte sich mit dem Sirren der Sägen. Daneben standen einige Pkw, kleine Fahrzeuge, gewiss die Privatautos der Angestellten. Von einem Geländewagen, der Reifenspuren in der Art hinterlassen haben könnte, wie sie sie im Wald entdeckt hatten, fehlte jede Spur. »So. Das ist der Fuhrpark.«

Valeria spürte, während sie sich umsah und den Parkplatz abschritt, wie sich Räthis Blicke in ihren Rücken bohrten. *Hier stimmt was nicht. Du weißt, dass es so ist und dass du dich auf deinen Instinkt verlassen kannst.* Dann hielt sie inne.

»Das ist alles?« Sie drehte sich um. Täuschte sie sich, oder lag da ein Grinsen auf Räthis Lippen, das er schnell wieder verschwinden ließ?

»Das ist alles. Natürlich sind ein paar der Männer heute nicht da, weil sie – wie Sie schon sagten – immer noch nach der Kleinen suchen. Aber da Sie ja jetzt hier auftauchen … Ich denke, sie brauchen gar nicht mehr weiterzusuchen, oder?« Die Andeutung, die in dieser Frage mitschwang, war deutlich.

»Ich kann zu laufenden Ermittlungen leider keine Auskunft geben«, erwiderte Valeria.

»Nora Mattei ist tot, oder?«

»Wie gesagt.« Valeria ließ keine Gefühlsregung erkennen. Für einen Moment überlegte sie, ob sie Räthi nach einem Geländewagen fragen sollte, ließ es dann aber bleiben. *Du hast genug gesehen.* »Das war alles«, erklärte sie laut.

Räthi begleitete sie zu ihrem geparkten Wagen zurück. Als sie über die Waldstraße davonfuhr, stand er noch immer vor dem Sägewerk und sah ihr nach, die Hände in die Seiten gestemmt.

Valeria hielt das Lenkrad fest. Er lügt, dachte sie, das ist klar. Ganz nah bei dem Zaun, dort, wo der Beton nicht mehr aufgetragen war, hatte sie beim Umherschlendern auf dem Parkplatz Reifenspuren entdeckt: breite, tiefe Winterreifen, so tief eingesunken, wie sie nur ein schwerer SUV oder Geländewagen verursachen würde. *Es gibt da also einen Wagen dieser Art.* Valeria warf einen Blick in den Rückspiegel, doch hatten die Wälder, jenes schier endlose, kalte, nebelverhangene Dickicht aus Grün und Braun und Grau, das Sägewerk schon längst verschluckt.

Die Frage ist nur: Wo ist dieser Geländewagen jetzt?

21

Plötzlich war es da, wie ein Relikt aus einer alten Zeit, das Valeria unwiderruflich angezogen hatte. *Du kennst es aus deiner Jugend. Und selbst heute sieht es aus, als wären seit damals nur wenige Monate vergangen, als könnte nichts diesen Ort verändern.*

Vielleicht bist du auch unbewusst hierhergefahren, weil Räthi davon gesprochen hat.

Das alte Bergwerk, wo man wertvolles Silizium abgebaut hatte. Ein Einkommensquell für die Menschen hier oben, doch war es geschlossen worden, nur kurze Zeit, nachdem man Stephanie und Sophie ermordet aufgefunden hatte. Bei einem Einsturz ist damals ein Arbeiter ums Leben gekommen. Dieses Unglück und das kurz zuvor geschehene Verbrechen hatten die Eigerstaler regelrecht gelähmt und weitreichende Auswirkungen ausgelöst, die niemand hatte vorhersehen können – wie ein Stein, der in einen bis dahin stillen See geworfen worden war. Nur, dachte Valeria, während sie an dem mit einer schweren Kette verschlossenen Eisentor, das die Zufahrt auf das Gelände versperrte, vorbeifuhr, nur, dass dieser See hier oben nie wirklich still gewesen ist. Etwas hatte schon immer in ihm gelauert, unter der Oberfläche gewartet, und mit dem Tod ihrer beiden Freundinnen war es ans Tageslicht gekommen.

Der brutale Mord an zwei Mädchen hatte alles vergiftet, es sickerte aus jeder Pore der Natur, es klang mit im Rauschen der Blätter im Wald, es lauerte in den Blicken der Einheimischen.

Nimm dir, was du kriegen kannst, gingen ihr Räthis Worte durch den Kopf. *Vielleicht hat er recht. Vielleicht ist es besser, all das hier oben für immer zu verwandeln, so grundlegend umzubauen, dass nichts mehr an die Vergangenheit erinnert. Vielleicht ist dies der einzige Weg, damit das Tal endlich Frieden finden kann.*

Aber nicht, bevor wir Nora gefunden haben.

Das schulden wir ihr.

Und du weißt, was du als Nächstes tun musst. Valeria warf einen Blick durch die Windschutzscheibe zum Horizont, wo die Herbstsonne hinter den Tannen schon bald wieder untergehen wollte. Die Reifenspuren auf dem Parkplatz beim Sägewerk waren frisch. Dieser Geländewagen war erst vor Kurzem noch dort gewesen. Der Fahrer würde ihn vielleicht wieder zurückbringen. Und wer auch immer den Wagen fuhr, von dem Räthi angeblich nichts wusste … war derjenige dann auch der Täter?

Oder siehst du bloß Gespenster?

Sie erschrak, als jemand aus dem Wald nah bei der Straße trat. Ein alter Mann, ganz in Grün gehüllt, dem das graue Haar wirr ins Gesicht hing. In seiner Hand hielt er einen geschnitzten Stock, auf dem Rücken trug er einen Rucksack.

Ein Obdachloser? Ein Aussiedler, der sich bewusst für ein Leben im Wald entschieden hatte?

Der Mann kam näher.

Valeria bremste ab und ließ die Scheibe nach unten fahren. »Sie sollten nicht so dicht an der Straße laufen«, sagte sie ernst.

»Dich hab ich hier noch nie gesehen«, erwiderte der Alte.

»Wer sind Sie?«

»Oh, ich bin niemand. Nur ein Fremder.« Der Alte kniff die Augen zusammen. »Aber ich weiß, was *du* vorhast. Es ist ein Grauen, das hier oben zwischen den Bergen, in den Schluchten und den Wäldern jagt. Es ist alt, kann die Menschen nicht verstehen, und die Menschen wiederum begreifen es nicht – nie wird ein Mensch es begreifen können.«

»Was … wovon sprechen Sie?«

»Ich weiß es nicht«, erwiderte der alte Mann und bleckte seine gelben Zähne. »Manche nennen mich verrückt. Vielleicht war ich zu lange allein … aber du solltest gehen. Nichts Gutes liegt hier verborgen.« Mit diesen Worten wandte er sich ab und verschwand im Wald, der ihn verschluckte, als wäre er niemals hier gewesen. Ein Aufblitzen von Grün zwischen den Baumstämmen, dann war er fort.

»Was in aller …« Valeria versuchte, sich zu konzentrieren, und wählte Birkners Nummer.

Er klang ungehalten, als er sich nur wenige Momente später meldete.

»Haben wir einen Wagen, zu dem die Reifenspuren passen?«, fragte sie ihn und versuchte, jeden Gedanken an den alten Mann und seine seltsamen Worte zu verdrängen.

»Nein. Meine Leute sind dran. Wir gehen von Haus zu Haus. Aber wenn hier oben jemand etwas verstecken will und sich dann auch noch auskennt, dann schafft er das auch. Haben Sie eine Idee?«

Oh ja, dachte sie. »Beim Sägewerk.« Valeria erzählte von den Spuren und ihren Beobachtungen. »Aber es wird nichts bringen, dort mit der vollen Mannschaft einzumarschieren. Dann verschrecken wir ihn nur. Das muss heimlich ablaufen.«

»Und heimlich bedeutet, Sie wollen es allein tun?«

»Ja. Vielleicht ist es auch nichts. Vielleicht habe ich mich getäuscht.«

»Und wenn nicht?«

»Ich kann gut auf mich selbst aufpassen.«

Birkner brummte, was nicht besonders zuversichtlich klang.

»Eine Sache noch«, fügte Valeria hinzu, »das bleibt unter uns. Ich will nicht, dass womöglich irgendwas durchsickert. Verstanden?«

»Sie trauen niemandem, oder?«

»Niemandem«, bestätigte sie. »Und das sollten Sie besser auch nicht tun. Hier oben ist nichts, wie es den Anschein hat.«

»Was haben Sie als Nächstes vor?«

Valeria dachte an Chloe Muston und was sie über Xaver Baumann gesagt hatte. »Ich möchte an eine alte Spur anknüpfen. Ich will versuchen, mich zu erinnern.«

22

Das Haus, in dem Baumann und seine Mutter wohnten, war ein dunkles Chalet am Ende einer schmalen Gebirgsstraße, die sich hinauf in die schroffen grauen Felshänge wand. Das Holz war vom Regen und den langen schneereichen Monaten angegriffen, die Zufahrt von Büschen beinah zugewuchert. Valeria lauschte dem Geräusch der dornenbesetzten Äste, die über die Seiten ihres Wagens strichen.

Eigerstal lag ein ganzes Stück unter ihnen. Der Wind heulte hier oben, und hinter dem Grundstück schloss sich ein schmaler Gebirgspfad an. Valeria kannte ihn, sie selbst war ihn früher mit Elias, Steph und Sophie entlanggewandert – er führte hinauf, weit jenseits der Baumgrenze.

Die Landschaft war karg und rau und besaß dennoch eine ursprüngliche eisige Schönheit. Weiter unten wogten die Tannenwipfel im Wind. Dunkle Vögel erhoben sich von den Ästen, als hätte sie etwas aufgescheucht, etwas, das durch die Dunkelheit zwischen den Stämmen im Unterholz schlich.

Valeria stieg aus dem Wagen und ging auf das Haus zu. Hinter den Fenstern, die fast alle von hölzernen Läden verschlossen waren, brannte kein Licht. Die Eingangstür war grün gestrichen, doch blätterte die Farbe an vielen Stellen großflächig vom Holz ab, als würde sich die Tür häuten wollen. Eine Klingel gab es nicht, stattdessen war auf Schulterhöhe ein

Türklopfer angebracht, der eine Wolfsklaue darstellte und aus Kupfer gefertigt war, ein Objekt, das sich so sehr vom übrigen verwahrlosten Zustand des Hauses abhob, dass es hervorstach wie eine Blutlache im Schnee. Valeria klopfte an.

Eine ganze Zeit lang geschah nichts, auch wenn sie überzeugt war, dass sich hinter der Tür jemand bewegte, langsam, mit schlurfenden Schritten. Dann wurde ein Schlüssel im Schloss gedreht. Die Tür öffnete sich einen Spalt breit. Eine alte Frau blickte Valeria entgegen.

Es war Roberta Baumann, Xavers Mutter. Im Dunkel des Hausflurs sah ihr Gesicht zerfurcht aus, als hätte sich ein nur mäßig begabter Bildhauer an einem groben Stück Holz versucht.

»Was wollen Sie?«, herrschte sie Valeria an. Ihre Stimme klang autoritär, als duldete sie keine Widerworte. »Wir brauchen nicht noch mehr von der Sorte, die uns nachstellen und meinem Sohn nur das Schlechteste unterstellen wollen!«

»Frau Baumann? Ich bin Valeria Ravelli von Interpol.« Sie konnte zusehen, wie es hinter der Stirn der alten Frau arbeitete. Da griffen einige Rädchen ineinander. Valeria war Xavers Mutter früher schon begegnet, und schon damals waren diese Treffen nicht besonders angenehm gewesen. Sie hatte sich immer schon vom Dorfleben ferngehalten und ihren Sohn ebenso isoliert.

»Du bist das Mädchen, das damals überlebt hat.« Frau Baumann sprach *überlebt* so aus, dass es klang, als rasselte etwas in der Tiefe ihrer Lunge. »Du bist wieder da.«

Valeria hörte das Geräusch des Windes, wie er über das Dach und um die Hauswände strich – wie eine Totenklage, die ihr eine Gänsehaut über den Rücken jagte. »Wie geht es Ihrem Sohn?«

»Es geht ihm schlecht. Man setzt ihm zu und verdächtigt ihn, und das schadet seiner Gesundheit.«

Valeria fragte Roberta Baumann, wo Xaver in der Nacht von Noras Verschwinden gewesen war, und allein die Frage brachte ihr ein empörtes Schnauben der alten Frau ein.

»Weißt du, Mädchen …«

»Frau Baumann, die korrekte Bezeichnung lautet *auch* für Sie Leutnant Ravelli.«

»Leutnant«, wiederholte die Alte spöttisch. »Also schön. Er war hier. Bei mir. Wie an jedem Abend. Er geht nicht unter Leute. Und schon gar nicht hat er etwas mit Mädchen.«

»Ich möchte mit ihm sprechen.«

Roberta Baumann schüttelte den Kopf. Ihr weißes Haar schimmerte wie frisch gefallener Schnee. »Das geht auf keinen Fall.«

»Sie wissen, dass mir Möglichkeiten offenstehen, um meinen Wunsch, mit ihm zu sprechen, durchzusetzen, wenn ich es will.« Das klang kalt und unnachgiebig, und Valeria sah mit einer eisigen Befriedigung zu, für die sie sich selbst ein wenig ekelhaft fand, wie das überhebliche Lächeln vom Gesicht der älteren Frau verschwand.

»Du bist nicht anders als die anderen. Kein bisschen dankbar, dass du damals mit dem Leben davongekommen bist. Und dabei erinnerst du dich nicht mal, was geschehen ist. Immer noch nicht, oder? Ich weiß es. Kann's dir ansehen. Du tappst im Dunklen.«

»Darum geht es hier nicht.«

»Oh, doch. Genau darum geht es. Denn wer auch immer das damals getan hat, er ist heute zurückgekommen. Er hat all die Jahre gewartet. Und du bist ihm noch kein bisschen näher gekommen.«

»Wenn Sie etwas wissen, Frau Baumann, dann sagen Sie es mir bitte. Helfen Sie uns, Nora zu finden. Helfen Sie uns, das zu stoppen.«

Roberta Baumann legte den Kopf schief. Ihr Gesicht war eine ausdruckslose Maske. »Wieso sollte ich das tun? Wieso sollte ich Menschen helfen, die meinen Sohn und mich verachten, die uns schikanieren, uns auslachen?«

Valeria hörte die Anspannung, die Verzweiflung in der Stimme der alten Frau, sie spürte, wie sie unter der Last der neuen Ereignisse zusammenzubrechen drohte. »Ich weiß, was Sie durchmachen.«

»Ach ja?«

»Wie Sie schon sagten: Sie wissen, wer ich bin. Für mich war all das kein bisschen leichter.«

»Du bist weggegangen. Du bist geflohen. Wir haben all die Jahre hier gelebt. Wir haben es erdulden müssen.«

»Wenn der Täter oder die Täterin gefasst werden kann«, sagte Valeria leise und wandte sich zum Gehen, »dann wird das Ihren Sohn Xaver endgültig entlasten. Und wenn Sie dabei noch helfen konnten, ist es umso besser. Glauben Sie mir: Ich will Ihrem Sohn nichts anhängen. Ich will Nora finden, ihren Entführer aufhalten und dann so schnell wie möglich wieder weg von hier.« Sie blickte ins Tal hinab, wo eine kurze Wagenkolonne auf der schmalen Zufahrtsstraße zu erkennen war. »Sehen Sie die da unten? Die kommen. Die kommen hier herauf, und Sie wissen, was das bedeutet.«

»Du meinst …«

»Man übt Druck auf die Polizeiführung aus. Druck vonseiten der Politik, Druck vonseiten der Investoren hier oben. Ihr Sohn ist verdächtig. Sie kommen, um ihn mitzunehmen.«

Roberta Baumann fluchte. »Aber … die haben mir versprochen, dass sie ihn in Ruhe lassen! Er kann nichts dafür!«

»Er saß vor ein paar Monaten noch in einer psychiatrischen Einrichtung, Frau Baumann!«, rief Valeria laut. Sie trat näher an die alte Frau heran. »Sehen Sie es ein: Sie werden ihn nicht beschützen können. Suchen Sie einen Anwalt, suchen Sie …«

»Kannst du die stoppen?«

Valeria schüttelte den Kopf. *Gut. Du hast sie gleich so weit.* »Nein. Das nicht. Aber ich kann versuchen, Xavers Unschuld zu beweisen. Lassen Sie mich mit ihm sprechen, bevor die hier sind.«

»Versprichst du mir das?«

»Ja.« Valeria nickte. »Das kann ich tun.«

Roberta schnaubte, doch trat sie zur Seite und machte den Weg frei. »Von mir aus. Komm. Ich bring dich zu ihm.«

Valeria folgte der alten Frau hinein. Das Haus war dunkel. Durch den schmalen Flur, der von Bücherregalen gesäumt war, die bis unter die Holzdecke reichten, konnte sie in die angrenzenden Zimmer blicken. Dort brannten hier und da einige Kerzen.

»Er ist oben«, sagte Roberta Baumann. »Vorsicht. Die Treppe ist steil.« Sie mühte sich hinauf, hielt sich am Geländer fest. »In meinem Alter wird es immer schwerer, hier oben zu leben. Aber was soll ich tun? Xaver würde allein nicht zurechtkommen. Er würde verhungern.«

»Es gibt Einrichtungen, die …«

»Einrichtungen!«, fauchte die alte Frau. »Danke. Ich verzichte. Mein Mann war in einer *Einrichtung*, einer Klinik, und die Ärzte haben gesagt, es wäre nur ein Routineeingriff, und weißt du was? Er ist nicht mehr nach Hause gekommen. Ich habe ihn beerdigen müssen, da war Xaver erst drei.«

»Das tut mir leid.«

»Leid?« Roberta schnaubte. »Nein, tut es dir nicht. Ebenso wenig wie allen anderen. Auch du weißt nicht wirklich, was es kostet, all die Jahre hier oben zu leben und ein Kind allein aufzuziehen.«

»Was es bedeutet, ein Kind aufzuziehen …«, Valeria zögerte und spürte einen vertrauten Schmerz in ihrem Inneren, »… das weiß ich wirklich nicht.«

»Hier entlang.« Sie gingen durch einen Flur, der zu beiden Seiten von dunklen Holzschränken flankiert wurde; die Schnitzereien im Holz zeigten Jagdszenen, bis hin zu solch brutalen Darstellungen wie die eines Jägers, der einen abgetrennten Hirschkopf in die Höhe hielt.

Wie nett, ging Valeria durch den Kopf. Das Haus ächzte, als sie sich einer schlichten braunen Zimmertür am Ende des Flurs näherten, ein unausweichliches Rechteck dicht vor ihnen. In den Wänden gluckerten Rohre, und der Wind, auch von hier noch immer deutlich zu hören, ließ das Dachgebälk knarren. Valeria bemerkte, dass sich Roberta Baumann ein wenig hatte zurückfallen lassen und nun hinter ihr ging, sodass sie ihr den Weg zurück durch den Flur versperren konnte.

Aber wieso sollte sie das tun? Das ist doch Unsinn. Du siehst nur Gespenster.

»Halt«, sagte die alte Frau nun. Sie kam wieder näher, und als sie sich an Valeria vorbeischob, die Hand nach der Türklinke ausstreckte, die Finger von der Gicht zusammengekrümmt, roch Valeria den Knoblauchgeruch, der von ihr ausging, vermischt mit einem Hauch einer beißenden ätherischen Salbe, die stark in ihrer Nase biss. Die Tür knarrte. Sie blickten in ein Zimmer, das heller, ja freundlicher eingerichtet war als der ganze Rest des Hauses, die Wände tapeziert, der Boden mit Holzdielen ausgelegt. Vor einem breiten Fenster stand von ihr abgewandt ein Sessel, in dem Valeria den Haarschopf eines Mannes ausmachen konnte, daneben ein Bett mit zwei großen Kissen, einer zurückgeschlagenen Decke und einer Sammlung zahlreicher Teddybären, die auf der Matratze wie kleine Wächter platziert waren. Auch einen Kamin gab es hier, Feuer knisterte, und an den Wänden hingen Poster in Rahmen, allesamt Aufnahmen von Wildtieren: ein Rothirsch, ein großes Wildschwein, ein Falke.

»Xaver?« Robertas Stimme klang weich, viel sanfter als zuvor. Valeria sah, wie ein Augenpaar sie über die Sessellehne hinweg ängstlich musterte. »Hier ist jemand, der gerne mit dir sprechen möchte. Valeria von der Polizei.« Sie nickte ihr zu. »Nur zu. Rede mit ihm. Er beißt nicht.« Sie kicherte in sich hinein. »Nicht immer jedenfalls.«

Valeria ignorierte diese Andeutung. »Gehen Sie wieder runter«, sagte sie zu der alten Frau. »Erwarten Sie die Polizei.«

Roberta musterte sie misstrauisch. »Du hast doch nichts vor, oder? Du wirst meinem Jungen nichts Komisches antun! Du hast es versprochen!«

»Hab ich. Bitte, gehen Sie. Verschaffen Sie mir etwas Zeit, dann helfe ich Ihnen.«

Die alte Frau ging. Valeria schloss die Zimmertür und ging zum Sessel hinüber. Der Mann, der in ihm saß, glich in keiner Weise jenem Xaver Baumann, wie sie ihn in Erinnerung hatte. *Aber so ist das nun einmal mit Erinnerungen. Sie sind trügerisch.* Er war kein Junge mehr, und doch sah sie in seinen eisblauen Augen keine Anzeichen eines erwachsenen Mannes. Er hatte schulterlanges schwarzes Haar, die sein Gesicht wie ein Vorhang einrahmten, und trug einen blau-roten Strickpullover und ausgeblichene Jeans. In seinen Händen hielt er ein Buch, so fest, dass die Knöchel weiß hervortraten.

Er starrte sie an. »Wer bist du?«

Valeria lächelte ihm zu und nannte ihren Namen. »Ich bin nicht hier, um dich zu ärgern. Also hab keine Angst.«

»Ich habe keine Angst«, gab er zurück, was trotzig und nervös zugleich klang. Er ließ das Buch mit der Linken los und wischte sich mit dem Handrücken über Mund und Nase.

Valeria warf einen Blick zum Fenster hinaus, wo die Polizeifahrzeuge aus dem Tal nun ein ganzes Stück näher ans Haus gekommen waren, dann zurück zu Xaver und dem Buch. Der Geruch hier im Raum war von den brennenden Holzscheiten im Kamin erfüllt, es knisterte und knackte. »Kannst du mir sagen, was du in den vergangenen Tagen gemacht hast?«

Er starrte sie an, ohne ein einziges Mal zu blinzeln. Valeria fühlte sich wie geröntgt. »Ich war hier«, erwiderte Xaver leise, »immer nur hier. Ich bin immer nur hier. Ich mag Menschen nicht. Sie machen, dass ich mich … eklig fühle. Wie Käfer, die unter meiner Haut krabbeln.«

»Du hast Tiere lieber, nicht wahr?« Valeria dachte an den getöteten Hirsch auf der Lichtung, an das Symbol des Steinbocks, die Fratze, die etwas Dämonenhaftes hatte, mit einem weit geöffneten Maul und brutal gebogenen Reißzähnen.

»Ich mag Tiere.« Xaver nickte. Seine Finger tippten leicht auf das Buch in seiner Hand. »Ich mag sie sehr. Tiere machen mich fröhlich.«

»Das ist super.« Valeria blickte zum Himmel hinauf, wo sich graue Wolken ineinandertürmten. »Es wird bald Schnee geben. Da frieren all die Tiere im Wald.«

Xaver zuckte zusammen. Das Tippen wurde schneller, lauter. »Das … möchte ich nicht.«

»Sie frieren so sehr«, fuhr Valeria fort. »Kannst du dir vorstellen, wie unangenehm das ist? Wie beängstigend, allein in der Kälte dort draußen sein zu müssen, im Dunkeln? Weißt du, wie beängstigend das für ein junges Mädchen ist?«

»Hör auf«, sagte Xaver laut. »Sag so was nicht.«

»Da draußen, Xaver, friert ein junges Mädchen. Es friert so sehr, nicht weniger als all die lieben kleinen Tiere, die du so sehr magst. Sie hat Angst. Hast du Angst? Angst vor der Kälte? Der Dunkelheit? Wie damals, als sie dich mitgenommen haben, dich befragt haben?«

Seine Hände zitterten nun heftig. »Lass mich in Ruhe.«

Valeria deutete zum Fenster. »Da unten kommen sie wieder. Sie wollen dich wieder mitnehmen.«

»W-Was?« Er sprang auf und bewegte sich zum Fenster, schnell und äußerst behände.

So viel dazu, dachte Valeria. Das Buch war zu Boden gefallen. Es war ein Buch über die Jagd, wie sie nun erkannte, und die Seite, die zufällig aufgeschlagen war, zeigte das Zerlegen und Ausnehmen eines Rehs. Sie bückte sich, blätterte eine Seite weiter und fand am Ende des Textes mit Bleistift das Zeichen des seltsamen Steinbocks gemalt, der sie seltsam höhnisch vom Papier her anstarrte.

»Magst du sie, wenn du sie ausnehmen kannst wie junge Rehe?« Valeria erhob sich wieder, streckte die Hand aus und berührte ihn fest am Arm.

Xaver fuhr zu ihr herum. »Was? Nein!« Er schüttelte sie sofort ab und rannte zur gegenüberliegenden Wand. »Nein! Nicht!«

Valeria hob das Buch auf und streckte es ihm entgegen. »Ist gut. Alles ist gut, Xaver. Kannst du mir sagen, wieso du dieses Zeichen gemalt hast? Was du uns mitteilen willst?«

»Ich mag es eben einfach, klar? Es ist cool! Gruslig und cool! Leg das Buch wieder da hin. Und geh! Ich will nicht, dass du länger hier bist!«

Valeria überraschte dieser jähe Gefühlsausbruch. »Hey, Xaver, schon gut«, sagte sie. Dann ging sie zur Tür, ließ das Buch auf der Kommode liegen und hob beschwichtigend die Hände. »Schon gut. Ich gehe.«

Als sie aus der Haustür trat, entdeckte sie Roberta Baumann, die sich in einen schweren alten Mantel gehüllt hatte und nah bei der Grundstücksausfahrt stand, wo die schlammige Erde morastig und nass voll tiefer Furchen war, die das Vorankommen erschwerten.

Die Wagenkolonne hatte das Haus nun erreicht. Valeria entdeckte Birkner hinter dem Steuer eines VW-Geländewagens, die Reifen schleuderten Dreck zu beiden Seiten. Sie sah den besorgten Ausdruck auf dem Gesicht von Roberta Baumann, flehentlich fast schon, als wollte sie Valeria nochmals an ihr Versprechen erinnern.

Birkner sprang aus dem Wagen, seine Bergschuhe versanken im Morast. »Ravelli«, rief er, »Sie sind ja hier.« Seine Worte flogen mit einem neblig weißen Hauch im Wind davon.

Sie kam näher auf ihn zu, sodass niemand anders als er ihre Worte hören konnte. »Er war es nicht«, sagte sie sehr leise. »Xaver hat nichts mit Noras Verschwinden zu tun.«

»Ach ja?« Birkners Stirn legte sich in tiefe Furchen. »Und wie kommen Sie zu dieser Erkenntnis?«

»Er kann eine Frau nicht mal berühren, ohne sich zu ekeln, ohne zurückzuschrecken. Glauben Sie mir, ich habe es gerade getestet. Ja, er ist fasziniert vom Jagen, aber das beschränkt sich auf Tiere, auf seine Bücher, auf seine Fantasie. Ich denke nicht, dass er jemanden wie Nora auch nur hätte anfassen können.«

»Und wie sicher sind Sie sich damit? Können Sie es wirklich ausschließen?«

Valeria schnaubte. »Nichts ist jemals wirklich sicher. Seine Mutter ist aufmerksam und würde es nicht zulassen, dass er sich heimlich aus dem Haus schleicht. Er steckt im Körper eines erwachsenen Mannes, aber in seinem Kopf ist er immer noch ein Kind. Sie macht sich Sorgen um ihn, und ich bin überzeugt, dass diese Sorge nicht gespielt ist – sie würde nicht zulassen, dass er etwas tut, womit er sich selbst oder andere in Gefahr bringt.«

Birkner nickte langsam. Er blickte zum Haus hinauf, das in den grauen Himmel aufragte, so still und verschlossen. Als Valeria seinem Blick folgte, entdeckte sie Xavers Silhouette in dem breiten Fenster. Dort oben stand er in seinem Zimmer und starrte auf sie herab, während sein schwarzes Haar sein blasses Gesicht umrahmte. »Aber sicher sein können wir uns nicht«, sagte Birkner. »Und ich stehe unter dem Druck, Ergebnisse zu liefern. Wir müssen ihn noch mal mitnehmen. Wir müssen ihn befragen, und zwar intensiv, nicht nur im Vorbeigehen. Nora Matteis Leben steht auf dem Spiel.«

»Genau«, gab Valeria zurück. »Und deshalb würde ich vorschlagen, verschwenden wir nicht unsere Zeit mit ihm, sondern lieber damit, den wahren Täter aufzuspüren.«

Birkner fuhr sich durch den Bart, der stoppelig um sein Kinn wucherte. »Das ist leicht gesagt. Nein, ich will sichergehen.«

»Dann tun Sie, was Sie glauben tun zu müssen … und ich werde tun, was *ich* tun muss.«

»Nicht allein, nehme ich an.« Birkner schüttelte den Kopf. »Wenn Sie Muston treffen, sagen Sie ihr, sie soll sich nicht in Dinge einmischen, die sie nichts mehr angehen. Sagen Sie ihr das.«

»Vielleicht treffe ich sie. Vielleicht auch nicht.«

Birkner hob eine Augenbraue. »Sie haben also etwas vor. Und es klingt, als wollten Sie mich nicht einweihen.«

»Fürs Erste … lieber nicht.« Valeria sah zu, wie die uniformierten Kollegen ausstiegen und das Haus betraten.

Roberta Baumann schrie ihnen hinterher, dann rannte sie hinein. Über den Zufahrtsweg kam ein Jeep heran, der dicht hinter den Polizeifahrzeugen parkte. Eine blonde Journalistin und ein Fotograf sprangen heraus, und als die Polizisten Xaver Baumann herausführten, erhellte das Blitzlicht den düsteren Tag.

»Gehen Sie zur Seite«, herrschte einer der Beamten den Fotografen an. Roberta Baumann eilte auf Valeria und Birkner zu. »Du hast mir versprochen, du würdest meinen Jungen beschützen!« Feine Spucketröpfchen stoben aus ihrem Mund.

»Leider sind nicht alle meiner Kollegen so … einsichtig«, sagte Valeria mit fester Stimme. »Es tut mir leid.«

»Beruhigen Sie sich, Frau Baumann!« Birkner war die ganze Situation äußerst unangenehm, das merkte Valeria deutlich, und noch immer leuchtete das Blitzlicht auf, wieder und wieder, und entriss der unwirtlichen kalten Umgebung auf grausame Weise jedes Detail. »Abmarsch«, rief Birkner laut. »Wir beantworten keine Fragen!«

Die Kolonne machte so schnell kehrt, wie sie gekommen war, wendete und spritzte Erde und Matsch zu allen Seiten. Mit brummenden Motoren machten sich die Fahrzeuge zurück auf ihren Weg ins Tal, bis nur noch Valerias Geländewagen und der Jeep der Reporterin übrig waren.

Die blonde Journalistin kam mit wippendem Pferdeschwanz auf Valeria zu, ein neugieriges Lächeln auf den Lippen. In ihrer Hand hielt sie ein Aufnahmegerät, und der Fotograf folgte ihr dicht auf den Fersen. Die Kamera in seiner Hand klickte.

»Es scheint, als habe man gerade den Tatverdächtigen im Vermisstenfall Nora Mattei verhaftet«, sagte die Blonde. »Und wer sind Sie? Eine Freundin der Familie?« Das Lächeln wurde immer breiter. *Sie sieht aus, als hätte sie gerade den Hauptgewinn eingestrichen.*

Valeria zeigte ihren Ausweis.

»Interpol?« Das Lächeln wurde dünn, schmal wie eine Klinge, ehe es ganz verschwand. Doch die Frau war professionell und in der Lage zu improvisieren. »In einer kleinen Dorfangelegenheit wie dieser? Wegen eines verschwundenen Mädchens?«

»Ich denke nicht«, erwiderte Valeria mit einem kühlen Lächeln, »dass es Sie etwas angeht. Aber tun Sie mir doch bitte einen Gefallen: Lassen Sie die Spekulationen.«

Die blonde Journalistin tauschte einen Blick mit ihrem Fotografen, den dieser erwiderte, als wollte er sagen: Erwartet sie das wirklich? »Aber Leutnant Ravelli, die Leute wollen Spekulationen von uns. Und in einem Fall wie diesem – einundzwanzig Jahre nach dem Verschleppen von drei Mädchen tauchen Symbole auf, die auf die damalige, so grausame Tat hinweisen, und wieder verschwindet ein junges Mädchen … da haben es die Leute verdient, dass man sie nicht im Unklaren lässt.« Sie warf einen Blick auf ihre Uhr. »Und ich denke, die Polizeiführung sieht es genauso. Man hat eine Pressekonferenz angesetzt für heute Mittag um zwei. Oder haben die *Sie* darüber etwa gar nicht informiert?« Sie lachte. »Das wäre natürlich bedauerlich.«

Regen setzte ein. Valeria sah zu, wie Roberta Baumann mühsam zurück ins Haus humpelte und der Journalistin die Tür vor der Nase zuschlug.

»Wir sehen uns«, sagte die blonde Frau noch in Valerias Richtung, dann stieg sie hinter das Steuer des Jeeps. »Passen Sie auf sich auf, Leutnant. Wer in so einer Sache nicht die richtigen Entscheidungen trifft, kann den Tod eines jungen Mädchens riskieren. Wie ich hörte, sind die Nächte im Herbst hier oben sehr kalt – und die Menschen und ihre Verstecke sehr verschlossen.«

Sie fuhren davon, Valeria blieb zurück und blickte in das Tal hinab. Der Nebel kroch aus der Schlucht herauf und hüllte alles ein, in dichtes, zähes, undurchdringliches Weiß: das Dorf und die karge, grün-braune, mit Felsen übersäte Landschaft.

Irgendwo dort unten lebte ein Entführer, irgendwo dort unten war Nora versteckt.

Und ihre Zeit lief ab.

23

Chloe läutete an der schlichten grauen Tür des Mehrfamilienhauses im Süden von Eigerstal. Vom nah gelegenen Gemeindezentrum hallten Stimmen herüber, und als sie durch das gekippte Fenster im Treppenhaus hinabsah, erkannte sie eine Gruppe von Männern, die sich im Lichtschein, der durch die Tür des flachen Gebäudes nach draußen fiel, unterhielten und rauchten – Mitglieder einer der Suchmannschaften, ihren dicken Jacken und den schweren Bergstiefeln nach zu schließen.

Die graue Tür öffnete sich, und Chloe löste ihren Blick von den Geschehnissen auf der anderen Straßenseite. Eine junge Frau hatte ihr geöffnet, sie hatte ihr blondes Haar zu einem Zopf gebunden, der ihr über die Schulter fiel. Ihre Wangen waren rosa gefärbt, als wäre sie vor Kurzem gerade erst draußen gewesen. In ihren Augen stand Misstrauen.

»Lara?«, fragte Chloe und zeigte ihr ihren Ausweis, wobei sie das Ablaufdatum unauffällig mit dem Daumen überdeckte. »Ich bin Chloe Muston, wir ermitteln wegen Nora Mattei.«

»Nora … ist meine Freundin.« Lara klang unsicher, müde und wich ihrem Blick aus.

»Darf ich reinkommen?«

»Oh, äh … meine Eltern, sie … sie sind nicht da.«

»Ich bin auch nicht hier, weil ich mit deinen Eltern sprechen möchte«, erwiderte Chloe mit einem Lächeln. »Eigentlich wollte ich zu dir.«

»Oh … klar.« Sie ging zur Seite, und Chloe betrat die Wohnung.

»Wollen Sie was trinken?«, fragte Lara. »Ich hab eine Kanne Tee gemacht.«

»Dazu sage ich nicht Nein.« Chloe setzte sich an den Küchentisch. »Also. Wir haben Noras Tagebuch gefunden.«

Es klirrte. Lara hatte eine Tasse fallen lassen. »Verdammt. Ich … äh … mach das kurz weg.« Sie kehrte ihr den Rücken zu, kramte unter der Spüle nach einem kleinen Kehrbesen mitsamt Schaufel. »Ich wusste nicht, dass sie eins führt«, erwiderte sie etwas langsam, als würde sie jedes ihrer Worte sorgfältig abwägen. »Nora, meine ich. Steht da … etwas drin?«

»Setz dich, bitte.« Chloe wartete, bis Lara zwei Teetassen auf den Küchentisch gestellt und Platz genommen hatte. »Sie wollte sich mit jemandem treffen – und das zufällig am Abend ihres Verschwindens.«

»Davon weiß ich nichts.«

»Nein? Für mich klang es so, als … nun, als hätte sie dich in jedes ihrer Geheimnisse eingeweiht.«

»Ja?« Lara schnaubte. »Ist es diese Ravelli, die Sie hergeschickt hat? Alle erzählen von ihr. Aber auch wenn das hier so aussieht, als … ich weiß nicht, als wären schon wieder drei junge Frauen bedroht … ich bin mir sicher, so ist es nicht! Nora hat nichts Unrechtes getan!«

»Wer behauptet *das* denn? Ich jedenfalls nicht.« Chloe nahm einen Schluck ihres Tees, er schmeckte nach Bergkräutern.

»Eine ganze Menge Leute hier. Irgendwelche Drogengeschichten, irgendwelcher Scheiß, wegen dem sie angeblich von zu Hause weggelaufen wäre!«

»Ist da was dran?«

Lara schüttelte energisch den Kopf. »Natürlich nicht.« Doch sie sah ihr dabei nicht in die Augen.

»Also sagst du mir, dass du von nichts weißt?«

»Nora ist eine kleine brave Heilige. Im Ernst, mir ist das genauso unerklärlich ...« Sie beendete den Satz nicht.

»Du kannst mich«, sagte Chloe und schrieb ihr eine Telefonnummer auf, »jederzeit anrufen. Wenn du reden willst. Wenn dir etwas auffällt oder du dich irgendwie beobachtet fühlst.«

»Denken Sie das denn?« Lara wirkte besorgt. »Dass mich jemand beobachten könnte?«

»Du hast mit Nora darüber gesprochen, dass du deine Großmutter nach jenem Zeichen im Wald gefragt hast ... dass du abhauen wolltest, als ihr beide es im Wald entdeckt habt.«

Lara zögerte, dann jedoch nickte sie. »Stimmt, das haben wir. Nora und ich waren spazieren, bisschen quatschen und so, und dann ... da war dieser Steinbock, den da jemand in einen Birkenstamm geritzt hat, aber ... es war nicht *nur* ein Steinbock. Es war anders, wie eine Art Dämon, der so ein Tiergesicht aufgesetzt hatte. Meine Oma hat mich gewarnt und mir eingeredet, dass wir uns von diesem Zeichen fernhalten sollen, also hab ich zu Nora gesagt, komm schon, lass uns abhauen. Oma meinte, es wäre etwas Altes, etwas Böses in der Natur ...«

»Deine Großmutter ist vergangene Woche verstorben, nicht wahr?«

»Das ist richtig.« Lara sah sie ernst an. »Krebs. Sie hat schon eine Zeit lang mit ihm gekämpft. Es sind nicht gerade wenige, die hier oben krank werden, wenn man es mal so betrachtet. Sarah Mattei, Noras Tante, hat es auch erwischt und …«

»Noras Mutter, Josephine, die ist nicht an einer Krankheit gestorben. Das war ein Autounfall.«

»Richtig, vor zwei Jahren«, sagte Lara bestimmt. »Die ist viel zu schnell gefahren. Es ist nachts auf der Passstraße geschehen. Sie war sofort tot, wie man sich erzählt. Nora war vollkommen am Ende, als sie davon erfahren hat. Furchtbar, oder? Dass die beiden Frauen der Mattei-Brüder so jung gestorben sind? Als wären sie irgendwie … weiß nicht … verflucht oder so …«

Ein Schlüssel drehte sich im Schloss der Haustür, noch ehe Chloe antworten konnte, und sie hörte die Stimmen eines Mannes und einer Frau, die die Wohnung betraten. Laras Eltern.

Sie erhob sich. »Danke, Lara. Aber ich weiß, dass du mir nicht alles gesagt hast. Denk daran – wir werden es herausfinden, früher oder später. Wenn dir Nora wirklich etwas bedeutet, dann rufst du mich an.«

Mit diesen Worten ging sie hinaus, nickte Laras etwas perplex wirkenden Eltern kurz zu und stieg das Treppenhaus hinab.

Unten, in der Kälte vor dem Gemeindezentrum, stand Remo Birkner, der sich mit einigen Männer, von der Suchmannschaft unterhielt. Als hätte er auf Chloe gewartet, drehte er sich um, sobald sie aus dem Haus kam.

»Verzeihung, ich denke, wir kennen uns noch nicht.« Sein Atem war ein weißer Nebel in dem Lichtschein, der durch die Fenster des Gemeindezentrums fiel. Als sie näher kam, klappte Birkners Mund auf.

»Chloe Muston.« Sie streckte Birkner die Hand hin, doch schüttelte er sie nicht. »Ich habe mich schon gefreut, Sie zu treffen.«

»Sie sind das also. Sie haben das Tagebuch gefunden«, sagte er und wirkte pikiert. »Sie mischen sich in Dinge ein, die Sie nichts angehen.« Er warf ihr einen Blick zu, der unmissverständlich zu deuten war. »Es kann nicht jeder in dieser Sache schalten und walten, wie es ihm gerade beliebt. Das geht so nicht. Ganz gleich, was früher geschehen ist.«

»Es ermittelt auch nicht jeder«, entgegnete Chloe mit einem kühlen Lächeln. »Bislang sind es nur Frau Ravelli und ich. Mehr werden es auch nicht, das kann ich Ihnen versichern.«

»Auf Ihre Versicherungen pfeife ich.«

»Wollen Sie mich etwa loswerden? Da könnte mir ja fast in den Sinn kommen, Sie hätten etwas zu verbergen. Wissen Sie noch, was ich damals gesagt habe? Bezüglich Xaver?«

Birkner schnaubte. »Klar. Wissen Sie, machen Sie doch, was Sie wollen. Ich kann mir hundert Dinge vorstellen, die ich lieber täte, als an diesem kalten, feuchten Ort herumzuhängen … auf der Suche nach einem Mädchen, das wir doch nie finden.«

»Doch *nie* finden? Woher kommt diese pessimistische Weltsicht?«

»Sehen Sie sich doch um. Es wird immer kälter. Mit jeder Minute schwindet die Wahrscheinlichkeit, Nora lebend zu finden. Sie wissen das. Sie klammern sich nur an einen kleinen Hoffnungsfunken, es könnte heute anders ausgehen als damals. Aber wir können es nicht ändern, und die Zeit zurückdrehen noch viel weniger.«

Chloe senkte die Stimme, sodass nur Birkner sie noch hören konnte. »Wünschen Sie sich das manchmal? Weil alles, was damals Xaver vorgeworfen wurde, nur zu weiteren Sackgassen geführt hat?«

»Manchmal«, gab Birkner zu. »Wissen Sie, manchmal wache ich nachts auf und denke an all die Toten.« Er starrte gedankenverloren in die Ferne, als sähe er sie nun vor sich, irgendwo in der Dunkelheit. »Und dann denke ich an die Täter und an die Fehler, die jeder von uns macht, wenn es darum geht, einen von ihnen zu stoppen ... Und manchmal, ja, da wünschte ich mir, ich hätte anders entschieden ... Aber wir werden sehen, wer am Ende recht behält.«

»Oh ja. Das werden wir. Bis dann, Birkner.« Chloe nickte ihm zu und wandte sich ab, und als sie nach etwa fünfzig Metern die Straße hinab sich noch einmal umdrehte, sah sie, dass Birkner ihr hinterherblickte, eine gebeugte Silhouette, die der Nebel bald verschluckt hatte.

24

Schließlich brach die Nacht herein und verdunkelte die Wälder, das Dorf und die wenigen Menschen, die noch unterwegs waren, während der Wind ihnen den Regen ins Gesicht fegte. Niemand blickte Valerias Mietwagen hinterher, während sie vorbeifuhr.

Wieder war ein Tag verstrichen, wieder hatte man Nora nicht aufspüren können. Herbstlaub wehte in dichten Haufen über den Asphalt, tanzende, wirbelnde bunte Blätter im Scheinwerferlicht. Sie hatte zuvor ein paar Stunden geschlafen, doch fühlte sie sich kaum ausgeruhter als zuvor. Schließlich ragte das Sägewerk vor ihr in den Himmel, düster und wolkenverhangen und ganz in Dunkelheit gehüllt. Valeria stellte den Wagen in einiger Entfernung in einem kleinen abzweigenden Waldweg ab und stieg aus. Nichts regte sich.

Das Tor, das sie früher am Tag noch passieren konnte, war nun verschlossen, mit einer massiven Kette gesichert. Sie umrundete das Gelände, das hohe Gras streifte ihre Jeans, das tote Laub klebte an ihren Schuhen. Der Zaun war an vielen Stellen verbogen und rostig, dennoch bot einzig jene Stelle, die sie während ihrer Besichtigung früher am Tag entdeckt hatte, eine Lücke, die groß genug war, um hindurchzuschlüpfen. Valeria spürte, wie die rostigen Zaunenden über den Stoff ihres

Mantels streiften, sich verhaken wollten, doch mit einer flinken Bewegung war sie auf der anderen Seite.

Der Parkplatz stand voller Lkw des Sägewerks. Im schwachen Mondlicht schimmerten die Sägespäne, die den Boden bedeckten, weiß wie Knochenstaub. Als Valeria einen Blick zum Waldrand hinüberwarf, fühlte sie sich beobachtet. War dort nicht eine Silhouette zwischen den hoch aufragenden Tannen, einem Menschen nicht unähnlich? Was war das an seinem Kopf? Waren das Hörner? Ein Geweih, das aus seinem Schädel wuchs? Rauschte der Wind, oder waren dies Stimmen aus der Dunkelheit?

Sie blinzelte. Nichts, nur ein Strauch, den der Wind bewegt und das Mondlicht schräg beschienen hatte. Nur eine Täuschung ihrer Sinne.

»Reiß dich zusammen«, flüsterte sie. Die Reifenspuren, die sie früher am Tag entdeckt hatte – sie fand sie im Licht der Smartphone-Taschenlampe wieder und folgte ihnen. Eine große grüne Abdeckplane flatterte dort im Wind, sie verbarg etwas. Vielleicht um einen der Suchhelikopter zu täuschen, die über die Wälder geflogen waren. Valeria tastete über die Plane und fühlte die Umrisse einer Karosserie. Dann zog sie die Plane beiseite.

»Erwischt«, flüsterte sie. Der Schrei einer Eule über ihr ließ sie zusammenzucken. Sie ertappte sich dabei, wie sie den Atem anhielt. *Verflucht, das hier nimmt dich mit, auch wenn du es dir noch nicht wirklich eingestehen willst.*

Vor ihr stand ein schwarzer Mercedes-Geländewagen. Die Nummernschilder fehlten. Im Licht ihres Smartphones betrachtete sie das tiefe Profil der Winterreifen und scrollte durch die Fotos der Reifenspuren, die sie nahe bei jenem Ort aufgenommen hatte, wo Nora entführt worden war.

Die Muster … es sieht ganz danach aus, als stimmten sie überein. Diese Erkenntnis jagte ihr ein kaltes Prickeln über den Rücken, als streiften sie unsichtbare Finger. *Und sieh dir all die Schlammspuren auf der Karosserie an. Die verspritzte Erde. Dieser Wagen war definitiv im Wald und vielleicht …*

Valeria warf einen Blick ins Wageninnere. Waren das Seile? Stricke, mit denen jemand Nora gefesselt hatte? Und diese Schuhe dort, gehörten sie Nora? Nein, sicher war sie nicht. *Du musst diesen Wagen sofort sicherstellen, und dafür brauchst du Birkner.* Hinter ihr knackte ein Ast im Gebüsch. Ein Schritt. Da war jemand.

Als sie herumwirbelte, ragte die Silhouette eines Mannes hinter ihr auf. Er trug einen Mantel, der bis zum Boden herabreichte – und stand auf ihrer Seite des Zauns, als wäre er ihr aus den Wäldern hierher gefolgt. Seine Augen glühten wie herabgebrannte Holzscheite, orange und rot waren sie, und auf seinem Kopf …

Das war der verknöcherte Bast eines Geweihs, der dort im Mondlicht schimmerte.

Valeria spürte, wie ein Schweißtropfen ihren Rücken herabrann, sich seinen Weg zwischen ihren Schulterblättern entlang suchte …

Dann setzte sich die Silhouette in Bewegung, viel schneller, als sich ein Mensch hätte bewegen können, stürzte auf sie zu, und der Mantel flatterte ihr hinterher wie weit ausgebreitete Schwingen.

Valeria wirbelte herum und floh. Sie rannte am gedrungenen Sägewerksgebäude entlang, wo der Mond auf den verrosteten Wellblechteilen schimmerte. Dicht hinter ihr erklang das Trommeln von Schritten auf dem Beton.

Sie konnte seinen Atem spüren, seinen stinkenden Geruch, fast wie der eines alten verrottenden Fells, das zu lange in einer Ecke gelegen hatte.

Valeria tastete nach ihrer Dienstwaffe an ihrer Hüfte, doch wusste sie instinktiv, dass sie sie nicht ziehen und rechtzeitig zielen konnte, ehe der Angreifer sie erreichte – er war zu dicht auf, hatte den Abstand viel zu schnell verkleinert.

Verflucht, du hättest aufpassen müssen!

Sie duckte sich unter einer metallischen Querstrebe hindurch, stürmte durch eine offene Tür in das Innere der großen Halle, wo die Sägen zu beiden Seiten aus der Dunkelheit hervorragten.

Du musst zur Tür auf der anderen Seite, wieder nach draußen, das Gebäude umrunden und zurück durch den Zaun. Und dann zu deinem Wagen, wo du Verstärkung rufst. Wer immer da hinter dir her ist, er darf diesen Geländewagen nicht wegschaffen! Er darf die Spuren nicht verschwinden lassen!

Instinktiv spürte sie, dass ihr Verfolger den Abstand zu ihr vergrößerte. Valeria drehte sich um und zog ihre Dienstwaffe. Im schwachen Mondlicht, das schräg durch die Oberlichter hereinfiel, konnte sie keine Bewegung ausmachen.

Als wäre er vom Erdboden verschluckt worden.

»Wo bist du, hm?« Ihre Worte verhallten in der riesigen Halle, wurden augenblicklich von der tintenschwarzen Dunkelheit verschluckt. »Wo?«

Am Rand ihres Sichtfeldes fiel etwas mit einem lauten Krachen zu Boden. Als Valeria sich umdrehte, stand sie einer Kreissäge gegenüber, deren Sägeblatt im Mondlicht wie Eis schimmerte. Dann erwachte die Säge kreischend zum Leben.

Lauf, flüsterte eine Stimme ihr zu, eine Stimme, die, wie sie nur Augenblicke später begriff, aus ihr selbst kam. *Lauf, ehe es zu spät ist! Du kannst hier nichts gegen ihn ausrichten, die Nacht ist sein Territorium, er lebt in ihr! Du konntest schon damals nur vor ihm fliehen, heute ist es nicht anders!*

Als sie ein zweites Mal zu jener Säge hinübersah, stand das scharfkantig gezähnte Blatt still. Nur eine Sinnestäuschung, nichts weiter. *Verdammt, was macht dieser Ort nur mit dir?*

Valeria eilte zur Tür. *Wenn du die Hand nach der Klinke ausstreckst, springt sie auf. Was dir dann gegenübersteht, kann kein menschlicher Verstand begreifen.* Ihr fielen die Worte des seltsamen alten Manns ein, dem sie auf der Straße begegnet war: *Es ist ein Grauen, das hier oben zwischen den Bergen, in den Schluchten und den Wäldern jagt. Es ist so alt, es kann die Menschen nicht verstehen, und die Menschen wiederum begreifen es nicht – nie wird ein Mensch es begreifen können.*

Sie streckte die Hand aus und öffnete die Tür. Kein elektrischer Schlag durchfuhr sie beim Berühren der Klinke, kein Schrei ertönte, keine Klaue packte ihre Schulter.

Doch er war hier, das wusste sie genau, und er hatte sich auf alles vorbereitet. *Wenn du deine Waffe ziehst, dann wird er reagieren. Also bleibt dir nur eines übrig: Verschwinde von hier, so schnell du kannst. Bring eine gewisse Distanz zwischen dich und diesen Ort … und hol dir Unterstützung. Stell den Wagen sicher, aber riskier nicht dein Leben.*

Valeria eilte an dem lang gestreckten Hauptgebäude des Sägewerks entlang, während der Wind in den Tannen, die ihren Weg wie Soldaten stoisch flankierten, ächzte und heulte. Ihre Waffe lag kühl in ihrer Hand, aber der Verfolger blieb verschwunden. Das Gefühl, dass er sie genau im Blick behielt, verflog jedoch nicht. *Er ist selbst bewaffnet. Vielleicht ist er bereit, dich zu töten, solltest du versuchen, zu dem Geländewagen zurückzugehen. Oder auch nur dann, wenn du ver-*

suchst, Hilfe zu holen. Aber wieso … wieso lässt er dich dann überhaupt gehen?

Valeria hatte die Lücke im Zaun erreicht. Sie versuchte hindurchzuschlüpfen, doch verhakten sich die Zaunenden in ihrem Mantel, als wollte das gesamte Gelände versuchen, sie aufzuhalten. Sie spürte, wie die Widerhaken sich durch den Mantelstoff in ihre Haut bohrten, wie ihre Haut aufriss. »Komm … schon!«, fluchte sie, grub ihre Finger in den Boden, hinein in die morastige Erde, und zerrte sich voran.

Da waren die Schritte wieder, hallten über die betonierte Fläche des Parkplatzes hinter ihr heran. Sie roch erneut den Geruch eines alten schimmelnden Tierfells und sah den Schatten im Mondlicht, wie er sich über ihr auftürmte …

Die Zaunenden rissen ein letztes Mal an ihrem Rücken, rissen ihre Haut und den Mantel auf, dann machte sie einen Ruck nach vorn und gelangte durch die Lücke. Ihr Rücken brannte, und als Valeria zurückblickte, war er dicht hinter ihr, gerade dabei, ebenfalls durch die Lücke hindurchzuklettern.

»Stehen bleiben!«, rief sie und hob die Walther P99. »Polizei, sofort stehen bleiben!«

Im Mondlicht sah sie das Grinsen, das aus den Tiefen seines behaarten Gesichts hervorstach. Aus seinem Kopf wuchs ein Geweih, dessen spitze Enden von zottigem Gestrüpp behangen waren – sie hatte sich nicht getäuscht.

»Stehen bleiben?«, erklang seine Stimme. Es war seltsam, kaum festzustellen, ob ein Mann oder eine Frau sprach, es war ein heiseres Flüstern, das Valeria einen Schauer über den Rücken jagte. »Hier oben bleibt nichts und niemand mehr stehen … die Zeit schreitet voran … erinnerst du dich, Valeria? Erinnerst du dich an damals? Wie du durch den Wald geflohen bist, ganz allein und voller Angst, während deine Freundinnen krepieren mussten? Erinnerst du dich, wie feige du warst?« Ein Gelächter drang aus der Tiefe dieses Schattens, so laut, als würden all die Bäume, die sie umgaben, mit einstimmen. Flüstern drang aus der Dunkelheit ringsum, hinter ihr, hinter dem Stamm einer hoch hinaufragenden Fichte hervor, von rechts, aus der Richtung des Parkplatzes, ein Kichern, dem eines kleinen Mädchens nicht unähnlich. Dann machte der Schatten einen plötzlichen Satz nach vorn – und Valeria drückte ab.

Nicht, um ihn zu töten, wohl aber, um ihn zu stoppen.

Die Pistole knallte laut in der Nacht, dröhnte in ihren Ohren.

Der Schatten rührte sich nicht, ja, er zeigte sich nicht einmal beeindruckt. »Ist das alles?«

»Du … wie in aller Welt …« Nun wurde sie von Panik geflutet, wie eine Welle, die über ihrem Kopf zusammenschlug.

Wieder ein Lachen, dann verschwand der Fremde mit Rückwärtsschritten langsam in der Finsternis.

»Nehmen Sie die Hände hoch …«, begann Valeria und versuchte, mit ihrer Dienstwaffe seine Bewegung nachzuvollziehen, doch er war längst verschwunden.

Sie blinzelte. Angst vermischt mit Übelkeit überkam sie, ein Gefühl, das sie schon eine ganze Weile nicht mehr verspürt hatte. Vielleicht bei einem Einsatz in den Außenbezirken von Rom, wo Interpol in Zusammenarbeit mit den italienischen Carabinieri einen Menschenhändlerring gestoppt hatte. Dort waren in einem winzigen, schlecht belüfteten Kellerraum zehn- bis zwölfjährige Mädchen und Jungen eingepfercht gewesen – und den meisten der Kollegen, die bei jenem Einsatz anwesend gewesen waren, hatte es den Magen umgedreht, als sie mit ansehen mussten, wie zwischen den noch lebenden Kindern einige Leichen geborgen worden waren.

Und hier, an diesem Ort, so tief in den Wäldern, die Eigerstal umgaben wie ein undurchdringliches Spinnennetz, hier verspürte sie etwas Ähnliches.

Du hast auf ihn geschossen, und er hat sich dennoch einfach zurückgezogen … Wie in aller Welt ist das überhaupt möglich?

Sie spähte durch die Lücke im Zaun zurück auf den Parkplatz. Von hier aus war der Geländewagen nicht zu erkennen. Vielleicht war es auch nur eine fixe Idee, die sie da ergriffen hatte, vielleicht war dieses Fahrzeug nicht wirklich das Tatfahrzeug … Aber ihr Instinkt hatte sie nur selten betrogen.

Wenn du jetzt zurückgehst, dann wird er dich erwarten. Wenn du jetzt zurückgehst, legst du es darauf an, dass er dich überwältigt, dir vielleicht deine Waffe abnimmt.

Valeria tastete nach ihrem Handy und warf einen Blick auf das Display. *Verflucht. Wäre ja auch ein Wunder, wenn du hier draußen Empfang hättest. Also bleibt dir nur eines: zurück zum Wagen.*

Der Mietwagen stand noch immer dort in der Einfahrt des schmalen Waldweges, wo sie ihn zurückgelassen hatte. Valeria prüfte die Reifen: Niemand hatte sich an ihnen zu schaffen gemacht. Sie stieg ein und ließ den Motor an.

Das Sägewerk lag hinter ihr im Rückspiegel wie ein lauerndes Tier, das sich in den Schatten der Wälder duckte, leise atmend, als würde es auf Beute warten.

Erst als sie einige Kilometer zwischen sich und diesen Ort gebracht hatte und das Handy wieder Empfang anzeigte, erlaubte sie sich, etwas tiefer durchzuatmen. Während sie mit der Linken das Lenkrad hielt, griff sie mit der Rechten nach ihrer Pistole und ließ das Magazin herausgleiten.

Die Patronen waren nicht jene, mit der sie die P99 geladen hatte. Es waren Platzpatronen, ungefährlich, vom Knalleffekt einmal abgesehen.

Jemand hat sich an meiner Waffe zu schaffen gemacht.

Valeria parkte am Straßenrand und wählte Birkners Nummer.

»Was ist denn noch?« Seine Stimme klang verschlafen und brummig, als nähme er es ihr äußerst übel, dass sie ihn geweckt hatte.

»Ich brauche Ihre Hilfe.« Valeria hörte zu ihrem eigenen Entsetzen, wie erschreckt ihre Stimme klang, als hätten diese Nacht und diese Eindrücke aus dem Sägewerk sich mit ihrer Erinnerung vermischt, wo sie zu einem kalten Schrecken herangewachsen waren. Sie erklärte Birkner, dass sie einen Wagen entdeckt hatte, der zu den Reifenspuren passte. Und sie erzählte von ihrem Angreifer. Doch die Tatsache, dass sie auf ihn geschossen hatte und ihre Munition gegen Platzpatronen ausgetauscht worden war, ließ sie aus.

»Sind Sie sicher mit dem Auto?« Er klang vollkommen ungläubig.

»Nicht zu hundert Prozent, aber …« Valeria zögerte. »Wir sollten schnell sein.«

»Also gut.« Birkner ließ ein angestrengtes Seufzen hören. »Ich alarmiere die Kollegen. Schicke wen vorbei, der sich …«, ein Gähnen folgte, »… der sich das mal ansieht.«

»Die sollen sich mit mir treffen. Ich stehe an der Abzweigung draußen, die in den Wald auf die Straße zum Werk hinausführt.«

»Ravelli, sagen Sie mal. Macht es Ihnen Angst? Wieder hier zu sein, all das zu fühlen, all das zu riechen? Bemerken Sie, dass es doch nicht so einfach ist, wie Sie es sich …«

»Ich kriege das hin«, unterbrach sie ihn harsch, wesentlich lauter und heftiger, als sie wollte. »Es ist unangenehm, ja, aber …« Valeria hielt inne. Aus der Ferne näherte sich Blaulicht, das auf dem nassen Asphalt in den Pfützen schimmerte. »Verflucht, wollen die ihn vorwarnen? Sagen Sie denen, die sollen ihr Licht abschalten!«

Auf Birkners Seite blieb es eine Weile stumm, dann meldete er sich zurück, während das Blaulicht abgeschaltet wurde. »Erledigt. Die fahren jetzt zum Sägewerk.«

»Und ich hinterher. Ich melde mich wieder.« Ohne auf Birkners Antwort zu warten, warf sie ihr Handy auf den Beifahrersitz und lenkte auf die Straße, nachdem die beiden Streifenwagen sie passiert hatten.

Wenige Minuten später waren sie zurück am Sägewerk. Regen hatte eingesetzt, der Valerias Mantel durchnässte, bis auf ihre Haut drang und sie frieren ließ. Der Himmel hatte die Schleusen geöffnet, und der Regen fiel so dicht, dass sie kaum die Hand vor Augen sehen konnte – den vier Kollegen ging es nicht anders. Mit wenigen Worten wies Valeria sie zur Stelle im Zaun und dann hindurch auf den Parkplatz.

Der Geländewagen war fort.

Valeria spürte die Blicke der Polizisten auf sich lasten, und sie konnte beinahe hören, was sie dachten: Jetzt ist die Neue endgültig verrückt geworden.

Der Regen weichte den Boden auf, und sie wusste, in vielleicht einer halben Stunde wäre von den Spuren nichts mehr übrig … Verzweifelt blickte sie zum Tor hinüber, das noch immer geschlossen war.

»Er war hier«, rief sie in den Regen hinaus. »Er war hier, ich hab es mir nicht bloß eingebildet!«

25

Urs Räthi war unrasiert und roch nach Bier, als sie in der Früh an seine Tür klopften. Birkner stand neben Valeria. Sie spürte seine Anspannung – am liebsten hätte er wohl seine Pistole in die Hand genommen, um sich abzusichern, das war ihm deutlich anzusehen. Hinter ihnen auf der Straße parkte der Streifenwagen mit zwei Polizeibeamten, die sie begleiteten.

»Sie noch mal? So früh?« Räthi kratzte sich mit dem dreckigen Daumennagel am Kinn. »Was gibt es denn noch?«

»Das Tor zum Sägewerk, Herr Räthi«, sagte Valeria mit hartem, kaltem Tonfall, der keine Widerrede duldete. »Haben Sie uns dazu irgendwas zu sagen?«

Räthi starrte sie an. Ein Schatten huschte durch seine Augen, als würde eine dunkle Wolke hinter seiner Stirn vorüberziehen. Dann schüttelte er bedächtig den Kopf. »Ich hab nicht mal die leiseste Ahnung, was Sie damit meinen, Leutnant.«

»Verarschen Sie uns nicht, Mann«, fauchte Birkner. So ungehalten hatte ihn Valeria bislang noch nicht erlebt – sie bemerkte aber auch, dass er ebenso wütend auf sie war, sah es an den Blicken, die er wie Blitze immer wieder in ihre Richtung abfeuerte. Der Vorwurf war klar: Wieso in aller Welt haben Sie diesen Scheißkerl letzte Nacht nicht aufgehalten?

»Ich verarsche niemanden …«, begann Räthi, aber dann machte Birkner einen Satz nach vorne und beförderte ihn mit einem kräftigen Stoß gegen die Schulter nach hinten hinein in den Hausflur.

»Letzte Chance! Das beschissene Tor! Wer hat einen Schlüssel? Wer hat einen Schlüssel für das Gelände?«

»Niemand, du Spinner!« Räthi streckte eine Hand nach der Wand aus und stützte sich ab. »Es gibt keinen Schlüssel, wir lassen das Tor immer einfach offen stehen … Wer will da schon rein? Was will er klauen? Ein paar alte Sägen? Das Holz?«

»Jemand hat dort etwas abgestellt … und später wieder abgeholt. Und Sie sagen mir, Sie haben keine Ahnung, was auf dem Gelände vor sich geht?« Birkner schüttelte den Kopf. »Das kann ich nicht glauben.«

»Abgestellt? Was denn?«

Da war kein Anzeichen einer Lüge auf Räthis Gesicht, kein Anzeichen einer versuchten Täuschung … und doch war sich Valeria nicht sicher, ob er die Wahrheit sagte. *Du hast die Spuren tagsüber gesehen … und den Wagen nachts …*

»Wird das Gelände videoüberwacht?«, fragte sie.

Räthi gab ein Geräusch von sich, das wie ein heiseres Schnauben klang. »Überwacht? Ganz sicher nicht. Das war hier oben auch nicht nötig, noch nie, bis …« Er zögerte.

»Bis wann?«

»Bis all diese Scheiße angefangen hat!«, brauste er auf. »Aber wie schon gesagt – nein, es gibt keine Videoüberwachung, keine Kameras, nichts …«

»Gehen wir, Ravelli«, sagte Birkner mit gepresster Stimme, so als müsste er jede Menge Ärger herunterschlucken. »Und noch was – wir behalten dich im Auge, Räthi.«

»Macht, was ihr wollt.« Räthi starrte Birkner mit einer Intensität hinterher, dass Valeria den Eindruck hatte, er würde darüber nachdenken, sich bei ihm für die unsanfte Behandlung zu revanchieren. Er hatte die Fäuste geballt, und als sie sich einige Meter vom Haus entfernt noch einmal nach ihm umdrehte, stand er noch in der Tür, eine dunkle Silhouette, die ihnen nachblickte.

Birkner steuerte den Einsatzwagen auf die Straße, und erst als er einige Hundert Meter zwischen sich und das Haus gebracht hatte, bemerkte Valeria, wie die Anspannung wenigstens zum Teil von ihm abfiel. Er sah zu ihr, tiefe Furchen auf der Stirn. »Das war beschissen«, sagte er mit grollender Stimme.

»Das war mehr als beschissen«, erwiderte Valeria.

Birkner schnaubte. »Was ist mit ihm? Lügt er? Was meinen Sie?«

Sie ließ sich Zeit mit ihrer Antwort. Ein falsches Wort, das wusste sie, konnte die Ermittlungsarbeit leicht in eine ungünstige Richtung lenken. »Ich bin mir nicht sicher. Er wirkt auf mich wie jemand, der alles hier oben aufgegeben hat. Innerlich ist er längst ganz woanders. Das heißt aber nicht, dass er nicht doch alles unternehmen würde, um seinen Kopf rechtzeitig aus der Schlinge zu ziehen.«

»Super. Jetzt bin ich schon viel schlauer.« Birkner nieste in seine Armbeuge. »Diese verfluchte Kälte macht mich noch wahnsinnig.« Dann heftete sich sein Blick erneut an sie, und Valeria ahnte, was jetzt kam. »Was ist letzte Nacht wirklich geschehen, Ravelli?« Seine Stimme klang leise und bedrohlich. »Ich weiß, dass noch mehr geschehen ist … und wir nur einen Bruchteil davon erfahren haben.«

Jetzt könntest du ihm sagen, dass du auf den Fremden im Sägewerk geschossen hast … Jetzt könntest du ihm sagen, dass du ihn nicht verletzt hast, weil jemand dir heimlich Platzpat-

ronen in deine Waffe geladen hatte … jemand, der Zugriff auf deine Pistole hatte …

Allein der Gedanke daran, dass sie so schutzlos, so leichtsinnig gewesen war, widerte sie an. Jemand war in ihrer Ferienwohnung gewesen, anders konnte es nicht geschehen sein. Während sie schlief, hatte er oder sie den Austausch vorgenommen …

Sie erwiderte Birkners prüfenden Blick. Vielleicht hatten seine Leute die Hülsen der verschossenen Platzpatronen im Sägewerk gefunden, vielleicht hatte der Fremde sie auch beseitigt … Valeria wusste nur, dass es alles nur noch komplizierter machen würde.

Sie schüttelte den Kopf und blickte hinaus, wo Nebelschwaden durch das Scheinwerferlicht schwebten. »Es ist nichts«, erwiderte sie. »Absolut gar nichts.«

Birkner schnaubte abermals. »Ich bin vielleicht nicht Sherlock Holmes«, sagte er, »aber ich bin auch nicht dumm. Was immer es ist, ich werde es rausfinden, verlassen Sie sich drauf. Darauf kann sich dieser ganze verfluchte Ort verlassen.«

TEIL ZWEI

Das Dunkel im Inneren

26

Margaret Haldirsen hatte sich auf Valerias Nachfragen ahnungslos gezeigt – weder hatte eine fremde Person ihre Ferienwohnung betreten, noch hatte sie etwas Auffälliges beobachtet.

Aber Valeria wusste es besser: Jemand hatte ihre Waffe manipuliert. Eine Person, die ganz genau wusste, wo sie wohnte.

Auch die Ferienwohnung war durchsucht worden, Valeria bemerkte es an kleinen Details wie den Schubladen, die nicht gänzlich geschlossen waren, und ihrem Koffer. Die Rollen waren nicht mehr so ausgerichtet, wie sie sie zurückgelassen hatte. Wer immer eingedrungen war, er war vorsichtig vorgegangen, hatte Handschuhe getragen, um keine Abdrücke zu hinterlassen.

Er hat sicher auch dein Tagebuch von damals gefunden. Ob er es gelesen hat und jetzt etwas weniger besorgt ist, weil du dich wirklich nicht erinnern kannst?

Und was ist mit Haldirsen? Ist sie wirklich so ahnungslos, wie sie sich gibt?

Valeria beschloss, die Norwegerin ein wenig weiter nach vorne auf die Liste potenzieller Verdächtiger zu setzen. Nun war sie zu Fuß unterwegs Richtung Eigerstal. Immer wieder blickte Valeria zu den Tannen und dem Unterholz am Wegesrand hinüber. Nach wie vor wurde sie das Gefühl nicht los, dass jemand sie beobachtete, jede ihrer Bewegungen und Handlungen verfolgte … Wer immer das war, dieser Jemand musste auch herausgefunden haben, wo sie ihre Waffe nachts aufbewahrte.

Als sie den Blick wieder bewusst auf ihre Umgebung richtete, bemerkte sie, dass ihr Weg sie vor ein zweistöckiges gelbes Haus geführt hatte, das nah am Eigerstaler Dorfkern stand, unweit des Dorfbrunnens, der sprudelte und plätscherte, wenngleich das Wasser, das sich in dem großen steinernen Becken gesammelt hatte, grün und voller Algen war.

Sophies Elternhaus. Der Anblick versetzte ihr einen Stich mitten ins Herz. War das Zufall? Schicksal, das ihre Beine hierhergeführt hatte, während sie eigentlich nur einen langen Spaziergang unternehmen wollte, um den Kopf freizukriegen?

Sie war oft hier gewesen. Nachmittags, nach der Schule, wenn Sophie und sie sich getroffen hatten, um gemeinsam an den Hausaufgaben zu arbeiten, morgens an sonnendurchfluteten Sonntagen im Sommer, als ihnen die ganze Welt offenzustehen schien, abends im Herbst, bevor sie gemeinsam auf die ersten Partys gingen …

»Verdammt«, flüsterte Valeria. »Es tut mir so leid, dass ich es nicht verhindern konnte.«

Du warst nur ein Mädchen. Du hättest es nicht verhindern können, niemals.

Sie starrte das Haus an, als erwartete etwas in ihr, dass sich mit einem Mal die Vordertür öffnen würde … und jemand heraustrat, Sophie, wie sie vielleicht heute aussehen würde, einundzwanzig Jahre später.

Aber die Tür öffnete sich nicht, nur eine schwarze Amsel landete in der Nähe des Dorfbrunnens, senkte ihren Kopf zum Wasser und trank.

Ist das ein Zeichen?

Nein. Nur Narren glauben an so etwas.

»Liebe Güte«, hörte sie eine Stimme hinter sich, während sie das Haus noch immer betrachtete, sich nicht losreißen konnte.

Valeria wandte sich um, von einem unguten Gefühl der Vorahnung ergriffen. Die Frau, die ihr nur wenige Meter entfernt gegenüberstand, sah Sophie nicht unähnlich. Graues Haar und viele Sorgenfalten, das war unübersehbar – aber dennoch, sie war es, kein Zweifel.

Sophies Mutter.

Ihr Name jedoch …

»Du bist es, oder?« Die Frau machte einen Schritt auf sie zu. »Valeria.«

Sie nickte. »Ich kann es selbst noch gar nicht wirklich glauben. Wieder hier zu sein, meine ich.« Diese Worte kamen aus ihrem Mund, doch sie klangen fremd.

»Was machst du hier?« Sophies Mutter starrte sie an, als müsste sie sich noch entscheiden, ob sie Valerias Erscheinen für real oder nur ein Trugbild halten wollte. »Du warst nicht mehr hier, seit es geschehen ist. Du hast überlebt, meine Sophie dagegen nicht.« Sie klang nicht verbittert, das nicht mehr, aber doch unterschwellig vorwurfsvoll.

»Ich arbeite bei der Polizei«, antwortete Valeria vorsichtig. »Jetzt ist wieder jemand verschwunden.«

»Das weiß ich. Also willst du …«, sie zögerte, »… es dieses Mal besser machen? Vielleicht ist das nicht möglich. Vielleicht reißen diese Ermittlungen auch nur alte Wunden wieder auf.« Sie schüttelte den Kopf, runzelte die Stirn. »Verzeih mir. Das war unangemessen.«

»Ich will Nora Mattei finden. Und denjenigen, der dafür

verantwortlich ist, ein für alle Mal aufhalten. Ich finde, Eigerstal hat Ruhe verdient.«

Sophies Mutter nickte ihr zu, doch ihre Augen schweiften in alle Richtungen, als könnte sie es nicht ertragen, Valeria lange anzusehen. »Dann sollte ich *dich* besser nicht aufhalten.«

Sie erträgt es nicht, dich hier zu sehen. Ich kann es ihr nicht übel nehmen. Sie hat die Erinnerungen weggeschlossen, und jetzt stößt du versiegelte Türen auf.

Valeria blickte ihr hinterher, wie sie ihr Haus betrat. Sie hatte ihr nicht erzählt, dass sie glaubte, der Mörder von damals sei auch für Noras Verschwinden verantwortlich … Und als die ältere Frau die Tür hinter sich schloss, wurde ihr mit einem schmerzenden Gefühl klar, dass sie sich nicht mehr an den Namen von Sophies Mutter erinnern konnte.

Ist es Judith? Johanna? Du weißt es nicht mehr.

Zeit ist undankbar und grausam. Aber manchmal ist Vergessen das Einzige, das uns heilen kann.

Das gilt für uns alle.

27

Der Schnee unter ihren Schuhen war das einzige Geräusch, das die Stille durchdrang.

Die Sonne ließ die Gipfel erglühen, den Gemsstock, den Piz Badus. Valeria spürte den Wind in ihrem Gesicht, spürte, wie er an ihr zerrte, während sie den vereisten Pfad am Rand der Piste entlangging. Die letzten Stunden hatte sie eine der Suchmannschaften begleitet, nun hatte sie sich ein Stück abgesondert, wollte allein sein mit sich und ihren Gedanken.

Eine Hütte, verlassen ragte sie vor ihr am Rand des Pfades in den Himmel, der aussah, als hätte etwas die Wolken in Brand gesteckt. Valeria stapfte die letzten Meter durch den Pulverschnee. Die Tür knarrte. Sie setzte ihren Rucksack ab, holte tief Luft und spürte genau, dass sie einige Zeit für sich brauchte, allein, weit oben, um ihre Gedanken neu zu sortieren. Ein Skifahrer fuhr in der Nähe vorüber, leise knirschte der Schnee unter den Skiern. Früher war sie oft mit Sophie, Stephanie und Elias Ski laufen gewesen, das letzte Mal nur wenige Wochen vor ihrer Entführung – und nun, als sie über das gleißend helle Weiß hinwegblickte, durch das Fenster der Hütte hinaus, während sich die Nachmittagssonne für einige Minuten hinter den Wolken hervorschob, kam ihr all das wieder in den Sinn.

Wir haben gelebt.

Wir waren jung.

Und dann wurde all das zerrissen.

In den vergangenen Tagen hatte sie immer wieder versucht, in den Minuten und Stunden, bevor sie in den Schlaf finden konnte, in ihrem alten Tagebuch nach einem Sinn zu suchen, nach etwas, das ihr weiterhelfen konnte – doch schien ihr jüngeres Ich nichts niedergeschrieben zu haben, das auf all die Hintergründe dessen hindeutete, was geschehen war.

Sie nahm aus dem Rucksack die Verpflegung, die jeder Teilnehmer der Suchmannschaft erhalten hatte, und aß draußen, während sie auf einer Bank vor der Hütte saß und ins Tal hinabblickte.

Noch an diesem Abend würde Chloe mit Elias zusammentreffen. Sie, die die Zeit wieder hierhergeführt hatte. Er, der nie von hier weggegangen war. Sie hatte früher am Tag mit ihm gesprochen, ihn mit dem Eintrag in Noras Tagebuch konfrontiert, wo Nora darüber geschrieben hatte, dass ihr Onkel etwas fürchtete und doch nicht mit ihr reden wollte. »Es ist nichts«, hatte Elias erwidert. »Ich weiß nicht, was sie da geschrieben hat, aber sicher meinte sie nicht, dass *ich* irgendwas fürchte, es ist vielmehr sie, die sich verfolgt fühlt. Ich hab ihr gesagt, dass sie sich keine Sorgen machen muss … und jetzt komm ich mir vor wie ein Idiot.«

Valeria hatte sich auch über Sarah Mattei informiert, die als Bergführerin gearbeitet hatte und an Krebs erkrankt war, der so schnell über sie hergefallen war, dass ihr kaum mehr Zeit blieb, sich von Elias zu verabschieden, so schien es. Beide Mattei-Brüder hatte das Schicksal schwer getroffen, sie beide hatten ihre Frauen verloren … Valeria öffnete gedankenverloren ein auf ihrem Handy gespeichertes Dokument, das sie von Birkner erhalten hatte. Es ging um die Nacht, in der Nino

Matteis Frau Josephine, Noras Mutter, bei einem Autounfall ums Leben gekommen war. Viel hatte die Verkehrspolizei nicht notiert, der Unfallhergang war eindeutig, auf einer glatten Fahrbahn war das Auto ins Schleudern geraten und durch eine Leitplanke gekracht, hatte sich überschlagen und war etwa zwanzig Meter tiefer aufgeprallt. Noras Mutter war sofort tot.

Etwas daran stört dich, dachte Valeria. *Oder spielt dir dein Instinkt, jetzt, da du nach Eigerstal zurückgekehrt bist, einen Streich und du kannst einfach nicht mehr klar denken?*

Sie öffnete das nächste Dokument. Josephine Mattei hatte noch wenige Stunden vor ihrem Tod mit ihrem Schwager Elias telefoniert. Als Valeria Nino und Elias noch einmal darauf angesprochen hatte, zeigte sich Nino ahnungslos, und Elias erklärte ihr, dass es sich nur um Belanglosigkeiten gedreht hatte, um Ninos Geburtstag, der bevorstand. Sie starrte auf die Nummer der Verbindungsübersicht, während ihre Gedanken schon längst weitergeschweift waren und an einem anderen Ort verweilten.

Das hat alles nichts zu bedeuten. Es gibt Unfälle – und es gibt Morde. Man sollte nicht beides vermischen.

Valeria musste auch an Mark denken, ihren Kollegen, an die kleine Maya und den Fuchs und daran, wie viel lieber sie jetzt bei ihnen wäre als hier. Zugleich kamen ihr die Worte von Sophies Mutter in den Sinn, dass die Ermittlungen hier nur alte Wunden aufreißen würden.

Aber so ist es nicht. Es wäre falsch, nicht nach Gerechtigkeit zu suchen. Oder ist es doch nur eine Ausrede, die du dir selbst bereitgelegt hast?

Darauf fand sie keine Antwort. So saß sie da und sah zu, wie die Wolken die Berge einhüllten, während ihre Gedanken zurück in die Vergangenheit wanderten.

28

Damals

Das Fest hatte begonnen. Eigerstal feierte sein fünfhundertjähriges Bestehen, und die vierzehnjährige Valeria Ravelli betrachtete die bunten Lichter, die den herbstlich geschmückten Eigerstaler Marktplatz warm und golden erhellten. Nicht wenige Touristen und Einheimische drängten sich zwischen den Marktständen hindurch, in der Luft hing der Duft von gerösteten Kastanien und Wein.

»Buh«, sagte jemand in ihr Ohr, und sie zuckte leicht zusammen.

»Du Blödmann!« Valeria verpasste Elias, der über beide Ohren grinste, einen freundschaftlichen Schubser. Elias überragte sie um einiges und hatte sich seine alberne Wollmütze mit dem Löwenkopf aufgesetzt. Seine Wangen waren gerötet.

»Los geht's«, sagte er fröhlich und leuchtete ihr mit einer Taschenlampe in die Augen. »Die Toten«, erklärte er mit gespielt unheimlicher Stimme, »warten nicht.«

»Sehr witzig. Jedenfalls … ich bin hier jetzt fertig, kann also gleich losgehen.« Valeria sah sich nach der älteren Frau um, der sie versprochen hatte, eine Weile auf deren Stand mit selbst gestrickten Handschuhen, Pullovern, Socken und Schals aufzupassen. Sie näherte sich ihnen bereits. »Wir müssen noch auf Sophie warten, die wollte mich hier treffen.«

»Oh, ich bin ihr über den Weg gelaufen. Sie steht drüben am Brunnen mit Steph«, sagte Elias. »Wir können los, wenn du so weit bist … wenn du dich traust.«

Valeria blickte zum Dorfbrunnen hinüber, den Girlanden aus bunten Blättern und goldene Lichterketten schmückten. »Wenn ich mich traue?«, wiederholte sie und lachte leise. »Ich denke, ich bin nicht die, die sich Sorgen macht … nicht wahr, Elias?«

Er lachte, doch klang es, als wollte er ein wenig seine Nervosität überspielen.

»Wir machen einen Spaziergang«, erklärte Valeria der Standbesitzerin. »Bis später.«

Sophie und Stephanie erwarteten sie am Brunnen. Sophie hatte sich einen Kranz aus bunten Blättern ins Haar gesteckt, Stephanie trug ihren gelben Regenmantel.

»Schau mal, da drüben ist dein Bruder«, sagte Sophie mit einem Grinsen zu Elias. »Nino, und wie er wieder flirtet mit seiner süßen Josie …« Valeria und Stephanie kicherten.

Sie machten sich auf den Weg, fort vom Dorfplatz, hinaus aus Eigerstal, dessen Straßen nun verlassen waren, und hinein in den Wald. Die schmale Holzbrücke schwankte, als sie sie überquerten … Valeria spürte die Kälte, die aus dem Unterholz kroch. Die Dunkelheit, die hier viel dichter war als irgendwo sonst, verschlang den Pfad, den sie entlanggingen. Elias knipste seine Taschenlampe an, Sophie ihre. Ein Fuchs rannte vor ihnen davon und verschwand im Dickicht. Irgendwo im Unterholz raschelte es. Valeria sah sich um, doch im Licht der beiden Taschenlampen konnte sie nichts erkennen.

»Wir werden verfolgt«, sagte Elias leise.

»Haha«, machte Steph irgendwo ein paar Meter voraus in der Dunkelheit. »Aber klar doch. Und die Hexen fliegen herum, und die Toten wandeln ...«

Aus der Nacht tauchte der alte Galgen auf, wie der aufragende schwarze Finger eines riesigen Skeletts, das in der Erde begraben lag. Elias richtete den Lichtkegel auf sein Gesicht, während er den Rucksack absetzte. Dann kramte er darin herum und holte eine Flasche hervor, die Valeria sofort erkannte. »Also, wer will sich nach der Kälte ein bisschen aufwärmen?«

»Wirklich süß, wie du immer an uns denkst«, sagte Sophie mit sarkastischem Ton. Sie nahm ihm die Flasche ab und trank. »Machen wir ein Feuer, los.«

Nachdem das Feuer etwa zwanzig Minuten später brannte, die Flammen tanzende Schatten warfen und die Flasche schon ein paarmal die Runde gemacht hatte, warf Elias Valeria einen Blick zu. »Ihr macht etwas«, sagte er, »irgendwas Geheimes.«

Valeria sah zu Sophie, die den Kopf gehoben hatte. Etwas Warnendes lag in ihrem Blick. »Nur so ein Schulprojekt«, erwiderte sie.

»Ah ja?«

»Ja, ein bisschen die Noten aufbessern«, sagte Stephanie leise. »Wir sind ja alle nicht die besten in Geografie. Ist auch zum Einpennen langweilig.«

»Irgendwie hab ich das Gefühl, ihr verheimlicht mir ...« Elias hielt inne. Valeria hatte seinen Arm gepackt und deutete ins Dunkel des Unterholzes. Dort, wo der Galgen einsam aufragte, war nun eine Bewegung in der Schwärze der Nacht auszumachen. Valeria spürte, wie ein eiskalter Schauer ihren Rücken hinabfloss.

»Da kommt jemand.«

»Jemand«, flüsterte Elias, und Valeria bemerkte, wie er den Griff der Taschenlampe fester umfasste, »oder … *etwas*.«

»Hör auf damit«, zischte Sophie. Valeria hörte, wie Laub raschelte, trockene Äste unter den Schritten brachen, als der Unbekannte näher kam, immer näher. Elias richtete den Lichtkegel der Taschenlampe in die Dunkelheit. Sie blickten auf einen alten Mantel, der von Flicken übersät war, hinauf in ein wettergegerbtes Gesicht.

»Stopp«, rief Elias so laut und autoritär, wie er nur konnte. »Wer … wer sind Sie?«

»Elias, das ist dieser Landstreicher«, flüsterte Sophie so leise, dass nur die drei anderen sie hören konnten. »Komischer Kauz, aber ich glaub, er ist harmlos.«

»Der ist uns hierhergefolgt. Da bin ich mir sicher.« Elias stand auf. Valeria bemerkte, dass er sich umsah, als suchte er nach etwas, mit dem er sich womöglich verteidigen konnte.

»Ruhig, Junge«, klang die Stimme des Fremden aus der Dunkelheit. In Valerias Ohren klang er heiser, als hätte er seine Stimme in der Einsamkeit eine ganze Weile nicht mehr benutzt. »Ich bin nicht hier, um …«

»Das ist mir scheißegal«, rief Elias. »Du verschwindest jetzt hier. Hast du mich verstanden?«

»Elias«, flüsterte Valeria, »was …?«

Er trat ein paar Schritte in Richtung des Landstreichers. »Ich hab Geschichten von dir gehört«, sagte Elias mit zorniger Stimme. »Du hängst mit diesem Leitner herum … Ich hab keine Ahnung, was ihr treibt, und will es auch gar nicht wissen, aber eins sag ich dir: Mach, dass du hier verschwindest.«

»Du bist einer von den Mattei-Jungs, nicht wahr?« Auf dem Gesicht des Mannes erschien ein höhnisches Lächeln, schief wie eine klaffende Wunde. »Ja, ich weiß, wer du bist. Da liegt nichts Gutes in deiner Zukunft, ich kann es fühlen.«

»Was … was redest du da?«

»Dunkelheit, Junge. Sie umgibt euch. Euch alle. Auch dich und deinen Bruder, Mattei … Ihr seid verflucht.«

»Hören Sie auf, uns Angst zu machen«, rief Valeria laut und trat an Elias' Seite. »Lassen Sie uns in Ruhe.«

»Oh, ich werde euch in Ruhe lassen«, erwiderte er. Dann starrte er in die Dunkelheit des Waldes und die Kälte hinaus. »Aber dieses Dorf … Ich fürchte, es wird *euch* nicht in Ruhe lassen. Keinen von euch.« Er wandte sich ab und verschwand hinter dem Stamm einer Eiche, so schnell vom Wald verschluckt, als wäre er eins mit ihm geworden.

»Das ist nur Mist«, sagte Stephanie leise, als Valeria und Elias zu ihnen ans Feuer zurückkehrten. »Er redet nur Blödsinn.«

»Natürlich, mehr ist das nicht.« Elias schüttelte den Kopf und starrte in die zuckenden Flammen. Dann warf er den drei anderen einen langen Blick zu. »Es wird alles gut, da bin ich mir sicher.«

29

Heute

Der Obdachlose lebt noch immer. Valeria blickte gedankenverloren ins Leere. *Und damals … was er gesagt hat … Wusste er, was die Zukunft bringen würde? Wusste er, dass Elias und sein Bruder verflucht waren? Was uns allen bevorstand?*

Chloes Stimme riss sie aus ihren Gedanken. Valeria sah zu ihr und Elias hinüber, die sich leise unterhielten. Sie hatten sich in Chloes Zimmer im Hotel Hokkaido getroffen, und vom obersten Stockwerk des stromlinienförmigen, modernen Gebäudes hatten sie einen hervorragenden Ausblick über das nächtliche Eigerstal. Die goldgelben Lichter kämpften gegen die alles übermannende Dunkelheit, die von den schroffen, eisigen Bergen herabkroch. Irgendwo da draußen war Nora – und Valeria hoffte, dass sie weiter durchhalten konnte.

Chloe hat noch nichts von ihrer Feinfühligkeit und von jenem Gespür verloren, das wie ein unsichtbares Netz aus Erfahrung und Instinkt den Spürsinn jedes guten Ermittlers ausmacht. Valeria beobachtete, wie Chloe Elias musterte. *Die beiden treffen sich zum ersten Mal – und es ist, als teilten sie eine gemeinsame Bürde, die von diesem Ort, von Eigerstal verkörpert wurde.*

»Wir waren den ganzen Tag auf den Beinen«, erklärte Elias. Seine Wangen waren gerötet, er hatte die Ärmel seines Wollpullovers zurückgekrempelt und kratzte sich den Bart. »Zwei Italiener aus Lugano betreiben einen kleinen Flugplatz mit 'ner Flugschule und so, die haben sich bereit erklärt, mit ihrem Heli das Gelände abzufliegen. Sie haben drüben aus der Luft was entdeckt, was sie zuerst für ein Stück Zeltplane oder so was gehalten haben – als sie weiter runtergegangen sind, stellte sich dieses Ding dann als verendete Kuh heraus.«

»Eine Kuh?« Chloe hob eine Augenbraue.

»Mit Bissspuren. Von einem großen Raubtier. Wolf oder Bär.«

»Sind denn Wölfe oder Bären in der Gegend gesichtet worden?« Valeria blickte von Elias zu Chloe. »Denken wir da mal ganz besonders an die Bissspuren, die wir bei dem verendeten Hirsch auf der Waldlichtung entdeckt haben, drüben im Süden.«

»Ich denke weniger an die Bissspuren, mehr an dieses widerliche Zeichen, das die dort hinterlassen haben.« Elias sah aus, als würde er jeden Moment erschaudern. »Und ihr? Was habt ihr herausgefunden?« Sie drei waren mittlerweile wie selbstverständlich zum Du übergegangen. Er musterte Chloe, und Valeria ahnte, was ihm in diesem Moment durch den Kopf ging: *falls ihr mir das überhaupt erzählen wollt.*

»Polizisten sind von Natur aus misstrauisch, das ist sozusagen eine Berufskrankheit.« Chloe ließ Elias nicht aus den Augen. »Für ehemalige Polizisten gilt das umso mehr. Das hat mein Vater jedenfalls immer gesagt, als er meiner Mutter auf die Nerven ging, nachdem er pensioniert wurde.«

»Und was den damaligen Fall angeht, bist du ja so etwas wie eine Ehemalige, nicht wahr?«, entgegnete Elias. »Das erklärt natürlich einiges.«

Valeria fasste knapp die nächtlichen Erlebnisse im Sägewerk zusammen, wie der Geländewagen verschwunden war und sie nach dem Fahrzeug fahndeten. Eine erneute Befragung von Urs Räthi durch Birkner hatte keine Neuigkeiten ergeben. Das Tor war ungesichert gewesen, sodass wer auch immer den Wagen beiseitegeschafft hatte einfach hindurchfahren konnte.

»Du hättest deinen Verfolger aufhalten sollen«, sagte Elias. »Das hätte es leichter gemacht.«

Valeria wandte sich ihm zu. »Wir müssen schneller sein. Schneller als diese Bestie, die sie gefangen hält. Und nein – ich hätte ihn nicht stoppen können. Ich weiß nicht, was mit mir los war, aber …« Sie schüttelte den Kopf, strich sich eine Strähne ihres schwarzen Haars energisch zurück hinters Ohr und drehte sich weg, um aus dem Fenster zu schauen. »Aber ich hätte es nicht tun können. Es war, als hätte mich etwas blockiert in diesem Moment.«

»Eine Erinnerung.« Das war eine Feststellung, keine Frage, doch sah Chloe mitfühlend aus, als sie es sagte. »Eine Erinnerung an damals. Wen, wenn nicht dir, könnte die in einem solchen Moment ereilen?«

»So ist es nicht«, erwiderte Valeria bestimmt. »Ich bin nicht in der Vergangenheit gefangen, sie lähmt mich auch nicht. Wenn es so wäre, dann würde ich als Erste beiseitetreten, weil ich diesen Job nicht vernünftig ausüben kann. Nein, es war etwas anderes. Als hätte irgendwas tief in meinem Unterbewusstsein in dem Moment, als ich ihm gegenüberstand, erkannt, wer er ist … und was wir übersehen haben.« Sie drehte sich zu Chloe und Elias um. »Aber jetzt kann ich nicht mehr sagen, was es war. Diese Ahnung war so flüchtig, und jetzt ist sie fort.«

»Denk beim nächsten Mal aber vielleicht lieber daran, ihn aufzuhalten«, sagte Elias. »Mit allen Mitteln.«

Chloe schüttelte den Kopf. »Auch wenn du dir berechtigterweise Sorgen um deine Nichte machst, so etwas will ich dennoch niemals hören. Wir sprechen noch immer von einem Menschen, dem …«

»Wir sprechen hier noch von einem Menschen?«, entgegnete Elias höhnisch. »Das ist ein Tier, und selbst das ist noch zu harmlos! Der hat alles abgelegt, was ihn noch zu einem Menschen machen könnte!«

Stille legte sich zwischen sie nach diesen Worten. Valeria spürte, dass Elias am Rande seiner Kräfte stand. Sie ging zu ihm. Gemeinsam blickten sie in die Dunkelheit hinaus, die Nacht, die sich wie ein dicht gewebtes Tuch herabsenkte.

»Ich habe heute mit Lara gesprochen«, sagte Chloe in die Stille hinein. »Noras beste Freundin. Noras Tagebuch deutet ganz klar darauf hin, dass sie sich am Abend ihres Verschwindens mit jemandem treffen wollte … Entweder ist dieser Mensch ihr Entführer oder jemand, der von dem geplanten Treffen erfahren hat und die Gelegenheit nutzte … Aber Lara erklärte mir, dass sie nichts davon weiß.«

»Und?« Valeria drehte sich zu Chloe um.

»Lara lügt. Da bin ich mir sicher. Aber vielleicht kriegen wir sie noch dazu, mit weiteren Informationen herauszurücken.«

»Wie finden wir sie?«

»Nun …«

Valeria hob die Hand, um Chloe zu unterbrechen.

»Was ist …«, begann Elias.

»Sch!«, machte Valeria und deutete auf die Tür, wo es leise, aber beharrlich klopfte. »Da kommt jemand.«

30

Es gibt keine Zufälle, hatte Konrad Tanner einmal zu Valeria gesagt, nur das Schicksal. An diese Worte musste sie nun denken, als Chloe die Tür des Hotelzimmers öffnete. Eine junge Frau in Noras Alter blickte ihnen entgegen, ihr hellblondes Haar hatte sie zu einem Pferdeschwanz zurückgebunden. Auf ihrer Jacke lagen Schneeflocken. Valeria sah ihr an, wie unwohl sie sich fühlte, hier zu sein, wie verlegen sie wirkte.

»Lara«, sagte Chloe verblüfft, »du bist hier?«

»Bitte … kann ich reinkommen?« Das Mädchen sah sich um, und als es Valeria und Elias erkannte, war Valeria überzeugt, dass es kurz davorstand, wieder kehrtzumachen. *Sie hat gehofft, Chloe allein anzutreffen.*

»Natürlich kannst du reinkommen«, sagte Chloe schnell.

Lara betrat das Hotelzimmer. Wasser tropfte von ihrer Jacke auf den Teppichboden, als der Schnee schmolz. Sie blickte von Chloe zu Valeria und schließlich zu Elias. »Was machst *du* hier?«

»Valeria und ich sind alte Freunde.«

»So alt sind wir nun auch wieder nicht«, sagte Valeria, während Lara sie eindringlich musterte.

»Ich habe von Ihnen gehört«, sagte das Mädchen. »Ich weiß, wer Sie sind. Die Leute erzählen sich Geschichten im Dorf.«

»Ach ja? Das sind dann wohl diejenigen, die es zulassen, sich zu erinnern.«

»Sie haben damals überlebt.« Lara wirkte beeindruckt, zugleich jedoch sah sie aus, als wagte sie es nicht, auch nur einen Schritt näher zu kommen. »Sagt mir bitte die Wahrheit: Ist es dieses Mal genauso? Bedeutet es, dass Nora vielleicht stirbt? Oder dass sie womöglich schon tot ist?«

»Das bedeutet es«, erwiderte Elias ernst.

»Aber wir haben noch Hoffnung und sind überzeugt, dass sie lebt. Doch wir müssen schnell sein«, sagte Valeria. »Wenn du also etwas weißt …«

Lara sah zu Chloe. Sie biss sich auf die Unterlippe. »Vielleicht kann ich das wirklich. Ich … ich sollte mich wohl entschuldigen. Ich war vorhin, als Sie bei mir waren … ach, ich bin eine Idiotin. Das ging mir den ganzen Tag im Kopf herum, und … na ja, ich weiß jetzt, dass ich es nicht einfach für mich behalten kann. Das geht nicht. Auch wenn das vielleicht bedeutet, dass ich …« Sie verstummte.

»Dass du was?«, fragte Valeria energisch.

»Dass ich vielleicht jemanden belaste.«

Valeria spürte, wie sich Chloe dicht neben ihr anspannte.

»Sag uns einfach, was du weißt. Ich bin dir auch nicht böse, weil du es mir nicht schon früher erzählt hast … das ist nicht wichtig. Wichtig ist, dass du jetzt ehrlich bist. Denk an Nora.« Chloe deutete auf einen der Sessel, die im Hotelzimmer standen. »Vielleicht magst du dich auch setzen.«

Lara nahm Platz, seufzte und holte tief Luft. »Es gibt da was. Eine Sache. Ich musste Nora versprechen, dass ich niemandem davon erzähle.«

»Ein Versprechen unter besten Freundinnen.« Valeria

nickte. »Ja. Steph, Sophie und ich haben uns die auch gegeben.« Sie dachte an das in den Holzbalken geritzte Herz, das sie in dem geheimen Unterschlupf im Wald entdeckt hatte. »N plus L«, sagte sie. »Hat es etwas damit zu tun? Nora plus … wer auch immer dieser gewisse L ist?«

Diese Erwähnung zeigte die gewünschte Wirkung. Lara schluckte heftig und sah zu Boden. »Sie haben es gesehen? Oh Mann. Na schön. Ich breche mein Versprechen und sage es euch. Ja, es gibt einen Jungen. Nora ist in ihn verliebt, und ich … ich denke, er auch in sie. Sie haben sich schon einige Male getroffen … und zwar immer heimlich.«

Valeria bemerkte, wie ein flüchtiges Lächeln über Chloes Lippen huschte. »Das ist es?«, fragte sie. »Das wolltest du mir nicht sagen?«

»Wir brauchen seinen Namen«, sagte Valeria. »Bitte.«

»Es ist Luca. Luca Henretti. Er ist in der Parallelklasse. Die beiden versuchen, das geheim zu halten, wegen …«, sie blickte zu Elias, »… wegen Noras Vater. Deinem Bruder Nino. Er würde das nicht wollen. Er sieht es doch ohnehin nicht gerne, wenn sie sich mit einem Jungen trifft, ganz egal mit wem. Aber … na ja, so ist es nun mal. Ich weiß nicht, ob sie sich auch an dem Abend mit Luca treffen wollte, als sie verschwunden ist. Sprecht mit ihm. Bitte. Ich hab es versucht, aber auf mich hört er ja doch nicht.«

»Also gut.« Valeria langte nach ihrem Mantel. »Luca Henretti. Wir sprechen mit ihm, und zwar noch heute Abend.«

»Was ist mit mir?« Lara klang fast entsetzt, aber zugleich auch erleichtert, dass sie diese Information endlich losgeworden war. »Braucht ihr mich noch?«

»Hast du denn alles erzählt?« Valeria warf ihr einen durchdringenden Blick zu. »Ich erwarte, dass du jetzt zu hundert

Prozent ehrlich zu uns bist. Keine Ausflüchte mehr. Wir haben Noras Tagebuch gefunden.«

»Ich weiß, dass sie eins führt. Was steht drin?«

»Das können wir dir nicht sagen.« Valeria schüttelte den Kopf. »Wie bist du hergekommen?«

»Zu Fuß. Ich wohn nicht besonders weit weg. Also … kann ich auch wieder zurücklaufen, denk ich mal.«

»Nein. Das lasse ich nicht zu. Nicht in diesen Tagen, wenn sich ein Verrückter in den Straßen herumtreibt. Wir fahren dich heim.«

Zwanzig Minuten später standen Valeria, Chloe und Elias vor dem Haus, das Luca Henretti zusammen mit seinen Eltern bewohnte, nachdem sie Lara heimgebracht hatten. Valeria klingelte. Aus den Fenstern fiel Licht nach draußen auf den kalten Grund, und als sie den Blick zum Himmel hob, schwebten kleine Schneeflocken herab, winzige Kristalle wie gefrorene Tränen des Himmels.

»Wir müssen mit Ihrem Sohn sprechen«, sagte sie zu dem Mann, der die Tür geöffnet hatte. Er war informiert, das erkannte sie augenblicklich. Sie bemerkte es an der Art, wie er sie drei musterte, wie er mit seinem Blick routiniert jeden von ihnen untersuchte. *Dein Gesicht prüft er am längsten.*

»Valeria Ravelli«, stellte sie sich vor.

»Und meinen Namen kennen Sie sicher schon«, erwiderte er. »Wenn Sie Ihre Hausaufgaben gemacht haben.«

»Woher sollte ich ihn kennen?«

Er ließ sich ein kühles schmales Lächeln entlocken. »Haben Sie denn nicht die mit dem Fall vertrauten Personen aus dem Dorf überprüft? Erik Henretti. Kommandant der Bergwacht.«

»Ach, Sie organisieren die Suche nach Nora Mattei, nicht wahr?«

Er nickte. Sein Händedruck war äußerst fest. »So ist es. Wir alle sind um ihr Wohlergehen besorgt«, erwiderte Henretti. »Ich würde nicht anders vorgehen, wenn mein eigener Sohn verschwunden wäre, das können Sie mir glauben.«

»Gut. Dann würden wir jetzt gerne mit ihm sprechen.«

»Und wieso? Er kennt Nora kaum. Sie gehen nicht in dieselbe Klasse.«

»Herr Henretti, Sie werden verstehen, dass ich nicht jeden der Schritte erklären muss und kann, die die Kriminalpolizei im Fall Mattei unternimmt ... vor allem, da wir unter solchem Zeitdruck stehen. Besonders dann, wenn ihr Leben am seidenen Faden hängt. Bitte. Es dauert nicht lange, da bin ich mir sicher.«

»Nein, da bin *ich* mir sicher.« Henretti behielt sie noch einige Momente länger in den Augen, lachte dann plötzlich laut auf und trat zur Seite. »Ich mache doch nur Spaß. Keine Angst. Kommen Sie schon. Sprechen Sie mit ihm. Luca ist oben in seinem Zimmer.«

Luca Henretti sah seinem Vater kaum ähnlich. Er hatte ein fein geschnittenes Gesicht und blonde Haare, die für einen Jungen in seinem Alter fast schon ein wenig zu lang und feminin wirkten – als er Valeria, Chloe und Elias zur Tür hereinkommen sah, schloss er das Programm auf dem PC, mit dem er gearbeitet hatte. Valeria konnte noch einen flüchtigen Blick auf ein Textdokument erhaschen.

»Luca, das hier ist Valeria Ravelli von Interpol, sie will dir ein paar Fragen stellen.«

Der Blick des Jungen wanderte abwägend über Valeria und ihre beiden Begleiter. »Ist gut«, erwiderte er.

Nachdem sein Vater gegangen war, ging Chloe zur Tür und öffnete sie einen Spalt. Als sie sah, dass der Flur leer war, nickte sie Valeria zu.

»Wir ermitteln in der Sache Nora Mattei«, begann Valeria vorsichtig. Sie versuchte, den Jungen zu lesen. Sein linkes Augenlid zuckte – war das ein Anzeichen dafür, dass er versuchte, etwas vor ihnen zu verbergen?

»Kanntest du Nora gut?«, wollte Chloe wissen. »Ich hörte, ihr seid in dieselbe Klasse gegangen.«

»Nicht in dieselbe. Ich bin in der Parallelklasse.« Er schüttelte den Kopf, wirkte jedoch nicht überrascht angesichts dieser vermeintlichen Unkenntnis. »Ich … na ja, ich kannte sie kaum. Wir haben uns hin und wieder mal auf dem Schulhof gesehen oder auf einer Party, zu der wir beide eingeladen waren … aber ich hab kaum mehr als ein paar Worte mit ihr gewechselt.«

Elias schnaubte, doch sagte er nichts weiter, als Valeria ihm einen warnenden Blick zuwarf.

»Luca«, sagte sie leise, »wir wissen bereits, dass das nicht stimmt.«

»Nicht stimmt?« Er lachte. »Was soll das heißen?«

»Wir haben Noras Tagebuch gefunden. Wir haben es gelesen, und zwar sehr gründlich. Wir wissen, dass ihr befreundet seid – Nora, Lara und du. Das mit Nora und dir war mehr als nur Freundschaft. Hat sie dir etwas erzählt, was uns weiterhelfen könnte?«

Luca schwieg weiter, doch sah Valeria ihm an, dass ihre Worte an seinem betont coolen Äußeren rüttelten.

»Wovor hast du Angst, Luca?«, fragte sie. »Ich weiß, du versuchst, sie gut zu verstecken, hinter dieser Maske der Abgeklärtheit und Unwissenheit, aber wir beide wissen es doch besser.«

»Ich weiß nicht, wovon ...«

»Junge!«, rief Elias. »Hier steht das Leben eines Menschen auf dem Spiel! Hör auf zu lügen!«

Luca blickte zu Boden, beschämt, vielleicht seine erste echte Gefühlsregung, seit sie mit ihm sprachen. »Es ... es ist nicht so einfach.«

»Das verstehe ich. Und dennoch musst du es uns sagen.«

»Es ist wahr. Wir ...«, Lucas Blick ging an Chloe vorbei zu dem dahinterliegenden Flur, »... wir waren zusammen. Wir *sind*. Es ... es sollte niemand wissen. Wegen Noras Vater. Er will nicht, dass sie in ihrem Alter schon einen Freund hat. Will, dass sie sich auf die Schule konzentriert, voll und ganz ...« Er schnaubte. »Als wäre es nicht möglich, beides zu schaffen. Wir sind keine Kinder mehr.«

»Also seid ihr miteinander gegangen?«, fragte Chloe.

»Wenn man das in Ihrer Welt noch so nennt – ja.«

»Und wieso dann das Getue gerade?« Elias schüttelte den Kopf. »Da draußen ist sie irgendwo, die Zeit läuft davon, und du versuchst ...«

»Elias. Langsam.« Valeria bedeutete ihm, sich etwas zurückzunehmen. »Wir sind froh, dass du uns die Wahrheit gesagt hast, Luca. Wie lange geht das zwischen euch schon?«

Der Junge überlegte. »Etwa ... sechs Monate.« Er lachte traurig. »Nora würde jetzt bestimmt mit den Augen rollen, weil ich einen Moment überlegen musste. *So was merkt man sich doch,* das würde sie bestimmt sagen.«

»Wer weiß davon? Ihr habt versucht, es vor allen zu verstecken, aber ist euch das auch gelungen?« Eine Beziehung zwischen zwei jungen Menschen geheim zu halten war in einem kleinen Ort wie diesem schwer, sehr schwer ... Sie konnten sich nirgendwo zusammen in der Öffentlichkeit sehen lassen … »Ich stelle mir das Ganze ziemlich kompliziert vor.«

»Ist es auch«, erwiderte Luca. »Es ist mehr als nur kompliziert. Wer davon weiß? Niemand.« Er schüttelte bestimmt den Kopf. »Wir haben wirklich darauf geachtet, dass Nora keinen Ärger kriegt. Sie ist so lieb, so ein toller Mensch, ich wollte … ich wollte nur, dass es ihr gut geht. Sie wirklich glücklich ist.«

»Aber du kannst dir nicht sicher sein, dass es nicht doch jemand mitbekommen hat. Was ist mit deinem Vater?« Chloe spähte den Flur hinunter, doch der war noch immer verlassen.

»Der weiß es auch nicht. Aber wenn er es wüsste, wär es ihm gleich, er ist da nicht so wie … wie Noras Vater. Er sieht das ganz cool.«

»Erzähl uns, was du weißt.«

Luca öffnete den Mund, schloss ihn jedoch gleich wieder. »Fuck«, sagte er dann. »Fuck. Ich wusste, dass es nichts bringen würde. Es zu verheimlichen, meine ich. Und … wir sind hier ja unter uns.«

»Nichts von dem, was du sagst, dringt nach draußen. Das kann ich dir zusichern«, sagte Valeria, obwohl sie wusste, dass sie dieses Versprechen nicht halten konnte. Birkner musste informiert werden. Doch Luca schienen ihre Worte zu beruhigen.

»Ich hab nichts mit ihrem Verschwinden zu tun, das müssen Sie mir glauben. Wir waren verabredet an dem Abend … und es geht mir seit Tagen im Kopf rum. Ich schlafe kaum noch, kann an nichts mehr denken … Was ist, wenn ich schuld bin? Was ist, wenn … wenn ich der Grund bin, weswegen sie verschwunden ist?«

»Wie meinst du das?« Elias sah aus, als wollte er Luca packen und schütteln, so lange, bis er ihm die Antwort preisgab.

»Es gibt einen Unterschlupf im Wald. Ein Ort, den nur die Jugendlichen kennen. Wir haben ihn gebaut, vor eineinhalb Jahren, mit ein paar alten Teilen vom Schrottplatz, die wir in den Wald auf diese Lichtung gebracht haben … Es ist eine Art kleine Hütte, in die man sich zurückziehen kann … und die Erwachsenen wissen davon nichts. Man muss ein ganzes Stück in den Wald reinlaufen, es gibt da einen Pfad … Dort wollten wir uns jedenfalls treffen.«

»Oh, ich habe den Unterschlupf gefunden«, sagte Valeria, was ihr einen überraschten Seitenblick von Elias einbrachte. »Es ist euch ganz gut gelungen.«

»Was hattet ihr da vor?«, fragte Elias, und Chloe stieß im gleichen Moment ein Lachen aus.

»Na, das ist doch wohl klar. Danach müssen wir den jungen Mann wohl nicht länger fragen.«

Luca schüttelte den Kopf. »Nein, so ist es nicht. Nora … sagte, sie wäre noch nicht so weit. Ich hab das akzeptiert. Wer weiß, vielleicht wäre es an dem Abend wirklich zu mehr gekommen, das kann ich nicht sagen. Sie ist nämlich nicht zur vereinbarten Zeit aufgetaucht. Ich hab gewartet, aber sie kam nicht.«

»Und wieso glaubst du dann, dass du schuld bist? Ihr wart verabredet, sie kam nicht … dafür kannst du doch nichts.« Elias zögerte. »Oh, warte. Du hast jemanden gesehen, nicht wahr?«

Luca blickte zum Fenster hinaus, als würden ihm die Silhouetten der Birken, die sich draußen in der Dunkelheit im Wind bogen, Antworten liefern. »Ich glaube jedenfalls, dass ich jemanden gesehen habe. Als Nora nicht aufgetaucht ist, hab ich die Flasche Wein geschnappt, die ich mitgebracht hatte, und hab mich wieder auf den Rückweg gemacht. Üblicher Pfad, mitten durch den Wald. Es war verflucht dunkel, Leermond …«

»Wissen wir«, sagte Chloe.

»… und ich konnte kaum meine Hand vor Augen sehen. Es war windig in der Nacht, und … die Bäume haben geknarzt und geächzt und was weiß ich noch alles … Es war, als wäre der ganze Wald rings um mich herum lebendig. Ich hatte eine richtige Gänsehaut, wegen der Geräusche und der Dunkelheit, aber auch, weil Nora nicht aufgetaucht ist … Das hat sie noch nie getan. Sich nicht gemeldet, mein' ich. Sie würde nie einfach wegbleiben, ohne mir Bescheid zu sagen. Schon als ich da durch den Wald zurückgelaufen bin, hab ich es gespürt. Vielleicht so eine Ahnung, dass ihr was zugestoßen sein könnte. Und … und dann hab ich ihn gesehen.«

»Ihn? Wen hast du gesehen?«, fragte Valeria. »Wo genau im Wald war das?«

»In der Nähe dieser Senke, wo … wo diese alte Hütte mal stand. Jetzt liegen dort nur noch ein paar Holzbalken, die verrotten … Der Pfad zurück aus dem Wald führt nah dort vorbei, und ich … ich bin mir sicher, dass jemand mit mir im Wald war. Jemand, der nicht gesehen werden wollte. Jemand, der ganz sicher nichts Gutes im Sinn hatte.« Luca rieb sich die Schläfe. »Er ist da durch das Unterholz geschlichen … kann sein, dass er etwas getragen hat, das konnte ich in der Dunkelheit nicht genau erkennen. Vielleicht etwas Schweres. Es hat dann auch angefangen zu regnen, und ich hab mich beeilt, wieder nach Hause zu kommen.« Er seufzte und sah zu Valeria. »Wissen Sie, wie es sich anfühlt, zu begreifen, dass dieser Fremde da womöglich Nora verschleppt hat, und ich nur ein paar Hundert Meter entfernt war? Dass ich sofort jemanden hätte informieren können, es aber nicht getan habe?

Das fühlt sich an, als würde man mir ein Messer ins Herz stechen!«

Valeria legte Luca die Hand auf die Schulter. »Du solltest dir nicht die Schuld geben. Wenn es so ist, wie du erzählst, dann hättest du gar nichts unternehmen können. Vor allem wäre es nicht ratsam gewesen, sich einem Fremden in der Dunkelheit zu stellen. Sag uns – was ist danach geschehen?«

»Ich hab diese Gestalt nur kurz beobachten können. Er hat sich in nördlicher Richtung entfernt, während ich in die entgegengesetzte gegangen bin. Dann hab ich ihn aus den Augen verloren. Das war auch schon alles. Ich hab ihn nicht damit in Verbindung gebracht, dass Nora nicht aufgetaucht ist ... also bin ich schlafen gegangen. Hab richtig schlecht geschlafen, das muss ich zugeben. Am nächsten Morgen war sie dann nicht in der Schule ... dann hab ich es auch schon bald erfahren. Dass man nach ihr sucht, dass ihr Vater sie sucht, man sie für vermisst erklären will.«

»Dieser Fremde ... war es ein Mann?«, fragte Chloe.

Luca überlegte eine Weile. »Ich denke schon. Wahrscheinlich. Ich konnte ihn nicht gut sehen.«

»Was hast du denn gesehen? Was hatte er an?«

»Eine Art langen Mantel. Vielleicht so eine Regenjacke, die ihm bis über die Knie reicht. Wie gesagt, es war verflucht dunkel.«

»Und dennoch konntest du sehen, dass er etwas getragen hat?«

Luca nickte. »Ja. Da bin ich mir sicher. Da war etwas.«

»Bist du wirklich ganz sicher, dass es ein Mensch und kein Tier war? Könnte er Nora aus dem Wald geschleppt haben?«

»Ganz ehrlich? Keine Ahnung. Ich krieg eine richtige Gänsehaut, wenn ich daran denke.«

»Und du hast bisher mit niemandem darüber gesprochen?«, fragte Valeria und beobachtete Luca genau. Es gab keine Anzeichen dafür, dass er log, er schien ehrlich froh darüber, dieses Wissen endlich mit jemandem teilen zu können. Es war, als würde eine schwere Last von seinen Schultern fallen.

»Mit niemandem bis jetzt«, erwiderte er. »Und es hat mich aufgefressen.«

31

»Er lügt, oder?«, sagte Elias und durchbrach das Schweigen, in das sie alle auf dem Weg zurück zum Hotel versunken waren. »Es ist eine nette Geschichte, ja, aber das kann doch nicht die Wahrheit sein.«

»Ich denke nicht, dass er lügt.« Schneeflocken fielen lautlos im Scheinwerferlicht. »Luca ist sicher clever, aber ich denke, wir hätten es bemerkt, wenn er versucht hätte, uns ein Märchen aufzutischen.«

»Wenn er jemanden im Wald gesehen hat«, warf Chloe ein, »dann sollten wir uns doch fragen: Woher wusste er, dass die beiden sich dort um diese Uhrzeit treffen wollen? Eine heimliche Verabredung eines verliebten Paares …«

»Wie romantisch«, sagte Elias sarkastisch.

»Und wie überaus gefährlich. Denn wer etwas geheim hält, der macht sich zugleich äußerst angreifbar. Wenn jemand das Geheimnis in Erfahrung gebracht hatte, wäre es leicht, die beiden damit in Bedrängnis zu bringen …«

»Was ist, wenn der Junge unter Druck gesetzt wird? Weil Luca etwas gesehen hat, was er nicht sehen sollte«, gab Elias zu bedenken. »Vielleicht wird er erpresst, dann lügt er doch. Dann versucht er vielleicht, nicht mal Nora zu retten, wohl aber seine eigene Haut. Halt deinen Mund, Junge, oder du bist selbst als Nächstes dran – so was Ähnliches hätte der Entführer zu ihm sagen können. Das können wir doch nicht ausschließen, Val, nicht wahr?«

Valeria schwieg. Die Nebelfetzen im Licht der Fahrzeugscheinwerfer waren dicht und undurchschaubar, sodass sie kaum schneller als fünfzig fahren konnte. »Du hast recht«, erwiderte sie dann. »Wir können uns nicht sicher sein, ob man ihn nicht doch erpresst und ob er nicht gerade ein solch gutes Schauspiel abgeliefert hat, um uns alle zu täuschen. Mein Instinkt sagt mir aber etwas anderes.«

»Dein Instinkt«, wiederholte Elias und konnte den Zynismus, der in seiner Stimme mitschwang, kaum verbergen. »Der ist natürlich vollkommen unfehlbar.«

»Das hab ich nicht behauptet.«

»Jemand muss von ihrem geplanten Treffen erfahren haben. Es kann nicht anders sein, ganz gleich, ob er danach auch Luca bedroht hat oder nicht. Jemand, der Nora schon vorher verfolgt hat. Das wissen wir schließlich aus ihrem Tagebuch. Dort müssen wir ansetzen.« Chloe deutete aus dem Wagenfenster auf die Lichtkleckse des nächtlichen Ortes. »Jemand hier wusste davon.« Sie zögerte und warf Elias einen Blick zu. »Noras Vater könnte herausbekommen haben, dass sie sich verabredet hat, und ihr gefolgt sein. Das wäre naheliegend.«

»Mein Bruder … mein Bruder ist sicher vieles, aber kein Lügner. Wenn er von ihrer Verabredung gewusst hätte, dann hätte er mir … er hätte *uns* das gesagt.«

»Sowohl Lara als auch Luca klangen sehr überzeugt davon, dass Nino jede Menge gegen Noras Freund einzuwenden hätte«, sagte Valeria. »Er hätte keine Beziehung zugelassen.«

»Was mein Bruder getan hätte, wenn er von Nora und Luca erfahren hätte, weiß ich … Er hätte Nora eine deutliche Ansage gegeben: Sorg dafür, dass die Schule nicht darunter leidet. Und dann hätte er die beiden machen lassen. Das hätte er getan und nicht irgendeinen Blödsinn, den ihr ihm hier unterschwellig unterstellt.«

»Wir unterstellen ihm doch gar nichts«, sagte Chloe. »Das war nur eine Überlegung. Aber soweit ich weiß, hast du Nino Mattei ein falsches Alibi verschafft – am Abend des Verschwindens.«

Elias starrte sie an. »Und? Das haben wir doch längst geklärt.«

»Nichts weiter.« Chloe ließ ein schmales süffisantes Lächeln sehen, das undurchschaubar wirkte.

»Denkt lieber mal darüber nach, wer noch von dem Treffen hätte wissen können.« Elias folgte Valeria, nachdem sie den Wagen vor dem Hotel geparkt hatte, durch die Flure zum Fahrstuhl.

Das Hokkaido war still zu dieser Zeit, wie ein präzises Uhrwerk aus Stahl und Glas. Sie nahmen den Lift nach oben und traten auf Chloes Suite zu. Die schwere Tür aus asiatischem Holz fuhr geräuschlos beiseite, als Chloe ihre Zugangskarte an das Lesegerät daneben hielt. Dann durchschritt sie das Wohnzimmer und öffnete eine weitere Tür zu einem Raum, den Valeria und Elias bislang noch nicht betreten hatten. Die ganze Wandseite des Zimmers war von einem großen Whiteboard beherrscht, auf dem Chloe die verschiedenen Verknüpfungen der Bewohner von Eigerstal verzeichnet hatte.

»Ich habe dem Room Service gesagt, dass sie ja die Finger davon lassen sollen«, erklärte Chloe. »Und ich habe die Suite schon für die komplette nächste Woche gebucht. Je nachdem, wie lange wir brauchen werden.«

Elias hob eine Augenbraue. Valeria entging nicht, wie sein

Blick über die Designelemente aus Glas, Edelstahl und dunklen edlen Hölzern wanderte. »Anscheinend hat hier jemand eine Menge Geld.«

»Mein verstorbener Mann … Er liebte seine Aktien und hatte wirklich ein Händchen für Kursschwankungen und Investments. Es ist ein recht erkleckliches Sümmchen übrig geblieben.«

»Wer hat, der hat«, sagte Elias. »Gut, also ist das hier unsere kleine Einsatzzentrale?«

»Die Einsatzzentrale ist draußen an einem anderen Ort, das weißt du genau. Birkner hat sie einrichten lassen. Das hier ist nur ein Ort, an dem ich meine Gedanken sammeln möchte.« Chloe ließ sich in einen der Sessel sinken. Valeria bemerkte, wie sie eine Hand auf ihren Bauch legte und für den Bruchteil einer Sekunde das Gesicht verzerrte, als hätte sie Schmerzen. Dann verschwand der Ausdruck wieder. Chloe blickte Valeria herausfordernd an, als wollte sie sagen: Na los, du hast es doch bemerkt, frag schon.

Valeria schwieg jedoch.

»Ich verstehe schon. Das soll also heißen, dass ich hier nichts verloren habe.« Elias schüttelte den Kopf. »Ich will euch einfach nur helfen. Valeria, du solltest das verstehen.«

»Das tue ich. Aber dennoch: Wir dürfen dich nicht in sämtliche Interna einweihen.«

»Du weißt, wer dich hierhergeholt hat, Val. Ich hätte das nicht getan, könntest du mir nicht vollkommen vertrauen.«

»Kann ich das?« Valeria sah zuerst zu Elias und dann zu Chloe, die ihr Gespräch höchst interessiert verfolgte.

»Ja. Wenn du meinen Worten nicht glauben willst, vielleicht sollte ich Taten folgen lassen, um dich zu überzeugen.« Er wandte sich zur Tür.

»Elias, erzähl keinen Blödsinn. Wir ziehen am selben Strang, ja? Vergiss, was ich gesagt habe.« Valeria warf einen Blick auf das Whiteboard. »Wahrscheinlich bist du von allen Menschen aus Eigerstal wohl wirklich der Einzige, dem ich vertrauen kann.«

»Schön, Val. Schön, dass du es auch begriffen hast.« Er öffnete den Mund, wollte noch etwas sagen und hielt es dann doch zurück. »Ich werde mich jetzt auf den Weg nach Hause machen. Ist spät. Also … Nacht.« Er nickte ihnen zu, trat hinaus. Die Tür fiel hinter ihm ins Schloss.

»Vertraust du ihm wirklich?«, fragte Chloe in die Stille hinein.

Valeria schüttelte den Kopf. »Mehr als den anderen. Aber nicht genug.«

32

»Theoretisch hätte der Entführer Nora auch nur zufällig bemerken können … Er hätte sehen können, wie sie sich auf den Weg zu Luca macht, und dann hätte er, vielleicht weil er den Plan schon seit einiger Zeit gefasst hatte, spontan zuschlagen können.«

Valeria nickte. Sie starrte auf das Whiteboard, auf die unzähligen Kreuzverweise und spürte, wie die Kopfschmerzen, die sich von der Stelle zwischen Nacken und Hinterkopf her ausbreiteten, sie allmählich in ihren Griff nahmen und lähmten. »Es ist spät«, sagte sie. »Halb eins. Wir sollten jetzt aufhören. Wir brauchen beide etwas Schlaf.«

Chloe schüttelte den Kopf. »Schlaf? Ich bin nicht hierhergekommen, um zu schlafen.«

»Wenn du übermüdet bist und Fehler machst …«

»Wie oft hast du geschlafen, als du mit deinem Team bei Interpol dem organisierten Verbrechen auf der Spur warst? Irgendwelchen Menschenhändlern?«

»Stundenweise. Das Adrenalin hält einen wach. Hier sollte es eigentlich auch so sein, aber …« Valeria seufzte. »Es ist dieser Ort, es sind diese Erinnerungen. Sie machen mich fertig. Mir setzt es mehr zu, als ich mir eingestehen wollte.«

»Elias gegenüber, da sagtest du … ich *verstehe*. Da wolltest du keine Schwäche zeigen.«

»Nora ist schon mehrere Tage fort«, sagte Valeria leise. Ihr war es, als drängten sich die Nebelschwaden an die Fenster des Hotelzimmers, als lauerten dahinter Wesen, die sie belauschen wollten, ja die auf sie warteten, sobald sie hinaustrat. »Und die Hoffnung, sie noch lebend zu finden, die schwindet mit jeder Sekunde.«

»Aber Hoffnung gibt es immer, Ravelli. Ich zum Beispiel bin zuversichtlich, dass ich abschließen kann, was ich damals nicht konnte ... dass ich es beenden kann, ein für alle Mal, bevor ... nun, bevor ich wieder abreise. Dieses Mal hat der Täter einen Fehler gemacht, er hat sich zu weit vorausgewagt, auch die Aktion mit dem Geländewagen im Sägewerk beweist es, er wird unvorsichtig, er riskiert zu viel, und das wird nicht lange gut gehen. Sobald ihm ein weiterer Fehler unterläuft, haben wir ihn.«

»Ich muss immer wieder daran denken«, sagte Valeria. »Wie dieser Typ da stand ... wie er es gewagt hat, mir gegenüberzutreten, wie er den Mut aufbrachte, den Wagen verschwinden zu lassen ... als würde er mich kennen. Als hätte er gewusst, dass mich in diesem Moment ...«, sie schluckte, um das raue Gefühl in ihrer Kehle zu vertreiben, »... diese alten Erinnerungen packen werden, dass sie mich lähmen.«

»Es darf auf keinen Fall noch mal passieren.«

»Das wird es nicht.« Valeria warf einen Blick auf ihr Smartphone. »Birkner wollte sich melden, sobald die Fahndung nach dem Wagen etwas erbracht hat.«

»Und?«

»Nichts. Sie haben ihn bis jetzt noch nicht aufspüren können.«

»Weil wir es hier mit jemandem zu tun haben, der sich sehr gut auskennt. Jemand, der schon sein ganzes Leben hier verbringt, die Schleich- und Schlupfwege kennt … Er könnte das Auto schon längst aus Eigerstal rausgeschaffen haben.« Chloe warf ihr einen Blick zu, und Valeria fühlte sich, als würden die blauen Augen der Frau sie bis in ihr Innerstes durchleuchten. »Vielleicht sollten wir die Sache von einer anderen Seite her angehen«, sagte sie. Ein schmales Lächeln huschte über Chloes Lippen. »Aus der Vergangenheit.«

»Wir beide sind Teil dieser Vergangenheit. Ich als Opfer … du als Ermittlerin.« Valeria nickte. »Aber das geht nicht. Ich kann mich nicht erinnern. Sosehr ich es auch versuche, ich kann mich nicht zwingen, die Lücken auszufüllen. Sie bleiben einfach voller Nebel. Ich laufe durch einen Wald, das weiß ich, ich fliehe vor dem Mann, der uns verfolgt, der Steph und Sophie getötet hat … und ich weiß, dass ich es viele Stunden später zurück ins Dorf schaffe. Aber was davor geschehen ist … Ich weiß, dass es wichtig ist, dass ich mich erinnern muss, aber … es gelingt mir einfach nicht.«

»Hast du versucht, die Orte aufzusuchen, an die du dich noch erinnerst? Vielleicht löst es eine Art, ich weiß nicht recht, Flashback aus, und plötzlich kommen sie alle wieder zurück, die Erinnerungen?«

Valeria spürte, wie ihr übel wurde, schon allein beim Gedanken daran, jenen Pfad aufzusuchen, über den sie sich damals als Mädchen geschleppt hatte – frierend, verängstigt, allein und mit der Gewissheit, dass sie nie mehr die rettenden hellen Lichter des Dorfs erreichen würde, dass ihr Verfolger sie rechtzeitig einholen konnte … »Das hab ich nicht«, antwortete sie leise. »Das … daran habe ich nicht gedacht.«

»Dann sollten wir es vielleicht versuchen. Nur wir beide. Vertrau mir. Solange ich in deiner Nähe bin, kann dir nichts zustoßen.«

»Ich weiß nicht, ob ich das will«, sagte Valeria mit rauer Stimme. »Aber ich weiß ebenso, dass ich es muss. Also gut.«

»Also gut?«

»Am besten machen wir es jetzt gleich. Es war damals mitten in der Nacht. Die richtige Uhrzeit ist wichtig, um es nachzu…« Ihr Handy vibrierte. Valeria unterbrach sich, las die Nachricht. Sie war von Birkner. *Wagen gefunden. Ausgebrannt im Wald.* Darunter war eine GPS-Position angegeben. Valeria schluckte, um den eisigen Kloß in ihrer Kehle zu vertreiben, als sie den Ort auf Google Maps aufrief. Es gibt keine Zufälle, hörte sie abermals Tanners raue Stimme in ihren Gedanken.

»Und?«, fragte Chloe.

»Sie haben ihn. Wir müssen los.«

»Ihn? Den Täter?«

»Den Wagen. Er ist ausgebrannt. Und sie haben ihn nicht weit von jenem Ort entfernt aufgefunden, an dem auch ich durch die Wälder geirrt bin … damals vor einundzwanzig Jahren.«

33

Der Brand war schon von Weitem zu sehen, wie ein großes gelbes Auge, das sich in der Dunkelheit geöffnet hatte. Blaulicht blitzte, die Feuerwehr, die schon vor Ort war und löschte, hatte eilig einige Flutlichtscheinwerfer aufgestellt, die, von einem brummenden Generator betrieben, das Waldstück in kaltes, taghelles Licht tauchten.

Birkner war vor Ort. Er trug eine dicke Daunenjacke, die ihn wie gepolstert aussehen ließ. Als er Valeria und Chloe erblickte, kam er ihnen entgegen. Das Lodern der Flammen, das Knistern und Knacken wurde lauter. Die Feuerwehrmänner riefen sich Anweisungen zu, weitere Schläuche wurden entrollt.

»Ravelli«, sagte Birkner, »das ging schnell.«

Valeria spähte zu dem Brandherd hinüber. Inmitten der tänzelnden, züngelnden Flammen war ein großer Geländewagen auszumachen, der bis auf das stählerne Gerippe abgebrannt war. »Ich denke, das ist er. Unser vermisstes Fahrzeug.«

»Spuren werden Sie da keine mehr finden«, sagte Chloe mit einem kühlen Lächeln. »Aber es gibt schon einen Grund, warum jemand das Risiko eingeht und ein Fahrzeug wie dieses ansteckt. Wir kennen diesen Grund.«

»Was Sie nicht sagen«, brummte Birkner. »Erleuchten Sie uns.«

»Wir kommen ihm näher. Er muss Spuren beseitigen. Schnell und effizient.«

»Dann wird er Nora töten, wenn er merkt, dass wir ihn einkreisen«, sagte Birkner düster. »Wenn er es nicht schon getan hat.«

Chloe deutete auf das lodernde Feuer. »Was wissen wir hierüber?«

Valeria sah im Licht der aufgestellten Flutlichtscheinwerfer, wie eine Kette von Polizisten den Waldboden absuchte. Weiter hinten ging ein Hundeführer mit seinem Hund zielstrebig tiefer in den Wald hinein, und schon bald hatte er den ausgeleuchteten Lichtkegel verlassen und die Dunkelheit ihn verschluckt.

»Wir wissen nicht viel. Ein Spaziergänger, der mit seinem Schäferhund hier langgekommen ist, hat uns informiert. Da war das Feuer schon sehr weit fortgeschritten und der Wagen nahezu ausgebrannt. Der Zeuge gibt an, einen Mann gesehen zu haben, der sich schnell vom Brandherd entfernt hat – ob derjenige etwas damit zu tun hat oder nur nicht in der Nähe gesehen werden wollte, wissen wir nicht.«

»Irgendwelche Spuren, die mit denen in der Nähe von Noras Entführungsort übereinstimmen?«

»Ravelli, das lässt sich jetzt noch nicht sagen. Wir brauchen mehr Zeit.«

»Nora hat vielleicht bald keine Zeit mehr«, erwiderte Valeria. »Aber wenn ich mir den bisherigen Verlauf der Entführung ansehe und jetzt diesen Brand …« Sie blickte zu dem lodernden Brandherd hinüber, der selbst aus zwanzig Metern Entfernung noch immer große Hitze abstrahlte. »… unser Gegner weiß ganz genau, was er tut. Er weiß, wie er seine Spuren verwischt, und er weiß, wie er uns immer einen Schritt vorausbleibt. Wie hat er den Brand gelegt?«

»Die Feuerwehr hat einen verkohlten Schlauch gefunden, mit dem Benzin aus dem Tank entnommen wurde, dazu ein verschmorter Plastikkanister.«

Valeria blickte zur Straße zurück. »Die nächste Tankstelle …«

»… liegt zweieinhalb Kilometer entfernt in südwestlicher Richtung«, sagte Chloe. »Ja, ich habe meine Hausaufgaben gemacht.«

Birkner seufzte. »Ich hatte bislang noch keine Zeit, um das zu überprüfen.«

»Dann übernehmen wir das«, sagte Valeria sofort. »Halten Sie uns auf dem Laufenden.«

Die Tankstelle lag an der schmalen Landstraße, die mitten durch die Wälder schnitt, ein kleiner erleuchteter Fleck, der sich gegen die Dunkelheit stemmte. Valeria tankte ihren Wagen, dann ging sie hinein. Ein älterer Mann mit grauem Bart und einer Baseballkappe saß hinter dem Verkaufstresen und las in einer Zeitschrift. Er blickte auf und schob sich einen Kaugummi in den Mund, als Valeria näher kam.

»Jede Menge los heute Abend«, sagte er.

»Was meinen Sie?« Valeria zahlte.

»Es sind mehr auf der Straße unterwegs als in den Tagen zuvor. Vorhin, als ich draußen war und eine geraucht habe, da konnte ich so ein rotes Glühen im Wald sehen, irgendwo weit hinten zwischen den Bäumen.«

»Besitzen Sie eine Anlage zur Videoüberwachung der Zapfsäulen?«

»Kameras? Zwei. Eine hier, die andere da drüben.« Er deutete mit dem Finger nach draußen.

Valeria zeigte ihm ihren Ausweis. »Ich muss die Aufzeichnungen sehen.«

Der Mann starrte sie zuerst irritiert, dann belustigt an. »Dachte mir schon, dass jetzt so was kommt. Nach allem, was man so von dem verschwundenen Mädchen gehört hat …«

Er führte sie nach hinten, wo ein geradezu antik wirkender Röhrenfernseher an eine einfache Videoüberwachungsanlage angeschlossen war.

»Können wir mal die letzten Stunden durchgehen? Erinnern Sie sich daran, dass jemand einen Kanister Benzin abgefüllt hat?«

Der Mann nickte. »Klar. Das war vor etwa zwei, drei Stunden. Der Typ hat bar bezahlt, falls Sie das wissen wollen – was anderes geht hier auch gar nicht. War ziemlich nervös, wenn Sie mich fragen.« Er lachte. »Spulen Sie ruhig mal zurück, dann werden Sie ihn schon sehen.«

Und so war es auch. Als Valeria zurückspulte, das Bild über den Bildschirm ruckelte und der Rekorder hustende Geräusche von sich gab, kam ein Geländewagen in Sicht.

Es war kein anderer als der Mercedes aus dem Sägewerk. Das Nummernschild fehlte nach wie vor. Der Mann, der ausstieg, trug einen langen Regenmantel und dazu Gummistiefel und eine Baseballkappe.

»Komm schon, dreh dich um«, fuhr Valeria den Bildschirm an.

Doch natürlich tat er das nicht. Auf der Aufzeichnung war nur zu sehen, wie er sich Richtung Kasse entfernte. Nach einer Weile tauchte er wieder auf, das Gesicht zu Boden gerichtet und unter der Baseballkappe verborgen, lud den Kanister in den Wagen und fuhr davon.

»Können Sie ihn beschreiben?«, fragte Valeria den Tankwart.

Der alte Mann lachte erneut. »Tja, das ist der lustige Teil an der ganzen Sache. Er hatte einen Verband im Gesicht, der sein halbes Gesicht versteckt hat – 'ne Brandwunde, hat er zu mir gesagt, üble Geschichte.«

»Er hat gelogen.«

»Ja, wissen Sie, irgendwas kam mir an ihm wirklich ein bisschen seltsam vor. Aber was geht mich das schon an? Ich misch mich da nicht ein, will nicht riskieren, überfallen zu werden.«

»Nein, natürlich nicht.« Sie blickte noch einmal auf das Bild, das durch Unschärfe und Verwacklungen kaum zu gebrauchen war. »Er wirkt dick auf dieser Aufnahme.«

»Ja, war er wirklich. Hatte mit Sicherheit einige Kilo zu viel auf den Rippen, wie er da vor mir stand.«

»Ich brauche das Band.« Valeria streckte die Hand aus.

»Nur zu, nehmen Sie es.«

»Danke.«

Als Valeria wieder im Wagen saß, sagte sie zu Chloe, die dort gewartet hatte: »Wir haben ihn erstmals auf Video. Gib Birkner Bescheid. Er muss uns in der Einsatzzentrale treffen. Sofort.«

Birkner kam fünfzehn Minuten später zur improvisierten Einsatzzentrale. Er schüttelte seinen Mantel an der Tür aus und strich sich die schweißnassen Haare aus der Stirn. »Man sollte nicht meinen, dass man so schwitzen könnte bei einer Kälte wie dieser. Aber, verflucht, war dieses Feuer heiß.«

»Geben Sie das Video den Kollegen zur Auswertung. Die Technik sollte es digital aufbereiten, sodass wir mehr erkennen können. Der Täter hat zwar das Nummernschild entfernt, aber er selbst … nun, vielleicht können wir mit ihm etwas anfangen.« Valeria sah energisch von Chloe zu Birkner. »Wisst ihr, was das bedeutet? Er war nicht weit entfernt. Und ihm muss klar sein, dass wir ihm näher kommen. Er wird unruhig. Es werden ihm Fehler unterlaufen.«

»Ein dicker Mann, hat der Tankwart gesagt?«

»Ja. Mit einem Verband im Gesicht, den er angeblich wegen einer Brandwunde trägt.«

Birkner notierte diese Informationen. »Dann werden wir gleich morgen früh die umliegenden Krankenhäuser und Ärzte abklappern. Brandverletzungen und so weiter.«

»Das erledige ich, wenn es recht ist«, sagte Chloe.

»Einverstanden.« Birkner nickte.

»Wem gehört eigentlich das ganze Land hier draußen?«

»Oh, das kann ich Ihnen sagen«, antwortete Birkner. »Knut Berglund. Ehemaliger Bürgermeister von Eigerstal und schwedischer Einwanderer, der seit gut dreißig Jahren in der Schweiz lebt. Ebenfalls Eigentümer der großen Wälder drüben am Nordhang.« Birkner drehte die Videokassette in seinen Händen hin und her. »Vielleicht sollten wir auch mal mit ihm sprechen – darüber, was so alles auf seinen Ländereien vor sich geht.«

»Das könnte ich erledigen«, sagte Valeria. »Berglund lebt in einem Haus im Süden, nah am Wald. Und dann will ich Nino Matteis Alibi abklären – ihr wisst schon, die Sache mit der Angestellten des Housekeepings im Hokkaido Hotel, mit der er etwas haben soll.«

»Fein«, erwiderte Birkner. »Machen Sie das. Aber, Ravelli, jetzt fahren Sie heim. Um ehrlich zu sein: Sie sehen erschöpft aus. Gönnen Sie sich ein paar Stunden Schlaf.«

Valeria nickte. Auch wenn sie zunächst hatte erwidern wollen, dass der Entführer sich wohl auch keinen Schlaf genehmigte – oder Nora Schlaf zugestand –, spürte sie, wie die langen Stunden der vergangenen Tage an ihrem Körper zerrten, wie sie ihren Verstand umnebelten und sie unaufmerksam werden ließen.

Du kannst dir keine Unachtsamkeit erlauben.

Als sie zwanzig Minuten später unter der Dusche stand, den warmen Wasserstrahl auf ihre Schultern prasseln ließ und ihre verspannten Nackenmuskeln lockerte, dachte sie an Nora.

Sie war allein.

Allein und verängstigt, wie du damals.

Chloe hat recht. Du musst dich erinnern. Du solltest morgen noch einmal an jene Stelle zurückkehren, wo man dich freigelassen hat … oder du dich befreien konntest, das weißt du nicht mehr.

Valeria ließ sich aufs Bett sinken und schaltete das Licht aus. In der Dunkelheit tanzten die Schatten all der Täter und Opfer aus ihrer Vergangenheit, in der Dunkelheit war es nie still.

Sie drehte sich lange hin und her, bis sie endlich in einen kurzen Schlaf fiel.

34

Valeria spürte die Kälte, die am nächsten Morgen durch die Fensterscheibe in das Pensionszimmer drang. Als sie den Kopf aus dem Fenster steckte, war die Welt in hell glitzerndes Weiß getaucht. Es hatte über Nacht geschneit, der Himmel war verhangen in einem Dunkelgrau, das zerfaserte und sich mit den blauschwarzen und weißen Wolken vermischte.

Der Wind stemmte sich ihr entgegen, als sie das Haus verließ, und wehte ihr den feinen Pulverschnee ins Gesicht. Valeria stellte den Kragen ihrer Winterjacke auf. Im angrenzenden Gebäude, wo Haldirsen lebte, war Licht hinter den Fenstern zu sehen. Ein Wagen stand davor, die Aufschrift wies auf einen örtlichen Elektrikbetrieb hin.

»Frau Ravelli!« Margaret Haldirsen kam aus der Tür und winkte ihr zu. »Heute Nacht hatten wir einen kurzen Stromausfall, es gab einen Schaden im Anschlusskasten. Der Monteur meinte, dass er auch mal kurz in die Ferienwohnung schauen muss, da sich dort ein zweiter Sicherungskasten befindet … Ich wollte Ihnen nur Bescheid geben.«

»Danke. Alles klar.« Valeria sah zu, wie der Elektriker, ein kleiner grauhaariger Mann in einer dicken Fleeceweste, mit seinem Werkzeugkoffer hinüber zum Ferienhaus ging. Er hinterließ Spuren im Schnee. Unwillkürlich musste sie daran denken, dass jemand ihr Zimmer durchsucht hatte, und war dann erleichtert, dass sie dieses Mal alles Beweismaterial und ihre Notizen sicher weggeschlossen hatte. Ihre Waffe trug sie bei sich. »Bleibt das Wetter nun so, oder wird es wieder tauen?«, fragte sie Haldirsen und hoffte, dass ihr kurzes Zögern nicht aufgefallen war.

»Es wird noch kälter. Ich kann das spüren. Es wird mehr Schnee fallen und tauen … na, tauen wird es vor nächstem Jahr sicher nicht mehr. Jetzt ist der Winter da, und der lässt Eigerstal so schnell nicht mehr los. Der Winter, Frau Ravelli, ist es, was die Leute hier oben prägt. Er schleift sie, und wer ihm nicht widerstehen kann, der zerbricht.«

Das Hokkaido ragte vor Valeria in den kalten grauen Himmel. *Früher waren die Straßen voll von Kindern und Jugendlichen, die es nach dem ersten Schneefall im Herbst gar nicht erwarten konnten, endlich hinauszustürmen, den Schlitten hinter sich herziehend oder die Ski geschultert.*

Aber heute war es anders, und es war auch ganz klar, warum: Jemand aus ihrer Mitte war verschwunden. Valeria war es, als könnte sie eine besorgte Stimme in ihrem Kopf vernehmen, eine Stimme, die ein wenig wie die ihrer Mutter klang: *Schickt die Kinder nicht mehr allein auf die Straßen, ehe diese Bestie nicht gefasst ist.*

Sie fröstelte. Das Gefühl wich auch nicht von ihr, als sie in den luxuriösen Eingangsbereich des Hotels trat. Jetzt, am helllichten Tag, fielen ihr die in höchster Perfektion und Vollkommenheit gearbeiteten Designelemente auf – wie in einem kühlen und doch edlen asiatisch anmutenden Stil aus feinsten Hölzern, Glasflächen, Sichtbeton und onyxgrauem Stahl Linien, Fluchten und Korridore geschaffen wurden, Hallen und helle Räume, die vom Licht, das vom Schnee draußen reflektierte, durchflutet wurden. An der Rezeption blickte ihr der Concierge entgegen. Er trug einen fliederfarbenen Anzug und roch nach Parfum, sein Haar war gescheitelt.

»Valeria Ravelli«, sagte sie und legte ihren Ausweis auf den Tresen der Rezeption, der aus einem einzigen meterlangen Stück Teakholz geschnitten war.

»Ermitteln Sie in der Sache Nora Mattei?« Der Mann musterte sie aufmerksam. »Die Eigentümer sind besorgt. Es ist nichts, mit dem das Haus in Verbindung gebracht werden möchte.« Zwei Gäste gingen vorüber – eine Frau in einem weißen Pelzmantel, ein Herr in einer dicken Daunenjacke in einem grellen Orangeton. »*Nicht in Verbindung gebracht* bedeutet in diesem Fall auch, dass wir ausdrücklich angewiesen wurden, hier im Hotel nicht mit der Polizei zu sprechen.« Der Concierge blickte ernst drein. »Ich verstehe, dass Sie nur Ihren Job machen, Leutnant, aber ich fürchte, ich kann nichts daran ändern.«

Valeria sah ihn eine Weile an. Sie wägte ab, wie sie vorgehen wollte und kam dann zum Schluss, dass übermäßiger Druck hier nicht weiterhelfen würde. »Wir beide wissen«, sagte sie daher mit einem kühlen Lächeln, das sofort vom Concierge erwidert wurde, der eine Reihe perlweißer Zähne zeigte, »dass diese Sache hier nur auf eine Weise enden wird. Ich werde mit einer Ihrer Angestellten aus dem Housekeeping sprechen, so oder so. Einzig der Weg dorthin, nun, ich denke, der lässt sich noch diskutieren.«

Der Concierge legte den Kopf etwas schief, kaum merklich und dennoch eine klare Andeutung, dass er zuhörte, ja bereit war, einen Vorschlag aufzunehmen.

»Option eins: Ich besorge mir den nötigen Wisch, komme

mit einigen Kollegen zurück, und wir stellen das Hotel ein wenig auf den Kopf. Und glauben Sie mir, das kann unordentlich, laut und sehr auffällig werden.« Valeria lächelte noch immer. »Aber das muss nicht sein. Das wäre einem Ort wie diesem und seinen Gästen gegenüber nicht angemessen, darin stimmen wir gewiss überein.« Sie beugte sich etwas vor und senkte ihre Stimme. »Haben Sie Kinder?«

»Kinder?« Er schüttelte den Kopf. »Nun, das ist mir nicht vergönnt, obwohl mein Lebensgefährte und ich darüber nachgedacht haben, eines zu adop…«

»Aber den Schmerz darüber, ein Kind zu verlieren, den können Sie nachvollziehen? Als Concierge steht man doch immer bereit für die Wünsche der Gäste, und seien sie noch so ausgefallen … Ich bin mir sicher, dass sie schon häufig einen Extrawunsch für die kleinen Gäste erfüllen mussten. Glauben Sie mir, es wäre schrecklich, würden die Eltern unter den Hotelgästen erfahren, wie ablehnend das Management damit umgeht, dass …«

»Ich verstehe.« Der Concierge wirkte düpiert.

»Dann lassen Sie mich doch zum Punkt kommen: Die Dame, die ich suche, Johanna Römer, wann hat sie Pause?«

Nun musste ihr Gegenüber lachen, und Valeria wusste, dass sie ihn überrascht hatte, überrascht und zu einer ehrlichen Regung verleitet. »Das kann ich Ihnen sagen, aber …« Er lachte noch immer und schüttelte den Kopf dabei. »Lernt man das so auf der Polizeiakademie?«

»Nein. Aber man lernt aus Erfahrung.«

»So?« Der Concierge schien verwundert.

Valeria deutete auf die Fahrstühle, die in der Lobby auf Gäste warteten. »Also, welches Stockwerk?«

Johanna Römer arbeitete an diesem Tag im dritten Stock in einem der Hotelrestaurants. Die Frau trug das Haar zu einem engen Zopf gebunden, einen Hosenanzug und flache Schuhe, und sie wirkte misstrauisch. Die letzten Frühstücksgäste verließen gerade den Raum, sie waren allein.

Valeria stellte sich vor.

»Ich verstehe nicht«, sagte Römer, »wieso Sie überhaupt hier sind. Was habe ich denn mit der Sache zu schaffen?«

»Kennen Sie Nino Mattei, Frau Römer?«

Einen Augenblick wirkte sie, als wollte sie es leugnen. Die Leute hier oben haben ein seltsames Bedürfnis, ihre Beziehungen geheim zu halten, ging Valeria durch den Kopf. *Woran das wohl liegt?*

»Ich … ja, ich kenne Nino. Wir haben etwas miteinander.«

»Etwas?«

»Ja, eine Beziehung. Aber wir versuchen, es nicht öffentlich zu machen. Für einige hier oben wäre das noch immer zu früh nach dem Tod seiner Frau. Und gerade jetzt, wo doch seine Tochter verschwunden ist … Womöglich gäbe das noch mehr unschönes Gerede.«

»Wo waren Sie am Abend von Noras Verschwinden?«

Römer strich sich eine Strähne ihres Ponys aus der Stirn. »In meiner Wohnung, und Nino war bei mir. Er dachte, er könnte Nora mal einen Abend allein lassen, und … ich meine, sie ist vierzehn, sie kann wohl für einige Stunden wirklich mal selbst auf sich achtgeben, oder? Es hätte doch niemand damit rechnen können, dass ausgerechnet dann … dass sie ausgerechnet dann verschwindet.« Römer zuckte mit den Achseln. »Wissen Sie, wenn das öffentlich würde, dann würden sich die Leute hier oben das Maul zerreißen über den Vater, der lieber auswärts eine Frau gevögelt hat, und über mich, die zugelassen hat, dass die Tochter ihres Liebhabers sich nachts im Wald entführen lässt …«

»Machen Sie sich deswegen die meisten Sorgen? Dass man schlecht über Nino oder Sie spricht?«

Römer schüttelte den Kopf. »Nein, natürlich nicht. Ich mache mir Sorgen um Nora.«

Valeria bemerkte, dass die Frau ihr kaum länger als eine Sekunde ununterbrochen in die Augen sehen konnte. »Kennen Sie Nora? Mochte sie Sie? Hängt sie sehr an ihrer verstorbenen Mutter?«

»Aber natürlich hängt sie sehr an ihrer Mutter. Welches Mädchen würde das nicht tun, wenn die eigene Mutter – mit der sie sich wirklich super verstanden hat – so früh und unerwartet stirbt? Welches Kind sollte seine Eltern begraben müssen? Keines, das können Sie mir glauben.«

»Das beantwortet mir nicht meine erste Frage.«

»Ja, wir sind uns schon begegnet, aber wir kennen uns noch nicht besonders gut.«

»Wann haben Sie Nora das letzte Mal gesehen, Frau Römer?«

»Gut drei Tage vor ihrem Verschwinden.«

»Und welchen Eindruck hatten Sie da von ihr?«

»Ich fand, dass sie ziemlich glücklich wirkte. Und …«, ein Lächeln huschte über Römer Lippen, »… ich bin mir sicher, dass sie ein Geheimnis hatte.«

Das ist ja interessant, ging Valeria durch den Kopf. »Wie meinen Sie das?«

»Vielleicht – ach, was sage ich, ziemlich sicher – hat sie einen Freund. Nino ist bei diesem Thema ziemlich streng. Er fand, sie hätte dafür später noch jede Menge Zeit, sie sollte sich im Augenblick eher auf die Schule fokussieren.«

»Und haben Sie ihm Ihre Vermutung mitgeteilt?«

»Nein.« Römer schüttelte den Kopf und machte eine ablehnende Handbewegung. »Wie gesagt, er ist da ziemlich streng, viel zu streng. Jetzt, im Nachhinein, da dachte ich mir schon manchmal, ob es nicht besser gewesen wäre … vielleicht mal selbst mit ihr zu sprechen. Es gibt Männer, die können jungen Mädchen wie ihr leicht den Kopf verdrehen … und vielleicht ist sie an einen geraten, der wirklich etwas Böses mit ihr im Sinn hatte.«

Valeria ließ sich nicht anmerken, was sie dachte. »An dem Abend, als Nino mit Ihnen zusammen war, wurden Sie beide von jemandem gesehen?«

Ein lauter Schlag auf der breiten Fensterscheibe, die die Rückwand des Restaurants vollständig einnahm, ließ sie beide herumfahren.

»Oh Gott, wie schrecklich!« Römer eilte hinüber, Valeria folgte ihr.

Ein Vogel lag auf der Sonnenterrasse jenseits der Scheibe, ein großer Raubvogel, dessen Augen starr ins Leere blickten. Seine Flügel waren gebrochen, Blut lief aus dem Schnabel.

»Was …?« Die Hotelangestellte starrte durch die Glasscheibe nach draußen. Ein großer Blutfleck war auf dem Glas zurückgeblieben, Federn lagen auf dem Boden.

»Er muss die Orientierung verloren haben«, sagte Valeria. »Wie furchtbar. So ein schönes, majestätisches Tier.«

»Es hat nicht die Orientierung verloren«, sagte Römer. Der starre Blick des Tieres war finster, ja schon fast angewidert – oder mehr noch: vollkommen verängstigt.

»Wie meinen Sie das?«

»Letzte Nacht bin ich aufgewacht, Leutnant, allein, weil Nino … nun, er sagte, er braucht ein paar Stunden nach diesen anstrengenden Tagen für sich. Jedenfalls bin ich aufgewacht, weil ich einen lauten Schlag hörte … von irgendwo draußen. Ich hatte Angst, das können Sie mir glauben, und trotzdem hab ich meinen Mantel geschnappt und bin nach draußen gelaufen. Es war eisig, und im Garten hinter dem Haus waren die Pfützen zugefroren. Und dann sah ich sie.«

»Sie sahen was?« Etwas an ihrer Erzählung ließ Valeria einen Schauer über den Rücken laufen. Sie musste an jenen Moment im Wald denken, als ihr der Keiler über den Weg gelaufen war, und dann an den Hirsch später, der sie nur angestarrt hatte, ehe er im dichten Nebel verschwunden war. *Etwas ist mit der Natur an diesem Ort geschehen.* Dieser Gedanke war so flüchtig, aber sie spürte irgendwo in der Tiefe ihres Unterbewusstseins, dass er ihr nicht zufällig gekommen war. *Die Natur an diesem Ort ist anders.* »Was haben Sie gesehen?«, fragte Valeria leise und bemerkte, wie Römer schluckte, sich fahrig eine Strähne zurückstrich, die sich aus ihrem Zopf gelöst hatte.

»Dort lagen tote Tiere. Tote Vögel vor allem, aber … auch ein Eichhörnchen lag da, und es sah aus … ich weiß nicht, als wäre es voller Qualen verendet. Da war Schaum an seinem Mund … schwarz, nicht weiß. Ich weiß auch nicht, wieso all diese Tiere ausgerechnet dort gestorben sind, in diesem Garten hinter dem Haus, aber … mein Gott, ich hab in dieser Nacht kein Auge mehr zugemacht.«

»Das glaube ich Ihnen. Wo genau ist dieser Garten?«

»Da ist ein altes Mehrfamilienhaus, drüben auf der anderen Seite von Eigerstal. Nah am Gebirge, Frau Ravelli. Ich kann Ihnen die Adresse geben. Sagen Sie mir, denken Sie, es hat etwas mit Noras Verschwinden zu tun?«

»Tote Vögel, die einfach so spontan vom Himmel fallen … Ein totes Eichhörnchen … Für mich klingt es danach, als würde irgendjemand versuchen, Ihnen Angst zu machen.«

»Das glaube ich nicht. Und das war auch nicht der erste Vorfall dieser Art.« Nun blickte sich Römer zu allen Seiten um, als wollte sie sichergehen, dass Valeria und sie wirklich allein waren. »In Eigerstal und den Bergen hier oben ... da überrascht es mich nicht sonderlich.«

»Wie meinen Sie das?«

»Sie sind anscheinend nicht von hier, sonst würden Sie das verstehen.« Römer schüttelte den Kopf und strich erneut die Strähne zurück. Valeria korrigierte sie nicht. Sie bemerkte, wie die Hand der Frau zitterte. »Aber so ist es hier schon seit langer Zeit. Es ist, als würde die Natur versuchen, sich ... ich weiß nicht, sich gegen etwas zu wehren. Tiere sterben, aber nicht nur das, Leutnant. Auch die Menschen macht das Leben hier krank. Wissen Sie, am liebsten würde ich von hier verschwinden, für immer. Denn was auch immer diese Investoren versuchen, was auch immer sie hier oben erschaffen wollen – den Kern des Bösen werden sie nie ändern können. Der ist viel zu tief in Eigerstal verwurzelt, steckt in der Erde, im Wasser und in den härtesten Felsen.«

Valeria speicherte Frau Römers Adresse in ihr Handy ein. Ihr Instinkt riet ihr, dieser Sache nachzugehen. »Der Ort macht die Menschen krank, sagten Sie?«

»Nur zu, überprüfen Sie es. Prüfen Sie die Statistiken, sprechen Sie mit den alten Leuten im Ort. Menschen werden krank, sie sterben. Ninos Schwägerin, sie ...«

»Ich weiß. Und das werde ich«, erwiderte Valeria. »Aber sagen Sie mir noch eins ... Wenn Sie so dringend wegwollen, was würde dann mit Nino geschehen?«

»Er würde mich begleiten.«

»Und seine Tochter?«

»Die natürlich auch!« Nicht ein Zögern.

Valeria nickte, wenngleich sie nicht überzeugt war, dass Römer mit ihrem letzten Satz die Wahrheit gesagt hatte. »Verraten Sie mir noch eins: Diese Tiere, was haben Sie mit denen gemacht?«

»Die müssen noch da liegen. Schätze mal, die hat niemand weggeräumt, und jetzt liegen sie bis zum nächsten Frühjahr unter der Schneedecke.« Sie klang seltsam froh darüber, wie Valeria fand.

»Falls es nicht taut.«

»Man kann heute ja nie wissen, wann das Wetter umschlägt, aber eine Sache ist sicher: Es taut in Eigerstal nicht vor dem nächsten April. Der Winter dauert lange hier oben, so war es schon immer.«

35

Elias war vor ihr angekommen; sein Wagen, ein in die Jahre gekommener Subaru, parkte am Straßenrand. Er lehnte an der Tür und rauchte, den Kopf gesenkt und den Mantelkragen nach oben gestellt, mit der Haltung eines widerspenstigen Rebellen. Sein Atem trieb in der eisigen Luft mit nebligem Hauch davon.

Wahrscheinlich fühlt er sich auch so, dachte Valeria, während sie die Straße überquerte. Wie ein Rebell – weil er als Einziger aus Eigerstal alles versuchte, um diese Sache endlich aufzudecken und ein für alle Mal mit ihr abzuschließen.

»Es ist kalt geworden hier oben«, sagte sie zu ihm, doch Elias erwiderte nur sein schiefes Lächeln. »Das ist noch überhaupt nichts. Wenn ich es nicht besser wüsste, würde ich sagen, du bist nichts mehr gewohnt.«

»Ach? Aber du weißt es besser?«

»Vielleicht.« Elias löschte die Zigarette im Schnee, wo sie leise zischte. »Sarah hat sie geliebt, die Kälte.«

»Und du sie«, sagte Valeria, was Elias ein trauriges Lächeln entlockte.

»Was wollen wir hier?«

»Chloe ist beschäftigt. Birkner will sie sprechen, aber ich glaube, er weiß noch nicht, dass er sich da wohl mit der Falschen angelegt hat.«

»Ihr zwei seid ein ziemlich dynamisches Duo, höre ich da heraus.«

»Sogar mehr als dynamisch.« Sie folgten einem mit Platten ausgelegten Pfad durch eine Gartenanlage, wo jemand Schnee geräumt hatte. Eine verkrüppelte Tanne wuchs schief in den Himmel, ein dreistöckiges Mehrparteienhaus erhob sich vor ihnen. Neben die breite Eingangstür, die aus Glasbausteinen bestand, hatte jemand einen großen Kürbis mit einem geschnitzten grinsenden Gesicht gelegt.

Valeria erzählte Elias von den verendeten Tieren. Sie erreichten den Garten hinter dem Haus, wo der Wind den Pulverschnee in hohen Wehen gegen die Büsche und die Hauswand geweht hatte. Ihr schien, als wäre die Temperatur um fünf Grad gesunken, nur weil sie das hohe kastenförmige Haus umrundet hatten.

»Ist seltsam hier«, sagte Elias. »Und seltsam kalt. Kälter als da vorn.«

»Dann spürst du es auch?«

Er zuckte mit den Achseln. »Na und? Das lässt sich erklären. Wahrscheinlich staut sich die Luft hier und so …«

»Vielleicht«, schnitt ihm Valeria das Wort ab. Für einen Moment zogen Bilder vor ihrem geistigen Auge vorüber: ein schlammiger Waldpfad, über den sie rannte, das Heulen des Windes in den Tannen und die Schritte ihres Verfolgers dichtauf – all das damals, als sie kaum älter gewesen war als Nora heute.

Elias scharrte mit dem Fuß den Schnee beiseite. »Da. Da liegt wirklich einer.« Er hatte einen Vogel freigelegt, eine Krähe, die tot vor ihnen lag, zur Hälfte noch von Schnee bedeckt.

»Vögel fallen nicht einfach so tot vom Himmel. Hier stimmt was nicht.«

»Sieh mal.« Elias berührte ihren Arm, deutete auf die andere Seite des Gartens. Dort, wo ein paar verkümmerte Büsche und eine verkrüppelte Kiefer wuchsen, die so dicht am Berg, der unweit hinter ihnen wie ein graues kaltes Monument aufragte, kaum Licht auffangen konnten … dort stand jemand.

Es war ein alter Mann, das konnte Valeria über die zwanzig Meter Distanz ausmachen, und er sah aus, als hätte er auf sie gewartet. Sie erkannte den Obdachlosen wieder, der ihr schon einmal begegnet war, ihr ein paar kryptische Worte zugerufen hatte und wieder im dichten Wald verschwunden war.

»Weißt du, wer das da drüben ist?«, fragte sie leise. »Wieso steht er da?«

Der alte Mann kam durch den Schnee auf sie zugestapft und wackelte hin und her, als würde er etwas sehr Schweres auf seinen Schultern tragen.

Als er näher bei ihnen war, vernahm Valeria einen sauren Geruch, Körperausdünstungen vermischt mit ungewaschener Kleidung. Der alte Mann öffnete den Mund, und Valeria blickte auf ein paar verfärbte, halb verfaulte Zahnstummel, die in fleckig braunem Zahnfleisch steckten.

»Ihr«, sagte er heiser, »was macht ihr hier?«

»Wir …«, begann Valeria, doch ließ der Landstreicher sie gar nicht ausreden.

»Die Kälte ist nah, Kinder. Sie ist nah und wird alles verschlingen, was sich ihr in den Weg stellt.« Er lachte und spuckte in hohem Bogen in den Schnee.

»Du bist irre, Alter«, sagte Elias. »Das wissen alle hier, und das war auch schon immer so.«

»Irre?« Er grinste und zeigte seine braunen Zähne. »Ich bin der Einzige hier, der noch bei klarem Verstand ist. Das könnt ihr mir glauben.« Mit einem Mal starrte er auf Valeria. »Du bist diese Ravelli ... Ich kenne den Namen. Hab ihn aber schon eine ganze Weile nicht mehr gehört. Du ...« Er legte den Kopf schief, und als das Licht nun schräg in sein Gesicht und auf seine Augen fiel, sah Valeria, dass sie von einem durchdringenden Eisblau waren. »Du bist die, die überlebt hat.« Seine Hand schoss vor, so schnell, dass weder Elias noch Valeria reagieren konnten. Er packte ihren Arm. »Sag es mir, hast du ihn gesehen? Hast du es?«

»Lassen Sie mich los.« Valeria löste sich aus seinem Griff. »Wen soll ich gesehen haben?«

»Den Teufel, Mädchen. Er lebt in diesen Wäldern. Hat sie vergiftet. Und dann gibt es die, die ihm helfen, ihm dienen ... die mit ihm einen Pakt geschlossen haben! Der alte Leitner etwa, der ist krepiert, weil er sich viel zu weit vorangewagt hat.«

Elias schnaubte, doch Valeria spürte, wie etwas an seinen Worten an ihr zerrte, eine Stelle tief in ihr berührte, wie eine Narbe, die noch immer schmerzte, wenn es zu kalt wurde. »Sie wissen etwas darüber. Hören Sie, ich glaube Ihnen«, sagte sie, bevor Elias etwas einwerfen konnte. »Aber Sie müssen es uns erzählen. Bitte.«

Elias sah sie überrascht, ja ungläubig an, doch er sagte nichts.

»Ich soll es erzählen? Heute? Jetzt bin ich also gut genug?« Der alte Mann schnaubte und spuckte abermals aus. »Damals, als ich bereit war, da wollte mir niemand zuhören. Da haben sie mich ausgelacht, mich einen alten Spinner genannt.«

»Wir halten Sie nicht für einen Spinner«, erwiderte Valeria.

»Der da schon.« Er wandte sich Elias zu. »Du bist einer von denen, die das Dorf nie verlassen haben. Und wer weiß das schon? Vielleicht hat er dich auch berührt! Vielleicht bist du einer von ihnen!«

Elias schüttelte den Kopf. »Bin ich nicht, das kann ich dir versichern.«

»Ha! Versichern kann er es mir! Darauf pfeife ich. Das Mädchen hier dagegen … bist du wirklich bereit? Weißt du, was du auf dich nehmen musst, wenn du ihn wirklich besiegen willst?« Der Alte drehte ihr sein Gesicht zu.

»Ich will ein entführtes Mädchen wiederfinden. Von einem Teufel, wie Sie ihn nennen, weiß ich nichts. Aber glauben Sie mir, ich bin schon einigen begegnet, die wahre Teufel in Menschengestalt waren – und ich konnte mit ihnen angemessen umgehen. Also ja, ich bin bereit.«

Der Alte lachte abermals. Dann nickte er. »Wenn ihr es hören wollt, dann kommt mit rein. Hier draußen wird es mir langsam zu kalt.«

»Was heißt reingehen? Haben Sie hier eine Wohnung?«

»Wohnung? Nee, das nicht. Aber unten im Keller, da gibt es eine warme Ecke, und der Hausmeister weiß Bescheid. Er lässt mich dort schlafen, wenn die Nächte richtig eisig sind.«

Elias sah Valeria an, die nickte.

Sie folgten dem Alten ins Haus, die Treppe hinab, vorbei an in die Jahre gekommenem Putz und Spinnweben. Eine rostig rote Tür führte in einen großen Heizungskeller. Hinter einer eingezogenen Wand aus rohen Mauersteinen eröffnete sich eine Nische, in der eine Matratze und einige Habseligkeiten lagen, Plastiktüten und ein paar Flaschen Wasser, dazu eine Thermoskanne, aus der es nach altem Kaffee roch.

»Hier«, sagte der Alte. »Ja, es ist ein Ort zum Naserümpfen, aber irgendwann vergeht der Winter auch wieder, und es wird

Frühling …« Er zuckte mit den Schultern. »Falls wir ihn noch erleben, den Frühling.«

»Also, wir sind hier. Erzählen Sie uns, was Sie wissen. Sie haben gesagt, dass Ihnen damals nicht zugehört wurde. Was war damals? Was wollten Sie loswerden?« Valeria ertappte sich dabei, wie sie ungeduldig wurde. *Bist du gerade tatsächlich einem alten Landstreicher in einen Keller gefolgt, nachdem er etwas von einem Teufel gefaselt hat? Das kannst du wirklich niemandem erzählen.*

»Damals vor einundzwanzig Jahren …« Sein Blick wanderte zur Decke, die eisblauen Augen verengten sich. »Damals verschwanden drei Mädchen … und nur eine kehrte zurück. Aber das weißt du ja bereits. Ich denke, das wisst ihr beide sehr, sehr gut.«

»Wir waren dabei«, sagte Elias heiser.

Der Alte nickte und starrte weiter in Richtung der Decke. Als Valeria ebenfalls hinaufsah, bemerkte sie, dass er dort mit Kreide Zeichnungen gemalt hatte – Kreise und Muster, die für sie vollkommen wirr und unverständlich waren, fast wie eine Sternenkarte einer anderen Galaxie.

»Ihr wart dabei … zumindest eine von euch.« Der Alte hustete, Speichel lief ihm über das Kinn. »Damals war ich noch nicht der gebrechliche, kranke Mann, der ich heute bin. Damals war ich im Vollbesitz meiner Kräfte, fit und voller Tatendrang und Willenskraft … und ich war ein Säufer. Ich war einer von der Sorte, die es gar nicht erwarten konnte, den nächsten Lohn zu versaufen. Viele von uns arbeiteten in der Mine damals … und glaubt mir, es war eine verflucht harte Arbeit. Ihr könnt es euch nicht vorstellen. Wir haben geschuftet, bis wir umgefallen sind … und wir haben gesoffen, bis wir umgefallen sind.«

»Klingt nach einer gesunden Lebensweise«, warf Elias ein.

»Elias«, ermahnte Valeria ihn leise.

»Machst du dich über mich lustig, Junge?« Der Alte fluchte. »Ist nicht nett. Überhaupt nicht. Aber für die junge Dame hier werd ich's trotzdem erzählen.« Er kratzte sich am Kinn. »Wo war ich?«

»Die Mine«, sagte Valeria. »Sie haben dort gearbeitet.«

»Das hab ich. Und gesoffen haben wir, das ist klar. Das hat mir nicht gutgetan. Ich meine, man wusste, dass ich gerne mal was trinke ... und als ich sie dann bat, mir zuzuhören, da haben sie nur gelacht und mich für einen verrückten Säufer erklärt ... Pech für mich, denkt ihr, aber ich denke eher ... Pech für die armen Mädels damals. Vielleicht hätte ihnen geholfen werden können, wenn man mir zugehört hätte. Und man hätte den Scheißkerl fassen können.«

Valeria starrte ihn an. Diesen Mann so über Stephanie und Sophie reden zu hören fühlte sich unwirklich an. Ein Teil in ihr wollte auf der Stelle kehrtmachen und zur Tür hinausstürmen, wollte all das hinter sich lassen, ja ganz Eigerstal, die Berge, den Schnee, die Wälder und die Kälte ... *In einigen Stunden wärst du in Zürich ... oder in einer Stadt mit all ihrem Lärm und den Lichtern und den Menschen, mit all den Dingen, die dir helfen, die furchtbaren Erinnerungen, die zurück in deinen Kopf drängen, zu verjagen ...*

»Val?« Elias warf ihr einen mitfühlenden Blick zu, doch sie schüttelte den Kopf.

»Nicht jetzt. Bitte, erzählen Sie weiter.«

»Vor einundzwanzig Jahren ... ja, ich erinnere mich an die Nacht. Konnte sie nie vergessen, ist immer bei mir geblieben, diese Erinnerung, da hat nicht mal der Schnaps geholfen. Es war kalt in der Nacht, und ich ... Manchmal hab ich einfach nur einen klaren Kopf gebraucht. Also bin ich raus und hab meine Füße mich tragen lassen, wohin sie auch immer wollten. Und dann …«

Valeria schloss die Augen. Es war ihr, als könnte sie den Schnee fallen hören, und zwischen den rauen Atemzügen des Alten hörte sie die Schritte des Verfolgers im Wald …

»… in dieser Nacht bin ich ins Gebirge hinaufgestiegen. Da oben waren die Sterne näher und mein Kopf so klar, und ich wollte nur da sitzen und atmen und alles um mich herum vergessen. Und dann fand ich sie.«

»Sie?«

»Lass mich reden, Junge, ich erzähle das nur ein Mal. Sie – eine Berghütte. Da bin ich hochgestiegen und hab mich hingesetzt. Nur mein guter alter Freund Jack Daniel's und ich … bis ich dann die Schritte gehört habe.« Er hielt inne und wischte sich mit dem Handrücken über den Mund. »Ich hab mich hinter den Tannen versteckt, denn wenn ich auf eine Sache an diesem Abend keine Lust hatte, dann war das eine bescheuerte Unterhaltung mit irgendeinem Typen, der die gleiche Idee hatte wie ich.«

»Wer kam da hoch? Wen haben Sie gesehen?«

Der alte Mann starrte auf einen Fleck dicht neben Valeria, und das kalte Licht in diesem Heizungskeller spiegelte sich in seinen Augen wider. »Es waren mehrere«, sagte er. »Zwei oder drei, glaube ich. Männer … und dann noch drei Frauen. Mädchen, besser gesagt, die von den Männern in die Hütte geführt wurden. Das war es, das hab ich gesehen, und damals dachte ich mir nichts dabei. Ich war zu dicht, als dass mein Hirn die richtigen Schlüsse ziehen konnte … Und dann, als ich ein paar Tage später mitgekriegt habe, was los war … da hab ich verstanden, was ich da sehr wahrscheinlich beobachtet habe …

denn wenn ich mich nicht irre, dann waren das die Mädchen, die später ermordet wurden – und die Typen, die bei ihnen waren, ihre Mörder.«

»Drei Mädchen? Zwei Männer?«, fragte Valeria. Sie konnte hören, wie ihre Stimme zitterte.

»Zwei oder auch drei Männer. Vielleicht war einer der Männer auch 'ne Frau, wie gesagt, es war verflucht dunkel in der Nacht, und ich konnte es nicht gut erkennen.«

»Ich verstehe. Was ist dann passiert?«

»Ich hab da oben eine Weile gewartet, aber ich hab mich nicht getraut, näher an die Hütte ranzugehen. Mein Gott, ich will gar nicht daran denken, was ich wohl gesehen hätte, wenn ich mal einen Blick durch eines der Hüttenfenster geworfen hätte.«

»Wann sind die wieder herausgekommen?«

»Das weiß ich nicht. Ich hab mich vorher wieder auf den Weg zurück gemacht ... und da war ich dann noch wesentlich betrunkener als vorher.«

»Verflucht, also könnte das alles auch nur deinem Säuferhirn entsprungen sein?«, sagte Elias.

»Das haben die Bullen damals auch gesagt. Die hatten ihren Verdächtigen, diesen Behinderten, Xaver oder so ähnlich hieß der, und der passte ihnen gut in den Kram. Meine Geschichte hat da nicht reingepasst, und deshalb ...« Der Alte zuckte die Achseln. »Deshalb haben die mich einfach ignoriert.« Er senkte den Blick. »Und ich hab es ab da für mich behalten. Seit diesem Tag ... bis heute. Und Gott, es tut gut, das endlich mal loszuwerden. Ich hab die Mörder gesehen. Diese Ärsche haben die Mädels umgebracht. Und ich war nur ein paar Meter entfernt.«

»Verfluchte Scheiße«, stieß Elias aus.

»Können Sie mir den Weg zu dieser Hütte beschreiben?«, fragte Valeria.

»Aber natürlich. Das ist einfach. Ich war noch viele Male da in den vergangenen Jahren. Irgendwie werde ich das Gefühl nicht los, dass die Leute im Dorf sie vergessen haben … oder absichtlich nicht mehr dort hinaufsteigen.«

»Zeigen Sie mir den Weg. Ich will mich selbst dort umsehen.« Valeria ahnte, dies war der Ort, den sie aufsuchen musste, damit ihre Erinnerung wiederkehrte – mehr noch als die Stelle im Wald, der alte Pfad, auf dem sie damals vor einundzwanzig Jahren wieder zu sich gekommen war. *Wenn du diese Hütte wiederfinden könntest, wo sie Steph, Sophie und dich gefangen gehalten haben … dann fällt dir sicher auch alles andere wieder ein.*

»Wenn du eine Karte hast, dann kann ich dir die alte Berghütte einzeichnen.«

»Wir haben eine im Hauptquartier. Würden Sie mich dorthin begleiten?«

»Zur Polizei? Kann ich nicht. Das wär schlecht.« Er lachte abermals.

»Ich habe eine Karte«, sagte Elias. »Im Wagen. Ich hole sie. Wartet hier.« Er machte kehrt und eilte hinaus.

Valeria blieb mit dem alten Mann zurück, der sie neugierig musterte. »Du willst es also wirklich durchziehen, was? Du willst ihn stoppen.«

»Ich muss es tun. Weil es sonst niemand tun wird. Weil ihn niemand kennt, wie ich es tue. Weil er mich damals ausgewählt hat, und das hat uns für alle Zeiten verbunden. Er hat mich damals nicht töten können – also bin ich jetzt zurück, um ihn endgültig zu stoppen.«

»Dann wünsche ich dir Glück. Du wirst es brauchen.«

Elias kam zurück, in seiner Hand eine Karte der Gegend. Valeria faltete sie auseinander.

»Zeichnen Sie die Berghütte ein.«

Der alte Mann nahm Elias einen Kugelschreiber ab, beugte sich vor und malte einen Kreis in das südliche Gebirge. Abermals roch Valeria den sauren Geruch, der seinem Körper entströmte.

»So«, sagte er. »Das ist es. Dort müsst ihr hin. Aber seid besser vorsichtig. Es kann sein, dass der Teufel diesen Ort im Auge behält. Dass er nur darauf wartet, dass jemand zurückkehrt.«

»Wir werden sehen.« Valeria faltete die Karte zusammen und reichte sie Elias. »In jedem Fall sind wir bereit. Soll er nur kommen. Und Sie halten sich bitte in der Nähe auf, nur für den Fall, dass wir noch mal mit Ihnen sprechen müssen.«

»Ich werde nirgendwohin gehen«, erwiderte der Alte. »Ich werde hier sterben, das weiß ich.«

»Sie werden nicht sterben. Geben Sie sich nicht auf.«

»Was ich mache, Mädchen, ist ganz allein meine Sache.«

»Die toten Tiere dort oben hinter dem Haus, was hat es mit denen auf sich?«, fragte Valeria. Auch wenn der Alte nun müde wirkte, sie wollte ihn nicht zurücklassen, ohne ihm diese Frage gestellt zu haben.

»Tote Tiere? Die gab es schon immer. Die Natur ist krank, und die Krankheit ist tief in die Erde gesickert, schwarzes Gift, das durch die Felsen und das Wasser selbst fließt.«

»Gift? Aber …«

»Jetzt geht – ich will allein sein. Na los! *Geht!*«

»Ich will nur …«

»Val! Komm schon. Lassen wir ihn.« Elias nahm sie am Arm und bedeutete ihr, ihm hinauszufolgen. »Es ist genug.«

Als Valeria und Elias zurück in den Garten vor dem Mehrfamilienhaus traten, schneite es wieder. Vor ihrem Wagen lag eine tote Krähe. Blut lief aus ihrem Schnabel.

»Verfluchter Mist«, sagte Elias mit angewidertem Gesicht. »Schon wieder eine.«

Valeria betrachtete das Tier, dann wandte sie sich Elias zu. »Heute Abend. Wir werden es heute Abend tun. Und wenn du mich nicht begleiten willst, dann werde ich eben allein gehen.«

»Natürlich wirst du das nicht. Ich bin dabei.«

Valeria schenkte ihm einen dankbaren Blick, während die Schneeflocken auf sie niederfielen und in ihrem dunklen Haar schmolzen. »Danke. Und wir sollten Chloe mitnehmen – sie ist eine hervorragende Ermittlerin mit einem ganz ausgezeichneten Sinn für Details.«

»Ich bin mir nicht sicher, was sie angeht.«

»Sie verfolgt ihre eigene Agenda. Sie kann es nicht ertragen, dass damals der wahre Täter davonkommen konnte, dass man den Falschen verdächtigte … das kann ich nachvollziehen. Es ist eine starke Motivation, die sie antreibt, und ich bin mir sicher, dass sie dadurch zu einer Verbündeten für uns werden kann.«

»Hm«, machte Elias. »Wenn du das sagst.«

»Wir treffen uns um acht, und zwar …«, sie deutete auf die Stelle auf der Karte, wo der Gebirgspfad begann und sich in die Berge hinaufwand, weit hinauf, bis er die Hütte und den Kreis erreichte, den der alte Mann eingezeichnet hatte, »… hier. Einverstanden?«

Elias nickte. »Ich werde einen Rucksack packen, heißen

Tee, etwas zu essen.« Er warf ihr einen langen Blick zu. »Denkst du nicht, es wäre besser, wenn wir bei Tageslicht hinaufgehen?«

»Und damit riskieren, dass uns das halbe Dorf sieht? Nein. Das geht nicht. Wir tun es um acht.«

36

Es war schon dunkel, als Valeria ihren Geländewagen am Straßenrand abstellte, ausstieg und ihren Mantel bis oben zuknöpfte. Sie hatte sich feste Wanderschuhe angezogen, Handschuhe und einen wärmenden Schal sowie eine Wollmütze in die Manteltasche gesteckt, die sie später aufsetzen wollte. Auf der Rückbank lag ein Rucksack, den sie nun schulterte, darin eine starke Taschenlampe und eine Thermoskanne mit heißem Kräutertee.

Einige Chalets standen hier, aus Holz gezimmert, das sich unter all den Jahren voll Wind, Eis und Schnee beugte. Valeria betrachtete den schmalen Pfad, der sich ins Gebirge hinaufwand, und den wolkenverhangenen Himmel über ihr. Es war eisig kalt, die festgefrorene Schneedecke knirschte unter jedem ihrer Schritte. Der Wind ließ die Bäume ächzen und rascheln, zerrte an ihrem Mantel.

Sie schlenderte zwischen den Chalets hindurch, berührte das alte Holz, das schon so vielen Wintern standgehalten hatte. Viele dieser Chalets standen hier schon, als die Großeltern der heute Alten jung gewesen waren. Sie ließ den Blick weiter hinaufwandern, wo sich die Nacht an die eis- und schneebedeckten Berghänge schmiegte. Es würde eine Wanderung von gut zwei Stunden werden, bis sie die Berghütte erreicht hatten – und niemand, der hier oben lebte, würde ihr raten, es bei Nacht zu versuchen.

Sie drehte sich um. Eigerstal lag hinter ihr. Die Lichter des Dorfes funkelten in der Nacht. So friedlich ruhte es da, kein Laut war zu hören – und doch wusste Valeria, dass es nur eine trügerische Ruhe war.

Von den Berghängen herab drangen die Laute von Steinböcken. Sie dachte an das Zeichen auf dem Felsen auf der Lichtung, wo der Hirsch getötet worden war … der dämonisch verzerrte Steinbock, wie ihn Xaver Baumann damals vor einundzwanzig Jahren gezeichnet hatte … *Du weißt, dass es hier mehr gibt, als bisher enthüllt wurde. Du weißt, dass ihr noch immer die Wahrheit überseht.*

Valeria band sich das Haar zum Zopf zurück. Irgendwo aus dem Dorf drangen laute Stimmen zu ihr herauf, vielleicht Jugendliche, die auf dem Weg zu irgendeiner Feier waren. Wussten sie nicht von Noras Verschwinden? War es ihnen egal? Nicht wichtig genug? Aber so war es, selbst wenn Nora nie mehr oder nur ermordet aufgefunden werden würde – man würde weiterleben. So war es immer, und die Menschen waren geübt darin, zu vergessen.

Du selbst musst es noch lernen. Du hast zwar vergessen, was damals geschehen ist, aber all die schrecklichen Dinge, die du danach gesehen hast, denen du begegnet bist, all die grausamen, bösartigen Menschen, mit denen du es zu tun hattest – die leben weiter, irgendwo tief in deinem Verstand.

Wieder stieß ein Steinbock weit oben in den Felsen einen Ruf aus. Als sie dreizehn gewesen war, hatte Valeria während einer Wanderung mit ihrem Vater einen toten Steinbock gefunden – ein Jungtier, das beim Klettern zu übermütig gewesen sein musste und abgerutscht war.

»Sie sind hervorragende Kletterer, Kleines«, hatte er damals zu ihr gesagt. »Aber auch die besten Kletterer können abstürzen, wenn sie nur einen Augenblick lang unvorsichtig sind. Selbst in einer Idylle wie hier.« Das war auch eine jener Erinnerungen gewesen, die sie nie vergessen konnte. Valeria schüttelte den Kopf. Sie musste sich fokussieren, musste ihren Blick auf das Hier und Jetzt lenken.

»Manchmal verabrede ich mich nachts mit Fremden«, erklang eine Stimme hinter ihr, »zu einem gemütlichen Waldspaziergang.«

Sie blickte sich um. Es war Elias. Er trug Wanderstiefel, eine Regenjacke, einen Rucksack, den er locker über einer Schulter hängen hatte, und eine Stabtaschenlampe in der Hand.

»Hey«, sagte Valeria. Sie spürte, wie sich ein Lächeln auf ihre Lippen schlich. Auch wenn sie es sich vielleicht nicht eingestehen wollte: Es war gut, dass er hier war. *Allein würdest du es womöglich nicht schaffen.*

»Selber hey«, erwiderte er.

»Wir sind aber keine Fremden«, sagte sie. »Und zu einem Waldspaziergang haben wir uns auch nicht verabredet. Das hier geht etwas weiter hinauf.«

»Nun lass mich doch ein bisschen poetisch sein«, gab Elias mit einem Lächeln zurück. »Die Zeiten sind ernst genug.«

»Hast du keine Angst um deine Nichte?« Chloe war in einem schmalen Durchgang zwischen zwei windschiefen Schuppen erschienen. Auch sie hatte ihren Rucksack gepackt und eine Wollmütze aufgesetzt, auf der der fallende Schnee im Licht des Mondes und der nächsten Straßenlaterne funkelte.

»Ich habe jede Menge Angst um sie. Aber vielleicht ist das meine Art, damit umzugehen«, erwiderte Elias. »Ist wahrscheinlich so ein Männerding.«

»So ein Männerding.« Chloe nickte. »Gut, verstehe. Finde ich gut, dass du Gefühle zeigen kannst.«

Elias zuckte mit den Schultern, als wollte er sagen: *Na und?* »Wir sind hier, da drüben beginnt der Pfad, es ist gleich acht, und wir sind bereit. Wollen wir?«

Und so machten sie sich auf den Weg – Elias, Valeria, zuletzt Chloe. Sie alle hatten ihre Taschenlampen auf den Pfad gerichtet.

»Also«, sagte Elias und klang seltsam unbeschwert – fast so, als würde ihm der nächtliche Ausflug gefallen. »Was halten wir von diesem kleinen Spaziergang?«

Valeria holte zu ihm auf und blickte mit einem schmalen Lächeln zu ihm hinüber. »Tust du nur so, oder macht dir diese Wanderung etwa Spaß? Manche würden es womöglich unpassend nennen.«

»Ich weiß. Geredet wird viel, gerade in einem kleinen Ort wie diesem. Aber weißt du was, Val? Dass ich dich zurückgeholt hab – das Mädchen, das überlebt hat –, das hat schon für genug Getratsche gesorgt. Damit bin ich ohnehin schon unten durch. Ich pfeife auf die Schwätzer.«

»Das ist eine vernünftige Einstellung«, sagte Chloe von weiter hinten.

Als sich Valeria nach ihr umsah, bemerkte sie, dass Chloe um Atem rang und Schwierigkeiten hatte, mitzuhalten.

»Nur zu, Leutnant Ravelli.« Chloe winkte ab. »Ich bin euch dicht auf den Fersen. Meinetwegen müsst ihr beide gewiss nicht langsamer gehen.«

»Aber meinetwegen«, sagte Elias. »Sorry, Val, kann ja sein, dass du wöchentlich zweimal einen Dauerlauf machst oder sonst andauernd im Fitnessstudio abhängst, aber mir ist dein Tempo ein bisschen zu stramm für diese Uhrzeit.«

»Schon gut. Ich wusste nicht, dass du so schnell schlapp machst – um diese Uhrzeit natürlich.«

»Klar, natürlich nur um diese Uhrzeit. Forder mich frühmorgens heraus und du wirst sehen, ich werd' abgehen wie Schmidts verfluchtes Kätzchen.«

Nun musste Valeria lachen, und Chloe stimmte mit ein.

Der Pfad wand sich weiter in die Höhe hinauf, schlängelte sich zwischen Schneewehen und knorrigen Tannenstämmen hindurch, die im Mondlicht bläulich schimmerten. Als wären sie aus Eisen gemacht. Aus besonders hartem Eisen, dachte Valeria, streckte die Hand aus und berührte die Rinde einer besonders mächtigen Tanne, die neben dem Pfad wie ein Soldat in den nachtschwarzen Himmel ragte.

Sie dachte daran, wie sehr es sie geängstigt hatte, als sie vor einundzwanzig Jahren allein aufgewacht war – mitten in den Wäldern, frierend, panisch und verängstigt, der Kopf leer gefegt, in der Luft der morastige Geruch des Waldbodens und die nächtlichen Geräusche der Tiere, die sich durch ihre Anwesenheit gestört fühlten – und dann natürlich die stampfenden Schritte ihres Verfolgers, die durch die Luft schnitten wie Gewehrschüsse.

Also bist du doch gekommen, erklang eine tiefe Stimme in ihrer Erinnerung. Valeria kam der Schatten in den Sinn, der im Mondlicht auf die Lichtung fiel. Sie spürte die Kälte, die über die Lichtung wehte, als wäre der Wind von den eisigen Gletschern herabgekommen oder aus der Tiefe eines Grabes.

Das ist mutig, aber dumm, erklang die Stimme in ihrem Kopf. *Hier findest du nichts, nur dein eigenes Ende. Und jetzt, kleine Valeria, jetzt ist es hier.*

»Das Ende ist hier«, wiederholte sie laut und blinzelte. Da standen Elias und Chloe, beide einige Meter von ihr entfernt, und musterten sie, als hätte sie plötzlich den Verstand verloren.

»Wovon redest du da?«, fragte Elias.

Valeria schüttelte den Kopf. Die Erinnerung floss durch ihren Kopf wie Eis, das ihr jemand unter die Schädeldecke geschüttet hatte, sie wollte sie lähmen. *Lass es nicht zu, lass es einfach nicht zu!*

»Es ist nichts …« Sie unterbrach sich, hörte sie doch selbst, wie lahm das klang.

»Du hast dich erinnert, oder?« Elias warf ihr einen durchschneidenden Blick zu.

»Nein. Nicht mehr als bisher auch schon. Ich weiß noch, wie ich im Wald wieder zu mir komme … aber nicht, was zuvor geschehen ist. Und das Zuvor, das ist wichtig. Es gibt einen Grund, wieso ich das *Zuvor* vergessen habe.«

»Was für ein Grund könnte das sein?«

»Ich … ich weiß es nicht.« Valeria spürte, wie sich ihre Augen mit Tränen füllen wollten, so jäh hatten sie die alten Erinnerungen übermannt. *Verflucht.* Sie wischte sie energisch weg, bevor die beiden anderen sie bemerken konnten.

Chloe kam einen Schritt auf sie zu und streckte ihr die Hand hin. »Gemeinsam ziehen wir das durch. Lüften wir diesen Nebel.«

Valeria ergriff die Hand, aber nur für einen kurzen Augenblick, dann hatte Elias zu ihnen aufgeschlossen. »Das ist nicht nur ein Nebel, das ist ein ganzer Sumpf voller Untiefen und Treibsand.«

Chloe nickte. »Ich weiß. Aber niemand erwartet, dass du den allein sicher durchqueren kannst. Deshalb sind wir zu dritt.«

Der Pfad stieg weiter an, und schließlich wichen die Bäume zurück, machten hartnäckigen Sträuchern Platz, die dornenbewehrt dem Wind und Schnee trotzten. Die Temperatur fiel weiter, und der Wind warf ihnen Böen entgegen, heulte um die schroffen und gezähnten Berghänge, die sich vor dem tiefschwarzen Himmel abzeichneten.

Elias deutete voraus. »Seht ihr das? Da steht tatsächlich eine Hütte! Das muss sie sein! Sind vielleicht noch zehn Minuten!«

Valeria sah die Berghütte, die sie etwa fünfhundert Meter voraus in einer Kehre erwartete. Dunkel war sie, lauernd. Der Schnee knirschte unter ihren Schritten, das Eis barst.

Es waren gefühlt die längsten zehn Minuten ihres Lebens. Chloe rief etwas, doch gingen ihre Worte im heftigen Wind unter. Valeria schirmte die Augen mit der Hand ab, als fast waagrechte Böen ihnen über die Felsen und den Schnee entgegenfegten, Eissplitter und winzige Steine mit sich trugen.

»Verfluchter Wind«, hörte sie Elias brüllen. Er gestikulierte und deutete nach hinten. Valeria sah sich um und erblickte Chloe, die ein ganzes Stück vom Pfad abgekommen war. Der Lichtkegel ihrer Taschenlampe huschte hier- und dorthin, flackernd wie ein Stroboskoplicht.

»Ich hole sie«, schrie Valeria. Den Wind im Rücken, schlitterte sie über das Eis zurück, packte Chloes Arm und half ihr zurück auf den Pfad. »Nur noch ein paar Meter«, rief sie. Trotz der Kälte lief Valeria der Schweiß über den Rücken, unter der Jacke war es heiß.

Und schließlich erreichten sie die Hütte. Elias zog den Riegel zurück und stieß die Tür auf, die ihm der Wind aus der Hand reißen wollte. Sie eilten hinein, und er schlug sie direkt hinter ihnen wieder zu.

Dunkelheit ringsum.

Das Tosen und Heulen des Windes klang nun abgeschwächt, als käme es aus einem schlecht eingestellten Radio, das irgendwo in der Dunkelheit stand.

»Ich hoffe, es gibt hier Strom«, sagte Elias.

»Versuch es mal neben der Tür«, erklang Chloes Stimme.

Valeria rührte sich nicht. *Du bist hier gewesen. Du kannst es spüren. Das ist mehr als nur eine Erinnerung. Es ist fast schon greifbar … verfluchter Mist.*

Licht flammte auf. Sie sah Elias, der neben der Tür stand, die Hand noch auf dem Schalter. »Okay, der Strom geht noch.«

»Beschwör es nicht herauf«, sagte Valeria. Sie sah sich um. Das Innere der Hütte war spartanisch – ein einfacher Holzboden, ein Tisch, ein paar Stühle und Bänke, an den Wänden einige Schränke und weiter hinten zwei weitere Türen.

»Habt ihr das Schild an der Tür gesehen?«, fragte Chloe.

Valeria schüttelte den Kopf.

»Betreten verboten – das steht dort draußen.« Chloe deutete auf die einfache Holztür, an der der Wind von außen rüttelte wie ein Betrunkener, der Einlass verlangte. »Und dann noch irgendetwas von Einsturzgefahr.«

»Mag sein«, sagte Valeria. »Wir haben den Weg aber nicht zurückgelegt, um uns von einem Schild zurückhalten zu lassen. Sehen wir uns um, ja?«

Sie näherte sich dem Holztisch. Ein Kerzenständer stand dort, eine alte Zeitung lag auf einem der Stühle. Das Datum lag etwa zehn Jahre zurück. Valeria blätterte sie durch, entdeckte jedoch nur belanglose Mitteilungen. Sie strich mit der Hand über die Tischplatte. *Das Holz … die Maserung …*

Was machen wir mit der Dritten? sagte jäh eine barsche Stimme in ihrem Kopf.

Valeria holte tief Luft. Das Licht über ihrem Kopf flackerte. »Fuck«, sagte sie laut, »da war … da war gerade was. Ich … ich hatte da eine Erinnerung …« Sie berührte die Tischplatte ein zweites Mal, doch es tauchte kein neuer Erinnerungsfetzen auf.

Elias drehte sich zu ihr um. »Also warst du hier? Du bist dir sicher?«

»Sicher nicht. Aber all das hier kommt mir vertraut vor.« Sie zögerte. »Nicht auf eine gute Weise. Eher so, dass ich am liebsten nach draußen rennen und mich übergeben möchte.«

»Mach das nicht, es ist sehr windig draußen«, sagte Elias.

»Hör auf, witzig zu sein. Das passt gar nicht hierher.« Etwas an diesem Ort irritierte sie, wie ein Fremdkörper, der unter ihre Haut gekrochen war, wie Juckreiz an einer nicht erreichbaren Stelle. Es war unangenehm, beängstigend, weil sie nicht erklären konnte, was dieses Gefühl auslöste.

An der Südwand hing ein mäßig gut gemaltes Aquarell, das einen Bergsee zeigte. Valeria ging darauf zu. Auf den Holzbrettern, die die Wände verkleideten, hatte jemand mit Kugelschreiber ein paar Linien gezeichnet – wirres Gekritzel, das gleich an dem Gemälde endete.

»Man sollte den ganzen Ort hier abreißen«, hörte sie Elias sagen. Valeria betrachtete das Bild: Es war schlicht, nicht besonders kunstfertig gemalt, wirkte vielmehr wie der ungeschickte erste Versuch eines Hobbykünstlers.

Etwas daran stimmte nicht, sie konnte es instinktiv spüren.

»Dieses Gemälde … es passt so gar nicht hierher, nicht wahr?« Chloe war an ihre Seite getreten. »Wieso hängt das hier?«

»Das frage ich mich auch.« Valeria zuckte zusammen, als der Wind die Hüttentür heftig erzittern ließ. Das Licht flackerte und erlosch. Als sie einen Blick über die Schulter warf, war es ihr, als bewegten sich in der Dunkelheit die Silhouetten von mehreren Männern.

Dann ging das Licht wieder an. Die Glühlampen über ihren Köpfen summten nervös.

»Diese Linien da, siehst du die, Chloe? Hilf mir mal bitte.« Valeria packte das große Aquarellgemälde und hob es gemeinsam mit Chloe von der Wand. »Das ist ja interessant.« Unter dem Gemälde fehlte die Holzverkleidung der Wand, sodass man auf die Unterkonstruktion und die Dämmung blicken konnte.

»Sieht fast so aus, als hätte jemand die Verkleidung rausgebrochen.« Chloe strich über die gesplitterten Holzkanten. »Und was sagt uns das?«

»Diese Linie führte zu … etwas anderem. Vielleicht einem Zeichen, einem Hinweis.« Valeria stieß eine der anderen Türen auf. Schlafräume erstreckten sich vor ihr, verbunden durch einen schmalen Flur. Die Betten waren muffig und durchgelegen, die Luft roch verbraucht.

»Wirklich einladend, oder? Man möchte sich gleich reinlegen.« Elias war hinter sie getreten.

Valeria sah sich nach ihm um. »Hilfst du mir mal? Jemand hat hier aufgeräumt. Wir müssen die ganze Hütte durchsuchen, vielleicht hat jemand etwas übersehen, das er besser beseitigt hätte.«

»Jemand? Was soll der denn da bitte hinter diesem hässlichen Bild beseitigt haben?«

»Hilf mir einfach. Du nimmst den Raum nebenan, ich den hier.« Valeria schob eines der Betten zur Seite. Die Wände dahinter waren fleckig und rochen nach Schimmel, waren sonst jedoch unversehrt. »Hier ist nichts. Hier …« Sie hielt inne, erstarrte. Ihr Blick war auf den Boden unter dem Bett gefallen, auf die Dielenbretter.

Irgendetwas tief in ihrem Unterbewusstsein hatte begriffen, was sie da sah, noch ehe es der wache Teil ihres Verstandes verarbeiten konnte – eine Welle von eisiger Panik überrollte sie. »Fuck«, stieß sie hervor, »fuck, fuck ... das gibt's doch nicht.«

»Ravelli ... was ist?« Chloe Muston war in der Tür erschienen, und als sie bemerkte, dass Valeria so konsterniert auf den Boden blickte, trat sie an ihre Seite.

Dort auf den Dielenbrettern aus hellem Fichtenholz war der Buchstabe V tief ins Holz gekratzt – ein V mit einem Kreis darum.

Valeria traute ihren Augen kaum. »Das ... oh verdammt, das kann nicht sein.«

»Was ist das? Was hat das zu bedeuten?«

»Das ... ist von mir.« Valeria spürte, wie alle Kraft ihre Beine verließ, und sie ließ sich auf den staubigen Boden sinken. »Ich ... ich hab früher so gerne unterschrieben. Das ... ich ... verflucht ...« Sie sah zu Chloe auf, die sich besorgt über sie beugte. »Das bedeutet, wir waren hier. Das hier war der Ort, an dem man uns gefangen hielt. Steph, Sophie und mich ... und ich muss dieses Zeichen hinterlassen haben. Oh, verflucht.«

»Elias!«, rief Chloe laut, da er sich noch immer irgendwo nebenan aufhielt. Valeria bemerkte kaum, wie er den Raum betrat.

»Ihr müsst mal rüberkommen«, hörte sie Elias sagen. »Val ... was ist denn?« Dann stieß er ein scharfes Zischen aus. »Du hast das hier hinterlassen? Ist das von damals?«

Valeria sah zu ihm auf, während ein Tränenschleier ihre Augen bedeckte. »Wir waren hier. So muss es gewesen sein. Und ich ... mir ist es irgendwie gelungen, wenigstens dieses Zeichen zu hinterlassen.«

Elias fluchte laut. »Hier haben die euch untergebracht?«

»Die?«, wiederholte Chloe und runzelte die Stirn. »Wie

kommst du denn darauf, dass wir es hier mit einer Mehrzahl an Tätern zu tun haben?«

»Es gibt hier einen alten Obdachlosen, der das behauptet hat. Sagte, er hätte mehrere Männer gesehen«, erwiderte Elias aufbrausend. »Aber der Typ ist nicht ganz richtig im Kopf. Egal, wir müssen die ganze Hütte weiter absuchen, ob wir nicht irgendwo noch eine Spur übersehen haben …«

»Das sollten wir.« Valeria räusperte sich. Als Elias ihr die Hand entgegenstreckte, um ihr aufzuhelfen, schüttelte sie den Kopf. »Es geht schon.« Sie stand auf, aber in ihrem Kopf drehte sich weiterhin alles, rannten die Schatten der Vergangenheit hin und her und schrien die Stimmen ihrer ermordeten Freundinnen krächzend und laut, wie aus einem schlecht eingestellten Radio.

»Wenn wir umkehren sollen, dann sag es uns.« Chloe betrachtete sie mitfühlend.

»Ich bin kein kleines Mädchen mehr, um das ihr euch Sorgen machen müsst, verstanden?« Auf einmal wurde Valeria wütend. Sie sah von Chloe zu Elias. »Ja, es war schrecklich, aber ich kann damit umgehen. Ihr müsst mich nicht ansehen, als stünde ich jede Minute davor, zusammenzubrechen.«

»Geht klar«, sagte Elias.

»Suchen wir einfach weiter.« Valeria straffte die Schultern.

Es dauerte etwa eine halbe Stunde, bis sie eine weitere Spur entdeckt hatten: eine Zeichnung, die auf einem nah der Decke verlaufenden Holzbalken mit einem dünnen, fast schon verblassten Filzstift gemalt worden war und stark an jene von Xaver Baumann erinnerte, die er vor einundzwanzig Jahren hinterlassen hatte, bevor man ihn festnahm – seltsame Kreise, die fast wie eine okkulte Skizze wirkten, Buchstaben, die keinen Sinn ergaben, und das verzerrte, dämonenhafte Zeichen, das wohl einen Steinbock mit langen, gewundenen Hörnern darstellen sollte.

»Dieses Zeichen haben wir vor Kurzem auch hier bei dem getöteten Hirsch auf der Lichtung gesehen. Und das hier«, sagte Chloe, nachdem sie den Holzbalken betrachtet hatte, »das sieht aus wie Strichmännchen …«

»Strichmännchen?« Valeria holte ihr Smartphone hervor und fotografierte die Stelle, auf die Chloe zeigte, sowie das in die Dielen gekerbte V und die Filzstiftzeichnung auf dem Holzbalken. »Vielleicht die Täter.«

»Dann wären es drei. Es sind eindeutig drei große Strichmännchen, und alle drei halten etwas in den Händen, was ziemlich eindeutig nach Waffen aussieht.«

»Und die kleineren daneben …« Elias warf Valeria einen Blick zu.

»Die sind wir. Drei kleinere.« Valeria fühlte sich, als hätte ihr jemand Eiswasser über den Kopf gegossen. »Das sind wahrscheinlich Sophie, Steph und ich. Also hat uns jemand gesehen? Ist es das, was ich hier herauslesen kann? Hat der- oder diejenige die Täter und uns beobachtet?«

»Vielleicht. Und … ist derjenige Xaver Baumann? Die Ähnlichkeit zu seinen Zeichnungen ist nicht zu übersehen, aber … wir müssen noch mal mit ihm reden.« Chloe sah aus, als hätte sie in einen sauren Apfel gebissen. »Ich war mir schon damals sicher, dass sie mit ihm den Falschen verhaftet haben … und jetzt haben Birkner und seine Leute Baumann erneut mitgenommen … und sie werden bestimmt ebenso wenig aus ihm herauskriegen wie ich damals.«

»Wir können das nutzen. Sprechen wir noch mal mit ihm. Treten wir ihm anders gegenüber, als es Birkner getan hat, reichen wir ihm eine Hand. Versuchen wir es wenigstens«, sagte Valeria. »Aber zuerst …« Sie öffnete die Tür der Hütte und blickte hinaus über die eisige Winterlandschaft und den schmalen Pfad, der wieder hinabführte. »Zuerst müssen wir uns irgendwann heute Nacht wieder auf den Rückweg machen.«

37

Birkner hatte eine dampfende Tasse vor sich stehen, aus der es nach starkem Kaffee roch, doch ihr hatte er keinen angeboten.

»Nichts?«, fragte Valeria.

»Nichts«, erwiderte er. »Die Kollegen haben das Video digitalisiert und aufbereitet, aber … sehen Sie selbst.« Er schaltete einen der Monitore ein, die im improvisierten Einsatzzentrum im Gasthof Steinadler standen. Valeria sah zu, wie der Unbekannte mit dem Geländewagen vor die Tankstelle fuhr, wie er tankte, einen Kanister füllte und dann wieder abfuhr, ohne einen Blick in Richtung Kamera zu werfen. Die Techniker hatten gute Arbeit geleistet, das Bild war stabil und um einiges schärfer als zuvor.

»Haben wir jemanden, der zu der Statur passt? Einen Eigerstaler?«

Birkner schnaubte. »Was wir hier sehen, ist ein circa ein Meter fünfundachtzig großer Mann mit gewissem Bauchumfang, um die hundertzehn Kilo schwer. Im Wald nahe der Brandstelle, wo der Geländewagen vollständig ausgebrannt ist, haben wir ein paar Schuhabdrücke gefunden, Größe fünfundvierzig. Das, Ravelli, trifft wahrscheinlich auf den Großteil der Männer hier in der Umgebung zu – von diesem Bauch mal abgesehen.«

»Der Bauch könnte auch nur ein Trick sein. Bitte zurück zu

der Stelle, wo er den Kanister hochhebt. Genau, da. Jetzt bitte anhalten.«

Birkner stoppte das Bild. Valeria deutete mit dem Finger auf den Bildschirm. »Sehen Sie das? Wirkt ziemlich gleichmäßig … wie ein Kissen oder so was. Er könnte uns nur etwas vorspielen, von wegen dicker Bauch und gebeugte Körperhaltung, die auf ein höheres Alter hindeutet … das ist schnell improvisiert und ganz einfach vorgetäuscht.«

»Und das bedeutet, es könnte jeder hier gewesen sein.«

»Richtig. Dennoch haben wir eines über ihn gelernt: Er spielt mit uns. Versucht, uns absichtlich hinters Licht zu führen.«

»Und was sagt uns das? Dass wir mit allem rechnen müssen?«

»Dass er leichtsinnig ist. Dass er ein großes Risiko eingeht, wenn man ihn provoziert.«

»Also wollen Sie genau das versuchen? Ihn provozieren?«

Sie zögerte. »Ich möchte zunächst etwas anderes: noch einmal mit Xaver Baumann sprechen.« Valeria hatte Birkner von den neuen Entdeckungen in der abgelegenen Berghütte erzählt, davon, dass sie ihr eigenes Zeichen dort oben hinterlassen haben musste – nun wurde die Berghütte von einem Team der Spurensicherung überprüft, die ihre Ausrüstung mit einem Hubschrauber nach oben geflogen hatte.

Birkner schnaubte. Er nahm einen großen Schluck aus der Kaffeetasse und verzog danach das Gesicht. »Widerlich«, sagte er. »Baumann also? Noch einmal? Sie haben beim ersten Mal doch schon nichts aus ihm herausbekommen.«

»Und Sie auch nicht, oder?« Als sie das sagte, huschte ein verärgerter Schatten über Birkners Gesicht. *Pass auf, was du sagst. Er hat heute eine extrem kurze Zündschnur.*

»Ich auch nicht, das ist korrekt«, erwiderte er mit zusammengekniffenen Lippen. »Wieso denken Sie, dass es dieses Mal anders sein wird?«

»Weil ich ihm von der Berghütte erzählen will. Ich glaube, dass er dort oben war. Und wenn ich damit recht habe, wird das bei ihm gewiss eine Reaktion auslösen.«

»Er ist wieder bei seiner Mutter, Ravelli. Wir hatten nichts gegen ihn in der Hand und mussten ihn laufen lassen. Wenn Sie also mit ihm sprechen wollen, müssen Sie wieder dorthin zurück. Und glauben Sie mir, sie wird überhaupt nicht erfreut sein.«

»Damit kann ich umgehen.«

Birkner lachte humorlos. »Natürlich.«

»Wie läuft die Suche?«

»Prächtig. Es gibt keine neuen Ergebnisse.«

»Weil es keine gibt, oder …« Valeria zögerte. Sie war sich unsicher, ob es klug war, Birkner darauf anzusprechen, doch dieser Gedanke nagte schon eine ganze Weile an ihr. Wie konnte es sein, dass ein Team aus Freiwilligen und Polizisten schon seit Tagen die Wälder durchsuchte und bisher nicht einen Hinweis gefunden hatte? Mehr noch: Wie konnte es sein, dass das Täterfahrzeug in den Wald gebracht und dort verbrannt werden konnte, ohne dass es jemand mitbekommen hatte?

»Oder was, Ravelli?«

»Oder torpediert jemand die Suche? Lässt Ergebnisse und Spuren verschwinden?«

»Was behaupten Sie da?« Birkners Faust donnerte auf den Tisch, die Kaffeetasse rutschte herunter und zersprang mit einem lauten Knall. »Bei meinen Leuten, Ravelli, und ich sage es *deutlich*, bei meinen Leuten gibt es das nicht. Hier lässt niemand zu, dass irgendwas, und sei es auch nur eine winzig kleine Spur, verwischt wird.«

»Haben Sie alle Suchprotokolle hier, Birkner? Zeigen Sie mir die doch mal.«

»Die sind beim Leiter der zivilen Suchmannschaften. Bei Berglund.«

»Ich verstehe. Und haben Sie die schon mal kontrolliert?«

Birkner starrte sie an. »Wieso sollte ich das tun? Wieso sollten nicht alle ausnahmslos an einem Strang ziehen, was Nora angeht?«

»Nun, einer von ihnen zieht nicht am Strang, er arbeitet vielmehr dagegen. Und wenn wir Baumanns Zeichnung in der Berghütte richtig interpretieren, könnten es sogar drei sein. Drei Täter, die gemeinschaftlich handeln.«

»Drei?«

»Und wenn alle drei an der Suchaktion nach Nora beteiligt sind … das wäre fatal. Also, ich möchte mit Berglund und Xaver Baumann sprechen.«

Birkner zögerte. »Er wird nicht besonders erfreut darüber sein. Kennen Sie ihn?«

»Wir sind uns vor einigen Tagen kurz begegnet. Er hat mir demonstriert, dass er keinen besonders guten Charakter besitzt.« Valeria lächelte kühl. »Aber machen Sie sich keine Sorgen: Ich nehme mögliche Beschwerden auf meine Kappe. Sie sind da fein raus, Birkner, ich kümmere mich darum.«

38

Mathias Berglund stapfte mit grünen Gummistiefeln durch den Nebel. Valeria holte ihn ein, als er sich gerade zum Boden hinabbeugte, um etwas zu untersuchen – dadurch fiel er ein Stück hinter der Suchmannschaft zurück, und sie war sich sicher, dass er dies nur tat, weil er sie bereits bemerkt hatte und nicht vor den anderen mit ihr sprechen wollte.

»Mathias Berglund!«, rief sie.

Er verharrte in gebückter Haltung.

Valeria trat neben ihn. »Herr Berglund, ich bin Valeria Ravelli von Interpol. Erinnern Sie sich?«

Er sah zu ihr auf. »Sie waren die, die ich mit einer Reporterin verwechselt habe.«

»Stimmt.« Valeria erkannte nun, was er aufgehoben hatte: eine kleine goldene Haarspange. »Was haben Sie da?«

»Gerade hier gefunden.« Berglund kramte in seiner Jackentasche nach etwas, dann zog er eine Plastiktüte hervor, in die er die Spange fallen ließ. »Nehmen wir an, die gehört Nora …« Er blickte durch den Nebel in die Wälder, die vor ihnen lagen, ein schweigendes grünes Meer. »Dann ist sie hier durchgekommen. Vielleicht …«

»Geben Sie mir bitte die Plastiktüte.«

»Ich werde sie der Polizei geben.« Berglund hielt die Tüte fest.

»Ich bin …«

»Sie sind von Interpol. Dies ist eine Angelegenheit der Kantonspolizei. Also nein, ich werde Ihnen nicht diese Tüte geben.«

»Wissen Sie, Herr Bürgermeister, ich kann richtig unangenehm werden, glauben Sie mir das. Aber mir geht es um etwas anderes: die Suchprotokolle. Birkner sagte mir, dass Sie die haben.«

»Ach, sagte er das?« Berglund legte den Kopf schief. »Höre ich da etwa Misstrauen heraus?«

»Nein. Nur den Wunsch, schnell wieder von hier wegzukommen. Und das geht nicht, solange ich Nora nicht gefunden habe.«

Berglund lachte. »Ich verstehe. Nun, mit den Suchprotokollen kann ich dienen. Diese Haarspange geht direkt an Birkner, nur damit Sie das wissen. So, wie es sein muss.«

»Ich werde den Kollegen fragen, ob er sie erhalten hat.« Valeria lächelte kühl. »Also, wo sind die Protokolle? Wie gesagt: Birkner sagte mir, Sie hätten die.«

Berglund schüttelte den Kopf. »Nein, ich habe sie nicht. Er meinte nicht mich, sondern meinen Vater. Knut Berglund.«

»Ihren Vater?«, wiederholte Valeria. *Natürlich.* »Wenn das so ist, dann muss ich wohl ihn treffen. Wo finde ich Ihren Vater?«

»In seinem Haus unten südlich am Wald. Sie können es gar nicht verfehlen.«

Valeria musterte ihn noch einen Moment. »Viel Glück noch bei der Suche«, sagte sie kalt. »Wenn diese Spange nicht bei Birkner auftaucht, werden wir uns wiedersehen.«

»Oh, aber da freue ich mich drauf.« Berglund zwinkerte ihr

zu, doch strahlte nichts an seinem Gesicht Freundlichkeit aus. »Darauf freue ich mich ganz besonders.«

Knut Berglund war viele Jahre vor seinem Sohn lange Zeit Bürgermeister von Eigerstal gewesen – auch damals, vor einundzwanzig Jahren.

Du hast nicht mehr damit gerechnet, dass er noch am Leben sein könnte. Er war damals schon in seinen Fünfzigern – für dich als Mädchen war das alt, und du bist immer davon ausgegangen, dass er mittlerweile verstorben ist.

Das Haus, in dem Berglund senior wohnte, war ein doppelstöckiges Chalet, das man aufs Feinste ausgebaut hatte. Die Sonne schimmerte matt auf dem Schieferdach, neben der doppelflügeligen Tür aus schwerer Eiche hing ein Kreuz, von dem der Gekreuzigte mit ernster Miene auf seine Besucher herabsah. Das Garagentor neben dem Chalet stand offen. Valeria entdeckte eine Mercedes-Limousine. Der Wagen war blitzblank geputzt, und an der Garagenwand hingen einige gerahmte Fotos, die Berglund und seinen Sohn beim Jagen zeigten.

Valeria drückte den Klingelknopf. Es dauerte mehrere Minuten, bis eine Frau in weißer Kittelschürze ihr öffnete.

»Ravelli«, stellte sie sich vor und zeigte den Ausweis. »Ich muss mit Herrn Berglund sprechen.«

Ein unverbindliches Lächeln war die Antwort. »Ich bin die Fachkraft, die Frau Berglund betreut. Warten Sie bitte hier, ich werde ihn informieren.« Sie machte kehrt und verschwand wieder im Haus, doch lange musste Valeria nicht warten. »Er empfängt Sie oben im Arbeitszimmer. Folgen Sie mir, ich bringe Sie zu ihm.«

Das Haus war geschmackvoll eingerichtet. Valeria folgte

der jüngeren Frau über einen mit Eichendielen ausgelegten Flur, wo weitere Fotos die Wände schmückten: Berglund und sein Sohn, Berglund und andere Männer, die allesamt wichtig aussahen, Berglund und seine Frau, die außergewöhnlich hübsch war.

»Sie kommen nicht von hier«, stellte Valeria fest.

Die Krankenschwester nickte. »Herr Berglund hat mich aus einer Einrichtung in Zürich abgeworben. Ich bin rund um die Uhr hier, da seine Frau … nun, das soll er Ihnen am besten selbst sagen.« Sie öffnete eine weitere Tür und führte Valeria in ein Arbeitszimmer, das von einem mächtigen Schreibtisch aus glänzendem Mahagoni dominiert wurde. An den Wänden standen Bücherregale, die bis unter die Decke reichten. Auf der Rückseite bot ein Fenster einen herrlichen Blick auf die umliegenden schneebedeckten Drei- und Viertausender.

»Darf ich Ihnen etwas anbieten? Tee?«

»Sehr gerne«, erwiderte Valeria. Die jüngere Frau ließ sie allein zurück, sodass ihr etwas Zeit blieb, die Buchtitel zu inspizieren. Da standen philosophische Werke neben Biografien großer Staatsmänner, Abenteuerromane Seite an Seite mit *Die Kunst des Krieges* von Sun Tzu. Nach einiger Zeit kehrte die Pflegerin mit einem Tablett zu ihr zurück. »Schwarztee, heiß und frisch«, erklärte sie. »Herr Berglund empfängt Sie gleich.«

Es verstrichen nochmals gut zehn Minuten, dann trat Berglund ein. Sein Haar war weiß geworden, ebenso sein Bart. Er trug einen Anzug aus braunem Cord mit einer grauen Weste darunter und stützte sich auf einen hölzernen, kunstvoll geschnitzten Gehstock, der teuer wirkte – wie alles andere in diesem opulent eingerichteten Chalet. Bei jedem Schritt machte der Stock ein Geräusch auf dem Parkettboden: tock, tock, tock.

»Herr Berglund, gut, dass Sie Zeit für mich haben. Mein Name ist Valeria Ravelli, ich komme von Interpol und unterstütze die hiesige Polizei in der Ermittlung zu Nora Matteis Verschwinden.«

Über Berglunds Gesicht wanderte ein Wiedererkennen. »Ravelli, ja, aber natürlich«, sagte er. Seine Stimme klang passend zu seinem Äußeren. »Sie sind das Mädchen, das vor einundzwanzig Jahren die schreckliche Tragödie überlebt hat. Wissen Sie, ich habe mich schon häufig gefragt, was aus Ihnen geworden ist. Interpol, sagten Sie? Das ist höchst interessant. Ein guter Freund von mir arbeitet dort.«

Der ehemalige Bürgermeister schüttelte ihre Hand, sein Händedruck war fest und warm. »Wie ich sehe, hat Martha Sie bereits versorgt«, sagte er mit einem Blick auf ihre Teetasse. »Sie ist eine gute Seele. Ich wüsste nicht, was ich ohne sie machen soll.« Als hätte er die unausgesprochene Frage auf Valerias Lippen gelesen, fügte er hinzu: »Sie hilft mir mit Violet, meiner Frau. Sie ist erkrankt – eine schwere Form von Rheuma, die den Alltag zu einem wahren Kraftakt werden lässt. Ist es nicht einfach furchtbar, zusehen zu müssen, wenn dies einem geliebten Menschen zustößt? Und dazu kommt die Hilflosigkeit … Sie werden nicht glauben, was wir schon alles versucht haben.« Er senkte den Blick, doch als er wieder aufsah, war Valeria von der Stärke überrascht, die ihm trotz allem innewohnte. »Aber ich langweile Sie mit dieser Geschichte und will Sie auch nicht damit belästigen. Verraten Sie mir, wieso Sie hier sind?«

Valeria nickte. »Ich habe heute Morgen mit Ihrem Sohn gesprochen. Er leitet eine der Suchmannschaften, die nach Nora

Mattei suchen. Ich bat ihn darum, mir die Suchprotokolle auszuhändigen, woraufhin er mir sagte, dass ich diese hier finden könnte.«

»Es ist eine Tragödie.« Berglund faltete die Hände vor sich auf dem Schreibtisch. »Sie wissen, ich war vor einundzwanzig Jahren Eigerstals Bürgermeister – und ich habe mir geschworen, ich würde nicht zulassen, dass sich eine ähnliche Geschichte je wiederholt. Und nun ist es wieder geschehen. Das arme Mädchen. Ich sehe es als meine Pflicht an, die Suche zu unterstützen, die Ergebnisse zusammenzutragen und zu koordinieren. Leutnant Birkner, ich nehme an, Sie kennen ihn bereits, war sofort bereit, diese Verantwortung auf mich zu übertragen.«

»Ja, ich kenne ihn. Haben Sie die Protokolle hier? Dann würde ich sie gerne einsehen.«

»Natürlich.« Berglund erhob sich und ging mit seinem Gehstock zur Tür. »Folgen Sie mir bitte.«

Valeria stieg hinter ihm eine Treppe hinab in einen weißen Kellerraum, wo auf einem großen Tisch mehrere Aktenordner lagen. Es waren, so schätzte sie auf den ersten Blick, gewiss an die fünfhundert Seiten, die nun schon zusammengekommen waren.

»Es gibt kaum mehr ein Fleckchen in den Wäldern, das die Männer noch nicht untersucht haben«, sagte Berglund. »Bitte. Nehmen Sie sich so viel Zeit, wie Sie brauchen.«

»Vielen Dank.«

»Haben Sie vor, länger in Eigerstal zu bleiben, Frau Ravelli?« Berglund rührte sich nicht vom Fleck, er hielt seinen Gehstock fest und musterte sie mit seinen blassen grünen Augen. Aus der Nähe bemerkte Valeria, dass er nach einem chemischen Desinfektionsmittel roch.

»Nur so lange wie nötig«, erwiderte sie. »Das bedeutet, so lange, bis Nora Mattei wieder sicher zu Hause ist.«

»Ich verstehe. Leider ist mir auch zu Ohren gekommen, dass es der Polizei noch nicht gelungen ist, verwertbare Spuren zu entdecken. Fürchten Sie da nicht, dass Nora …«, er zögerte, »… nun womöglich nicht mehr lebendig aufgefunden werden könnte?«

»Doch. Aber mehr noch fürchte ich, dass uns jemand etwas vorspielt. Dass irgendjemand, den wir längst überprüft und als unverdächtig abgetan haben, ein doppeltes Spiel mit uns spielt. Dass er uns bewusst täuscht.«

»Sie denken, der oder die Täter – oder die Täterin, wer weiß das schon, nicht wahr? – würde etwas derartig Dreistes wagen?«

»Es wäre leicht, sich einer der Suchmannschaften anzuschließen, sich als besonders hilfsbereit zu zeigen … und dabei gezielt Spuren zu vertuschen, oder …«, sie deutete auf die Aktenordner, »… die Protokolle zu verfälschen. Es bietet sich geradezu an. Auch deshalb will ich das prüfen.«

Berglund senkte die Stimme. »Haben Sie jemanden im Sinn?«

»Das kann ich Ihnen leider nicht sagen. Sie wissen ja, laufende Ermittlungen.«

»Nun, Leutnant, ich bin mir sicher, dass Sie wissen, was Sie tun.« Er zögerte, und Valeria sah ihm an, dass er seine folgenden Worte sorgfältig abwägte. »Damals gab es eine Reihe von seltsamen Symbolen, die der Verdächtige Xaver Baumann hinterlassen hat … Wie sich herausstellte, konnte man ihm nichts nachweisen, das ihn klar als Täter identifiziert hätte, nur eben diese Zeichnungen … Aber es bereitet mir Sorgen, dass diese Symbole heute ebenfalls wiederaufgetaucht sind, dort bei dem getöteten Hirsch auf diesem Felsen. Große Sorgen.«

Valeria fragte sich, woher er davon wusste, besann sich dann jedoch, dass dies hier Eigerstal war – und dass sich Gerüchte in einem kleinen Ort wie diesem fast schneller als der Wind ausbreiteten. »Das geht mir nicht anders.«

»Könnte es ein Trittbrettfahrer sein? Jemand, dem es sadistischen Spaß bereitet, eine Verknüpfung zu damals herzustellen?«

»Wer sagt uns, dass der damalige Täter nicht wieder aktiv ist?«, entgegnete Valeria.

»Sie haben recht. Das sagt uns niemand.« Berglund deutete auf ein kleines Digitalgerät, das auf einem Regal in der Nähe stand. »Das ist eine Wetterstation – oder vielmehr sollte ich sagen, es ist mit einer Wetterstation verbunden, die ich auf einem Grundstück hier in der Nähe aufstellen ließ. Das Wetter hat einen großen Einfluss auf das Wohlbefinden meiner Frau, müssen Sie wissen … und wie ich in den vergangenen Tagen feststellen musste, wird es immer kälter.«

Valeria konnte die unausgesprochene Anklage in seinen Worten nicht überhören. Natürlich wurde es kälter und kälter, und mit jedem Tag und jedem Grad, das auf dem Thermometer verschwand, verringerte sich auch Noras Überlebenschance.

»Ich lasse Sie dann mal in Ruhe.« Berglund machte sich auf seinen Gehstock gestützt auf den Weg zur Tür, drehte sich dort noch einmal nach ihr um. »Und natürlich wünsche ich Ihnen alles Gute. Auf dass Sie finden, was Sie suchen – und dass Sie Nora wiederfinden, lebend natürlich, und auf dass in Eigerstal dann endlich Ruhe einkehrt.«

Er ging hinaus, und Valeria öffnete den ersten Aktenordner. Von Hand beschriebene Seiten, Zeichnungen und detaillierte

Karten kamen zum Vorschein. Sieht nach jeder Menge Arbeit und schlaflosen Nächten aus, dachte Valeria und seufzte. Dann setzte sie sich, nahm einen Schluck ihres Tees und widmete sich der ersten Seite.

39

So verstrich einige Zeit, und Valeria stieß auf kleinere Ungereimtheiten in den Protokollen, aber nichts, was auf eine vorsätzliche Vertuschung hindeutete. Am Abend, als sie mit Elias essen ging, spürte sie die Erschöpfung des stundenlangen Aktenstudiums in jedem Muskel.

»Du siehst müde aus«, stellte Elias nüchtern fest.

»Hab die letzten Tage vielleicht vier Stunden geschlafen. Schlafe schlecht ein und wache viel zu schnell wieder auf.«

Valeria und Elias teilten sich ein Fondue bourguignonne. Zwischen ihnen stand ein Topf mit heißem Öl, daneben lagen Fleischstücke, die sie aufspießten und dann in das Öl tauchten, um sie zu braten. Das Fleisch zerging wie Butter auf der Zunge, und dennoch verspürte Valeria nicht besonders viel Hunger.

»Erzähl mir von dir«, sagte sie. »Von dem Leben hier oben.«

»Oh, meistens ist es kalt«, erwiderte Elias. »Daran erinnerst du dich sicher noch.«

Valeria lächelte nicht. »Was hat dich hiergehalten, nachdem Sarah …« Sie sprach nicht weiter, als sie bemerkte, dass ein Schatten über seine Gesichtszüge huschte. Im selben Moment ärgerte sie sich, den Namen erwähnt zu haben.

»Keine Ahnung, Val. Ich weiß es wirklich nicht. Vielleicht … vielleicht muss ich es immer noch verarbeiten. Und das, da bin ich mir sicher, kann ich nur hier oben.«

»Und wie hat Nora es aufgenommen, dass ihre Mutter ums Leben gekommen ist?«

»Sie hat zwei Wochen kein Wort gesprochen. Sie hat eine ganze Zeit lang gebraucht … Wir *alle* haben diese Zeit gebraucht.«

»Das glaube ich dir sofort. Es ist schlimm, dass ihr beide eure Frauen verloren habt. Nino und du.«

»Ich weiß, woran du denkst«, antwortete Elias. »An diesen Abend. Neulich, als wir dem Obdachlosen begegnet sind … ich musste in letzter Zeit auch wieder daran denken, aber … es ist doch nur Aberglaube, mehr nicht.«

»Nora ist tot«, sagte sie leise.

Elias sah aus, als hätte er sich an seinem Bissen verschluckt. »Was sagst du da?«

»Die Spürhunde finden sie nicht. Die Suchmannschaften finden sie nicht. Und diese Haarspange, die Berglund junior gefunden hat, gehört ihr nicht. Keine DNS-Spuren, die übereinstimmen. Es ist, als wäre sie wirklich vom Erdboden verschluckt. Ich weiß, das bedeutet nicht, dass sie tot ist. Aber die Wahrscheinlichkeit steigt. Sie steigt mit jedem Tag.« Durch das Fenster des Restaurants konnte sie nach draußen blicken, wo erneut Schnee fiel, und die dicken Flocken sich zu einer nun gut dreißig Zentimeter hohen Schicht angesammelt hatten. »Stell dir vor, du bist irgendwo eingesperrt, an einem Ort, an dem es vielleicht keine Heizung gibt. Stell dir vor, du bekommst nur wenig zu essen und noch weniger zu trinken … Stell dir vor, was der Entführer alles mit dir machen kann. Und dann stell dir vor, du bist ein Mädchen, dessen Lebenswillen von Tag zu Tag abnimmt … Wie lange würdest du durchhalten?«

»Ich weiß nicht. Nicht besonders lange.« Elias blickte vom geschäftigen Treiben im Restaurant hinaus in die Kälte, dann zu Valeria. »Aber Nora ist taff. Sie wird nicht so leicht aufgeben. Sie wird alles versuchen, um zu entkommen.«

»Alles? Das kann ebenso riskant sein. Wenn sie versucht zu fliehen, wird sie eine Reaktion ihres Entführers provozieren … ihn womöglich zu etwas zwingen, das er eigentlich nicht geplant hatte.«

»Möglich«, erwiderte Elias. »Habt ihr keinen Profiler oder so was, der uns genau analysieren kann, was dieser Entführer als Nächstes vorhat?«

»Profiler sind keine Zauberer. So jemand braucht ein gewisses Grundmaterial, um damit arbeiten zu können, und dafür haben wir zu wenig. Das Seltsame hier ist doch: Der Täter meldet sich nicht. Er fordert nichts.«

»Das verstehe ich nicht.«

Valeria bestellte beim Kellner ein Glas Ginger Ale. »Vielleicht übersehen wir etwas. Vielleicht hat sich der Entführer ja gemeldet.« Sie legte die Gabel zur Seite und warf Elias einen durchdringenden Blick zu, den dieser erwiderte. »Hat dich jemand angerufen oder anderweitig kontaktiert? Ist jemand an dich herangetreten und zwingt dich, diese Information vor der Polizei geheim zu halten, wenn du Nora lebend wiedersehen möchtest?«

Elias starrte sie an, dann schüttelte er den Kopf. »Wenn es so wäre, Val, dann hätte ich dich eingeweiht. Aber nein, mich hat niemand kontaktiert. Kein Entführer, niemand, der Informationen über meine Nichte hat.«

»Und Nino? Wie sicher können wir uns sein, dass er nicht versucht, die Angelegenheit selbst mit dem Entführer zu regeln?«

Elias überlegte eine Weile. »Ich denke nicht, dass er es versucht, aber du hast recht – wirklich sicher können wir uns da nicht sein.«

Valeria nickte. Und deshalb, ging ihr durch den Kopf, wird Nino Mattei auch beschattet – was Birkner auf dein Anraten hin veranlasst hat. »Sag mal«, versuchte sie, das Thema etwas zu umschiffen und zu einer anderen Angelegenheit zu lenken. »Was hast du zu den Zeichen herausfinden können?«

Elias lachte leise. »Während du in Berglunds Protokollen herumgestöbert hast, habe ich mich ein bisschen mit der Sagen- und Mythenwelt befasst. Dieser Steinbock, Val, so wie ihn Xaver gezeichnet hat, so wie wir ihn auch wieder da oben in der Berghütte entdeckt haben, der existiert wirklich in der hiesigen Sagenwelt. Es ist eine Art Dämon, ein Berggeist ... Man erzählt sich, das Wesen gräbt sich aus der Erde, in den Jahren, wann immer die Menschen zu habgierig und bösartig geworden sind – und dann nimmt es ihnen ihre Kinder. Sänguli heißt es ... eine alte Sagengestalt.«

»Könnte Xaver das aufgeschnappt haben?«

»Natürlich. Vielleicht hat seine verrückte alte Mutter ihm davon erzählt, dass es so eine Legende gibt, und er ... na ja, ist ein bisschen weich in der Birne«, erwiderte Elias, »und hat es geglaubt.« Er langte zu seiner Jacke, die er über den Stuhl gehängt hatte, zog einen Zettel heraus und reichte ihn Valeria. Es war eine Fotokopie aus einem Buch, das lokale Sagen und Mythen behandelte. »Hier. Das hat mich einige Zeit gekostet, es zu finden. Die Bibliothekarin war nur bedingt hilfreich.«

Valeria warf einen Blick auf die Kopie. Ein gehörntes, steinbockähnliches Wesen war darauf zu sehen, mit zottigem Fell und langen Hörnern, das auf den Hinterbeinen stand und mit seinen Vorderklauen ein Kind gepackt hielt.

»Das sieht ziemlich schaurig aus«, sagte sie. »Ich denke, wir sollten auch mal Chloe fragen, ob sie damals vor einundzwanzig Jahren schon auf diese Sache gestoßen sind – und wie schnell sie von ihren Vorgesetzten den Vogel gezeigt bekommen hat.«

»Wer weiß das schon, Val? All diese Legenden haben einen Funken Wahrheit in sich. Wir sollten das nicht zu schnell als unwichtig abtun.«

»Ja, aber …«, Valeria schüttelte ungläubig den Kopf, »… der Sänguli? Das könnte vielleicht bedeuten: Xaver hat etwas beobachtet, das er womöglich für dieses Wesen hielt. Vielleicht … lass mich jetzt mal etwas spekulieren … vielleicht wusste Xaver wirklich durch seine Mutter von diesem Märchen, und vielleicht weiß auch der Täter davon. Vielleicht hat er sich verkleidet, und Xaver hat ihn beobachtet und ihn dann für dieses Ding gehalten. Nimm dir ein zottiges Ziegenfell, wie sie sie bei den Perchten tragen, setz dir eine Maske auf … möglich wär es schon.«

»Aber wozu diese Maskerade? Hat er das absichtlich gemacht, um Xaver zu täuschen? Dann hätte er wissen müssen, dass Xaver ihn beobachtet.« Wieder zischte das Öl, als Elias ein Fleischstück im Topf versenkte.

»Wir waren dort oben in der Berghütte. Wahrscheinlich ist es der Ort, an dem Steph, Sophie und ich gefangen gehalten wurden – warten wir die Untersuchung der Spurensicherung ab –, und ganz offensichtlich war Xaver ebenfalls dort.«

»Und was sagt uns das?«

»Ich weiß es nicht. Noch nicht. Ich weiß nicht, wie er dorthin kam … Ich weiß ja noch nicht mal, wie *wir* dorthin kamen.« Valeria leerte ihr Glas. Das Ingwergetränk prickelte angenehm und vertrieb das Gefühl der Kälte. »Aber was ich weiß: Ich muss noch mal mit Xaver sprechen. Und dann werde ich ihm den Sänguli zeigen.«

40

Roberta Baumann war keineswegs erfreut, das sah Valeria sofort am Blick der alten Frau. Sie kam ihr mit einer Mistgabel in der Hand entgegen, mit der sie den Dreck aus dem Schweinestall zu dem dampfenden Haufen trug, der unweit des Hauses lag. Valeria berührte die Dienstwaffe an ihrer Hüfte, spürte das Metall, das in der eisigen Luft fast schon brennend kalt war.

»Du hast hier nichts verloren«, rief die alte Frau. »Verschwinde, und zwar sofort!« Die Zinken der Mistgabeln waren spitz und mit Mist beschmiert, sie hielt sie vorangestreckt, als hätte sie vor, auf Valeria einzustechen.

»Lassen Sie mich noch einmal mit Xaver sprechen, ich bitte Sie. Wenn Sie wirklich wollen, dass ein für alle Mal seine Unschuld bewiesen wird, dann lassen Sie mich fünf Minuten zu ihm.« Valeria nahm die Hand von ihrer Waffe und hob beide Hände friedlich und beschwichtigend. *Du musst sie beruhigen, so schwer das auch ist.*

»Nein! Runter von meinem Grundstück mit dir!«

»Mama!« Xavers Stimme schnitt wie ein Messer durch die kalte Luft. Er stand in der Haustür und starrte zu ihnen herüber, das dunkle Haar fiel ihm ins Gesicht. »Mama, mach das nicht. Tu ihr nicht weh!«

»Xaver, geh zurück in dein Zimmer«, rief Roberta zurück. »Ich will nicht, dass du rauskommst!«

»Nein, Mama. Ich will mit ihr reden. Lass sie.«

Valeria sah Roberta Baumann an, wie sie mit sich rang. Die Mistgabel in ihrer Hand zitterte so sehr, dass sie sie kaum mehr kontrollieren konnte.

»Du bist eine böse Frau, weißt du das? Du hast meinen Sohn verhext. Hast mir versprochen, dass man ihn in Ruhe lassen würde und dann überhaupt nichts getan, um ihm zu helfen. Lügnerin!«

»Ich habe auch gesagt, dass es womöglich länger dauert, seine Unschuld zu beweisen. Und was ich versprochen habe, das halte ich auch. Man wird ihn in Zukunft in Ruhe lassen, wenn Nora wieder da ist.«

Xaver kam nun über den schlammigen Hof auf sie zu. Seine Hausschuhe versanken im braunen Matsch, doch schien er es kaum zu bemerken. Seine Hände waren zu Fäusten geballt. Er sah aus, als hätte er vor Kurzem noch geweint, sein Gesicht war sehr blass, er wirkte viel ungesünder als beim letzten Mal.

»Diese Behandlung durch die Polizisten hat ihm sehr zugesetzt«, sagte Roberta nun. »Er schreit im Schlaf. Sieh ihn doch an! Er geht ein vor meinen Augen!«

»Es tut mir leid.« Valeria trat einen Schritt zurück. »Xaver, du musst nicht mit mir sprechen, wenn du das nicht willst. Ich kann es verstehen.«

»Aber ich will es«, erwiderte er mit dünner, zitternder Stimme. »Mama. Leg das Ding weg. Lass mich mit ihr reden.«

Roberta schnaubte laut, doch dann trat sie zurück und stach die Mistgabel in den Boden, sodass sie stecken blieb. Sie machte kehrt und wackelte über den Hof davon.

Xaver blieb vor Valeria stehen, die Hände noch immer zu Fäusten geballt. »Sie haben mich angeschrien«, sagte er leise.

»Sie haben gesagt, ich soll zugeben, wo ich das Mädchen versteckt hab.«

»Ja. Ich weiß.« Birkner hatte ihr von Xavers Vernehmung berichtet – und von der Erfolglosigkeit derselben.

»Wieso bist du hier?«

»Xaver, ich möchte dir nur noch ein paar Fragen stellen, dann lasse ich dich in Ruhe, und du kannst zurück in dein Haus gehen. Ich bin vor ein paar Tagen in die Berge gewandert. Da gab es eine Hütte, und … ich habe mich dort umgesehen.«

Sie bemerkte, wie sich Xaver anspannte.

»Im Inneren der Hütte habe ich etwas entdeckt.« Sie zeigte ihm die Fotografie des Balkens, auf dem das Zeichen des dämonischen Steinbocks eingeritzt war. Xavers Fäuste zitterten vor Anspannung. »Erinnerst du dich daran?«

Er schüttelte den Kopf, so wild, dass ihm Speichel aus dem Mundwinkel flog. »Da waren Schatten … so viele Schatten …«

»Warst du dort? Hast du jemanden gesehen? Vielleicht …«

»Da waren Mädchen«, schluchzte er. »Und … und böse Männer.«

»Ich verstehe.« Valeria ahnte, dass sie auf diese Weise nicht mehr aus ihm herausbekommen würde. Sie langte in ihre Manteltasche und zeigte Xaver die Fotokopie, die Elias entdeckt hatte.

Xaver stieß einen Schrei aus. »Nein! Nicht der!« Er machte ein paar Schritte zurück, stolperte und fiel rückwärts in den Matsch. »Nein, nein, nicht!«

»Ganz ruhig, Xaver, es ist nur eine Zeichnung.« Valeria streckte die Hand aus, doch er schlug sie zur Seite.

Dann sprang er wieder auf die Füße, nun von oben bis unten mit Schlamm beschmiert. »Brauch deine Hilfe nicht«, sagte er. »Du hast … den Sänguli gefunden.« Seine Stimme klang kehlig und dunkel, als er dieses Wort aussprach. »Er war da. Ich hab ihn gesehen.«

»Aber es war nur ein Mann, nicht wahr? Nur eine Verkleidung.«

»Nein«, rief er. »Er war da!«

»Okay. Okay, schon gut.« Valeria faltete die Zeichnung wieder zusammen und steckte sie ein. Dann deutete sie auf Xavers geballte Faust, aus der ein Stück Papier hervorschaute. Fast so, als hätte er vermeiden wollen, dass es seine Mutter sah.

Xaver sah ebenfalls darauf und wurde rot. »Das … das hab ich gemacht. Wollte es dir geben. Aber … du hast den Sänguli gesehen. Du bist tot. So gut wie.« Er zeigte auf ihre Manteltasche, wo sie das zusammengefaltete Blatt hineingesteckt hatte. »Es ist doch alles zu spät.«

»Vielleicht noch nicht ganz«, erwiderte Valeria. »Magst du mir nicht einfach zeigen, was du gemalt hast? Es ist bestimmt wichtig.«

Auf Xavers Gesicht schlich sich ein schmales Lächeln. »Meinst du wirklich?«

»Ich bin mir sicher.« Valeria streckte die Hand aus. »Zeig es mir doch, wenn du magst.«

Vorsichtig öffnete Xaver seine Faust. Dann legte er Valeria ein zerknülltes Blatt Papier in die Hand, achtete jedoch darauf, ihre Haut keinesfalls zu berühren.

»Soll ich es mir gleich jetzt ansehen, oder willst du, dass ich damit etwas warte?«

Xavers Lächeln wurde breiter. Diesen Ausdruck hatte Valeria noch nicht an ihm gesehen. Es ließ ihn jugendlich und fröhlich wirken, fast so, als würde der Junge, der eingeschlossen im Körper eines Mannes war, neu aufleben. »Es ist wichtig«, sagte er leise. Dann wandte er sich ab, wurde rot. »Ich … hoffe, du stirbst nicht. Ich mag dich. Ein bisschen.«

Dann eilte er davon und verschwand im Haus. Einzig seine Fußspuren im Matsch blieben zurück. Valeria setzte sich zurück in den Mietwagen und öffnete das zerknüllte Papier.

Es war eine einfache Zeichnung, ein paar Bleichstiftstriche, die eine Szene ergaben, wie sie sie auch schon in der Berghütte gesehen hatten: drei kleinere Gestalten. Daneben, größer, mit dickeren Linien gezeichnet und viel bedrohlicher, weitere drei.

Genau wie sie es in der Berghütte gesehen hatten. *Drei.* Drei Entführer. Drei Entführte.

Und heute? Valeria blickte hinaus über Eigerstal, das sich in Schnee und Nebel hüllte, sie blickte in die im Wind schwankenden Wälder. Waren es heute wieder drei? Und bedeutete das, es fehlten zwei weitere Mädchen, deren Entführung noch bevorstand?

Das mussten sie verhindern. Valeria versuchte, etwas auf der Zeichnung zu erkennen, das ihr weiterhelfen konnte, etwas wie Gesichtszüge, doch hatte Xaver die Gesichter der größeren Gestalten fast vollständig ausgemalt, und die wenigen Flecken waren wohl nur ein Ergebnis seiner schweißnassen Hand.

Sie startete den Wagen und fuhr zurück ins Dorf. Der Ortsrand zeigte die Zeichen des Niedergangs: Gebäude standen leer, Fenster starrten ihr wie blinde Augen entgegen, Türen waren vernagelt, Gärten mit Unkraut überwuchert. Ein verbrannter Baum ragte in den grauen Himmel auf, die Überreste eines Blitzschlags, die nie beseitigt worden waren. Immer wieder entdeckte sie aufgestellte Schilder, die ankündigten, dass all die leer stehenden Häuser renoviert werden würden, dass neue Gebäude mit Eigentumswohnungen entstehen, Baugrundstücke verkauft würden …

Eine Zukunft, die womöglich nie kommen würde.

Valeria trat auf die Bremse, als eine Gruppe von Kindern die Straße überquerte, in Begleitung von Müttern, die den Verkehr und die Umgebung argwöhnisch beäugten. Einige der Kleinen zogen Schlitten hinter sich her. *Passt auf euch auf.*

Zurück in ihrer Ferienwohnung, saß sie lange da und grübelte über Xavers Zeichnung, über den Notizen, die sie sich zu den Suchprotokollen gemacht hatte, über ihrem eigenen Tagebuch und über dem von Nora. Sie dachte an die Nacht, als sie mit Elias und Chloe hinauf zur Berghütte gewandert war. Schließlich blätterte sie noch einmal durch Birkners Akten und loggte sich ins Netzwerk der Polizei ein.

Nora Mattei. Verschwunden vor mehreren Tagen. Ein dämonisches Symbol im Wald. Luca Henretti, Noras Freund, von dem niemand wissen durfte. Der verschwundene Geländewagen, ausgebrannt im Wald. Der alte Obdachlose, der von einem Grauen gesprochen hatte, das in den Wäldern lebt. Die alte Mine, vor Jahren geschlossen. Das Sägewerk, ebenfalls im Niedergang. Das Hokkaido Hotel, dann der andere Hotelneubau weiter oben im Gebirge, die ausländischen Investoren. Eine ganze Region im Wandel.

Irgendwo hier steckt ein Fehler im Detail. Irgendwo hier verbirgt sich der Täter, direkt vor deinen Augen.

Valeria spürte einen stechenden Kopfschmerz, der sich vom Hinterkopf bis zu ihrer Stirn ausbreiten wollte. Sie schloss die Augen, lehnte sich zurück. Irgendwo in den Wänden gluckerte ein Rohr. Der Anschlusskasten draußen im Flur, den der Elektriker überprüft hatte, brummte und surrte leise vor sich hin.

Vor ihren Augen erblühte Dunkelheit, doch war die Dunkelheit nicht leer – Silhouetten bewegten sich darin, Gestalten tauchten auf, mit Augen, die in der Finsternis glühten. Valeria versuchte, ihre Gesichter zu erkennen, sie wusste, dass es die Täter waren, die sich vor ihr zu verbergen versuchten, doch als sie näher herankam, war dort nichts, nur die rot glühenden Augen, die sie unbarmherzig musterten.

Ganz gleich, was du tust, du kannst uns niemals vergessen. Wir sind ein Teil von dir, sind in deinem Kopf … und jetzt sind wir wieder da. Wir haben es wieder getan, und du wirst uns nicht stoppen können.

Valeria hörte einen Schrei in ihrer Erinnerung, der sehr nach Xaver klang: *Nein*, schrie er, *nein, tut ihnen nicht weh!*

Und dann hörte sie ihre eigene Stimme, verängstigt, panisch. Sie schrie, und der Schrei bohrte sich mitten in ihr Herz, so schmerzhaft wie ein Messer, das ihr ein unsichtbarer Feind zwischen die Rippen gestoßen hatte.

Valeria wachte auf, mit schmerzendem Nacken und pochenden Kopfschmerzen, sie sah sich wie betäubt um. Vor den Fenstern dämmerte es – erschrocken begriff sie, dass sie einige Stunden geschlafen haben musste.

Sie stand auf, wischte sich über die Wangen. Auf dem kleinen Schreibtisch neben ihrem Bett lag die Kopie, die Elias ihr gegeben hatte, daneben Xavers Zeichnung. Der Sänguli schien sie anzustarren, jeder ihrer Bewegungen zu folgen. Aus den Augenwinkeln betrachtet war es ihr, als würde sich die Kreatur bewegen, als versuchte sie, über den Rand des Blattes hinauszutreten …

Valeria blinzelte. *Natürlich nicht. Du bist übermüdet, entkräftet. Das ist alles.*

Sie zuckte zusammen, als ihr Handy zu läuten begann.

Birkner.

Natürlich. Und wenn er um diese Uhrzeit anrief, konnte dies nur eines bedeuten:

Etwas war geschehen.

Etwas Furchtbares.

41

Das Sägewerk war in das helle Halogenlicht der Spurensicherungs-Scheinwerfer gehüllt – als Valeria eintraf, waren die Teams der Kriminaltechnik dabei, den Tatort zu untersuchen. Birkner erwartete sie, und auch Chloe war anwesend. Sie beide blickten äußerst ernst drein.

»Es ist Räthi«, sagte Birkner. »Er ist tot. Ermordet, grausam, wenn man es so nennen möchte. Er liegt in der großen Halle bei den Sägen.«

»Gibt es Zeugen?«

Birkner schüttelte missmutig den Kopf. »Hier draußen? Ich fürchte, niemand hat etwas gesehen. Es gibt keine Überwachung, wie wir schon wissen.«

»Räthi wollte all das loswerden«, sagte Valeria. »Das Sägewerk, das ganze Grundstück verkaufen und fortgehen.« Sie sah einigen Kollegen der Spurensicherung zu, die ihr Equipment in die Halle trugen. Der Wind heulte durch die Tannen, der Schnee am Boden hatte sich durch all die Fahrzeuge in grauen Matsch verwandelt und tauchte all ihre Gesichter in ein graues kaltes Licht.

»Folgen Sie mir rein, Ravelli. Ich will, dass Sie sich ihn ansehen.«

Valeria nickte. »Natürlich.«

Sie folgten dem Pfad, den die Spurensicherung für die Ermittler freigegeben hatte, gingen über den Vorplatz an dem Fenster vorbei, von dem Valeria wusste, dass sich dahinter Räthis Büro verbarg, hinein in die große Halle.

»Hier war es«, sagte sie leise. »Hier stand ich dem Unbekannten gegenüber.«

»Der Sie dennoch nicht getötet hat«, bemerkte Birkner.

»Ich weiß. Wieso hat man mich am Leben gelassen, aber jemanden wie Räthi getötet?«

»Hier liegt er.« Birkner deutete auf einen mit Scheinwerfern beleuchteten Bereich inmitten der Halle. Valeria blickte zu dem weißen Tuch, das über die Leiche ausgebreitet worden war. Ein Arzt stand etwas abseits und notierte etwas auf einem Klemmbrett. Als er sie bemerkte, kam er näher. »Dr. Bruno Bartholomäo«, stellte er sich vor. »Ich bin der Allgemeinmediziner aus Eigerstal.«

»Die Kollegen der Rechtsmedizin können nicht vor morgen Mittag eintreffen, also habe ich entschieden, ihn hinzuzuholen.« Birkner warf Valeria einen kurzen Blick zu, als wollte er abschätzen, was sie davon hielt.

»Könnten wir jetzt die Leiche sehen?«, fragte sie den Mediziner. Sie bemerkte, wie Chloe flacher atmete, als wollte sie vermeiden, zu tief Luft zu holen. Und ja, etwas lag hier in der Luft, ein Geruch, der sich ganz eindeutig von dem der Sägespäne abhob – etwas Bitteres, Eisen- oder Kupferhaltiges, etwas wie Blut.

Dr. Bartholomäo bückte sich und zog das Tuch mit einem schnellen Ruck zur Seite. Valeria starrte hinab. Jemand hatte den Eigentümer der Eigerstaler Mine und des Sägewerks fürchterlich zugerichtet. Sein Brustkorb war übersät mit Stichen, eine glitschige Lache aus Blut. Auch seine Hände wiesen Abwehrverletzungen auf, seine Arme, sein Gesicht.

»Er hat sich verteidigt«, sagte der Doktor. »Seine Haut ist zerschnitten, überall dort, wo er versucht hat, die Klinge abzuwehren. Ich kann nicht genau sagen, welche Tatwaffe ihn so zugerichtet hat, ob es ein Messer war oder etwas Längeres, eine Sichel, eine Machete oder Ähnliches. Vielleicht waren es auch zwei Waffen – das sollte der Kollege von der Rechtsmedizin feststellen. Seinen Todeszeitpunkt kann ich Ihnen jedoch sagen: etwa vor zwei bis drei Stunden.«

Valeria warf Birkner einen Blick zu. »Nachdem das Werk geschlossen hatte. Der Täter hat die Dämmerung genutzt. Die Blutspuren sind außerdem fast ausschließlich auf diesen Bereich begrenzt … also hat er ihn hier überrascht. Räthi hatte keine Chance zu fliehen.«

»Das denke ich auch«, meldete sich Chloe zu Wort. »Vermutlich war schon der erste Stich zu heftig, als dass er überhaupt noch weit gekommen wäre.«

»Das ist richtig. Die Stiche hier und hier …«, der Arzt deutete auf die entsprechenden Stellen, »… sind tief. Beide haben die Lunge perforiert, ein dritter die Aorta.«

»Vielleicht kannte er den Täter.« Valeria blickte durch die Halle. »Räthi war allein hier, die Arbeiter bereits gegangen … dann kam sein Mörder.« Sie wandte sich an Birkner. »Wir müssen in sein Büro.« Sie gingen zurück durch den Holzstaub, vorbei an den Beamten der Spurensicherung. »Wir müssen herausfinden, ob er mit jemandem verabredet war.«

»Nun, Ravelli …« Birkner streckte die Hand aus, als wollte er sie aufhalten. »Wir waren bereits in seinem Büro. Es ist verwüstet. Und einen Terminkalender haben wir nicht gefunden. Der Computer sieht aus, als hätte jemand sein Inneres herausgerissen – aber den wird sich die Kriminaltechnik noch genau ansehen.«

»Ist die Festplatte noch da?«

»Nein.«

»Räthis Handy?«

»Nein.« Birkner warf Chloe einen Blick zu. »Einige der Arbeiter haben erzählt, dass er sie heute früher nach Hause geschickt hat – aber ohne einen Grund dafür zu nennen. Also ja, wir sollten davon ausgehen, dass er sich mit jemandem treffen wollte, ohne sich im Klaren darüber zu sein, dass dieser Jemand sein Mörder war.«

»Er kannte ihn, wie ich schon sagte. Es ist jemand aus dem Ort.«

»Nicht unbedingt.«

»Doch. Doch, das denke ich schon.« Valeria schüttelte den Kopf. »Begreift ihr nicht? Es ist eine Angelegenheit, die sich um Eigerstal und *nur* um Eigerstal dreht. Es ist nichts, was einen Außenstehenden einschließt.«

»Sie sind mittlerweile auch eine Außenstehende. Wir sind alle Außenstehende.«

»Vielleicht bin ich das. Aber was mir damals zugestoßen ist, bindet mich für immer an diesen Ort, oder etwa nicht?«

Birkner senkte den Kopf, als konnte er es nicht ertragen, ihr länger in die Augen zu sehen. »Ich denke …«

»Ich denke, ihr habt beide recht«, sagte Chloe. »Du warst viele Jahre nicht mehr hier, Valeria. Und ich denke, dass der Entführer nicht damit gerechnet hat, dass man dich wieder zurückholen würde. Wahrscheinlich hat es ihn gehörig aus dem Konzept gebracht. Oder anders gesagt: Er empfindet deine Anwesenheit hier als bedrohlich.«

Valeria dachte an die nächtlichen Geräusche, die sie vor dem Schlafzimmerfenster ihrer Ferienwohnung gehört hatte, an das unterschwellige Gefühl der Bedrohung, ja der Verfolgung, das sie immer verspürte, wenn sie sich durch das Dorf und die Umgebung bewegte. *Vielleicht hat Chloe recht, vielleicht ist es mehr als nur das Unbehagen darüber, wieder hier zu sein, vielleicht ist wirklich jemand ungehalten darüber, dass Elias dich zurückgeholt hat … Und dieser Jemand könnte der Täter sein, der Täter von damals und von heute …*

»Bedrohlich?«, wiederholte Birkner. »Nicht auszudenken, was er versuchen könnte, wenn er zu der Überzeugung gelangt, dass Sie sich erinnert haben.«

»Dazu müsste er erst mal davon erfahren. Und ich müsste mich erst mal wirklich erinnern«, sagte Valeria. Sie warf einen Blick durch die Halle hinüber zur Leiche. Im Tod, blutüberströmt, das Gesicht eine Maske aus Angst und Panik, glich Urs Räthi kaum mehr dem Mann, mit dem sie vor Kurzem noch gesprochen hatte. »Wieso musste er auf diese Weise sterben? Und wie steht dieser Mord in Verbindung zu Noras Entführung?«

»Sie haben noch nicht alles gesehen«, sagte Birkner leise.

»Wie bitte?«

Er deutete nach links. »Da drüben. Auf dem Boden zwischen den Sägen und diesem Holzstapel.«

Valeria ging ein paar Meter in die Richtung, die Birkner angezeigt hatte. Auf dem Boden lagen Holzspäne – und in die Späne hatte jemand grob das Zeichen des Sängulis gemalt, der dämonisch verzerrte Steinbock, der ihr entgegenstarrte.

Sie drehte sich zu Birkner um. »Das ist ein Witz, oder? Jemand hat das mal schnell in den Holzstaub gemalt.«

Birkner schüttelte den Kopf. »Ich wünschte, es wäre so. Aber das war hier schon da, als wir eingetroffen sind.«

»Wer hat Sie überhaupt gerufen?«

»Ein anonymer Anrufer von einem Prepaidhandy.«

»Und?«

»Und was?«, fragte Birkner.

»Verflucht, wo ist das Handy jetzt? Anruferrückverfolgung, hat da niemand dran gedacht?«

»Ravelli, wir sind nicht Interpol. Meine Leute sind dran, aber …«

»Verschonen Sie mich damit. Was habe ich vor Kurzem gesagt, als der Täter sich uns an der Tankstelle gezeigt hat? Er ist bereit, ein hohes Risiko einzugehen. Und genau das hat er wieder getan. Verfluchte Scheiße, Birkner, wir müssen ihn finden.«

42

Es waren mehr als drei.

Elias warf einen Blick über seine Schulter und wusste, dass er ihnen nicht entkommen konnte.

Dabei hatte er nur Luft schnappen wollen. Er schlief schlecht, seit Nora verschwunden war – und er wusste genau, dass man ihn beobachtete.

Da war die Brücke, die über die Reuss führte. Elias eilte hinüber, das Holz knarrte unter seinen Schuhen. Dann wirbelte er herum. Sie hatten ihn eingeholt, ihre Gesichter mit Schals und Skimasken verhüllt. Einer von ihnen packte ihn. Elias schlug die Hand beiseite.

»Verschwindet!«, rief er.

»Du hast sie zurückgeholt«, rief einer von ihnen. Elias glaubte, die Stimme wiederzuerkennen, doch konnte sein von Adrenalin gefluteter Verstand sie nicht zuordnen. Irgendjemand aus dem Ort, schoss ihm durch den Kopf. Ein Faustschlag traf ihn. Er schlug zurück, wurde dann jedoch ein zweites Mal getroffen – in den Magen, dann gegen das Kinn, gegen die Schläfe.

Er ging zu Boden, spürte, wie seine Knie auf den Asphalt trafen, seine Haut an den Handflächen aufgeschürft wurde. Jemand kickte ihm in die Seite. Seine Rippen brüllten vor Schmerz. Er kippte auf den Asphalt, versuchte, sich wieder aufzurappeln, als ihn einige weitere heftige Tritte trafen. »Du bist schuld daran! An allem, was hier passiert! Du hast sie zurückgeholt! Jetzt geht alles wieder von vorne los! Räthi ist tot, weißt du das, du Scheißkerl? Weil ihr mit dieser ganzen Scheiße wieder anfangen musstet! Es war zwanzig Jahre lang Ruhe!«

Elias spürte, wie sein Mund sich mit Blut füllte. Die schlagen dich zu Brei, ging ihm durch den Kopf.

»Halt dich raus, ist das klar?«

»Sie …«, krächzte Elias, »… sie ist meine Nichte, ihr Pisser!«

»Was zur Hölle treibt ihr Idioten da?« Die laute Stimme ließ die Angreifer herumfahren.

»Oh, verflucht«, stieß einer von ihnen aus. »Verschwinden wir!«

Sie rannten davon, und nur wenige Augenblicke später hatte die Dunkelheit jeden seiner Angreifer verschluckt. Elias hustete, sah sein eigenes Blut im Schnee, rot und schwarz wie Gift im Mondlicht. Seine Knochen brannten, jeder seiner Muskeln schrie vor Schmerz, sein Kopf dröhnte.

Jemand blieb vor ihm stehen. Als er aufblickte, sah er Berglund über sich stehen – den alten Berglund –, der ihn schwer atmend musterte.

»Mattei«, sagte der Mann mit rauer Stimme. »Was in aller Welt …« Er streckte die Hand aus, half Elias auf. »Kannst du gehen? Wer waren die?«

»Aus dem Dorf«, keuchte Elias. Er spuckte Blut in den Schnee. »Männer von hier.«

»Kannst du dich überhaupt auf den Beinen halten?«, fragte Berglund.

»Geht schon. Fühlt sich an, als wären da ein paar Sachen durcheinandergeraten, aber … ja, wird schon.« Elias humpelte ein paar Meter, dann blickte er zu Berglund zurück. »Und du warst ganz zufällig hier?«

»Abendspaziergang, Mattei. Ich vertrete mir gerne die Beine. Und ich hörte, die ganze Polizei wäre in die andere Richtung unterwegs. Ich wollte nicht mit denen zusammenstoßen. Habe das Gefühl, diese neue Polizistin mag mich nicht besonders.« Berglund hustete.

»Und wie geht es deiner Frau?«

»Unverändert.« Berglund sah Elias direkt in die Augen. »Und du weißt auch sehr gut, wieso.«

»Weiß ich das?« Elias' Kopf dröhnte von den Schlägen, die er hatte einstecken müssen, und so konnte er kaum einen klaren Gedanken fassen.

Berglund sah ihn ernst an, und in seinen Augen spiegelte sich der Vollmond, der hoch über ihnen stand. »Dir ist es schon lange klar.«

»Ich weiß nicht, wovon du redest, Berglund.« Elias berührte seine Wange und zuckte vor Schmerz zusammen. »Und ich muss jetzt gehen.«

»Soll ich dir wirklich keinen Krankenwagen rufen? Oder wenigstens den Doktor?«

»Danke, ich schaffe das.« Er wandte sich ab und ging über die Brücke, die unter seinen Schritten noch immer knarrte wie morsche Knochen. Nach etwa hundert Meter drehte Elias sich noch einmal um und blickte zurück.

Berglund war verschwunden.

43

Die Dokumente, Aktenordner und Notizzettel lagen auf dem Boden vor dem Bett verstreut. Valeria spürte die quälenden Kopfschmerzen, goss sich ein Glas Wasser ein und nahm eine Schmerztablette. Die kleinen Buchstaben auf all den Seiten, die sie mitgenommen hatte, drehten sich vor ihren Augen, als wären sie lebendig.

Du bist überarbeitet. Vollkommen fertig.

»Ich hab keine Zeit für Müdigkeit«, fluchte sie leise.

Sie griff wahllos nach einem Blatt und blickte darauf. Es war eine Aufstellung der Telefonverbindungen von Urs Räthi. Man hatte beim Telefonanbieter erstaunlich schnell und zuvorkommend gearbeitet und alles nur wenige Stunden später, nachdem der Beschluss ausgestellt worden war, an Birkner gefaxt. Die Verfolgung des Prepaidhandys stand noch aus, aber von dieser Seite her, von Räthis Kontakten ausgehend, bestand durchaus die Möglichkeit … Valeria erstarrte.

Auf dem Blatt, das sie sich gegriffen hatte – es zeigte Telefonverbindungen, die mehrere Tage zurücklagen –, war ihr eine Nummer ins Auge gefallen.

»Das kann nicht sein.« Sie musste sich täuschen. Valeria langte nach ihrem Smartphone und suchte nach einem digitalisierten Dokument, das ihr Birkner vor einiger Zeit zugeschickt hatte. »Josephine Mattei … Mattei … dieser Unfall, wo … ah.« Sie erstarrte. Erstarrte, weil sie sich doch nicht getäuscht hatte. »Verflucht.«

Sie wählte Birkners Nummer, der augenblicklich abnahm.

»Räthi wurde angerufen«, erklärte sie ihm ohne Umschweife. »Zwei Tage vor seinem Tod.«

»Ja?«

»Es ist die Nummer, die zu Josephine Matteis Handy gehört. Das Gerät, das nach ihrem tödlichen Autounfall verschwunden ist. Ich nehme an, Sie wissen davon aus den alten Akten.«

»Es blieb verschwunden«, sagte Birkner. Nun klang er nachdenklich und interessiert, wie Valeria bemerkte.

»Ja. Was sagt uns das?«

»Ich verstehe nicht. Wieso sollte jemand …« Dann fluchte er. »Sie meinen, da stimmt was nicht mit diesem Autounfall?«

»Ich meine, hier stimmt *etwas* ganz gewaltig nicht.« Valeria blickte sich alarmiert um. Da war etwas, sie hatte es deutlich gehört. »Birkner, warten Sie. Ich … melde mich später.«

Schritte draußen vor dem Haus.

So deutlich, so nah.

Valeria war es, als hätten ihre Sinne seit dem Wiederentdecken der alten Berghütte zu neuer Klarheit gefunden. Die Bettdecke raschelte, als sie aufstand und eilig das Licht im Zimmer abschaltete. Durch das Fenster fiel ein schmaler Streifen Mondlicht auf den Teppichboden, auf das Bett.

Wieder ein Schritt, irgendwo draußen vor dem Haus.

Das war keine Einbildung. Jemand war dort.

Sie streckte die Hand nach der Walther P99 aus, die in ihrer Reichweite auf dem Boden lag. Ihre Finger tasteten über das kühle Metall, umschlossen den Griff der Waffe.

Wer auch immer da kam, sie war bereit für ihn.

Vor ihrem geistigen Auge tauchte Räthis grausam zugerichtete Leiche auf, der von Stichen übersäte Körper, schwimmend in seinem eigenen Blut. Der Tod beherrschte sie, beherrschte Eigerstal. Er sickerte wie schwarzes Gift ins Grundwasser, drang tief bis unter die Erde. Das hatte der alte Mann zu ihr gesagt – und dann von jenem Teufel gesprochen, der die Wälder beherrschen sollte.

Es gibt keinen Teufel, dachte Valeria. *Es gibt nur Teufel in Menschengestalt.*

Der Teppich war kühl unter ihren nackten Füßen. Irgendwo in den Wänden gluckerte wieder dieses Rohr, der Schaltkasten an der Wand summte noch immer vor sich hin, als wäre ein Bienennest in ihm eingeschlossen. Ihr Blick wanderte auf ihr Smartphone, es war kurz nach Mitternacht.

Draußen knirschte das Eis.

Valeria blickte zum Fenster hinüber. Täuschte sie sich, war das ein Schatten draußen vor dem Fenster oder eine Silhouette?

Sie umfasste die Waffe fester. *Du bist bereit. Für wen auch immer.*

Als es an der Eingangstür pochte, zuckte sie zusammen.

»Val?«

Sie kannte die Stimme. Vorsichtig öffnete Valeria die Tür einen Spalt breit und sah Elias vor ihr stehen, eine Silhouette im Mondlicht.

»Val …« Erst als das Licht aus dem Flur auf sein Gesicht fiel, erkannte Valeria, dass seine Lippe blutete und seine Wange geschwollen war. Er hielt sich die Seite, atmete laut und schnell.

»Komm rein.« Sie trat zur Seite.

Elias schwankte und keuchte vor Schmerz.

»Setz dich.« Valeria rückte ihm den Sessel zurecht, und Elias ließ sich hineinsinken. »Wer hat dich so zugerichtet?«

»Kannst du mir einen Gefallen tun und niemandem hiervon erzählen? Gibt schon einen Grund, wieso ich nicht zum Arzt gefahren bin.«

»Und der wäre?«

»Das waren Typen aus der Gegend. Ich hab ihre Stimmen erkannt.«

Valeria starrte ihn an. »Sie kamen von hier?«

»Unüberhörbar. Wer genau, keine Ahnung, also frag mich nicht, das ging alles so schnell. Die haben auf mich eingeschlagen, als wären sie alle gemeinsam durchgedreht.« Elias berührte seine Seite, zuckte zusammen und sog die Luft zwischen den Zähnen hindurch. »Es ist dieses Dorf, Val. Irgendwas hier macht sie alle verrückt.«

»Der Teufel, was? Wie es der alte Obdachlose zu uns sagte.«

Elias' Gesichtsausdruck war sehr ernst. »Ich denke, du musst mich notdürftig zusammenflicken.«

»Das kann ich machen, aber ... Hör zu: Das darfst du nicht unter den Teppich kehren. Hier wurde schon zu viel einfach ignoriert und verschleiert, und das werden wir ganz sicher nicht noch einmal tun.«

»Nein, Val. Was, wenn das eine Warnung war? Wenn Noras Entführer dahintersteckt? Dann bringt er sie um, wenn ich damit zur Polizei gehe.«

»Ich *bin* bei der Polizei«, sagte Valeria. Sie sah Elias an, wie sehr er sich zusammenreißen musste, weil er ihr das ganze Ausmaß seiner Schmerzen nicht zeigen wollte. »Schon vergessen?« Sie berührte seine Wange, behutsam und vorsichtig.

Elias seufzte. »Hilfst du mir? Was machen wir jetzt?«

»Im Geländewagen ist ein Notfallkoffer«, erwiderte Valeria. »Ich hole ihn.«

»Gute Idee …« Er hustete. »Und ich geh derweil nirgendwohin.«

Valeria eilte über den vereisten Vorplatz auf den Toyota zu. Der Verbandskasten lag im Kofferraum neben dem Ersatzrad. Sie schlug den vereisten Kofferraumdeckel zu und rannte zurück. Am Waldrand wuchs Dornengestrüpp über dem kargen steinigen Grund und wankte im Wind. Zwei Augen funkelten ihr aus der Dunkelheit entgegen.

Valeria kam schlitternd zum Stehen. Ihr Atem verschwand in weißen Wolken in der Kälte der Nacht.

Eine Silhouette ragte in der Finsternis zwischen den Tannen am Waldrand auf. Auf dem Kopf der fremdartigen Gestalt thronte ein Geweih, wuchs knochig zu beiden Seiten des Schädels empor. Regungslos stand sie da, wie ein riesiges aus Holz geschnitztes Monstrum.

»Was in aller Welt bist du?«, flüsterte Valeria. Sie spürte, wie ihr die eisigen Finger der Angst über den Nacken streichelten, unter ihren Pullover kriechen wollten wie die zärtliche Liebkosung eines Toten. Ihr Herz hämmerte, doch wollte keiner ihrer Muskeln ihr gehorchen, ihre Beine weigerten sich, auch nur einen Schritt voranzugehen. *Das ist nicht real, das kann niemals real sein.*

Sie schloss die Augen. *Wenn du Angst hast*, hörte sie die leise Stimme ihres Vaters, und er klang wie damals, als sie ein Mädchen gewesen war und er an ihrem Bett saß und ihre kleine Hand in seiner großen hielt, *dann musst du nur die Augen schließen. Zähl bis fünf, dann öffne sie wieder. Dann wirst du dich ihr stellen können, deiner Angst.*

Der Wind heulte, und Valeria hörte ihre eigene Stimme, wie sie flüsterte: »eins … zwei … d-drei … vier …«

Dieses Ding ist nicht real. Nur deine Angst ist es. Aber der kannst du dich stellen. Du musst.

»Fünf!« Sie öffnete die Augen. Dort drüben am Waldrand blies der Wind in den tief herabhängenden Tannenästen – doch die Lücke zwischen den schwarzen Stämmen war leer.

Kein Geweih, keine Kreatur, die sie anstarrte.

Nur die Kälte, die Nacht und die Einsamkeit.

Valeria packte den Verbandskasten fester. Dann eilte sie hinein, schloss die Tür hinter sich und drehte den Schlüssel im Schloss herum, bis er sich nicht mehr weiter drehen ließ.

»Val?« Elias' Stimme klang schmerzverzerrt.

»Bin hier.« Sie stellte den Kasten auf das Bett und öffnete ihn. Dann warf sie Elias einen Blick zu. »Ich bin keine Sanitäterin. Ich weiß nicht, ob ich das hier überhaupt kann.«

»Aber natürlich kannst du das.« Elias klang zuversichtlich. »Komm schon, Val, wer, wenn nicht du? Das war doch schon immer so.«

Valeria öffnete den Kasten, nahm die Packungen mit dem Verbandsmaterial und das Desinfektionsmittel heraus, das schon jetzt, als die Verschlusskappe noch geschlossen war, nach beißender Chemie roch. »Wenn du dir was gebrochen hast …«

»Hab ich nicht«, erwiderte Elias. »Das würde sich ganz anders anfühlen.«

»Na schön. Du …« Sie zögerte. »Du musst schon dieses Hemd ausziehen, sonst kann ich dir nicht helfen.«

»Sag doch gleich, wenn du mich halb nackt sehen willst.« Er versuchte zu lächeln, doch schaffte er nur einen schmerzverzerrten Gesichtsausdruck. Als Elias sich bemühte, das Hemd über den Kopf zu ziehen, keuchte er vor Schmerzen, doch schließlich gelang es ihm mit Valerias Hilfe. Die Haut hatte sich an vielen Stellen grün und blau gefärbt, Blutergüsse, Prellungen, Risse überzogen sie wie ein Schlachtgemälde. Mit unruhigen Fingern, die mehr zitterten, als es ihr lieb war, tupfte Valeria das Desinfektionsmittel auf die offenen Wunden. Elias fluchte etwas Unverständliches, aber als sie zu ihm aufsah, biss er die Zähne zusammen.

»Diese eine Stelle da«, sagte sie leise, »ich denke, die muss genäht werden.«

Er blickte hinab auf die Wunde, dann fluchte er abermals. »Tu, was du für richtig hältst, Val. Aber mach es schnell.«

»Sicher, dass du nicht zum Arzt willst?« Valeria nahm die Nadel, den Faden und schließlich das Desinfektionsmittel zur Hand.

»Wer sagt dir denn, dass der hier oben nicht ebenfalls zu denen gehört? Hm? Genau, das sagt dir niemand. Also mach es einfach.«

»Ich will dir nicht wehtun«, erwiderte Valeria. *Verflucht, wieso zittert deine Hand so sehr?*

»Das wirst du nicht. Ich weiß, dass du das kannst.«

Valeria holte tief Luft. Für einen Moment sah sie sich selbst als kleines Mädchen, oben an einem recht steilen Abhang, Skistöcke in der Hand und Ski unter den Füßen. Ihr Vater neben ihr, der sie zuversichtlich ansah. *Du kannst das*, hörte sie ihn sagen. *Alles, was du überwinden musst, ist die Angst selbst.*

Sie machte den ersten Stich, dann den zweiten. Elias presste die Lippen aufeinander, als sie den Faden durch die Wundränder zog, die Wunde verschloss und vernähte. Dann legte sie einen Verband an die Stelle gleich unterhalb seiner Rippen.

»Das war … ausgezeichnet«, sagte er.

»Ich will, dass du dich trotzdem noch mal anschauen lässt«, sagte Valeria in einem Ton, der keinen Widerspruch zuließ. »Wenn nicht hier oben, dann in einem Krankenhaus weiter unten im Tal. Versprichst du mir das?«

»Ja. Versprochen. Ich fahr morgen früh runter.«

»Nein, du meinst wohl eher, wir fahren morgen früh runter.«

Elias musste lachen, dann hielt er sich die Seite. »Ja. Du hast natürlich recht.«

Valeria reichte ihm das Hemd. »Soll ich dich nach Hause fahren? Ich hab deinen Wagen draußen nicht gesehen, also …«

»Also hast du richtig kombiniert, Val. Ich wollte nicht riskieren, auch noch einen Unfall zu bauen, wenn ich mich in meinem Zustand hinters Steuer setze.« Elias knöpfte das Hemd zu, langsam und vorsichtig, als wäre er ein alter gebrechlicher Mann. »Bin rübergelaufen. Und …« Er zögerte.

»Und was?«

»Ich bin mir nicht sicher, aber … ich könnte jemanden gesehen haben. Du weißt ja, der Weg führt ein Stück durch den Wald hier hoch und … ich hab ein paar Minuten lang gedacht, dass mir jemand folgt. Jemand, der sich immer so weit von mir entfernt hält, dass er gerade außer Sicht irgendwo im Unterholz versteckt bleiben kann … sodass ich zwar ihn nicht sehe, aber er mich.«

»Bist du dir sicher?«

Elias schüttelte den Kopf. »War mehr ein Gefühl, vielleicht Instinkt, der mir sagte, dass ich nicht allein da draußen war.«

»Vorhin, als ich den Verbandskasten geholt habe«, erwiderte Valeria, »da dachte ich ebenfalls, dass ich wen entdeckt hätte …« Sie erzählte ihm von ihrer Beobachtung.

Als sie endete, blieb Elias einige Augenblicke lang still. »Wenn da wirklich jemand am Waldrand stand und sich ein Geweih aufgesetzt hat …« Er hustete und schüttelte den Kopf. »Dann ist er vollkommen wahnsinnig. Und was in aller Welt sollen wir gegen so jemanden ausrichten?«

»Wir können ihn stoppen«, antwortete Valeria.

»Was hast du vor?« Sie bemerkte, dass Elias die Zeichnung ins Auge gefallen war, die Xaver ihr überlassen hatte und die nun neben der Fotokopie auf dem Schreibtisch lag.

»Ich werde jemanden besuchen, den ich schon eine lange, lange Zeit nicht mehr gesehen habe. Jemanden, den ich eigentlich nie mehr sehen wollte.«

Elias starrte sie an. »Du meinst …«

»Meine Mutter«, erwiderte Valeria. »Ja. Das muss ich wohl. Wenn ich mich erinnern will, was damals geschehen ist, wenn ich mich wirklich erinnern will, dann komme ich darum nicht länger herum.«

44

Das Gymnasium, das Nora Mattei besuchte, sah aus wie die meisten älteren Schulen: ein großes kastenförmiges Gebäude aus trübem Glas, grauer Putzfassade und Beton, der in die Jahre gekommen war.

Ein paar Jungs, höchstens sechzehn Jahre alt, spielten Basketball und musterten Chloe neugierig, als sie am frühen Vormittag über den Schulhof ging – im Hintergrund entdeckte sie einen Mann in den Vierzigern mit einem Ballnetz über der Schulter und einer Pfeife um den Hals, der zu ihr herüberkam.

»Suchen Sie jemanden?«, fragte er. »Geht eines Ihrer Kinder hier zur Schule?« In seinem Blick konnte Chloe die unausgesprochene Vermutung herauslesen: Ich habe Sie jedenfalls noch nie zuvor hier gesehen – und in diesen Tagen sind wir ganz besonders vorsichtig.

Sie zeigte ihm ihren Dienstausweis.

Der Mann ließ das Ballnetz sinken. »Ich bin Ben Garecht. Sportlehrer.«

»Dann sind Sie Noras Klassenlehrer«, erwiderte Chloe. »Nora Mattei, ich nehme an, Sie wissen bereits, wieso ich hier bin.«

Garecht nickte. Er warf den Jungs, die Basketball spielten, einen kurzen Blick zu, dann senkte er die Stimme. »Es war schon mal jemand hier, der sich gefühlt mit der halben Schule unterhalten hat. Noras Verschwinden ist für uns alle ein großes Rätsel.«

»Wussten Sie, dass sie eine Beziehung zu einem Jungen hat, der ebenfalls auf diese Schule geht?« Chloe beobachtete ihn genau. Der Mann war erstaunlich gut aussehend, jener Typ Sportlehrer, der in jüngeren Jahren wohl lieber Surfer geworden wäre, sich dann aber doch für eine sicherere Laufbahn entschieden hatte. Sie konnte sich gut vorstellen, dass sich nicht wenige seiner Schülerinnen heimlich in ihn verliebten.

»Ist das so? Das wusste ich nicht. Nun, man bekommt als Lehrer natürlich nicht alles mit.« Er zögerte kurz. »Ich kann mir aber, jetzt, wo Sie das so erwähnen, vorstellen, wer der Junge ist. Luca Henretti, nicht wahr?«

Chloe ließ sich nichts anmerken. »Was für einen Eindruck haben Sie denn von Luca?«

»Ein fleißiger Junge. Hat einen, äh, sehr energischen Vater. Luca ist eher ruhig, vollkommen unauffällig. Vielleicht sogar etwas zu schüchtern für sein Alter.«

»Und Nora? Was denken Sie über Nora?«

»Sie war ziemlich aufgeweckt.«

»*War*, Herr Garecht?«

Der Sportlehrer hob die Brauen und wirkte verärgert. »Das sollte keineswegs irgendetwas andeuten. Ich bin überzeugt, dass Nora wohlbehalten wiederauftauchen wird.«

»Ist Ihnen irgendwas aufgefallen, das Ihnen komisch erschien? Sie als Noras Klassenlehrer – und Luca unterrichten Sie in Sport und Biologie, nicht wahr? –, Sie hätten wohl von allen Lehrern am ehesten bemerkt, wenn irgendetwas im Argen läge, nicht wahr?«

»Stimmt.« Er nickte bedächtig. »Wenn Sie mich so fragen … womöglich gibt es da etwas. Nora hat, und zwar mit der deutlichen Bitte, es nicht an die große Glocke zu hängen, mich gebeten, ein paar Stunden im Schularchiv nach alten Akten stöbern zu dürfen. Wussten Sie das?«

»Und Sie haben ihr das erlaubt? Sind das nicht etwas viele Interna im Archiv?«

»Erlaubt und ihr sogar einen Schlüssel gegeben. Den hat sie mir auch zurückgebracht, und …« Er senkte die Stimme. »Sie wirkte ziemlich bedrückt danach. Als ich sie fragte, woran das liegt, war sie ungewöhnlich still. Es hätte etwas mit dem Dorf zu tun, sagte sie, mit Schülerinnen von früher … und mit der Mine. Wissen Sie, es ist kein großes Archiv in der Nähe, also lagern wir da oben auch Dinge, die nicht direkt mit den schulischen Angelegenheiten zu tun haben.«

»Mit der Mine?«, wiederholte Chloe. »Das hat Nora so gesagt? Wieso haben Sie das nicht früher erwähnt?«

Er zögerte, ehe er antwortete. »Nun, ich hatte daran einfach nicht gedacht. Erst als ich in der Zeitung lesen musste, dass der Eigentümer der Mine, dieser Urs Räthi, ermordet wurde, da ist es mir wieder eingefallen.«

»Ach ja? Ist das alles?«

Nun wirkte Garecht, als wollte er am liebsten kehrtmachen. Ein paar Schweißtropfen traten auf seine Stirn. »Es hängt alles zusammen, das hat sie mir noch gesagt.«

»Wissen Sie, welche Akte Nora im Schularchiv entdeckt hat?«

»Nein. Aber ich denke, das könnten wir herausfinden. Es gibt eine Übersicht, in die man sich eintragen muss, wenn man etwas ausleihen möchte. Reicht Jahre zurück.«

»Einverstanden«, sagte sie. »Gehen wir.«

45

Cristina Ravelli stand auf dem Klingelschild an der hellbraun gestrichenen Tür. Valeria ließ ihren Blick schweifen – zu den Fenstern, die von weißen Spitzengardinen verdeckt wurden, zu dem akkurat geschnittenen Beet, in dem einige winterfeste Sträucher der Kälte trotzten, dem in grauem Schiefer eingedeckten Dach und dem Mercedes, der in der Garage parkte.

Natürlich. Sie ließ es sich nicht nehmen, in ihrem Alter noch selbst zu fahren, alles selbst zu erledigen.

Valeria läutete und kam nicht umhin zu bemerken, dass ihre Hand bei Weitem nicht so ruhig war, wie sie sich das gerne wünschte. Nach einem zweiten Läuten hörte sie Schritte im Inneren des Hauses.

Die Tür schwang auf. Valeria sah sich einer Frau Ende siebzig gegenüber, das schulterlange Haar war so dunkel wie ihr eigenes, jedoch von dichten grauen Strähnen durchwebt, und ihre Augen, kühl und blau, musterten sie mit einer Intensität, die sie beinahe zurückweichen ließ. Die hohen Wangenknochen, der volle Mund … ihre Mutter war noch immer eine attraktive Frau. Um die Augen herum und auf der Stirn hatten sich jedoch Falten vor Kummer tief in die Haut eingegraben und sie für immer gezeichnet.

Cristina sah sie an, ohne ein Wort zu sagen. In der Ferne bellte ein Hund, irgendwo dröhnte eine Sirene. Ob Birkner wohl gerade im Einsatz war? Hatten sie wieder jemanden entdeckt? Eine weitere Leiche? Nora?

Valeria öffnete den Mund. Sie bemerkte, wie ausgetrocknet ihre Kehle mit einem Mal war. *Verflucht, du hättest heute Morgen nicht nur einen Kaffee trinken sollen.*

»Mama«, sagte sie schließlich leise. »Ich … bin zurück.« Das klang laut ausgesprochen wesentlich erbärmlicher als in ihrer Vorstellung. »Es tut mir leid«, fügte sie hinzu und ärgerte sich über sich selbst, dass sie dastand wie eine stotternde Verwirrte. »Tut mir leid, dass ich all die Jahre nicht vorbeigekommen bin.«

Cristina Ravelli nickte. Ihr Gesichtsausdruck war ernst, und sie räusperte sich laut, ehe sie antwortete. Im Sonnenlicht, das trüb durch den mit grauen Wolken verhangenen Himmel fiel, sah Valeria deutlich, wie sich die Augen ihrer Mutter mit Tränen füllten. »Du …«, ihre Stimme klang rau, »… bist wirklich wieder hier. Ich habe kaum mehr dran geglaubt.«

»Das bin ich.« Valeria schluckte. Da war ein eiskalter Kloß, der plötzlich ihre Kehle verschließen wollte, sich schmerzhaft in ihren Hals bohrte. »Und ich brauche deine Hilfe.«

»Meine Hilfe?« Cristina klang anklagend, vorwurfsvoll, und tief in ihrem Inneren wusste Valeria, dass sie es ihr nicht verübeln konnte.

»Ich muss mich erinnern. Ich will es.«

»Du warst so lange nicht mehr hier, Valeria.« Als sie ihren Namen aus dem Mund ihrer Mutter hörte, lief Valeria ein Schauer über den Rücken. »Und jetzt tauchst du auf und verlangst … verlangst von mir Unmögliches. Wie soll ich das anstellen? Du bist all die Jahre doch nur fortgeblieben, weil du dich nicht erinnern willst. Weil du alles, was mit diesem Ort verbunden ist, verachtest. Weil du *mich* verachtest.«

»Das ist nicht wahr.«

»Lüg nicht, Valeria. Hüte dich, es vor deiner Mutter zu tun.«

»Es ist wieder ein Mädchen verschwunden, kaum älter, als ich es damals war. Wenn ich mich nur erinnern könnte, dann … dann kann ich ihr vielleicht helfen.«

Cristina senkte den Blick. Valeria sah, wie ihre Hände zitterten. »Ich weiß nicht, ob ich das kann«, erwiderte sie dann. »Willst du wirklich dem Mädchen helfen, oder tust du es für dich selbst? Weil du nach Rache suchst?«

»Wenn mein Entführer heute wieder aktiv ist, dann ist es etwas Persönliches. Aber selbst wenn es nur ein Nachahmer ist, dann will ich ihn ebenso aufhalten.«

Cristina trat zur Seite und bedeutete ihr mit einer knappen Handbewegung, einzutreten. Im Inneren des Hauses roch es nach frischem Kaffee, alles wirkte aufgeräumt und geordnet. »Hier entlang«, sagte ihre Mutter. Sie führte sie in die Küche, deutete auf einen Stuhl an einem einfachen Küchentisch aus hellem Birkenholz. Durch das Fenster konnte man auf den Garten hinter dem Haus und den Waldrand dahinter blicken. Die Tannen schwangen im Wind hin und her. Auf dem Fensterbrett stand eine Vase mit Kunstblumen.

»Willst du etwas trinken? Ich habe gerade Kaffee gekocht.«

»Tee wäre nett«, sagte Valeria tonlos.

Während ihre Mutter den Tee brühte, warf sie Valeria immer wieder verstohlene Blicke zu. »All die Jahre, Kind. Wo warst du?«

»Ich hatte viel zu tun. Daran hat sich auch heute nichts geändert, Mama. Bei Interpol hat der Tag gar nicht genug Stunden, um gegen all die Dunkelheit da draußen anzukämpfen.«

»Denkst du, es liegt daran, was damals geschehen ist? Dass du dich für diesen Weg entschieden hast?«

»Weil ich nicht will, dass einem anderen Menschen jemals das zustößt, was mir widerfahren ist?« Valeria nickte. »Vermutlich.«

Cristina stellte die Teekanne vor sie hin und nahm zwei Tassen aus dem Schrank. Der Stuhl knarrte, als sie Platz nahm, und ihr Gesichtsausdruck war ernst. »Du siehst aus, als würde dir etwas zusetzen, erheblich sogar.«

»Findest du? Ich frage mich, was das wohl sein könnte.« Ihre Erwiderung ließ einen Schatten über das Gesicht ihrer Mutter huschen. »Entschuldige. Aber es bleibt dabei, ich suche deine Hilfe. Doch ich kann auch gehen, wenn es dir so lieber ist.«

»Es ist mir nicht lieber. Und ich denke, das weißt du auch. Du bist all die Jahre fortgeblieben, weil du es ganz genau gewusst hast. Du wolltest mir damit wehtun.«

»Das stimmt nicht.« Valeria bemerkte, wie sie die Teetasse umklammerte, so fest, dass ihre Knöchel weiß hervortraten.

»Sag, was du sagen willst.«

Sie holte tief Luft. »Damals, kurz bevor wir drei verschwunden sind … Ist damals etwas Ungewöhnliches geschehen? Etwas, das du vielleicht aus heutiger Sicht als … verdächtig beschreiben würdest, nicht aber damals? Etwas, das dir vielleicht erst viel später wieder in den Sinn gekommen sein könnte?«

Cristina sah sie lange an, ohne den Blickkontakt zu unterbrechen. Valeria ahnte, was in ihrem Kopf vor sich ging. All die Jahre, in denen sie sich gefragt haben musste, was ihre Tochter tat, wo sie lebte, mit wem sie lebte …. »Hast du einen Sohn? Eine Tochter?« Ihre Stimme klang hoffnungsvoll.

Valeria schüttelte den Kopf. »Dafür war nie Zeit. Bitte. Kannst du dich an etwas erinnern? Etwas, das die Polizisten damals womöglich übersehen haben?«

»Die Polizisten!« Cristina lachte höhnisch. »Die waren mehr daran interessiert, ihren angeblichen Täter zu verhören, als dass sie nach Spuren gesucht hätten ... denn diese Spuren hätten ihre ganze schöne Theorie wieder eingerissen. Das war bei Rafael so, und hier war es auch nicht anders.«

Rafael. Dieses Wort, der Klang des Namens ihres Bruders, den sie so plötzlich aus dem Mund ihrer Mutter hörte, versetzte ihre einen schmerzhaften Stich. »Wieso musst du jetzt von ihm sprechen?«

»Damit du begreifst, mit was wir es hier zu tun haben. Sie sind nicht an der Wahrheit interessiert. Aber natürlich, nicht *alle* sind so. Es gab jemanden, eine Frau«, überlegte ihre Mutter. »Ich erinnere mich nicht mehr an ihren Namen. Die hat nicht daran geglaubt, dass dieser Irre die Morde begangen hat. Sie hat versucht, tiefer nachzuforschen, aber am Ende war es genauso vergebens wie alles andere.«

»Ich denke, ich weiß, wer das ist. Kannst du dich sonst noch an etwas erinnern, das mir helfen könnte? Versuch es wenigstens. Ich werde das Gefühl einfach nicht los, dass mit diesem Ort ...« Valeria zögerte und spürte, dass es sie Überwindung kostete, die nächsten Worte auszusprechen. »Dass mit Eigerstal etwas nicht stimmt – schon damals nicht. Dieser Ort ist krank. Da sterben Tiere, laufen krank und geschwächt herum ... Und jetzt wurde der Besitzer vom Sägewerk und der alten Mine ermordet. All das hängt mit Noras Verschwinden zusammen, ich spüre das. Und es hängt auch mit meiner Entführung vor einundzwanzig Jahren zusammen. Da bin ich mir sicher.«

Ihre Mutter sah ins Leere, strich sich durch das ergraute Haar. »Vielleicht gibt es da wirklich etwas. Zwei Wochen, bevor du verschwunden bist … ich weiß noch, da hast du mir erzählt, dass du an einem Schulprojekt beteiligt warst. Etwas, das ihr für den Erdkundeunterricht anfertigen solltet, wenn ich mich noch richtig erinnere. Ein Projekt über Eigerstal … über die Mine draußen in den Bergen. Das alte Bergwerk. Das ist mir im Nachhinein, Jahre später, irgendwie seltsam erschienen.«

»Ja?« Valeria musterte sie verblüfft. »Daran kann ich mich nicht mehr erinnern.«

»Natürlich nicht. Alles, was danach geschehen ist, war so schlimm, dass es diese belanglosen Dinge zuvor ausgelöscht hat. Das hält dir niemand vor, Valeria.«

»Weißt du, um welches Projekt es da ging? Waren wir in der Mine? Damals war die ja noch in Betrieb, wenn ich mich richtig erinnere …«

»Das war sie, auch wenn sie nur ein Jahr später für immer geschlossen und der Betrieb eingestellt wurde. Ich denke nicht, dass ihr dort wart. Du jedenfalls nicht, Valeria.«

»Ich nicht? Was soll das heißen?«

»Weißt du nicht mehr, mit wem du an diesem Schulprojekt gearbeitet hast?«

Valeria starrte sie an. Sie schüttelte den Kopf, auch wenn sie die Antwort bereits erahnte.

»Mit deinen besten Freundinnen. Sophie und Stephanie. Ihr habt zu dritt an diesem Projekt gearbeitet.«

»Scheiße.« Valeria strich sich eine widerspenstige Strähne hinters Ohr zurück. Ein Sonnenstrahl fiel durch das Fenster auf ihr Gesicht und kitzelte sie. Sie sah nach draußen. Die hohen Tannen am Waldrand mit ihren tief hängenden Ästen …

Gerade sah es aus, als hätte eine blasse Hand einen dieser Äste beiseitegeschoben.

Jemand folgt dir.

»Valeria?« Die Stimme ihrer Mutter ließ sie aufblicken. »Du siehst aus, als hättest du einen Geist gesehen.«

»Vielleicht habe ich das. Etwas geht in Eigerstal vor sich. Etwas, das … ich weiß nicht. Das tiefer reicht.«

Ihre Mutter nickte. »Du spürst es auch. Ja, das merke ich dir an. Und du hast recht. Der Zerfall, die kranken Menschen …«

»Denkst du, es hat mit früher zu tun?«

»Ja. Aber wenn du die Wahrheit aufdecken willst, werden die sich dir in den Weg stellen.«

»Wer sind *die*? Meinst du, wir waren damals einer Sache auf der Spur? Wegen dieses Projekts? Etwas, das mit der Mine zu tun hat? Ich kann mich einfach nicht erinnern!«

Cristina schüttelte den Kopf. »Ich denke, ihr habt einfach nur eure jungen Füße zur falschen Zeit an den falschen Ort gesetzt. Und ihr habt etwas bemerkt, das geheim bleiben sollte.«

Valeria bemerkte, wie Tränen über die Wangen ihrer Mutter liefen. »Tu das nicht«, flüsterte sie. »Rede nicht so, als könnte man nichts gegen das Böse in diesem Ort tun. Als bliebe einem nichts anderes übrig, als aufzugeben.«

»Aber so ist es!« Cristina schlug auf den Tisch. »Und ich werde nicht zulassen, dass du stirbst! Du bist damals knapp entkommen, aber dieses Mal wird es nicht so sein, wenn du zurückgehst!«

»Ich bin zurück!«, rief Valeria. »Ich bin doch hier!«

»Noch nicht ganz«, erwiderte Cristina. »Das bist du erst, wenn du dem Pfad bis ganz an sein Ende folgst.« Sie streckte die Hand aus, und Valeria sah, dass sie ebenso zitterte wie ihre eigene. »Bitte, Valeria. Ich dachte, ich hätte dich für immer verloren.« Ihre Tränen tropften auf den Tisch. »Lass nicht zu, dass sie dich mir endgültig wegnehmen. Geh nicht da hin, verfolg es nicht weiter. Dieses Mal werden die es zu Ende bringen, dieses Mal werden sie dich töten.«

Valeria zog ihre Hand weg. Es kostete Überwindung, die paar Schritte zur Tür zu gehen. »Ich muss es tun. Und ich werde nicht sterben – das verspreche ich dir.«

46

Chloe folgte Garecht einige gewundene Treppen hinauf auf den Dachboden des großen Schulgebäudes. Der Lehrer zog einen großen Schlüsselbund aus seiner Tasche und schloss eine Brettertür auf, die schief und eilig zusammengezimmert wirkte, das Schloss rostig und die Scharniere knarrend.

»Früher hatte ich mal einen Lehrer«, sagte sie mit Blick auf den Schlüsselbund, »der mit so was geworfen hat, wenn die in der hinteren Reihe miteinander getuschelt haben.«

»Zeiten ändern sich«, sagte Garecht. »Ich denke, niemand wünscht sich diese Pädagogik zurück.«

Sie folgte ihm in einen im Halbdunkel liegenden Spitzboden, wo sich bis in eine schier unendliche Tiefe hinein Regale voller Kartons und Aktenordner aneinanderreihten. Die Luft roch nach altem Holz, vergilbtem Papier und Staub, der sich zu dicken Flocken am Boden gesammelt hatte. Es knirschte unter ihren Schuhen. Garecht tastete im Zwielicht an einem Stützbalken entlang und nahm dann eine kleine Taschenlampe aus ihrer Halterung. Der Lichtkegel war ein schwacher blasser Fleck inmitten der Dunkelheit, Staubflocken wirbelten durch den Strahl.

»Ich hätte erwartet, dass dieser Ort etwas übersichtlicher wäre, und vor allem heller«, sagte Chloe.

Garecht warf ihr einen belustigten Blick zu. »Die Lampen sind durchgebrannt. Unser Hausmeister wird das reparieren, aber offenbar stand die Sache nicht besonders weit oben auf seiner Prioritätenliste.« Er deutete auf ein dickes Buch, das auf einem Schreibpult in der Nähe lag. Ein Kugelschreiber war daran an einer Schnur befestigt. »Schauen wir mal, ob Nora sich eingetragen hat. Zum Glück für uns, dass die Schulleitung seit Jahren auf dieses pedantische Verfahren besteht.« Er ging mit dem Finger die Seiten durch, während Chloe durch die langen Regalreihen dieses im Zwielicht gefangenen Dachbodens spähte.

Ein guter Ort, um jemanden zu überfallen. Niemand würde dich hören, ging ihr durch den Kopf. Sie sah sich nach Garecht um. Vielleicht war er doch nicht der nette, harmlose Lehrer, der er vorgab zu sein. *Vielleicht weiß er mehr über die Sache. Und jetzt bist du ihm nach hier oben gefolgt … bist allein mit ihm …*

Garecht blickte auf, sah sich nach ihr um. »Was ist?«

»Nichts. Haben Sie etwas gefunden?«

»Augenblick.« Er widmete sich wieder der Liste.

Sosehr sich Chloe auch anstrengte, es war nicht ein Geräusch von unten zu hören – dabei musste doch gerade die große Pause begonnen haben, der Schulhof voller Schüler sein. Hinter ihr knarrte der Holzboden. Als sie sich zu einem Regal umdrehte, sah sie sich einem ausgestopften Uhu gegenüber, dessen Augen im fahlen Licht dunkel schimmerten.

»Hier«, sagte Garecht leise. »Sie hat sich eingetragen.«

»Und?«, antwortete sie. »Wonach hat Nora gesucht?«

»Sie hat geschrieben: *Recherche*. Weiter nichts.«

»Na super.« Chloe seufzte. »Also war das alles umsonst?«

»Sieht ganz so aus.«

»Verflucht.« Chloe spürte, wie sich ihr Handy meldete. Es war Valeria Ravelli.

»Wo bist du gerade?«, fragte Ravelli sie. Die jüngere Polizistin klang, als hätte sie gerade etwas hinter sich, das ihr ziemlich zugesetzt hatte.

»Ich bin in Noras Schule.«

»Gut. Könntest du für mich mal etwas herausfinden? Bitte jemanden, mit dir in das Schularchiv zu gehen. Versuche herauszufinden, ob es noch Unterlagen über ein altes Schulprojekt gibt, eines, das vor einundzwanzig Jahren von Stephanie, Sophie und mir bearbeitet wurde – eines, das mit der Eigerstaler Mine zu tun hat.«

»Mit der Mine?« Chloe sah, wie Garecht interessiert aufschaute. »Das ist ein gewisser Zufall. Wie ich hörte, hat sich auch Nora damit beschäftigt.«

»Hat sie?« Ravelli zögerte. »Dann haben wir eine Spur. Vielleicht die erste konkrete. Und Räthi wurde ermordet, Räthi gehörte die Mine ...«

»Augenblick.« Chloe ließ das Telefon sinken und sah den Lehrer an. »Gibt es alte Unterlagen aus der Zeit, als Valeria Ravelli hier zur Schule gegangen ist? Das war vor einundzwanzig Jahren. Sie und ihre Freundinnen Sophie Matthussen und Stephanie Grausteiner haben sich schon damals mit einem Projekt beschäftigt, das mit der alten Eigerstaler Mine zu tun hatte.«

Garecht nickte. »Die sollte es geben.« Er eilte zwischen den staubigen Regalen entlang, warf hier und da einen Blick hinein. Dann blieb er abrupt stehen. »Hier«, sagte er. »Hier sind Unterlagen von vor einundzwanzig Jahren.« Er nahm einen vergilbten Ordner hervor, blätterte ihn durch. »Nein, der nicht.« Garecht stellte den Ordner zurück, zog einen anderen hervor.

»Hast du das gehört?«, fragte Chloe Valeria.

»Ja. Wenn sich sowohl Nora heute als auch wir damals mit der Mine beschäftigt haben und nun auch noch Räthi ermordet wurde, dann haben wir unsere Verknüpfung. Und …«, Valeria stockte. »Verfluchte Scheiße«, stieß sie hervor.

»Was, Valeria? Was?«

»Dieses Bild, das Xaver Baumann mir gemalt hat … Wie konnte ich das übersehen? Chloe, ich muss etwas überprüfen. Wenn das stimmt, dann …«

»Du musst was überprüfen?«

»Ich muss zu Dr. Bartholomäo. Dem Eigerstaler Hausarzt. Melde mich gleich wieder.« Sie legte auf.

Chloe bemerkte, dass Garecht mit seiner Suche innegehalten hatte und konzentriert in einer Akte las. Oder versuchte er zuzuhören? Versuchte er zu verstehen, was Valeria gesagt hatte?

»Na? Haben wir da was gefunden?«

»Ja. Ich denke schon.« Er hielt ihr die aufgeschlagene Seite hin. »Das ist eine Notiz des damaligen Erdkundelehrers Rainer Budinger. Er schreibt, dass sich die drei für dieses Minen-Projekt entschieden haben und sehr motiviert an die Sache herangehen. Treffen sich mit …«

»Das ist unleserlich.« Chloe versuchte, den verwischten Namen zu identifizieren. »Es heißt nicht Räthi, aber …«

»Es ist ein B am Anfang.«

Chloe nahm Garecht die Taschenlampe ab und hielt sich die Seite dicht vor die Augen. »Ein B, ja, das könnte es sein. Und ein U, und das da, das könnte ein D am Ende des Namens sein.«

»Kennen wir jemanden mit so einem Namen?« Garecht runzelte die Stirn.

»Mir kommt nur einer in den Sinn.« Chloe überflog den Rest der Seite, doch gab es keine weiteren Einträge zu dem

Projekt, auch auf den folgenden Seiten nicht. »Berglund. Und vor einundzwanzig Jahren war Knut Berglund der Bürgermeister von Eigerstal. Er war mitverantwortlich dafür, dass die Mine schließen musste … Es gab böses Blut mit Räthi und den örtlichen Arbeitern, während ihm die Umweltschützer applaudiert haben.«

»Also haben die drei Schülerinnen damals mit ihm gesprochen?«

»Davon gehe ich aus.« Chloe zögerte. »Und irgendetwas haben sie erfahren – oder vielleicht auch nur zufällig mitbekommen. Was immer es war … Es hat zwei von ihnen womöglich das Leben gekostet.«

»Und Nora?«, fragte Garecht. »Wie soll Nora an eine Information gekommen sein, die vor einundzwanzig Jahren verloren ging?«

Chloe machte ein Handyfoto von der Seite des Projektordners. »Das ist jetzt die große Frage.«

Garecht zögerte. »Sie war nicht die Einzige, das sollten Sie wohl noch wissen.«

Chloe fuhr zu ihm herum. »Wie bitte?«

»Ich weiß nicht, ob es Zufall ist oder nicht … und ich habe der Sache auch keine große Bedeutung beigemessen. Es ist nur … in diesem Buch, in dem die Eintragungen drinstehen, wer hier oben was nachgelesen hat … da war Nora nicht die einzige Mattei, das ist mir vorhin aufgefallen. Ich habe ein Stück zurückgeblättert …«

»Wer noch? Ihr Vater?«

»Nein«, erwiderte Garecht. »Josephine Mattei. Vor zwei Jahren.«

47

Valeria ließ ihr Handy sinken. Chloe hatte ihr mitgeteilt, was sie im Schularchiv entdeckt hatte. Nora, auf der Suche nach vergangenem Wissen, nach etwas, das sie selbst, damals zusammen mit Stephanie und Sophie, entdeckt hatte. Und Josephine Mattei, die ebenfalls danach gesucht hatte, noch vor ihrer Tochter, bevor sie umgekommen war, der Wagen durch die Leitplanke brach und sie an Ort und Stelle starb. Valeria dachte an den Anruf, der bei Räthi von Matteis damals verschwundenem Handy eingegangen war. Wer war es, der da draußen sein Spiel mit ihnen allen trieb?

Sie starrte auf Xavers Zeichnung. Dann begriff sie. Der Hinweis war da gewesen, direkt vor ihren Augen, aber Valeria hatte ihn ignoriert – oder vielmehr nicht genau genug hingesehen.

Es ist wichtig, dass wir sehen und nicht bloß schauen, hatte Tanner einmal gesagt, und Valeria überkam nun eine Ahnung, wie recht er damit hatte.

Auf der Zeichnung hatte Xaver Baumann drei kleinere Gestalten gezeichnet, daneben drei größere – und eine von den größeren hatte etwas im Gesicht, das Valeria zuerst für einen Fleck oder eine Stelle gehalten hatte, bei der Xaver bloß vergessen hatte, sie vollständig auszumalen.

Aber das war es nicht.

Der Fleck war eine Narbe oder ein Muttermal.

Und du hast dich erinnert. Als du im Auto saßt, kurz nachdem du deine Mutter in ihrem Haus besucht hast, da hast du dich erinnert. Ein kleines Stückchen nur, aber du hast dich erinnert.

Für einen Herzschlag lang war sie wieder in der alten Berghütte gewesen – und sie spürte, wie ihr Adrenalin und Panik, Angst und Verzweiflung durch den Körper floss. Da war ein Mann gewesen, den sie nur von hinten gesehen hatte, er trug eine Skimaske wie die anderen beiden, die ihn begleiteten … Doch für den Bruchteil einer Sekunde, da hatte er sie ein Stück nach oben geschoben und sich mit dem Finger an der Wange gekratzt.

Da hast du es gesehen – diesen Fleck auf der Wange, dieses Muttermal, diese Wunde, was immer es genau war. Und Xaver muss es auch gesehen haben – irgendwo.

Der Hinweis war in seiner Zeichnung versteckt.

Dr. Bartholomäos Praxis kam in Sicht, ein schmales zweistöckiges Haus, das eingepfercht zwischen den umliegenden Neubauten lag. Neben der Tür hing ein Schild aus angelaufenem Messing, das er wohl noch als junger Arzt hier aufgehängt und seitdem nicht mehr erneuert hatte.

Valeria öffnete die Tür. Der Dielenboden knarrte unter ihren Schuhen. Die Inneneinrichtung der Praxis war ebenso alt wie der Doktor selbst, viel Holz und wuchtige Schränke, an der Wand eine Tafel mit Querschnitten des menschlichen Körpers. Es roch nach Desinfektionsmitteln.

Der Mediziner trat gerade aus einem Behandlungsraum und bemerkte sie sofort. »Wollen Sie zu mir?«

»Dr. Bartholomäo, erinnern Sie sich an mich? Wir sind uns im Sägewerk begegnet. Ich bin Valeria Ravelli.« Sie hielt ihm ihren Ausweis vors Gesicht. Da war kein Anzeichen, dass er sie wiedererkannte, jedenfalls in den ersten paar Sekunden nicht – dann riss er die Augen auf.

»Sie sind *die* Valeria Ravelli? Oh mein Gott. Ich wusste nicht, dass Sie wieder hier leben.«

»Ich bin nur zurück für kurze Zeit, und wenn ich ehrlich bin, diese Zeit kann gar nicht kurz genug sein.«

»Geht es um Räthi?«

»Nein. Es geht um den Vermisstenfall Nora Mattei. Waren Sie Noras Hausarzt?«

Ein Nicken folgte. Der alte Mediziner strich sich durch den Bart. »Natürlich. Aber besonders häufig haben wir uns nicht gesehen. Sie war immer von guter Konstitution, sehr gesund … wie ihr Vater und ihr Onkel, die beide noch hier oben leben. Deren Frauen dagegen … «

»Noras Mutter ist gestorben.«

»Da haben Sie recht. Ein schwerer Autounfall auf der Serpentinenstraße, die den Oberalppass hinaufführt. Die Matteis sind wie vom Pech verfolgt, wenn man bedenkt, dass nicht nur Noras Mutter, sondern auch ihre Tante gestorben ist. Jetzt leben die beiden Männer wieder allein, und Nino Mattei hat alle Mühe mit dem Mädchen.«

»Elias Matteis Frau Sarah litt an Krebs, nicht wahr?«

Der Mediziner nickte. »Ja. Eine furchtbare Geschichte war das. Sie war so naturverbunden, und dann war es mit einem Mal, als hätte irgendetwas dort draußen sie vergiftet … ja, vergiftet, anders kann man es wohl nicht bezeichnen.«

»Würden Sie mir helfen?« Valeria trat ein paar Schritte näher und senkte ihre Stimme. »Ich bin auf der Suche nach jemandem, der in Eigerstal lebt … einem Mann, dessen Gesicht auf besondere Weise gezeichnet ist.«

Der alte Arzt wirkte vorsichtig. »Gezeichnet, meinen Sie? Was hat das zu bedeuten?«

»Gezeichnet in Form einer Hautveränderung oder eines großen Leberflecks, beides sehr auffällig. Es gibt jemanden hier im Ort, der früher einmal ein solches Mal hatte, aber dann hat er es wohl mit hoher Wahrscheinlichkeit entfernen lassen. Ich könnte mir vorstellen, dass er zuvor mit Ihnen gesprochen hat – ob es möglich ist und vor allem, wie man es möglichst heimlich anstellt.«

»Was wollen Sie mir da unterstellen, Leutnant Ravelli? Ich habe niemanden beraten, der sich eine Narbe entfernen lassen wollte und …« Er unterbrach sich abrupt.

»Ich habe nichts von einer Narbe gesagt, Doktor.« Valeria trat einen weiteren Schritt auf ihn zu. Ihre Hand lag wie beiläufig auf dem Griff ihrer Dienstwaffe, und sie sorgte dafür, dass er es bemerkte. »Aber ich rate Ihnen jetzt, dass Sie lieber kooperieren.«

»Ich …«

»Wer war dieser Mann? Wer hat Sie aufgesucht?«

»Es … es war eine Verletzung.« Der alte Mediziner wirkte nun, als suchte er nach einer Fluchtmöglichkeit, sein Blick huschte hin und her durch den Raum. »Er kam zu mir, weil … nun, weil er so stark geblutet hat und sich Sorgen machte, dass eine große Narbe zurückbleibt. Und ich habe ihm gesagt, ganz gleich, was er versucht, die wird zurückbleiben, es sei denn, er lässt sie sich operativ entfernen.«

»Wieso hat er geblutet?«

»Weil jemand ihn gekratzt hat! Quer über das Gesicht!«

Du beschissene Schlampe! Das Miststück hat mich gekratzt!

Diese Stimme eines Mannes erklang so jäh in ihren Gedanken und ließ Valeria einen Schritt zurücktaumeln. Sie spürte, wie eine Welle aus Angst und Panik sie überwältigte, über ihrem Kopf zusammenschlagen wollte.

»Verflucht, was …« Valeria starrte auf ihre Hände hinab. War das Blut, das von ihren Fingernägeln tropfte? Nein. Aber da war Blut am Boden, und sie war einen Herzschlag lang zurück in der Berghütte … doch das Blut war nicht ihr eigenes. War es von Steph? Sophie? Eine von ihnen hatte den Entführer gekratzt, schwer im Gesicht verletzt.

»Leutnant Ravelli?« Die nervöse Stimme von Dr. Bartholomäo holte sie zurück in seine Praxis. »Sie sehen aus, als hätten Sie gerade den Schreck Ihres Lebens erlitten.«

Valeria packte seinen Arm. »Wer war es? Wer ist mit dieser Verletzung zu Ihnen gekommen? Wie lautet sein Name?«

Der Mediziner holte tief Luft. »Können Sie sich das nicht denken? Und begreifen Sie nicht, womit er mich zum Schweigen gebracht hat?«

»Sagen Sie mir, wer er ist.«

Dr. Bartholomäo senkte den Kopf, als schämte er sich. Er holte tief Luft, wappnete sich. Dann sagte er ihr den Namen.

48

Die Nacht brach herein, und erneut setzte Schneefall ein – dicke Flocken bedeckten die vereisten Wege, ließen die kahlen Äste unter ihrer Last tief herabhängen. Chloe hörte, wie die Reifen des kleinen VW-Mietwagens, mit dem sie nach Eigerstal heraufgekommen war, durchdrehten. Sie nahm das Gas zurück, umfasste das Lenkrad fester, bis die Reifen wieder griffen und sie vorwärts trugen – ihre Gedanken waren jedoch fernab von dieser Straße, in der Vergangenheit.

Valeria Ravelli und ihre Freundinnen hatten sich mit der Mine von Eigerstal beschäftigt – und auch Nora hatte, kurz bevor sie verschwunden war, großes Interesse an den damaligen Ereignissen gezeigt. Was hatte sie herausfinden können? War Nora dem Entführer auf die Schliche gekommen, oder war sie aus einem anderen Grund entführt worden? Und wie passte Räthis Tod da hinein? Der Eigentümer der Mine und des Sägewerks, der geplant hatte, Eigerstal zu verlassen, der alles an die Investoren verkaufen wollte …

Du übersiehst etwas. Es war jenes unangenehme Gefühl, das sie schon früher gespürt hatte, wenn ein wichtiges Detail dicht vor ihrer Nase lag, sie es jedoch noch nicht zuordnen konnte.

Ein Junge lief über die Straße – Chloe trat mit aller Kraft auf die Bremse. Sie hätte ihn beinah zu spät gesehen. Der Junge erreichte den Straßenrand, drehte sich zu ihr um und schrie etwas, machte eine Geste mit der Faust.

Chloe starrte durch die angelaufene Frontscheibe, die mit Schneeflocken bedeckt wurde. Sie erkannte das Gesicht des Jungen unter der dicken Wollmütze, die er trug.

Es war Luca Henretti.

Sie blickte ihm hinterher, bis er in den umherwirbelnden Schneeflocken verschwunden war. Da war er wieder, ihr Instinkt, der ihr zuflüsterte, dass sie etwas übersah …

Chloe wählte Ravellis Handynummer, doch nahm die Interpol-Polizistin den Anruf nicht entgegen. »Verflucht, was treibst du denn?« Der Tonfall der jüngeren Kollegin war ihr nur zu gut bekannt, als diese ihr vor gut einer Stunde angekündigt hatte, etwas Wichtiges überprüfen zu wollen. *Du warst selbst nicht anders … und hast dich nicht gerade selten damit in Gefahr gebracht.*

Als hinter ihr jemand hupte, fuhr sie ein Stück weiter die Hauptstraße hinab und parkte dann am Straßenrand. Den Motor ließ sie weiterlaufen, doch selbst mit dem auf die höchste Stufe eingestellten Gebläse waren ihre Hände und Füße eiskalt. *Luca und Nora, Nora und Luca …* Was hatte der junge Henretti noch gleich gesagt? Noras Vater Nino würde es überhaupt nicht gern sehen, wenn seine Tochter einen Jungen trifft … Aber das war es nicht, das war nicht die Richtung, in die ihr Instinkt sie lenken wollte.

Chloe schloss die Augen. *Du musst dir diesen Abend noch einmal vorstellen. Lass ihn noch einmal vor deinem geistigen Auge vorüberziehen … denk nach.*

Erik Henretti, Lucas Vater, hatte ihnen die Tür geöffnet. Sie waren ihm gefolgt, hinauf zum Zimmer seines Sohnes. Chloe spürte das Kribbeln am Rand ihres Bewusstseins.

Da war ein Gewehr gewesen, das an der Wand hing. Eine alte Büchse, nur noch ein Relikt, ein unbrauchbares Ausstellungsstück. War es das, was sie irritierte?

Chloe wusste nicht genau, was sie dazu brachte, den Wagen zu wenden, doch ehe sie es wirklich bemerkte, führte die Straße sie zurück zum Haus der Henrettis.

Es war dunkel. Natürlich, Luca war gerade außer Haus, und sein Vater und seine Mutter …

Chloe stellte den Motor ab und stieg aus. Es war so still, dass das Geräusch der Wagentür wie ein Knall durch die Straße hallte. Sie sah sich um. Niemand war in der Nähe. Die Schneeflocken fielen zu Boden, bedeckten jede Spur. Die Straßenlaternen in der Nähe warfen kreisrunde buttergelbe Lichtkleckse auf den Schnee, doch Chloe hielt sich aus dem Licht fern und überquerte die Straße.

Als sie sich dem Haus näherte, spürte sie, dass sie nicht länger allein war.

Leise Schritte im Schnee, dicht hinter ihr.

Sie spannte sich an.

»Wir hatten den gleichen Gedanken«, flüsterte Valeria. »Hier lang.«

Chloe blickte sich um. Ravelli hatte ihre Dienstwaffe in der Hand. Sie deutete mit einer knappen Handbewegung nach links, wo ein schmaler Durchgang zwischen dem Haus der Henrettis und dem Nachbarhaus hindurchführte.

»Valeria, was …?«

»Dafür haben wir keine Zeit. Folg mir einfach. Wir müssen uns dringend mit Erik Henretti unterhalten.«

Chloe zog ihre eigene Pistole aus dem Holster an ihrem Gürtel. Sie mochte das Gewicht der Waffe nicht, mochte nicht, wie sich der Stahl unter ihren Fingern anfühlte ... *Du hast noch nie auf einen Menschen schießen müssen.*

»Valeria, ist es klug, das hier ohne Verstärkung durchzuziehen?«

»Die Kollegen sind unterwegs. Birkner lässt jede Zufahrt nach Eigerstal absperren.«

Gerade als Valeria das sagte, war es Chloe, als könnte sie in der eisigen Luft das Geräusch von Sirenen vernehmen, das aus der Ferne zu ihnen heranwehte. Vielleicht war es aber auch nur Einbildung.

Valeria schwang sich elegant über den niedrigen Zaun, der den hinter dem Haus gelegenen Garten der Henrettis umgab, Chloe folgte ihr mit etwas mehr Mühe. Als sie Valeria eingeholt hatte, machte diese sich bereits mit einem Schraubendreher an der Terrassentür zu schaffen.

»Legal ist das nicht«, sagte Chloe. »Das kann übel ausgehen.«

»Ich will nicht durch die Vordertür. Man könnte uns sehen.« Es klickte, dann sprang die Terrassentür auf. Vorsichtig schob Valeria sie auf. Mit gezückter Waffe schlich sie hinein.

Es war stockdunkel im Inneren des Hauses. In der Luft lag der Geruch von Kerzen, die vor Kurzem noch gebrannt haben mussten. In einem offenen Kamin schimmerte mattrot die Glut. Ein hoher Sessel stand dort, Valeria umrundete ihn und richtete die Waffe darauf, dann wandte sie sich um und ging den Flur entlang. Durch ein Fenster fiel der Schein der Straßenlaternen herein, der Schnee draußen glitzerte hell.

Du hast dich richtig erinnert, dachte Chloe, als sie das alte Gewehr an der Wand sah. Und dann, als Valeria mit einem Knarren die Treppe ins Obergeschoss betrat, fügten sich die Puzzleteile in ihrem Kopf zusammen.

Knut Berglund ist Mitglied des Schützenvereins – du weißt das, weil du es gelesen hast, als du dich über ihn informiert hast. Und diese Waffe da, die stammt aus demselben Verein. Henretti und Berglund sind beide im Schützenverein …

»Ravelli, er …«

Valeria hob die Hand und bedeutete ihr zu schweigen.

Sie standen vor einer Tür am Ende des Flurs im Obergeschoss. Chloe sah mit klopfendem Herzen zu, wie Valeria die Hand ausstreckte. Dann stürmte sie hinein.

Das Licht war abgeschaltet, doch sie konnten seine Silhouette vor dem geöffneten Fenster erkennen. Er hatte sich ihnen zugewandt – und Erik Henretti lächelte.

»Bleiben Sie, wo Sie sind!«, fuhr Valeria ihn an. »Ich will Ihre Hände sehen, sofort!«

»Ravelli, Ravelli … ich muss sagen, es enttäuscht mich doch, dass du so lange gebraucht hast. Wer hat es dir verraten? Oder, sag bloß: Hast du dich doch noch erinnert?«

»Mund halten. Drehen Sie sich um.«

»Ihr könnt mich nicht festnehmen. Es gibt keinen Grund dafür. Kein Beweis für gar nichts. Du hast nichts, du stehst da und weißt ganz genau, wie ohnmächtig du in Wahrheit bist.«

»Zeigen Sie mir Ihre Wange.« Valerias Stimme klang verändert, eiskalt und unbarmherzig.

Henretti drehte sich leicht, sodass das Licht von draußen auf sein Gesicht fiel. Es war makellos. »Was erwartest du denn?«

»Du hast sie dir entfernen lassen. Die Narbe. Steph oder Sophie haben dich damals erwischt, haben dich gekratzt, als du sie entführt hast. Du bist es gewesen.« Valerias Stimme zitterte. »Der Doktor hat mir alles erzählt.«

»Aber er ist ein alter Mann, Valeria. Alte Männer bringen oft Dinge durcheinander, haben es nicht mehr so ganz mit der Erinnerung.«

»Nenn mich noch einmal Valeria, dann …«

»Sie haben es erfahren«, sagte Chloe leise, als weitere Puzzleteile sich zusammenfügten. Beide sahen sie an. In Erik Henrettis Augen funkelte eine dunkle, tiefe Bedrohlichkeit. »Sie haben es von Luca erfahren … dass Nora und er sich abends im Wald treffen wollten … und dann haben Sie Nora entführt. Sie haben die Freundin Ihres Sohnes entführt.«

Henretti lachte. »So ein Blödsinn.«

»Nein, das ist kein Blödsinn.« Valeria schüttelte den Kopf. »Ich weiß es. Luca hat es mir verraten.«

»Luca war die ganze Zeit hier!«

»Er hat ein Handy. Er hat mir alles gestanden, als ich ihn vor einer halben Stunde angerufen habe. Luca ist ein guter Junge und ganz sicher kein Lügner. Und Sie haben eine Sache übersehen … Er liebt Nora mehr als alles andere, und er hat Sie bemerkt … hat bemerkt, wie Sie ihm gefolgt sind.«

Henretti starrte sie an.

»Keine Sorge, Luca ist nicht hier. Er ist in Sicherheit, ich habe ihm gesagt, er soll sich dem Haus nicht nähern. Unsere Leute haben ihn jetzt. Er wird aussagen.«

»Du bist ein Miststück«, fuhr Henretti Valeria an, doch rührte er sich nicht vom Fleck. »Und du kannst nichts beweisen.«

»Wer weiß? Vielleicht haben wir schon jetzt die Aussage Ihres Sohnes auf Band, wie Sie Nora überwältigt haben? Wie sicher können Sie sich sein?« Valeria lächelte ein kühles, bedrohliches Lächeln.

»Ihr wisst nichts über Eigerstal. Ihr wisst nichts über all die Dinge, die wir tun mussten.«

»Wir? So ist es also? Wer sind die anderen?« Chloe lauschte auf Geräusche von draußen, auf die angekündigte Verstärkung, doch es war nichts zu hören.

Henretti ignorierte sie. »Ihr Schlampen steht da und haltet euch für überlegen, dabei habt ihr nicht den kleinsten … es ist wie damals, als dieses Miststück …«

»Wie damals?«, entgegnete Chloe. »Von wem sprechen Sie?«

»Oh, ich denke, wir wissen, von wem er spricht«, sagte Valeria. »Es hat sich schon mal jemand vor Nora für gewisse Ereignisse interessiert. Josephine. Ihre Mutter.«

»So ein Unsinn«, sagte Henretti, doch flackerte sein Blick zum Fenster, zur Tür, als suchte er nach einem Ausweg.

»Jetzt wurde Räthi ermordet«, fuhr Valeria fort. »Jemand hat ihn angerufen, nur ein paar Tage zuvor. Ein Anruf von Josephine Matteis Handy. Ein Anruf von einer Toten. Sie wissen, wovon ich spreche.«

»Matteis Handy wurde damals nie gefunden.«

»Wirklich?« Valeria lächelte kalt. »Das wurde aber nie offiziell erwähnt. Das wussten nur wenige, die Polizei, der damalige Bürgermeister … Sie haben recht, ihr Handy wurde nach dem Autounfall nie gefunden – zumindest nicht von der Polizei –, aber vielleicht von ihren Mördern.«

Henretti starrte sie an. Zorn floss in seinen Blick wie flüssiges Feuer. »Ich verrate dir ein Geheimnis, Valeria. Räthi wurde brutal abgeschlachtet. Soll ich dir sagen, wer das getan hat?«

Chloe hielt den Atem an, und sie spürte, dass Ravelli neben ihr nervös wurde.

»Nur zu«, sagte sie, doch ihre Stimme klang auf einmal tonlos.

»Er hat euch verarscht, begreift ihr das nicht? Von Anfang an hat er euch nur benutzt, und jetzt steht ihr da und wollt mich festnehmen? Er ist es, um den ihr euch kümmern müsst.« Erik Henretti sah Valeria direkt in die Augen. »Urs Räthi wurde von niemand anderem als deinem alten Freund ermordet. Elias Mattei hat ihn umgebracht.«

49

Schweiß funkelte auf Henrettis Stirn im bläulichen Licht der Straßenlaternen, das durch das Schlafzimmerfenster hereinfiel. Der Kommandant der Bergwacht war weiter zurückgewichen. Durch das geöffnete Fenster drang Kälte herein, und der unbarmherzig beißende Wind, der nach ihnen allen packen wollte.

Elias – er hat Urs Räthi ermordet. Dieser Gedanke wollte sich in Valerias Kopf noch nicht zusammensetzen lassen, es war, als versuchte ihr Verstand, diese Behauptung weit fort von sich zu stoßen.

»Sie lügen«, sagte sie. »Das kann nicht sein. Das hätte er niemals getan.«

»Mattei hat Räthi abgeschlachtet, Valeria. Er ist über ihn hergefallen, bestialisch wie ein Verrückter, du hast die Stichwunden ja gesehen. Und dann hat er mit seinem Blut dieses Zeichen auf den Boden in die Sägespäne gemalt, nur um von sich abzulenken.« Ein bösartiges Lächeln huschte über Henrettis Lippen. »Oh, ja, ich sehe es dir an. Das war ein Detail, das niemand erfahren sollte, nicht wahr? Es stand in keinem Zeitungsartikel. Aber ich war dort. Räthi hat mir gesagt, dass er um sein Leben fürchtet, dass ihn Mattei womöglich aufsuchen, bedrohen oder ihm sogar etwas antun wird … aber als ich ins Sägewerk kam, war schon alles zu spät. Da hatte er ihn schon getötet.«

»Das ist eine Lüge.« Valeria hörte, wie ihre Stimme zitterte, wie nervös ihre Hand an der Waffe wurde, mit der sie Henretti in Schach hielt. »Sie hatten früher diese Narbe. Sie haben uns damals in der Berghütte gefangen gehalten.«

In der Ferne erklang nun eine Sirene, die laut durch die klare, eisige Luft heranwehte und sie alle zusammenzucken ließ.

Henretti sprang behände auf das Fensterbrett. »Bis später vielleicht, die Damen.« Dann stürzte er sich aus dem offenen Fenster, während Valeria nach vorn stürzte und Chloe schrie. Sie blickten hinab, sahen zu, wie Henretti sich im verschneiten Vorgarten wieder aufrappelte und dann über den Weg davonrannte.

»Hinterher!« Valeria machte kehrt, rannte den Flur entlang, die Treppe hinab, hinaus zur Terrassentür und dann durch den Schnee. Henrettis Spuren waren im Licht der Straßenlaternen deutlich auszumachen, verliefen quer über die Straße und verschwanden um eine Häuserecke. Sie hörten das Geräusch eines Schneemobils, das angelassen wurde. Valeria kam schlitternd zum Stehen. Mit einem Dröhnen raste Henretti auf dem Schneemobil in die Nacht davon.

»Verflucht!«, schrie Valeria in die eisige Nachtluft hinaus.

»Willst du ihm nicht weiter folgen?« Chloe trat neben sie und hielt sich die Seite. Noch immer schneite es unablässig.

»Hast du nicht gehört, was er über Elias gesagt hat?« Valeria steckte ihre Dienstwaffe zurück ins Holster. »Ich muss mit ihm reden.«

»Das war nur eine Ablenkung. Er wollte dich wütend machen – und wie ich sehe, hat es auch sehr gut funktioniert.«

»Ich bin nicht wütend, Muston. Ich bin nur auf der Suche nach der Wahrheit.«

»Natürlich. Dann gehen wir und reden mit Mattei?«

Valeria drehte sich zu ihr um. »Nein. Ich muss es allein tun. Tu mir einen Gefallen: Birkner ist auf dem Weg hierher.« Sie nickte in Richtung der Sirenen. »Erklär ihm, was Henretti gesagt hat. Und folgt seiner Spur.«

»Ist Eigerstal abgeriegelt?«

»Wenn Birkner auf mich gehört hat, ja.« Valeria holte tief Luft. »Und wenn Henretti recht hat, dann weiß Elias auch, wer die beiden anderen sind ... und dann wird er versuchen, auch sie zu töten. Ich muss ihn stoppen.«

»Pass auf dich auf.«

Valeria nickte. Dann rannte sie zu ihrem Geländewagen, den sie etwa fünfzig Meter entfernt geparkt hatte, gerade außer Sichtweite vom Haus der Henrettis. Sie startete den Wagen und fuhr an, die Reifen drehten durch, ehe sie den Schnee nach hinten schleuderten und in den Untergrund griffen. Die Scheibenwischer kämpften mit dem Schnee, und in den Lichtkegeln wirbelten die Flocken, als wären sie lebendig.

Ein paar Streifenwagen fuhren an ihr vorbei, das Blaulicht blitzte grell in der Nacht. Wie weit war Henretti mit seinem Schneemobil schon gekommen?

Valeria langte nach ihrem Handy und tippte Birkners Nummer ein. »Geh ran«, rief sie und beschleunigte. Aber der Ermittler meldete sich nicht, und Valeria spürte, wie der Wagen auf dem Schnee unter ihr ins Rutschen geriet. Da kam Elias' Wohnhaus in Sicht, mit Mühe konnte sie das Steuer herumreißen und den Geländewagen zum Stehen bringen.

»Verflucht«, sagte sie leise und lauschte ein paar Sekunden dem Klopfen ihres Herzens, während sie sich etwas Zeit zum Durchatmen genehmigte. Dann sprang sie aus dem Wagen und eilte über den schneebedeckten vereisten Gehweg hinüber zum Haus. Sie hörte das Schellen der Klingel im Inneren, dann Schritte.

Valerias Hand wanderte zu ihrer Dienstwaffe. *Aber Elias ist harmlos, nicht wahr? Er würde so etwas doch niemals tun, Henretti muss gelogen haben.*

Dann schwang die Tür auf. Elias trug eine dicke Winterjacke und Handschuhe, als wäre er gerade im Begriff, aufzubrechen. Er wirkte überrascht, sie hier zu sehen.

»Hast du es getan?«, fragte sie ihn atemlos. »Hast du Räthi getötet?«

Er starrte sie an, als wäre sie verrückt geworden. Alles war still, selbst die Sirenen in der Ferne verstummten, als er sagte: »Woher hast du das?«

»Ich habe mit dem alten Dorfarzt gesprochen. Er hat mir gestanden, dass einer der Männer, die damals in der Berghütte waren, eine Narbe von seiner Wange entfernen ließ, von einer Verletzung, die eine von uns ihm zugefügt hat. Dieser Mann …«, Valeria beobachtete Elias' Reaktion genau, »… war Erik Henretti. Ich habe ihn damit konfrontiert, und er sagte mir, bevor er geflohen ist, dass du Räthi ermordet, brutal niedergestochen hast.«

Valeria bemerkte, wie sich Elias' Stirn mit Schweißtropfen benetzte.

»Ist dir heiß?«, fragte sie. Nun legte sie die Hand mit einer deutlichen Bewegung an ihre Dienstwaffe.

»Es ist diese Jacke«, erwiderte er leise mit einem Krächzen. »Die ist verflucht warm.«

»Sag es mir. Hast du es getan?«

Als er zögerte, begriff Valeria, dass er nichts mehr beantworten musste. Sein Gesichtsausdruck war Antwort genug, seine Fäuste, die zu seinen Seiten herabhingen, sein Blick, der in alle Richtungen huschte, als suchte er nach einem Fluchtweg. Ein eiskalter Schauer wanderte zwischen ihren Schulterblättern hinab.

»Du bist verrückt«, sagte er dann leise. Es klang, als wollte er im nächsten Moment zusammenbrechen und sich in den Schnee übergeben.

»Wieso hast du das getan?«

Er wischte sich über den Mund. »Es …« Nun lief eine Träne über seine Wange. »Es … ich wollte …«

Er wollte einen Schritt auf sie zu machen, aber Valeria hob die Hand. »Bleib da stehen. Ich will, dass du mir alles erzählst.«

Er hat dich belogen – und das wahrscheinlich von Beginn an.

»Sie haben Nora. Ich weiß nicht, wo sie ist, aber … wenn wir die beiden anderen nicht stoppen, dann wird sie sterben, Val. Mach mit mir, was du willst – aber lass sie uns zuerst aufhalten.«

»Du denkst, ich würde dir selbst jetzt noch helfen?«

»Sie stirbt! Sie stirbt, weil ich versucht habe, diese Schweine endlich für das zur Verantwortung zu ziehen, was sie getan haben!« Elias blickte zum Himmel hinauf. »Stephanie und Sophie haben es damals herausgefunden, Val. Erinnerst du dich nicht mehr? Sie waren die Ersten.«

»Ich weiß von dem Projekt. Die alte Mine … wir haben damals mit dem Bürgermeister gesprochen, mit Berglunds Vater …«

»Weißt du, wer für all das verantwortlich ist?«

»Nein. Aber ich weiß, dass du für Räthis Tod verantwortlich bist.«

»Ich war bei ihm, an jenem Abend. Ich habe mit ihm gesprochen, wollte, dass sie Nora freigeben. Räthi hat mich nur ausgelacht. Nicht ich hätte ihn in der Hand, sondern er mich. Ich sollte ihm alles geben, was ich recherchiert habe – sonst würde ich Nora nie mehr wiedersehen.«

Valeria hörte schweigend zu.

»Ich hab ein Messer mitgenommen, weil ich irgendwie ahnte, dass ich mich selbst verteidigen müsste. Und dann hat er mich angegriffen. Ich hab mich gewehrt, und ... dann lag das Messer in meiner Hand. Was dann geschehen ist, weiß ich nicht mehr. Das ist alles wie ausgelöscht. Als ich wieder klar sehen konnte, stand ich da ... blutig, und Räthi war tot.«

»Was hast du recherchiert? Hat es etwas damit zu tun, was auch Josephine herausgefunden hat? Hat sie dich deshalb noch am Abend vor ihrem angeblichen Unfall angerufen?«

»Ja, sie ... sie wusste es auch oder war zumindest nah dran, glaube ich. *Die* haben sie umgebracht, Valeria. Es war kein Autounfall. Da bin ich mir sicher. Aber für diese langen Reden ist jetzt keine Zeit.« Elias warf ihr einen Blick zu, der sie für einen Moment lang an den Jungen erinnerte, mit dem sie aufgewachsen war – nur dass dieser Junge nun ein Mann und ein Mörder geworden war. Er sah traurig aus, so traurig, wie sie ihn noch nie zuvor erlebt hatte. »Wir müssen Nora retten. Danach ... danach kannst du mit mir machen, was du willst. Mich verhaften, mich einsperren, es ist mir egal. Aber wir müssen sie retten – und wenn wir das schaffen wollen, dann dürfen wir keine Zeit mehr verlieren.«

»Was hast du vor?« Einen Moment lang war Valeria entsetzt über sich selbst, als sie diese Worte aussprach, und verabscheute sich allein für den Gedanken, ihm zu helfen – einem Mörder zu helfen ... doch ihr Instinkt sagte ihr, dass Elias' Angst um Nora berechtigt war.

»Es sind drei, Val. Einer von ihnen ist tot. Zwei weitere leben noch.«

»Henretti ist geflohen.«

»Wir müssen ihm folgen.«

Valeria nahm die Hand von ihrer Waffe. »Wie willst du das anstellen?«

Elias langte in eine der Taschen seiner Winterjacke und holte ein kleines elektrisches Gerät heraus. Valeria konnte ein Display erkennen, auf dem ein roter Punkt blinkte, der sich beständig von ihnen entfernte, kaum dass Elias es aktiviert hatte. »Ein Ortungsgerät. Hat mir Nino von einem seiner Militärkumpel besorgt. Der Sender hängt an Henrettis Schneemobil. Ich dachte mir schon, wenn er fliehen will, wird er sich weiter hinauf in die Berge zurückziehen – und das kann er nicht mit seinem Auto.«

Valeria sah Elias an, dass er am liebsten gleich losgestürmt wäre, doch sie ließ ihn nicht durch. »Ich begreife nicht, wieso du nicht zu mir gekommen bist. Du weißt doch, dass ich dich festnehmen muss. Auch wenn wir erst Nora retten, danach …«

»Was du danach tust, ist mir vollkommen egal«, erwiderte Elias sofort. »Aber jetzt geh mir aus dem Weg.«

Valeria machte einen Schritt zur Seite, woraufhin Elias an ihr vorbeirannte. Sie folgte ihm und stieg zu ihm in seinen Wagen.

Er warf ihr einen Blick zu. »Du kannst die Hand von der Pistole nehmen. Ich werd dir ganz bestimmt nichts tun.«

»Das sagst du.«

»Ich verspreche es dir.«

Valeria sah ihn an, während er den Wagen startete und auf die Straße lenkte. »Du hast mich also nur benutzt. Die ganze Zeit … hast mich zurückgeholt, damit ich für dich herausfinde, wer neben Räthi noch beteiligt war? Du hast mich für Henretti gebraucht. Und Knut Berglund. Er steckt auch mit drin, nicht wahr? So ist es doch.«

»Ich musste es tun. Ich brauche meine Rache. Und sie ist noch nicht abgeschlossen.«

»Ich werde nicht zulassen, dass du noch jemanden umbringst.«

»Wenn wir Berglund und Lucas Vater gestellt haben, wenn wir sie dazu gebracht haben, alles zuzugeben, dann wirst du meine Beweggründe verstehen – mehr noch, du wirst mir zustimmen.«

»Nein, ich werde dir nie zustimmen«, entgegnete Valeria.

»Diese Männer sind Mörder, Val. Sie haben nicht nur deine beiden Freundinnen auf dem Gewissen. Was sie allen hier oben angetan haben, ist noch viel, viel schlimmer.«

»Wie meinst du das?« Valeria kamen die Worte des alten Obdachlosen in den Sinn. *Den Teufel, Mädchen. Er lebt in diesen Wäldern. Hat sie vergiftet. Und dann gibt es die, die ihm helfen, ihm dienen … die mit ihm einen Pakt geschlossen haben!*

»Du wirst es sehen«, erwiderte Elias. »Glaub mir, das wirst du.«

50

»Dort«, rief Elias und brachte den Wagen mit schlitternden Reifen zum Stehen. Er deutete auf ein Chalet, das heruntergekommen und vereinsamt dastand. Von Wind und Regen gebeugt machte das Dach mittlerweile den Eindruck, als wollte es unter der Schneelast einbrechen. Ein Schuppen stand daneben, auf ihn rannte Elias nun zu, und Valeria folgte ihm. Sie kannte den Blick, den er ihr zugeworfen hatte, ehe er aus dem Wagen gesprungen war: Es war der eines Mannes, der nichts mehr zu verlieren hatte – und der zugleich bereit war, alles zu tun.

Valeria stapfte durch den hohen Schnee in Richtung des Schuppens, als sie ein Fahrzeug hinter sich hörte. Scheinwerfer blendeten sie, sie hob eine Hand vors Gesicht und griff mit der anderen nach ihrer Waffe.

Wärst du bereit, dich vor einen Mörder zu stellen?

Das Licht erlosch, die Wagentür öffnete sich. Valeria sah, wie jemand in einem dicken Parka heraussprang und in ihre Richtung blickte. »Ravelli!«, drang die Stimme herüber. Es war Chloe Muston.

»Was sucht die hier?« Elias kam aus dem Schuppen, in seiner Hand eine doppelläufige Schrotflinte. Der Lauf zeigte auf den Boden, dennoch sah Elias aus, als wäre er bereit, sie jederzeit einzusetzen.

»Ich bin euch gefolgt«, sagte Chloe. Sie atmete laut, hielt sich die Seite und blickte Elias ins Gesicht. »Räthi war nicht ganz der Unschuldsengel, als der er sich gerne ausgegeben hat, nicht wahr?«

Elias schnaubte. »Wenn du mich aufhältst, Muston, dann …«

»Ich werde dich nicht aufhalten. Es sei denn, du willst noch jemanden töten. Ich denke, dass du, Elias, ein großes Interesse daran hast, deine Nichte wiederzufinden … aber ich lebe seit einundzwanzig Jahren mit dem Wissen, dass wir den Täter nicht stellen konnten. Und das will ich jetzt korrigieren.«

Elias nickte. »Und das wirst du.« Er deutete auf den Schuppen. »Zwei Schneemobile. Eins gehört mir, eines meinem Bruder. Wir nehmen sie, fahren weiter hinauf in die Berge und folgen Henretti.«

»Knut Berglund ist nicht in seinem Haus«, sagte Chloe. »Birkner wollte ihn festnehmen lassen, wenn auch nur nach einiger Überzeugungsarbeit, die ich zu leisten hatte. Aber er ist ausgeflogen.«

»Hat er auch so ein Fahrzeug?«, fragte Valeria.

Chloe nickte.

Valeria sah zu Elias. »Dann versuchen sie beide zu fliehen. Sie wissen, dass sie ihr Lügenkonstrukt nicht länger aufrechterhalten können.«

Elias führte sie zu den Schneemobilen. »Einen Trumpf haben sie aber noch«, sagte er mit düsterer Stimme. »Sie haben noch immer Nora in ihrer Gewalt.«

»Umso wichtiger, dass wir sie rechtzeitig stellen.« Valeria blickte in die schneebedeckten Berge hinauf, die in ihrer urzeitlichen Wildheit zu Eis erstarrt waren. »Bei dieser halsbrecherischen Flucht und bei dieser Witterung … wenn sie sich verletzen oder sterben, dann werden wir von ihnen nicht mehr erfahren, wo sie Nora verstecken. Also los. Beeilen wir uns.«

Valeria und Chloe stiegen auf das eine Schneemobil, das schwarz lackiert war, die Front mit aufgesprayten Zähnen wie das Maul eines Hais. Elias setzte sich auf das andere. Die Motoren röhrten, als sie starteten. Dann drehte sich Elias zu ihnen um. »Bereit?«

Sie streckte den Daumen in die Luft.

»Folgt mir.«

Er raste los, schleuderte den Schnee weit hinter sich hinaus, und der Scheinwerfer seines Schneemobils warf einen lang gestreckten Lichtkegel in die Nacht. Schneeflocken wirbelten durch den Strahl. Valeria gab Gas. Sie spürte, wie sich das Schneemobil unter ihr mit aller Kraft nach vorn bewegte, wie ihr der Wind und die Schneeflocken ins Gesicht peitschten. Sie heftete sich an Elias' rotes Rücklicht. Chloe klammerte sich fest an sie, Valeria spürte ihre Hände an den Hüften. Der Motor des Schneemobils brüllte unter ihr, schleuderte Schnee nach hinten, riss eine tiefe Spur in den Boden, als wollte ihr Gefährt dem unberührten Grund eine Wunde zufügen.

Sie folgten Elias in die Höhe hinauf, und trotz des unbarmherzigen Windes, der ihnen Eispartikel entgegenschleuderte, vermochte sie seine dunkle Silhouette auszumachen, in seiner Hand noch immer das kleine elektrische Gerät, auf dessen Display jener rote Punkt blinkte, der ihr Ziel anzeigte.

Das war Erik Henretti, der versuchte, irgendwie über die Berge zu entkommen. Es war keine schlechte Idee, denn natürlich wusste er, dass Birkner bei diesem Wetter keinesfalls einen Helikopter aufsteigen lassen konnte.

Und dann kam es in Sicht – in dem Moment, als die Tannen zurückwichen und sie auf eine weite Ebene hinausfuhren, in der Ferne von schroffen Felsen begrenzt, die wie Zähne aus dem Schnee herausragten. Es war riesig – ein Monument aus grauem Beton, das aus der Erde wuchs, hier und da von Scheinwerfern erleuchtet. Es war der Rohbau des zweiten, hoch oben in den Bergen gelegenen Luxushotels, und in der Dunkelheit lag die Anlage vor ihnen wie das Versteck eines hinterhältigen Schurken.

Elias bremste das Schneemobil und drehte sich zu ihnen herum. Valeria stoppte dicht neben ihm. Sie sah, dass der rote Punkt nun ganz in ihrer Nähe war.

»Er ist hier«, flüsterte sie, auch wenn ihr klar war, dass dies völlig überflüssig war – wenn Henretti die lauten Motoren der Schneemobile nicht gehört hatte, dann würde er sie auch nicht hören, wenn sie einander anschrien.

»Natürlich ist er hier. Wir müssen reingehen.« Elias blickte das Gebäude empor, über den dunkelgrauen Beton, die von den Scheinwerfern angestrahlten Lichthöfe, bis hin zu den dunklen Öffnungen, wo die Fensterscheiben und Glasfronten fehlten. Vor ihnen, groß wie ein weit aufgerissener Mund, war eine Öffnung im Gebäude, die nur von einigen Plastikplanen verdeckt wurde.

Eine der Planen war herabgerissen worden.

»Da ist er rein«, hörte sie Chloe sagen. »Verflucht, was denkt sich dieser Scheißkerl dabei?«

»Er hat nicht damit gerechnet, dass wir ihm folgen. Wie auch? Er hat das Ortungsgerät nicht entdeckt«, erwiderte Valeria und zog ihre Dienstwaffe. »Wollen wir?«

51

Valeria hörte den Schnee unter ihren Schuhen knirschen. Es war ein Geräusch wie ein schlechtes Omen: *Du weißt, worauf all das hier hinausläuft. Ihr habt nur diesen Versuch, um Nora zu retten.*

Mit gezückter Waffe war sie die Erste, die eine der Planen beiseiteschob und in die Dunkelheit des Hotelrohbaus trat. Es war kalt im Inneren, und der Wind heulte durch die langen Korridore laut und eisig. Valeria war es, als würde man sie aus den dunklen Fluchten und Winkeln beobachten, als wisperten uralte Stimmen aus der Finsternis. Ihre Schritte hallten über den Beton, und Elias und Chloe folgten ihr.

Vor ihnen zweigte der Korridor in eine große Halle ab, von der man durch Panoramaöffnungen, in die einmal Fenster eingesetzt werden sollten, hinab ins Tal blicken konnte.

»Das soll wohl die Lobby werden.« Chloes Stimme klang seltsam gedämpft, als spräche sie durch ein Tuch.

Etwas raschelte. Valeria fuhr herum und sah eine Ratte über den Boden huschen. Sie hatte zwischen einigen achtlos weggeworfenen Plastikverpackungen gestöbert, nun verschwand sie in der Dunkelheit, zog ihren langen Schwanz hinter sich her und hinterließ winzige Abdrücke auf dem staubigen Betonboden.

Valeria spürte, wie heftig ihr Herz klopfte. Obwohl es hier oben eisig kalt war, rann ein Schweißtropfen über ihre Wange. Elias räusperte sich und durchschnitt damit die Stille. Sie sah sich nach ihm um. Er stand in der Nähe eines Stützpfeilers und blickte eine breite Treppe hinauf. In der Nähe zogen sich Risse durch den Beton, Wasserflecken wucherten an der Decke, und in einer Ecke hatte sich eine Pfütze voll mit braunem, brackigem Regen angesammelt.

»Was meinst du, wo Henretti das Schneemobil abgestellt hat?«

Elias deutete Richtung Norden. »Wahrscheinlich hinter dem Gebäude. Jemand von uns muss da hingehen und den Motor außer Gefecht setzen. Ich denke, es ist am besten, wenn ich es selbst erledige. Wir müssen ihn hier festsetzen.«

Da war eine Düsternis in Elias' Augen, etwas, das aus ihnen abstrahlte, Valeria konnte es deutlich erkennen. *Du weißt, was es ist. Elias gegen die Entführer – es gibt keinen Mittelweg. Wenn du ihn nicht stoppen kannst, wird er alle töten, die an Noras Entführung beteiligt sind.*

»Einverstanden«, sagte sie leise. »Es geht ohnehin nicht anders: Wenn wir dieses riesige Gebäude absuchen wollen, müssen wir uns aufteilen.« Sie deutete auf die Treppe nach oben. »Ich nehme den Weg. Chloe, du gehst am besten hier drüben nach links. Und du, Elias, gehst von der anderen Seite nach oben, sobald du Henrettis Schneemobil gefunden hast.«

»Geht klar.« Elias nickte knapp, dann machte er kehrt und eilte davon.

»Ob das eine gute Idee ist?« Chloes Stimme war über dem heulenden Wind, der an den Betonwänden rüttelte, kaum zu verstehen.

»Natürlich ist es keine gute Idee«, erwiderte Valeria sofort. »Elias allein gehen zu lassen ist sogar äußerst gefährlich. Aber es ist unsere einzige Chance, wenn wir Henretti stoppen wollen.«

52

Valeria war es, als würde das verlassene Gebäude leise in der Dunkelheit atmen. Als wollte es ihr zuflüstern: *Man hat mich allein gelassen, zurückgelassen in der Dunkelheit, mit nichts als den nackten Wänden, dem Gerippe, das mich umgibt, kalt und schutzlos im Regen und Wind.*

Die Waffe in ihrer Hand fühlte sich schwer an. Sicher war das nur die Müdigkeit, der Schlafmangel und die Erschöpfung, die ihr zusetzten, aber ein ferner Teil ihres Verstandes wollte sich nicht damit zurechtfinden. Er fantasierte weiter und wiederholte die Worte des alten Obdachlosen wieder und wieder: *Den Teufel, Mädchen. Er lebt in diesen Wäldern. Hat sie vergiftet. Und dann gibt es die, die ihm helfen, ihm dienen … die mit ihm einen Pakt geschlossen haben!*

Valeria versuchte, all diese Gedanken beiseitezuschieben. *Lass nicht zu, dass dich die Angst beherrscht. Lass es ja nicht zu!*

In der Dunkelheit erklang ein Kichern, ein Flüstern. *Valeria, ich sehe, du bist zurück … Es hat all die Jahre gedauert … Endlich können wir es beenden …*

Der Flur, durch den sie mit gezückter Pistole schritt, führte sie auf eine hochgelegene Plattform, einer Veranda ähnlich, von der sie das ganze Tal überblicken konnte. Vielleicht hatte der Architekt hier eine Außenterrasse eingeplant, von der die Hotelgäste die Aussicht genießen konnten.

Valeria blieb stehen. Vor dem beeindruckenden Panorama, vom Vollmond beschienen, erhob sich die Silhouette eines Mannes. Er hatte ihr den Rücken zugewandt, sah gedankenverloren ins Tal hinab, während der Wind an seinem Mantel zerrte.

Sie richtete den Lauf der Waffe auf seinen Rücken. Der Stahl der P99 schimmerte matt im Mondlicht.

»Ravelli«, sagte der Mann, ohne sich umzudrehen. Sie spürte, wie eine Welle aus Furcht durch ihren Körper rollte. *Du kennst diese Stimme. So hat er sich auch damals angehört – als er euch entführte.*

Aber es war nicht Erik Henretti.

Es war Knut Berglund, der einstige Bürgermeister Eigerstals. Als er ihr langsam sein Gesicht zuwandte, sah Valeria, dass er sie ernst musterte – fast wie ein Vater, der seine Tochter bei etwas Verbotenem erwischt hatte.

»Ich dachte, ich hätte dir klar zu verstehen gegeben, dass du davon ablassen sollst zu schnüffeln. Einfach umkehren und heimgehen … das hättest du tun sollen. Stattdessen bist du hier.«

»Die ganze Polizei in Eigerstal weiß von dir und Henretti«, sagte Valeria und bemühte sich, das Zittern ihrer Stimme zu verbergen. Er ist es, schoss ihr durch den Kopf. *Das ist der Mann, der deine besten Freundinnen vor einundzwanzig Jahren ermordet hat.* »Es ist vorbei.«

»Vorbei?« Nun schlich sich ein Lächeln auf Berglunds Lippen. »Natürlich ist es nicht vorbei. Es fängt gerade erst an.«

Valeria spürte, wie sich der kalte Lauf einer Pistole in ihren Rücken bohrte. Sie sog scharf die Luft ein und spähte zur Seite. Es war Henretti, der sich an sie herangeschlichen hatte. In seiner Hand lag ein kurzläufiger Revolver.

»Neunmillimeter«, sagte er, »die dir aus dieser Distanz den ganzen Rücken aufreißen werden. Also versuch, nichts Dummes anzustellen, ja?« Er beugte sich vor. »Und jetzt gib mir deine Waffe.«

Valeria wusste, dass ihr nichts anderes übrig blieb. *Du bist in die Falle gelaufen wie eine Anfängerin.* So jäh mit dem Mörder konfrontiert zu werden, der ihre Jugend mit einem Schlag beendet hatte, hatte sie unvorsichtig werden lassen. Das war ein Fehler, den sie nun nicht mehr beheben konnte.

Sie ließ zu, dass Henretti ihr die Pistole aus der Hand nahm.

»Bist du allein hier?«, fragte Berglund. Im schräg herabfallenden Mondlicht sah er aus, als wäre er geradewegs einer Sage entstiegen, sein Gesicht bleich und ausgemergelt, wie das halb fertige Werk eines Bildhauers.

»Ja«, erwiderte sie sofort. »Ich wollte niemanden sonst diesem Risiko aussetzen.«

Henretti fluchte hinter ihr. »Sie lügt«, rief er. »Es sind zwei Schneemobile unten – sie sind zu zweit gekommen. Und die andere ist diese Ermittlerin, diese Chloe Muston.«

»Muston? Mit der werden wir wohl fertig.« Berglund gab Henretti ein Zeichen. Es war offensichtlich, wer von beiden hier das Sagen hatte. »Jetzt bring Ravelli weg. Wir kümmern uns um sie, sobald wir die andere haben.«

»Geh vor mir her«, zischte Henretti sie an. »Und zwar schön langsam, ohne etwas zu versuchen.«

»Es liegt in der Mine«, sagte Valeria unvermittelt. Sie bemerkte, wie Henretti stutzte, und als sie sich kurz nach ihm umsah, erkannte sie an seinem Gesichtsausdruck, dass sie ins Schwarze getroffen hatte. »Dort hat alles seinen Anfang.«

»Geh weiter, Miststück. Für dich …«, er verpasste ihr einen heftigen Stoß in den Rücken, »… hat hier jedenfalls alles sein Ende.«

Henretti führte sie durch eine Reihe von Korridoren, die so verwinkelt waren, dass Valeria Mühe hatte, sich den Weg einzuprägen. Schließlich erreichten sie eine schmale Kammer, vor die jemand schon eine Tür montiert hatte. Dicke braune Rohre verliefen quer an der Decke, an der Rückseite befand sich eine Plastikplane, die im Wind heftig hin und her schwang.

»Du kannst froh sein«, sagte Henretti mit einem bedrohlichen Blick, »dass wir dich nicht in die Mine gebracht haben.«

»Und ich dachte, ich bin hier genau dort, wo ich sein sollte.«

Henretti machte einen Schritt zurück, griff nach der Tür, schlug sie zu und schloss von außen ab.

Verflucht. Jetzt bist du wirklich eingeschlossen. Valeria griff nach ihrem Smartphone, doch das Display zeigte ihr nur an, dass sie keinerlei Empfang hatte – nicht ungewöhnlich auf dieser Höhe.

Berglund weiß das.

Der Wind packte ihre Jacke und zerrte an ihr. Valeria drehte sich um. Die Plastikplane dort bewegte sich hypnotisch hin und her, fast wie das Tuch eines Magiers, der etwas Geheimnisvolles dahinter verbarg. Valeria ging hinüber und zog sie mit einem Ruck zur Seite.

Vor ihr war nur Leere. Ein steil in die Tiefe abfallender Abgrund jenseits der Öffnung, in die ein Fenster eingesetzt werden sollte. Wenn du einen Schritt nach vorn machst, schoss ihr ein irrwitziger Gedanke durch den Kopf, dann stürzt du ab, viele, viele Hundert Meter tief.

Der Wind wollte nach ihr greifen, sie hinabzerren, aber sie hielt sich an den Betonwänden zu beiden Seiten der Öffnung fest und spähte hinab. Bewegte sich etwas dort unten in der Dunkelheit? Etwas, das zu ihr mit glühenden Augen aufblickte, auf dem Kopf ein mächtiges Geweih?

Valeria ging zur Tür zurück und drückte sich mit dem Rücken an die Wand, die von der Öffnung am weitesten entfernt lag.

Dann ließ sie sich auf den Boden sinken. Es gab nichts, was sie tun konnte. Sie schloss die Augen, während der tosende Wind und die eisige Kälte sie umfingen.

Zwei Schneemobile.

Chloe und du.

Henretti und Berglund ahnten nicht, dass Elias mit ihnen gekommen war. Wahrscheinlich war es für sie unvorstellbar, dass er sich ihnen angeschlossen hatte – und dass sie dies zugelassen hatten. Wenn es Elias gelang, unbemerkt zu bleiben …

Sie zog abermals ihr Handy hervor und beobachtete die Signalstärke. Für den Bruchteil einer Sekunde war ein einziger kleiner Balken erschienen, der Empfang signalisierte.

Sie bewegte das Handy ein Stück nach vorne.

Ja. Es war, wie sie befürchtet hatte.

Du musst dich der Öffnung in der Wand nähern, wenn du Empfang reinbekommen willst. Du musst näher an den Abgrund heran.

Mühsam rappelte sich Valeria wieder auf die Beine. Sie fühlte sich, als wäre ihr Körper mit Blei gefüllt, als wehrte sich etwas in ihr, sich jener Tiefe zu nähern. Jeder Schritt, den sie dichter an den Abgrund herantrat, fiel ihr schwerer – zugleich schien etwas von dort unten aus der Tiefe nach ihr zu rufen.

Komm zu mir, rief die Stimme. *Ich habe dich damals erwartet, doch bist du nicht gekommen, aber jetzt bist du wieder da.*

Du kannst es immer noch tun. Lass los. Lass dich einfach fallen. Mach den entscheidenden Schritt nach vorn, und ich verspreche dir, es tut nicht weh. Sie warten schon auf dich – Sophie, Stephanie … und auch dein Vater.

Dein Bruder. Rafael.

Valeria blinzelte. Ohne es zu bemerken, war sie viel zu dicht an die Öffnung herangetreten. Der Wind packte sie, wollte sie aus der winzigen Kammer heraussaugen. Sie griff mit einer Hand nach der Wand zu ihrer Linken und bekam sie im allerletzten Moment zu fassen. Winzige Betonsplitter fielen vor ihr in die Tiefe.

Etwas lachte tief unten in der Finsternis – aber es war kein Mensch.

Valeria machte einen Schritt zur Seite, damit sie die endlose Schwärze, die sich vor ihr auftat, nicht mehr sehen musste, verharrte jedoch dicht neben der Öffnung. Dann sah sie auf ihr Handy, das in ihrer zitternden Hand lag.

Ein Balken Signalempfang zeigte ihr das Display, ein himmlischer Balken, der von Rettung sprach. Sie wählte Elias' Nummer.

Geh ran. Und bitte … bitte hab dein Handy auf lautlos gestellt.

Er meldete sich. »Wo bist du?«

»Die haben mich. Berglund – der alte Berglund – und Henretti. Sie beide sind wirklich hier. Sie haben mich in eine Art Kammer gesperrt, das muss irgendwo auf der Nordseite des Gebäudes sein, weil es dahinter direkt steil nach unten geht.«

»Okay. Ich werde dich suchen und da rausholen. Bleib, wo du bist, ja?«

Valeria sah sich nach der schmalen Tür um – dem einzigen Fluchtweg aus ihrem Gefängnis, wenn man den bodenlosen

Abgrund außer Acht ließ. Hörte sie Schritte? War das ein Geräusch an der Tür? »Ich gehe nirgendwohin«, erwiderte sie flüsternd.

Dann brach das Signal ab, und als sie abermals auf das Display blickte, war der winzige Empfangsbalken wieder verschwunden.

Verflucht. Ein weiterer heftiger Windstoß fuhr durch die winzige Kammer, riss an ihr, wollte sie näher zum Abgrund saugen. Valeria spürte, wie ihre Kraft nachgab, mehr noch, wie etwas in ihr sich danach sehnte, näher an die Fensteröffnung heranzutreten … und dann hinabzuspringen.

Es wäre endgültig.

Es wäre … friedlich.

Valeria schloss die Augen.

53

Doch dazu kam es nicht.

Jemand hämmerte mit aller Kraft an die Tür – ein Geräusch, das sie heraus aus der Benommenheit riss, die von ihr Besitz ergriffen hatte, zurück ins Jetzt. Valeria wirbelte herum: Holzsplitter brachen aus der Zarge, der Türflügel erzitterte, dann wurde die Tür aufgerissen. Elias stand vor ihr, in der Hand eine Brechstange, mit der er das Schloss von außen aufgestemmt hatte. Er ließ es achtlos fallen und griff dann wieder nach seiner Schrotflinte.

»Komm schon!«

Valeria eilte hinaus. »Wo sind die beiden?« Sie sah sich um. In der Dunkelheit gelang es ihr kaum, die Hand vor Augen auszumachen. »Wo ist Chloe? Und woher hattest du dieses Brecheisen?«

»Das Brecheisen?«, wiederholte Elias ungläubig. »Das hier ist eine Baustelle. Und Chloe? Ich weiß es nicht. Aber Henrettis Schneemobil hab ich gefunden. Nicht weit entfernt ein anderes, das Berglund gehören muss, genau wie Chloe gesagt hat. Ich hab sie beide lahmgelegt … das muss reichen. Jetzt müssen wir sie nur noch aufspüren.«

Sie gingen Seite an Seite den dunklen Korridor entlang, vorbei an herumstehenden Säcken mit Zement und Kabelsträngen, die aus Öffnungen an der Decke und den Wänden quollen, als hätte jemand die Eingeweide des Hotels angeschnitten und ihr Innerstes freigelegt.

Aus der Nähe drang ein Schrei – markerschütternd und gequält.

Valeria und Elias tauschten einen Blick. »Das war Chloe.«

»Hier lang!« Elias stürmte los, in einer Hand hielt er noch immer die Schrotflinte. Valeria wusste, dass er in einer beengten Lage wie dieser mit dem langen Gewehr im Nachteil war – und wenn Henretti und Berglund sie beide erwarteten, dann liefen sie direkt in eine Falle.

Aber Elias ließ sich nicht stoppen, er rannte voran wie ein Verrückter, und Valeria folgte ihm mit einigem Abstand, versuchte, einen kühlen Kopf zu bewahren und die Situation im Überblick zu behalten.

Im riesigen Saal im Erdgeschoss fanden sie sie schließlich. Ein Bauscheinwerfer warf einen grellen Lichtkegel auf den Boden, Chloe kniete dort im Scheinwerferlicht – und hinter ihr, bedrohlich aufragend, die Silhouette von Berglund. Er hielt ihr eine Pistole an den Kopf.

Das ist deine Pistole, erkannte Valeria entsetzt. *Er hält ihr deine eigene Waffe an den Kopf.*

»Mattei! Ravelli!« Berglunds sonore autoritäre Stimme drang mühelos durch den ganzen Saal. »Es ist genug!«

Valeria sah aus den Augenwinkeln, wie Elias die Schrotflinte anlegte. »Du wirst bezahlen«, sagte er, »für alles, was du Eigerstal angetan hast.«

»Willst du wirklich damit schießen, Mattei? Und diese Frau hier in Gefahr bringen?«

Valeria trat zu Elias und drückte den Lauf der Schrotflinte sanft nach unten. Dann wandte sie sich Berglund zu. »Wir wissen, was du getan hast.«

»Ach ja? Wisst ihr das wirklich?«

Valeria sah Elias an. »Du hattest schon immer eine Vermutung. Aber nachdem deine Frau krank wurde und starb, da wurde aus der Vermutung mehr. So war es, nicht wahr?«

Elias nickte.

»Es ist im Boden«, sagte Valeria. »Das hat uns jemand aus Eigerstal gesagt, und obwohl wir es zunächst für Unsinn hielten, bin ich jetzt überzeugt, dass es die Wahrheit ist. Es ist im Boden, und davon wurde Elias' Frau krank, so krank, dass sie starb.« Sie blickte in die Dunkelheit, abseits des Scheinwerferlichts. Henretti war dort irgendwo im Schatten verborgen, und sie wusste, dass sie ihn erreichen musste. »Dich hat er wahrscheinlich auch belogen, Erik. Er hat dir nicht die Wahrheit gesagt. Weißt du, wieso Berglunds Frau krank ist? Krank, wie Elias' Frau Sarah? Weil er etwas Furchtbares getan hat. Berglund und Räthi, sie haben …«

Valeria blickte Berglund direkt in die Augen. Sie sah, wie seine Hand mit der Waffe, die noch immer auf Chloe zielte, zitterte. »Du hast es in der Mine versteckt. Dort hat alles begonnen. Und was hat er dir darüber erzählt? Wahrscheinlich nur eine weitere Lüge.«

Es blieb einige Sekunden lang still, während Berglund sie geringschätzig musterte, als überlegte er noch, wie er sie am einfachsten beseitigen wolle. Dann drang Henrettis Stimme aus der Dunkelheit rechts von ihr.

»Davon, dass ihr etwas versteckt habt, hast du mir wirklich nichts erzählt.«

»Es ist ja auch eine Lüge«, fuhr Berglund ihn an. Valeria sah, wie seine Augen für einen Moment zu seiner Position im Dunkeln zuckten.

»Es ist keine Lüge«, widersprach Elias mit rauer Stimme.

»Berglund und Urs Räthi, der damals die Mine leitete, haben gemeinsame Sache gemacht. Das Bergwerksunglück damals …«, er sah Chloe an, die mit flehendem Blick zu ihm aufsah, »… das war kein Unglück. Das haben die zwei inszeniert. Henretti, ich weiß, dass dein Schwager auch da unten gearbeitet hat und dass er an dem Tag da war. Es hätte ihn ebenso leicht treffen können.«

»Was redest du da?« Henretti klang verunsichert. *Er ist der Schwachpunkt der ganzen Sache. Er muss überzeugt werden.*

»Sag es ihm, Elias«, bat Valeria ihn. »Erzähl ihm alles.«

»Du hältst den Mund.« Berglund drückte den Lauf der Pistole fester gegen Chloes Nacken – doch dann tauchte Henretti aus der Dunkelheit auf und richtete seine eigene Waffe auf Berglund.

»Nein, er wird es erzählen«, sagte er mit eiskalter Stimme. »Ich will es hören.«

Elias holte tief Luft. »Als meine Frau krank wurde und starb, da wollte ich nicht hinnehmen, was mir die Ärzte sagten. Ich konnte nicht akzeptieren, dass sie gestorben ist. Krebs sagten sie – doch was ihn ausgelöst hatte, konnte mir niemand erklären. Sie war immer draußen, arbeitete als Bergführerin, liebte die Natur, die schmalen Pfade, die sich durch das Gebirge schlängeln, und die wild entspringenden, frischen Quellen … Wie in aller Welt soll sie da krank werden? Und wieso in aller Welt sollte Josephine, meine Schwägerin, nachts bei eisiger Straße viel zu schnell diese verfluchte Passstraße entlangfahren?« Er schüttelte den Kopf, und Valeria bemerkte, dass alle im Raum an seinen Lippen hingen. Selbst Berglund starrte ihn an, als wartete er darauf, dass er ihm seine abgründigsten Geheimnisse enthüllte. »Also versuchte ich zu verstehen, was dazu geführt hat, dass sie so plötzlich aus dem Leben gerissen wurde. Ich begann zu recherchieren. Jahrelang.« Er blickte zu Valeria hinüber. »Und schließlich stieß ich auf das Geheimnis, das ihr schon damals entdeckt hattet. Sophie, Stephanie … und du. Ihr habt es entdeckt, aber dann ging es verloren, wurde verschüttet … weil Sophie und Steph ermordet wurden und weil du es vergessen hast.«

»Halt den Mund, Mattei. Was du hier versuchst, wird nichts verändern«, sagte Berglund mit krächzender Stimme. »Es macht alles nur noch schlimmer.«

»Nein, Berglund. Es muss enden.« Elias holte tief Luft. »Die beiden – Berglund und Räthi – haben Giftmüll im ganz großen Stil entsorgt. Sie haben die Fässer tief in der Mine versteckt. Von dort sickerte der chemische Cocktail ins Grundwasser. Ihr fragt euch, wieso so viele Menschen in Eigerstal krank werden? Wieso meine Frau gestorben ist? Da habt ihr eure Antwort. Wie der Alte zu uns sagte, Val, die beiden haben mit dem Teufel paktiert – aber der Teufel ist eine ganz reale Bedrohung. Es ist Gift, das unter Eigerstal schlummert. Und Berglund hat ein Vermögen damit gemacht.« Er wandte sich an Henretti, der seine Pistole noch immer auf Berglund gerichtet hatte. »Du warst der Komplize, aber sie haben dir nicht die ganze Wahrheit gesagt.«

»Nein«, hörten sie Henretti leise flüstern, »das haben sie nicht.«

»Erik«, sagte Valeria mit beruhigender Stimme, »nimm jetzt die Waffe runter.«

Henretti rührte sich nicht. »Wieso sollte ich das tun? Wenn Mattei recht hat …«

»Ich hab recht«, erwiderte Elias mit eisiger Stimme, die direkt von den höchsten Gletschern herabzuwehen schien. »Jetzt töte ihn.«

»Nein!« Valeria trat einige Schritte nach vorne. Chloes Blick, der nun auf ihr lag, war durchdringend. »Erik, das wirst du nicht. Denn Elias Mattei versucht gerade, dich zu benutzen. Er versucht, dich für seine Zwecke einzuspannen. Für seine Rache. Aber Rache wird nichts verändern. Sie wird die Toten nicht wieder lebendig machen. Lass dich nicht von ihm benutzen – nicht so, wie er schon *mich* benutzt hat.«

»Was?« Elias' Stimme klang scharf wie eine frisch geschleifte Klinge.

»Du bist auf das Geheimnis der Giftmüllentsorgung gestoßen, Elias«, sagte Valeria, »und warst so besessen von deiner Rache, dass du blind weitergemacht hast – selbst als sie Nora entführt haben.«

»Das hat er«, höhnte Berglund nun. »Und es war ihm scheißegal, wen er damit links und rechts in Gefahr brachte.«

»Du hast mich wieder hierhergeholt, obwohl du wusstest, was unter Eigerstal versteckt liegt.«

»Ich wusste nicht, wer es getan hat. Ich hatte nur eine Vermutung. Aber als mir ... diese alten Dokumente in die Hände gefallen sind – ja, ich war derjenige, der vor Monaten bei Räthi eingebrochen ist –, da kamen mir die drei auf die Spur. Ich hab einen Fehler gemacht ... und diese Typen, die mich zusammengeschlagen haben, damit du als der Retter dastehen kannst ... die stehen auch auf deiner Gehaltsliste, nicht wahr, Berglund?«

Berglund erwiderte nichts.

»Sie wussten, dass ich ihnen immer weiter auf die Schliche kam. Also haben sie Nora entführt und mich damit erpresst.« Elias warf Valeria einen langen Blick zu, und sie erkannte, dass sich seine Augen mit Tränen füllten. »Als wir in der Hütte da oben waren, da habe ich ein Foto gefunden, das unter den

Dielenbrettern versteckt war. Weißt du, diese Hütte gehörte Räthi, und die drei haben sie benutzt, um all ihren Kram beiseitezuschaffen.«

Valeria begriff, was er meinte. »Als du da eine ganze Weile verschwunden warst, nachdem ich das Zeichen entdeckt hatte?«

»Exakt. Und ich denke nicht, dass sie all das Zeug in dieser Hütte vergessen haben ... Sie haben wahrscheinlich nur darauf gewartet, dass ich diesen Ort finde – und dann wollten sie mich töten, dort oder anderswo. Aber als du und Chloe gemeinsam zusammen mit mir die Hütte betraten, da konnten sie es nicht tun.« Elias griff in seine Jackentasche und zog ein Foto hervor, das alt und verblichen aussah. »Das hier ist es. Das war das fehlende Puzzleteil. Dieser Mann hier ist Urs Räthi. Und der gleich neben ihm, fröhlich lachend an einem Abend beim Eigerstaler Schützenverein aufgenommen, ist Christian Murkner. Ein leitender Angestellter bei Zarov Chemicals, dem größten Schweizer Chemiekonzern. Die beiden kannten sich, obwohl Murkner es abgestritten hat, als ich ihn darauf angesprochen habe. Ich hab Räthi aufgesucht und ihn damit konfrontiert, und mit Nora, denn ich wusste, er war für ihr Verschwinden verantwortlich. Räthi hat nur gelacht. Aber schließlich hat er mir gestanden, was ich ohnehin schon ahnte: dass er Josephine getötet hat, nachdem sie mich damals in der Nacht vor ihrem Tod angerufen hat. Und wieso meine Sarah wirklich krank geworden ist.«

»Ich habe es vermutet«, sagte Valeria. »Josephine Mattei ist auch dahintergekommen. Und sie hat dich informiert. Chloe hat schon rausgefunden, dass Josephine zu der Mine recherchiert hat. Genau wie Nora später und wie Steph, Sophie und ich damals.«

»Sie sagte mir, damals vor zwei Jahren, sie wüsste, wieso meine Sarah krank geworden ist. Und dass sie es mir als Erstes sagen will, weil sie mir traute … mehr noch als meinem Bruder. Sie müsse nur noch etwas abklären.« Elias blickte düster ins Leere. »Mehr wollte sie nicht verraten. Dann ist sie gestorben. Ich … ich habe ihr Handy am Unfallort gefunden, ein Stück von dem Autowrack entfernt, die Polizei hatte es übersehen, und ich dachte, sie hätte darauf etwas gespeichert, das mir weiterhelfen würde … und das hatte sie auch. Ihr Verdacht hat den Grundstein für meine Nachforschungen gelegt. Seitdem bin ich dran. Und als ich mir dann später sicher war, dass es Räthi getan hat, da hab ich ihn angerufen, mit Josephines Nummer, nur um ihn zu testen … Und ich weiß, es hat ihm einen gewaltigen Schreck eingejagt, plötzlich die Nummer einer Toten zu sehen.«

»Ich hab die Nummer auf der Verbindungsübersicht entdeckt«, sagte Valeria. »Ich ahnte, dass du mich anlügst, was das verschwundene Handy angeht.«

»Dann hast du Räthi abgestochen«, sagte Henretti.

»Das hat er, dabei hat Räthi Nora nicht mal selbst entführt. Das warst du, Erik.« Valeria trat einen Schritt näher. »Du hast von Luca erfahren, wo sie sich treffen wollten. Du hast sie entführt und dabei riskiert, dass dich dein eigener Sohn bemerkt.«

Henretti nickte. Seine Hand zitterte, doch entfernte sich der Pistolenlauf nicht von Berglunds Hinterkopf. »Das war wirklich ich. Weil Berglund mir sagte, wir würden auffliegen, wenn ich es nicht mache. Und durch die Blume hat er mir zu verstehen gegeben, dass ich dichthalten muss, sonst geht es mir wie dem Arbeiter von vor einundzwanzig Jahren.«

Chloe zuckte zusammen. »Das Bergwerksunglück«, sagte sie.

»Halt den Mund«, rief Berglund zornig.

»Lass sie sprechen«, verlangte Henretti.

Chloe keuchte und räusperte sich. »Bei der Giftmüllentsorgung wurdet ihr beobachtet. Und ihr habt den Arbeiter beseitigt. Alvaro Costa.«

Berglund lachte. »Ja, das hast du gut kombiniert. Costa wollte uns erpressen, Räthi und mich. Wir haben ihn beseitigt und es als Unglück unten in der Mine getarnt. Aber deine beiden Freundinnen, Ravelli, die haben uns beobachtet. Sie haben gesehen, wie wir ihn in die Mine geschleppt haben.«

Valeria spürte, wie sich ihre Hände zu Fäusten ballten, ihre Nägel sich fest und tief in ihre Handflächen gruben. »Also habt ihr sie deshalb …«

»Wir sind ihnen zuvorgekommen. Wir brachten sie in die Hütte und …« Bergland lächelte ein eiskaltes, vollkommen emotionsloses Lächeln. Er ist verrückt, ging Valeria durch den Kopf. *Ein Sadist durch und durch. Das erklärt auch die ganze Inszenierung, den Hang zu den grausigen Details.* »Und weil der arme Xaver Baumann uns gerade so gut ins Spiel passte, haben wir ihn dazugeholt. Ja, er war dort – und du, Ravelli, weil du deinen beiden Freundinnen gefolgt bist.«

»Aber ihr … ihr habt mich gehen lassen.«

»Ja, weil mich Räthi überredet hat. Du wusstest nicht, was Stephanie und Sophie entdeckt hatten … Du hättest uns nicht verpfeifen können. Räthi hatte eine Droge von Murkner erhalten, die er dir verpasst hat – und sie hat dein Erinnerungsvermögen an diese Nacht vollständig ausgelöscht.«

»Und ihr wolltet es Xaver unterschieben?« Valeria starrte Berglund an. »Einem harmlosen Mann, der wahrscheinlich noch nicht einmal begriffen hat, was er da in der Hütte gesehen hat?«

»Er hat seine Bilder gemalt. Oh, ich denke, damit wollte er es seiner Umgebung mitteilen, aber die hat es natürlich nicht verstanden.«

»Ravelli schon«, sagte Henretti. »So hat sie zu mir gefunden. Die Narbe, die ich auf der Wange hatte ... ihr wisst, wovon ich spreche.« Er zögerte, seine Hand schwankte. »Aber das erklärt nicht, wer die Symbole heute, einundzwanzig Jahre später, hinterlassen hat.«

Valeria sah zu Elias hinüber. Er nickte knapp, und die letzten Puzzleteile fügten sich zusammen. »Doch, das erklärt es«, erwiderte sie. »Es war Elias selbst, der heute die Symbole hinterlassen hat. Er hat es getan, und er hat auch den Hirsch getötet. Weil er einen Grund brauchte, um mich zurückzuholen. Und weil er euch damit mitteilen wollte, dass er euch auf der Spur ist. Als du von dem Symbol des Sänguli gehört hast, da hast du die darauffolgende Nacht sicher nicht besonders gut geschlafen, Berglund.«

Von Henretti kam ein Schnauben. »Du hast mir gesagt, du hättest es da hingemalt. Und den Hirsch geschossen und danach dort deponiert.«

»Wie ich schon sagte: Er hat dich belogen, Erik.« Valeria sah Henretti in die Augen. Da war er, der gesäte Zweifel. Henrettis rechte Hand mit der Pistole zitterte, er umfasste sie zusätzlich mit seiner linken, um sie ruhig zu halten.

»Du hast behauptet, Costa bezahlt zu haben«, meinte Henretti in Berglunds Richtung. »Meintest, dass ihr damals in der Tiefe einen seltenen Diamanten gefunden habt. Ich habe geschwiegen, all die Jahre. Hab mit Räthi Josephine Mattei aus dem Weg geräumt, weil sie anfing, Fragen zu stellen. Habe alles für dich getan, Knut, weil wir drei Mitverschwörer waren. Weil wir gemeinsam in der Sache drinhingen. Und jetzt das?«

Berglund lachte abermals. »Ja, Erik. Und jetzt das. Aber ich sag dir was: Lass dich mit Betrügern ein – und rechne damit, dass du betrogen wirst. Aber du bist nicht anders als wir ... ein Mörder.« Er starrte Valeria in die Augen – und sie spürte instinktiv, dass er jetzt handeln würde.

»Vorsicht!«, schrie sie, und Berglund bewegte sich. Chloe warf sich zur Seite. Valerias Dienstwaffe in Berglunds Faust knallte, Berglund fuhr herum und stieß Henretti zu Boden. Er bewegte sich weitaus schneller, als sie es angesichts seines Alters und des Gehstocks, den er sonst immer dabeihatte, erwartet hatte. *Damit hat er uns alle von Anfang an glauben machen wollen, dass er nur ein alter Mann sei.* Henretti feuerte, und Valeria spürte, wie die Kugel an Berglund vorbeiging, knapp über ihren Kopf hinwegzischte und von der Decke abprallte. Auch er rannte los.

»Bleib stehen!«, schrie Elias. Er stürmte Henretti hinterher, der den großen Saal hinabeilte, fort vom hellen Licht des Bauscheinwerfers. Berglund dagegen war irgendwo in der Dunkelheit verschwunden.

»Elias! Nein!« Valeria sah Berglund hinterher und wollte ihm folgen, als aus der Richtung, in die Henretti gerannt war, ein Schrei hallte. Valeria sah sich nach Chloe um. Sie hielt sich den Arm, Blut sickerte zwischen ihren Fingern hindurch. »Geh«, keuchte sie, »das ist nur ein Streifschuss. Ich schaff das schon. Geh! Los!«

Valeria rannte Elias hinterher. In ihren Ohren dröhnte der Nachhall der Schüsse, ihr Herz hämmerte.

Jetzt ging es um Leben und Tod.

54

Da waren sie, Henretti und Elias – zwei miteinander kämpfende Silhouetten im Mondlicht. Henretti hatte sich auf Elias gestürzt und ihn nah an den Abgrund gedrängt. Eine breite Panoramafensterfront sollte einmal die Südseite des Saals einnehmen – nun war dort noch eine klaffende gewaltige Öffnung, hinter der es steil in die Tiefe hinabging.

Im Zwielicht aus Dunkel und Mondlicht waren die beiden Kontrahenten kaum voneinander zu unterscheiden. Der eine hatte den anderen am Hals gepackt, würgte ihn. Da lag eine Pistole am Boden – einer der beiden kickte sie zur Seite, sodass sie über den staubigen Beton schlitterte und hinab in die Tiefe fiel.

»Aufhören!«, rief Valeria. Einer der beiden drehte sich ihr zu, wollte etwas rufen, doch dann trat der andere dazwischen, packte ihn und drängte ihn mit brutaler Kraft auf den Abgrund zu.

»Wo ist sie?«, schrie Elias. Seine Hände hatten sich um Henrettis Hals geschlossen, er stieß ihn nach hinten. »WO – IST – SIE?«

»Elias, nein! Wir brauchen Berglund!«

Henretti taumelte am Abgrund, seine Arme ruderten durch die Luft. Elias langte schnell nach vorn, packte seinen Wintermantel und hielt ihn so am ausgestreckten Arm auf Distanz.

»Letzte Chance. Wo ist Nora?«

»Willst du mich umbringen, so wie Räthi? Dann geh zur Hölle, du Mörder«, sagte Henretti mit bebender Stimme.

Mit einer schnellen Bewegung schlug er Elias' Hand mit aller Kraft zur Seite, machte einen Schritt nach hinten – und fiel.

Valeria war sich sicher, dass er dabei lächelte.

Sie stürzte nach vorne und sah noch, wie sich Henretti im Fallen überschlug, gegen die Felswand prallte und dann irgendwo weit unter ihnen in der Dunkelheit außer Sicht geriet.

Der Wind heulte.

»Elias!« Valeria packte seine Schulter und drehte ihn herum. »Chloe ist verletzt. Da drüben!«

Elias starrte hinüber zurück in den Saal. Chloe lag am Boden, wo sie sie zurückgelassen hatten – Berglund blieb verschwunden.

»Fuck, wo ist er hin? Ich dachte, Henretti hätte ihn erwischt?«

»Hat er aber nicht! Wir müssen ihn stoppen!« Valeria hob die Schrotflinte vom Boden auf, dann rannten sie zu Chloe hinüber. »Kannst du durchhalten?«, rief sie.

Chloe hatte die Hand auf ihre Schulter gepresst, das Blut sickerte weiter zwischen ihren Fingern hindurch. Es ist kein Streifschuss, schoss es Valeria durch den Kopf. »Es …«, presste Chloe hervor. »Es … es tut mir leid …«

Valeria bemerkte eine Bewegung in den Augenwinkeln – sie fuhr herum. War das Berglund, der sich da ächzend eine Treppe hinabschleppte, die Hand an die Seite gepresst? Nein, das war nur eine Täuschung, nur ein Schatten, der sich bewegte.

»Wir müssen ihn finden.« Valeria blickte zu Elias auf. Der dunkle Stahl der Schrotflinte in ihrer Hand reflektierte das Mondlicht. »Und wir müssen Chloe hier rausschaffen.«

Elias kniete sich neben sie. Er zog die Jacke aus, schob sie unter Chloes Kopf, nahm den Schal vom Hals und wickelte ihn fest um ihre Schulter. »Das sollte die Blutung wenigstens ein bisschen aufhalten.«

Von draußen drangen die Motorengeräusche von Schneemobilen zu ihnen – und der Klang von Helikopterrotoren. Ein heller Lichtkegel strich über das Gebäude hinweg, blendete sie. Der Hubschrauber senkte sich herab, verharrte in der Luft wie ein Raubvogel vor der Panoramaöffnung des großen Saals und jagte Windböe um Windböe zu ihnen herein.

»Die Verstärkung«, rief Valeria über den Lärm des Hubschraubers hinweg. Sie winkte und deutete auf Chloe, der Lichtkegel wanderte ein Stück zur Seite, verharrte auf ihnen, blendete sie. »Wir müssen Berglund hinterher«, schrie sie Elias zu. »Wir dürfen ihn nicht einfach davonkommen lassen.«

Ehe Valeria etwas erwidern konnte, keuchte Chloe: »Dann geht. Ich … schaffe es allein …«

Sie fixierte Valeria. Da lag etwas in ihrem Blick, etwas wie eine Ahnung, dass sie es vielleicht doch nicht schaffen würde, dass sie dies nur sagte, weil sie nicht wollte, dass Berglund entkam und Nora nie gefunden werden würde. Valeria nickte knapp.

Dann wandte sie sich der Treppe zu, und Elias folgte ihr.

Der Schnee wirbelte auf, als der Helikopter wie ein Raubvogel auf dem Platz vor dem Rohbau aufsetzte – Birkner sprang heraus, rannte ihnen entgegen.

»Chloe Muston ist verletzt«, rief Valeria ihm zu. »Und der alte Berglund flüchtig.«

»Er flieht? Wohin will er denn bei diesem Sturm schon groß fliehen?«

Valeria warf Elias einen langen Blick zu. »Ich habe da so eine Ahnung.«

Die Schneemobile standen noch immer dort, wo sie sie abgestellt hatten, doch von der Nordseite des Gebäudes führte eine Spur in den Wald hinein. Es waren die Linien zweier Skier zu erkennen. So musste Berglund geflohen sein.

»Er war vorbereitet. Folgen wir ihm«, sagte Elias.

Der Helikopter dröhnte weiter oben beim Hotel, doch wusste Valeria, dass sie ihn nicht benutzen konnten, um Berglund zu folgen – zu undurchschaubar war das schneebehangene Dach der Baumkronen, zu schmal die Fährte, die der Fliehende hinterlassen hatte – und mehr noch, sie würden ihn brauchen, um Chloe so schnell wie möglich in ein Krankenhaus zu bringen.

Sie traf ihre Entscheidung. »Wir nehmen das Schneemobil.«

55

Der Motor des Schneemobils brummte, der Lichtkegel stach in die Nacht hinaus und wurde vom Schnee reflektiert. Alles war in Kälte und Eis erstarrt, doch schneite es nicht mehr, sodass die Skispur, die Berglund zwischen den Tannen und Fichten hinterlassen hatte, deutlich auszumachen war.

»Er fährt wieder talabwärts«, sagte Elias, der sich an ihr festhielt. Valeria hatte darauf bestanden, das Schneemobil selbst zu fahren.

Die Spur führte in die Wälder und wieder hinaus, an meterhohen Schneewehen vorbei, an Baumgerippen, die schwarz und uralt im silbernen Mondlicht aus dem Schnee hervorragten, immer weiter hinab, während der Fahrtwind sie begleitete, ihnen Schnee und Eissplitter entgegenschleuderte.

»Er will nicht zurück nach Eigerstal«, rief sie über das Dröhnen des Motors, das Kettengeräusch und den Wind hinweg, »er umgeht den Ort … aber ich denke, ich weiß, wohin er will.«

Du kennst den Ort, diese Straße, die ihr beide gerade überquert habt.

Valeria ließ das Schneemobil langsamer laufen, richtete den Blick auf Berglunds Spur, die sich am Rand des Lichtscheins verlor. Dann blickte sie auf.

Es war, wie sie schon vermutet hatte. Sie spürte, wie sich etwas tief in ihrem Inneren zusammenzog, als sie sah, was Berglunds Ziel war.

Das Bergwerk lag in etwa zweihundert Meter Entfernung vor ihnen. Alt und gewaltig ragte das Felsmassiv dahinter in den Himmel, davor die rostigen Baracken, die Bohrmaschinen, die man herausgeschafft hatte, die nun unter freiem Himmel verrosteten, und der Eingang des Minentunnels selbst, der wie ein aufgerissener Mund im Berg klaffte.

»Er geht zurück in die Tiefe«, sagte Valeria und stellte den Motor des Schneemobils ab. Und so war es: Die Spur führte zur Mine, und als der Scheinwerfer des Schneemobils erlosch, war es einzig das Mondlicht, das auf der Schneedecke reflektiert wurde und ihnen etwas Licht spendete.

Elias reichte ihr die Schrotflinte. »Ist nicht besonders schwer zu erraten, was er vorhat.«

Valeria begann, den Skispuren durch den Schnee zu folgen. Ihre Schuhe brachen durch die Schneedecke, sanken tief ein. »Er will es zu Ende bringen. Will jede verbliebene Spur vernichten, die beweisen könnte, was sie damals getan haben.«

Der verrostete Zaun schwankte im Wind, als Valeria und Elias das Gelände betraten. Auf einem Warnschild stand *Betreten untersagt*, doch hatte jemand – vermutlich Jugendliche aus dem Ort – mit giftgrüner Farbe einen grinsenden Smiley darübergesprüht. Aus der Ferne wehte das Geräusch des Helikopters heran, wurde jedoch schnell leiser, als sich die Maschine in die andere Richtung entfernte. Viele der Fenster der umliegenden Baracken waren mit Holzbrettern vernagelt, Müll lag auf dem Boden, daneben Plastiksäcke, in die man weiß Gott was hineingestopft hatte, Grafitti überzogen die Wände.

Elias deutete auf den Boden. Zwei Ski lagen dort, eilig abgeschnallt. Dahinter führten Spuren zum Mineneingang, zu den Schienen, die in den Berg führten. »Vielleicht ist er da lang, vielleicht versucht er auch, uns zu verarschen. Wir werden es erst rausfinden, wenn wir ihm folgen.«

»Du wirst dich zurückhalten. Nur das tun, was ich dir sage. Haben wir uns verstanden?«

Elias nickte. »Du hast die Schrotflinte. Natürlich gehst du voran.«

Das tat sie, stapfte durch den Schnee auf den Tunnel zu, wo die Dunkelheit lauerte. Die Waffe war schwer und seltsam kalt in ihrer Hand, so kalt wie der Schnee, der jeden Laut erstickte.

Und dann erreichten sie den Mineneingang, die schwarze lichtlose Öffnung, die selbst das Mondlicht verschluckte.

56

Irgendwo im Inneren tropfte Wasser. Valeria warf einen Blick über die Schulter zu Elias, während sie in die Dunkelheit traten. Er spürte es ebenfalls: das Gefühl, von etwas Gewaltigem verschluckt zu werden, etwas gegenüberzustehen, das sich längst ihrer Kontrolle entwunden hatte.

Es kann sein, dass der Teufel diesen Ort im Auge behält. Dass er nur darauf wartet, dass jemand zurückkehrt, gingen ihr die Worte des alten Obdachlosen durch den Kopf. Und ja, er hatte recht. Woher er auch immer davon wusste – was die drei getan hatten, war nichts anderes, als sich dem Bösen zu verschreiben … Sie hatten gemordet, um ihr Geheimnis zu schützen, und schreckten nicht davor zurück, es erneut zu tun … Doch nun war nur noch einer von ihnen übrig.

Valeria machte die Handytaschenlampe an. Der Lichtstrahl entlockte der Dunkelheit schroffen Fels, der an vielen Stellen von dichten Flechten und Moosschichten überwuchert war. Spinnweben hingen in den finstersten Winkeln, und die Schienen, die sich auf dem Boden wie zwei dicke Schlangen voran in die Tiefe wanden, waren verrostet – schon lange Zeit wurde nichts mehr aus den Eingeweiden des Bergs ans Tageslicht befördert.

»Wie finden wir ihn?« Elias' Stimme klang weit entfernt, doch als sie die Taschenlampe in seine Richtung richtete, stand er nur ein paar Meter hinter ihr und betrachtete ein dickes schwarzes Kabel, das auf dem Tunnelboden entlangführte.

Die Akustik hier unten ist trügerisch, dachte sie. Das gilt auch für unsere Schritte, die uns an Berglund verraten können. »Ich denke, es ist ziemlich einfach«, erwiderte Valeria laut. »Wir müssen nur den Giftmüll finden, den sie hier unten versteckt haben, dann finden wir auch ihn.«

Ein paar Hundert Meter weiter mündete der Gang in eine große Halle, aus der weitere Tunnel in die verschiedenen Stollen abzweigten. Wasser floss über die Wände, es tropfte und gurgelte aus den Tiefen des Berges, und Valeria konnte sich des klaustrophobischen Gefühls der Enge nicht erwehren. Was, ging ihr durch den Kopf, wenn all die Wassermassen des schmelzenden Schnees durch diese Gänge eindringen, uns einschließen und wir ertrinken würden?

Einen grausamen flüchtigen Moment lang stellte sie sich vor, wie das eisige Wasser über ihrem Kopf zusammenschlug, sie gurgelnd die Hände nach Hilfe ausstreckte und ihre klammen Finger nur über den nackten schroffen Felsen schrammten, während die Dunkelheit immer weiter auf sie zukroch und sie schließlich für immer umfing. Dann verdrängte sie jenes Schauerbild, so schwer es ihr auch fiel. *Du musst dich auf den Moment konzentrieren.*

»Sieh mal.« Elias richtete den Lichtkegel seiner Handytaschenlampe auf eine rostige Metallkiste, die nah bei einem der abzweigenden Tunneleingänge stand. Der Deckel lag daneben, ein eindeutiges Warnsymbol war auf dem stabilen Metall aufgedruckt. »Er war ganz sicher hier«, flüsterte er. Valeria trat neben ihn. In der Kiste lagen zwei Stangen Sprengstoff, wie man sie vor Jahren hier für Sprengarbeiten tief in den Stollen verwendet hatte.

»Ich würde wetten, dass diese Kiste bis vor Kurzem noch voller Dynamit war«, sagte sie leise. »Und wenn Berglund das jetzt hat, wenn die drei das hierhergeschafft haben, dann haben sie auch alles andere vorbereitet. Dann wollen sie alle Beweise nun für immer vernichten. Aber das werden wir nicht zulassen.«

»Natürlich nicht«, erwiderte Elias.

»Wir müssen ihn stoppen, bevor er die Explosion auslösen kann. Das kann weiß Gott was hervorrufen – und ich spreche nicht nur von einstürzenden Stollen. Denk an all die Schneemassen, die über unseren Köpfen auf den Berghängen liegen. Eine Explosion könnte Lawinenabgänge auslösen, die halb Eigerstal unter sich begraben würden.«

»Val!«, schrie Elias im selben Moment, »Vorsicht!«

Sie wirbelte herum, als zwei Kugeln dicht neben ihrem Kopf vorbeipfiffen, Funken sprühend von den Felswänden des Stollens abprallten, während Querschläger in alle Richtungen wie zornige Insekten flogen.

Valeria reagierte geistesgegenwärtig, packte Elias und zerrte ihn in einen der Tunnel. Wieder schlug eine Kugel ein, riss Gesteinssplitter aus der Stollenwand, die sich wie scharfkantige Nägel in den Boden bohrten.

Sie sprang über das Transportgleis, erwartete jede Sekunde, dass ein heftiger Schlag ihren Rücken traf, eine Kugel in ihren Körper einschlug.

Da war ein Querstollen, eine Felswand, die den Stollen dicht vor ihnen blockierte, Val und Elias wandten sich nach rechts und rannten weiter. Dicke Holzbalken sicherten diesen Stollen nach oben gegen das Einstürzen, eine weitere Kugel schlug ein und ließ das Holz in alle Richtungen splittern. Irgendwo rumorte es im Gestein – aber vielleicht, das hoffte sie, war das auch nur eine Einbildung in ihrem aufgeregten Verstand.

»Eine Karte«, keuchte Elias, »würde jetzt helfen …«

»Lauf weiter!« Sie stürmten um eine Ecke und fanden sich in einem schmaleren Stollen wieder, durch den sie nur noch leicht geduckt laufen konnten. Die Schüsse waren vorübergehend verstummt, doch als Valeria einen eiligen Blick zurückwarf, sah sie das hin und her huschende Licht einer Taschenlampe, ein Verfolger, der ihnen auf den Fersen war. Seine Schritte waren laut, Echos hallten aus allen Richtungen – die Akustik half nicht wirklich, um seine Position zu bestimmen, ganz im Gegenteil: Wie Valeria schon bemerkt hatte, wirkte die Geräuschkulisse in den engen Stollen und Hallen äußerst verwirrend.

Eine steinerne Treppe lag vor ihnen, führte mit großen, in den Fels gehauenen Stufen steil hinab. Valeria und Elias stiegen nach unten, sie hörte, wie das Geräusch des Wassers, ein unablässiges Rauschen und Tropfen, immer stärker wurde. Ein kalter Schauer huschte über ihren Nacken und Rücken, sie musste sich zwingen, tief Luft zu holen und durchzuatmen, um die Angst, die über sie hereinbrechen wollte, im Zaum zu halten und zurückzudrängen.

Sie blickte auf die Schrotflinte in ihren Händen.

Wie kannst du ihn überrumpeln? Du hast eine Waffe, also lass nicht zu, dass er dich jagt!

»Ihr könnt nicht raus!«, ertönte nun Berglund hinter ihnen, als hätte er auf seltsame Weise ihre Gedanken gelesen. »Wenn ihr da lang lauft, geht es direkt in eine schöne Sackgasse!«

So ein Unsinn, dachte Valeria. *Er kann sich nicht wirklich so gut in diesem verwirrenden Labyrinth aus Abzweigungen, Querstollen und Tunnelgängen auskennen …* Doch ein nagender, unangenehmer Zweifel blieb: Was, wenn er es doch tat?

Sie schwenkte den Lauf der Schrotflinte hierhin und dorthin, ließ den Lichtkegel über die feuchten Stollenwände wandern, wo Wasser in dünnen Rinnsalen über den schwarzen Fels sickerte und die dunkelgrünen und gelben Flechten tränkte, die die Wände wie ein dichter Teppich überzogen.

Hier wird es sein Ende finden. Was vor einundzwanzig Jahren begonnen hat – noch heute wird es enden.

Mit diesem Gedanken im Kopf schritt sie an Elias' Seite weiter voran in die Tiefe und die Dunkelheit.

57

»Da drüben!« Elias ging einige Schritte in die Finsternis, wo ein paar rostige Fässer und Holzkisten standen, und als er zurückkehrte, trug er zwei Stirnlampen in seinen Händen. Valeria zog sich eine über den Kopf, sie funktionierte, als sie sie einschaltete.

Henretti, Berglund und Räthi waren in letzter Zeit hier unten gewesen, daran hatte sie keinen Zweifel mehr.

»Gut«, sagte sie und steckte ihr Handy weg. »Das sollte es etwas leichter machen.« Valeria justierte die Stirnlampe, sodass der Lichtkegel den vorausliegenden Weg gut ausleuchtete.

Wieder ein Schuss. Die Kugel schlug dicht neben ihrem Kopf in den Fels. Valeria erwiderte das Feuer, die Schrotflinte knallte ohrenbetäubend laut in dem engen Stollen. Das Mündungsfeuer war hell wie ein Blitz.

Dann drang aus der Dunkelheit ein Lachen. »Das war nichts«, sagte Berglund heiser, doch war der überhebliche Unterton verschwunden. »So werdet ihr mich niemals finden.«

»Da rüber«, zischte Elias leise und deutete auf einen abzweigenden Stollen. Erneut führten in den Fels gehauene Stufen tiefer nach unten, nun wurde es wärmer und das Geräusch des tropfenden Wassers immer lauter. Valeria rutschte aus, stürzte, als ihr Schuh auf dem rutschigen Fels den Halt verlor, rappelte sich jedoch schnell wieder auf. Ihr ganzer Körper schmerzte, wie sie sich nun bewusst wurde – ihr war klar, dass sie am Rand ihrer Kräfte angekommen war.

Der Lichtschein der Stirnlampen reicht kaum weiter als fünf Meter, und der Stollen, in dem sie sich nun befanden, verschwand in beiden Richtungen in der Dunkelheit. Valeria entschied sich dafür, den Weg zu ihrer Linken zu nehmen.

Ihre Schritte hallten, rings um sie herum breitete sich das Echo aus, und dahinter, irgendwo in scheinbarer Ferne und dennoch viel zu nah, erklangen die Schritte ihres Verfolgers.

Berglund hatte keineswegs aufgegeben. Er schien fest davon überzeugt, dass er seinen Plan in die Tat umsetzen konnte – und Valeria wusste, dass nur noch sie und Elias ihm im Weg standen. *Wenn er uns ausgeschaltet hat, kann er den Giftmüll und all die Beweise hier unten für immer beseitigen.*

Du musst dir etwas einfallen lassen – und zwar schnell.

»Licht aus«, zischte sie Elias zu, langte nach ihrer Stirnlampe und schaltete sie ab. Elias tat es ihr gleich. In der Dunkelheit packte sie seinen Arm und bedeutete ihm, stehen zu bleiben.

Das Licht der Taschenlampe ihres Verfolgers bohrte sich in die Dunkelheit hinter ihnen; leuchtete hierhin und dorthin, während er eilig vorwärtsging. Valeria wartete, lauschte seinen Schritten, richtete die Schrotflinte in seine Richtung. Sie konnte Elias hören, das Knirschen des Felses ringsum, ihr war, als würde das ganze Felsmassiv, das sie umgab, in der Dunkelheit leise atmen. Dann verschwand das Licht von Berglunds Taschenlampe. Schlagartig war alles in Dunkelheit gehüllt. Wo war er? Die Schritte wurden leiser, entfernten sich, als hätte

Berglund beschlossen, die Verfolgung abzubrechen. Oder spielte die verflucht seltsame Akustik hier unten ihr bloß einen Streich?

Wamm!

In der Dunkelheit war sie gegen einen mitten im Stollen in die Höhe ragenden Stützpfeiler geprallt. Der Schmerz durchfuhr ihren Kopf. Valeria fluchte, sie spürte, wie ihr etwas Warmes über die Stirn, die Wangen floss ... Blut.

Tief im Gestein rumpelte es.

»Alles gut?«

»Ja. Sei leise.«

Vorsichtig bewegten sich Elias und Valeria den Tunnel hinab, gingen den Weg zurück, den sie gekommen waren, und bogen in einen anderen Tunnelgang ein. Im Dunkeln schlichen sie weiter, doch Valeria wagte es nicht, die Stirnlampe einzuschalten. Vorsichtig ertastete sie den Weg mit den Händen, blinzelte, wischte sich über die Augen – das Blut tropfte aus der Wunde auf ihrer Stirn. Nach einer Weile erblickte sie hinter sich einen Lichtschein und sah, dass auch Berglund umgekehrt war und zurückkam. Jetzt ging sie schneller, zog sich die Stirnlampe vom Kopf, hielt sie tief nach unten gerichtet und schaltete das Licht nur eine Sekunde lang an, um nach vorn schauen und sich so schneller bewegen zu können.

Wieder fielen drei Schüsse, doch schlugen die Kugeln ein ganzes Stück von ihnen entfernt in den nackten Stein. Dann hörte sie Berglund loslaufen, er leuchtete umher und tauchte Valeria und Elias schlagartig in Licht. Berglund schoss noch einmal, doch die Kugel, die er im Laufen abgefeuert hatte, traf weit daneben. Valeria ergriff die Gelegenheit, nahm die Schrotflinte hoch und erwiderte das Feuer nach hinten.

Beinahe hätte sie ihn nicht gesehen – den senkrechten

Schacht, der sich unmittelbar vor ihr auftat. Sie bremste, rutschte aus und ruderte mit den Armen in der Luft. Mit einem Bein geriet sie über die Kante, und dann war es geschehen – die Schrotflinte fiel aus ihrer Hand und hinab, immer weiter hinab in den tiefen Schacht, wo sie hier und da von den Wänden abprallte.

»So eine verdammte …«

Elias packte sie und zerrte sie zurück. Er schaltete seine Stirnlampe an und deutete auf einen schmalen eisernen Steg, der den Schacht überwand.

»Wir müssen da rüber.«

»Das ist Wahnsinn.« Dennoch setzte Valeria den Fuß auf das Metall. Es knirschte unter ihren Schritten, war feucht und rutschig, und der Abgrund unter ihr schien bodenlos.

Einmal verlor sie fast das Gleichgewicht, ruderte mit den Armen durch die Luft – dann fing sie sich wieder und erreichte die andere Seite.

Jetzt war Elias an der Reihe. Unter seinem Gewicht knirschte und knarrte der Metallsteg bedenklich laut, die Bolzen, die das Metall zu beiden Seiten im Felsen verankert hielten, knackten. Elias geriet ins Taumeln, doch Valeria sprang vor und packte ihn am Arm, ehe er stürzen konnte.

»Vorsichtig«, flüsterte sie. »Langsam. Nur noch ein paar Schritte.«

Und dann erreichte auch Elias den sicheren Boden auf der anderen Seite, Valeria hörte, wie er angespannt aufatmete.

Weiter folgten sie dem Tunnel, weiter voran in die Dunkelheit, und aktivierten die Stirnlampen nur für wenige Augenblicke.

Valeria streckte die Hand aus und stoppte Elias, als sie den Luftzug von unten spürte. Ein weiterer Schacht tat sich vor ihnen auf. Dieses Mal gab es keinen Steg, der den Abgrund überquerte. Nur eine Eisenleiter – von dicken braunen Rostschichten überzogen – ging steil in die Finsternis hinab.

Es gab nur den einen Weg.

58

Du verfluchte Idiotin, schalt sie sich. *Wieso hast du da hinten die Schrotflinte verloren?* Valeria blickte den Tunnel zurück; es konnte nur Sekunden dauern, bis Berglund wieder auf sie feuern würde.

»Wir müssen runter«, flüsterte sie Elias zu. Er nickte knapp.

Valeria packte die Leiter und schwang sich herum, ihr Fuß fand eine Sprosse, dann noch eine und eine weitere. Das alte Metall knarrte und wackelte unter ihrem Gewicht. Von unten wehte ein schaler Hauch noch wärmerer Luft herauf – es war, als kochten dort unten irgendwelche Trolle eine stinkende Brühe. Doch jetzt gab es kein Zurück mehr: So schnell sie konnte stieg Valeria hinab, während die gesamte Leiter zitterte und schwankte. Elias folgte ihr dichtauf. Sie hörte ein lautes platzendes Geräusch, dann ein zweites: Die Schrauben, die die Leiter im Felsgestein befestigten, lösten sich, und die Leiter klappte nach unten weg. Sie klammerte sich daran fest, wappnete sich gegen den fürchterlichen, tödlichen Sturz – doch mit einem metallischen Kreischen kam die Leiter jäh und unsicher zum Stehen.

Von oben drang ein Lichtschein zu ihr herunter, zusammen mit dem Funkeln einer Waffe. Mit ihren Handschuhen packte Valeria die Ränder der Leiter, und nachdem sie die Füße von den Sprossen genommen und gegen die Seiten der Leiter gedrückt hatte, rutschte sie herunter – schneller, schneller, dabei platzte der Rost reihenweise ab, bis sie unten hart aufprallte. Ein heftiger Schmerz durchfuhr ihren Knöchel. Sie sah, wie Elias es ihr nachtat und sich gerade noch wegrollen konnte, als die Schüsse ertönten und Löcher in den Gesteinsboden stanzten, wo er gerade noch gewesen war.

Valeria packte Elias' Hand, die er ihr entgegenstreckte, und sprang auf die Beine. Für einen Moment blickte sie zum Schacht zurück und fragte sich, ob Berglund den Mut aufbringen würde, hinter ihnen her die Leiter hinabzusteigen. Die Leiter wackelte, doch er war nicht zu sehen.

»Weiter«, zischte sie. Mit dem verletzten Knöchel, der brannte, als hätte ihr jemand einen glühenden Schürhaken unter die Haut geschoben, schleppte sie sich an Elias' Seite tiefer in die Stollen. Hier und da bogen sie ab, und mit jedem Meter, den Valeria und Elias zurücklegten, wurde ihr klar, dass sie sich immer weiter in den Tiefen der Mine verirrten, sich immer weiter hinein in den Berg bewegten, der sie wie ein Labyrinth in seinem Inneren gefangen nahm.

Da waren auch andere Geräusche, Schritte und Schnaufen in der Dunkelheit hinter ihnen, doch ob sie von Berglund oder von etwas anderem stammten, das sie in den Eingeweiden des Bergs verfolgte, vermochte sie nicht zu sagen.

Dann wurden die Stirnlampen allmählich schwächer, begannen zu flackern, als wäre die Macht des Bergs zu stark für sie.

Kalte Luft strömte heran, Valeria entdeckte einen gezackten Spalt im dunkelgrauen Fels über ihrem Kopf. War das der Himmel, den sie dort oben ausmachen konnte, oder spielte ihr Verstand, der sich nach klarer Luft und endloser Weite sehnte, ihr nur einen Streich? Sie wusste es nicht. Das Blut tropfte aus ihrer Stirnwunde weiter in ihr Gesicht, ihr Kopf dröhnte, und ihr Knöchel schmerzte. Elias packte ihren Arm und deutete voraus, der schwache Lichtkegel seiner Stirnlampe fiel auf ein Holzkreuz, das mit ein paar rostigen Schrauben an der Felswand befestigt war.

»Was ist das?«, fragte er. »Haben die … haben die jemanden hier unten einfach begraben? Ihn zurückgelassen?«

Valeria antwortete nicht. Sie starrte den Stollen hinab, wo im Lichtschein der Stirnlampe Ratten über den harten Felsboden flohen. Die winzigen Füße trappelten rasend schnell, die langen dünnen Schwänze verschwanden in der Dunkelheit, Valeria hörte das irre Quietschen der Tiere, als sie in Panik davonrannten.

Sie wischte sich das Blut von den Wangen, es fühlte sich kochend heiß an. Zugleich bemerkte sie, dass ihre Beine zitterten, dass ihre Kraft sie allmählich verließ. Sie waren nun gewiss eine Stunde oder länger in den Tiefen dieses Berges, und Berglund lauerte noch immer dort irgendwo in der Dunkelheit, folgte ihnen, wartete auf seine Gelegenheit wie eine Raubspinne, die ihre Beute jagte.

Humpelnd ging sie an Elias' Seite weiter, tiefer in den Stollen hinein. Da standen Güterloren, die im Dunkel vor sich hin rosteten, Metallstränge und Schwellen, aus denen die Schienen konstruiert wurden und die nun achtlos beiseitegeschoben und für immer vergessen worden waren.

Und dann sahen sie die Leiche. Vertrocknet und braun wie eine Mumie lag sie in einem schmalen Seitenstollen, der nach nur dreißig Metern vor nacktem Fels endete. Valeria warf Elias einen Blick zu, sah die Panik in seinen Augen. Der Tote hatte noch immer getrocknetes Fleisch auf den Knochen, verrottete Kleidung, alte Stiefel und Haare. Sein Kopf war nach hinten gekippt, der Kiefer stand weit offen, als würde er schreien, und entblößte den mumifizierten Mund voll schwarzer Zähne. Als die Lichtkegel ihrer beiden Stirnlampen über den verwesenden Körper hinwegstrichen, bewegten sich die Schatten auf der schroffen Felswand, und für einen Moment sah es aus, als wollte der Tote sich erheben, aufstehen und sich bewegen. Als wollte er die verrotteten Hände, die sich zu Klauen geformt hatten, die Nägel gelb und lang, weil sie im Tod noch weitergewachsen waren, nach ihnen ausstrecken.

»Das ist er«, flüsterte er kaum hörbar. Alle Farbe war nun aus seinem Gesicht gewichen. »Das ist der Auslöser für alles, was Berglund und die anderen getan haben. Das muss er sein. Alvaro Costa, der Bergmann, der die drei beobachtet hat, wie sie hier unten die Giftmüllreste eingelagert und entsorgt haben. Sie haben ihn bemerkt und zum Schweigen gebracht … und danach haben sie ihn einfach hier unten liegen lassen. Für immer.«

59

Elias atmete schwer und hielt sich die Seite. Valeria versuchte, das stechende Gefühl, das sich von ihrem Knöchel ausbreitete, zu verdrängen, versuchte, ihre pochende Stirn zu ignorieren. »Wir müssen Nora finden. Bevor hier alles einstürzt. Und wenn wir dabei auf den Giftmüll stoßen«, sagte sie, »kriegen wir auch dafür handfeste Beweise.«

»Dann müssen wir vor allem weiter.«

»Tut mir leid, dass ich nicht besser auf die Schrotflinte aufgepasst habe«, flüsterte Valeria. »Jetzt stehen wir ihm hier unten gegenüber, vollkommen unbewaffnet und …«

Elias winkte ab. Auf sein Gesicht war ein harter, stählerner Ausdruck getreten, der fokussiert war und keinen Widerspruch duldete. »Lass gut sein. Das ist unbedeutend gegenüber meinen Fehlern.«

Sie gingen die Sackgasse zurück und wandten sich nach rechts, folgten dem Hauptstollen.

»Was meinst du damit?«

Er warf ihr einen Blick von der Seite zu. Sie keuchte, als ein neuer, weitaus heftigerer Schmerz ihren Knöchel durchfuhr – es fühlte sich an, als bohrten sich glühende Glasscherben von unten durch ihre Fußsohle. »Ich hätte es dir von Anfang an sagen müssen«, sagte Elias mit matter Stimme. Nun konnte auch er seine Erschöpfung nicht länger leugnen. »Dich von vornherein einweihen. Dann hätten wir all das anders angehen können.«

»Das hättest du wohl.« Valeria berührte ihre Stirnlampe und schaltete sie ein, ein paar Sekunden bloß. Der Stollen führte sie nach einigen Metern in eine größere Kammer, in der mächtige hölzerne Stützbalken hinauf unter die Decke reichten. Der Lichtkegel fiel auf gelb gestrichenes, rostiges Metall – an der Nordseite war ein klappriger Aufzug installiert, der auf eine höher gelegene Ebene des Flözes führte.

Sie wollte die Stirnlampe wieder abschalten, doch Elias schüttelte den Kopf. »Leuchte da rüber, Val«, sagte er heiser. »Meine eigene Lampe wird immer schwächer. Hat fast keinen Saft mehr.«

In der Ferne konnte Valeria andere Stollen ausmachen, die von der Kammer abzweigten. Das Geräusch des Wassers war noch stärker, viel stärker als zuvor, ein beständiges Brodeln und Rauschen aus der Tiefe.

»Wir müssen nah an einem unterirdischen Wasserlauf sein«, flüsterte Elias. »Der Schnee schmilzt, und das Schmelzwasser strömt durch die Verwerfungen und Risse im Gestein. Es gibt ganze Kammern, in denen es sich ansammeln kann, ganze Zisternen.«

»Wir müssen wieder höher hinauf.« Valeria deutete auf den Aufzug, das gelbe rostige Metall der Streben, die dicken Kettenstränge, die die Aufzugskabine nach oben befördern würden. »Vielleicht damit.«

»Woher willst du wissen, dass die Giftmüllreste in dieser Richtung liegen?«

»Das weiß ich nicht. Aber dieses Geräusch …«, sie drehte sich im Kreis und versuchte, den Ursprung des Wasserrauschens genauer auszumachen, »… gefällt mir überhaupt nicht.«

»Nein«, entgegnete Elias sofort. »Mir auch nicht.«

»Berglund weiß hiervon. Wahrscheinlich hat er uns an diesen Ort vor sich hergetrieben … wahrscheinlich will er, dass wir genau hier sind.«

»Wieso?« Elias starrte zur Decke hinauf, wo dicke Schichten Moos auf dem feuchten Gestein wuchsen.

»Weil es eine Falle ist. Er verfolgt uns nicht mehr, begreifst du das nicht? Er ist woanders, weil … weil er sicherstellen will, dass wir nicht mehr entkommen können.« Sie starrte den Aufzug an, dann rannte sie hinüber. Dort gab es ein altes, halb verrostetes Bedienpanel, auf dem eine kleine Diode rot leuchtete. Valeria drückte einen der Knöpfe, die mit einem Pfeil, der aufwärtszeigte, markiert waren – doch natürlich tat sich nichts.

»Hast du wirklich gedacht, es wäre so leicht?« Die dröhnende Stimme drang aus einem alten Lautsprecher, der an einer der vier Metallstreben befestigt war, die dem Aufzug als Führungsschiene dienten.

Valeria und Elias zuckten zusammen.

Es war Berglund. »Ja, ich kann euch sehen. Es gibt eine alte Überwachungseinrichtung hier oben … und eine Kamera, die den Aufzug im Auge behält. Ravelli … hast du wirklich gedacht, ihr könntet mich in dieser Anlage stellen? Mich? Ich kenne diese Tiefen wie meine Westentasche, beinah so gut wie Räthi selbst.«

»Du verfluchter Dreckskerl. Du hast uns in die Falle geführt. Das war keine improvisierte Flucht, sondern vorbereitet«, rief Valeria.

»Ja, und ihr seid genau da, wo ich euch haben wollte.«

»Damit kommst du nicht durch«, erwiderte Valeria. »Alle wissen Bescheid, was ihr getan habt.«

»Und doch wird niemand einen Beweis finden können … nicht, wenn die Mine überflutet wird. Es wird einfach hinweggespült … und du weißt, dass es nicht sein muss. Du hättest die Dinge einfach ruhen lassen können. Du, Mattei, und du ganz genauso, Ravelli.«

»Ihr habt Nora!«, fauchte Elias in Richtung des Lautsprechers. »Wie in aller Welt soll ich die Dinge da ruhen lassen?«

»Ja, natürlich haben wir sie. Weil es der einzige Weg war, um dich davon abzuhalten, alles ins Chaos zu stürzen. Nein, du hättest dich lange vorher aus alldem heraushalten können, Mattei. Niemand hat dich gezwungen, deine Nase in die alten Akten zu stecken. Du hättest den Tod deiner Frau akzeptieren können … Die Toten sind tot, sie bleiben tot, und niemand und nichts kann etwas daran ändern, nicht einmal deine Rache.«

Valeria drückte ein zweites Mal auf den Knopf auf dem Bedienpanel, doch rührte sich die Aufzugskabine nicht einen Zentimeter.

»Wo habt ihr den Müll versteckt?«, rief sie in Richtung der Kamera.

»Oh, er ist hier unten, Ravelli. Das ist alles, was du wissen musst. Und jetzt …«, er zögerte, »… jetzt müsst ihr mich entschuldigen. Es wird ziemlich bald ungemütlich hier unten. Sehr, sehr nass.«

»Berglund!«

Doch Berglund antwortete nicht mehr, aus dem Lautsprecher drang nur noch statisches Knistern.

Valeria fuhr zu Elias herum. »Wie kriegen wir dieses Ding zum Laufen?« Er zuckte mit den Schultern. Valeria fluchte. »Siehst du dieses Kabel da oben? Das von der Überwachungskamera nach oben läuft? Wenn wir ihm folgen, dann stoßen wir auch auf den Ort, von dem er uns beobachtet hat. Aber um dort hinaufzukommen, müssen wir diesen verfluchten Aufzug …«

Im selben Augenblick erschütterte ein gewaltiger Schlag das Felsmassiv ringsherum – die Erde bebte so stark, dass es Valeria den Boden unter den Füßen wegzog. Sie fing sich mit den Händen ab, rappelte sich wieder auf. Steinbrocken und Staub rieselten von der Decke, das Gestein rumorte, knackte und knirschte mit einer beängstigenden Lebendigkeit.

»Wir müssen hier raus«, schrie sie. Panik griff nach ihrem Verstand, wie die scharfen Klauen einer Bestie, die sie packen und lähmen wollte, doch wusste sie, dass sie es nicht zulassen durfte, ganz besonders nicht jetzt.

Wieder bebte der Erdboden, brach auf, Risse zogen sich durch den grauen Fels, wölbten sich wie die Kruste eines ausbrechenden Vulkans.

»Er hat es getan«, rief Elias. »Er muss diese Sprengladungen gezündet haben!«

Nun lösten sich größere Gesteinsbrocken aus der gewölbten Felsdecke über ihnen und schlugen mit ohrenbetäubendem Krachen auf den Boden. Valeria sprang zur Seite, um einem besonders großen Brocken auszuweichen.

Sie wirbelte zu dem Stollendurchgang herum, durch den Elias und sie hereingekommen waren, als ein riesiger Stein von der Decke herabstürzte und den Durchgang blockierte. Ein Großteil der Felsdecke über ihnen zeigte Verwerfungen, Risse, die stetig wuchsen. Es würde nicht mehr lange dauern, bis sie beide verschüttet waren.

»Raus!«, brüllte sie über den ohrenbetäubenden Lärm hinweg, »sofort!« Valeria versuchte, auf dem Felsen, der den Durchgang blockierte, Halt zu finden, irgendwie hinüberzuklettern. Sie setzte den Fuß auf, verlagerte ihr Gewicht. Der Schmerz, der durch den verletzten Knöchel zuckte, war grausam, und ihre Hände fanden keinen Halt. Sie taumelte zurück.

Dann kam das Wasser. Durch einen breiten Riss auf der Ostseite der Höhle strömte ein mächtiger Wasserstrahl, dann ein zweiter. Bald wurde der Boden mit eisigem Waser geflutet, das weiter und weiter stieg.

Elias deutete auf die alte rostige Aufzugskabine.

»Geh da rein«, rief er über das Knirschen und Knacken des Steins und das Brodeln des Wassers hinweg. Dann packte er den Handgriff der großen eisernen Kurbel, die neben dem Bedienfeld des Aufzugs angebracht war. Mehrere große Zahnräder übersetzten die Kraft über eine Kette hinauf auf das Antriebsrad, das die Aufzugskabine nach oben befördern konnte.

Valeria begriff, was er plante.

»Oh nein«, sagte sie, »das tust du ganz sicher nicht!«

»Ich muss«, erwiderte er. In Elias' Augen trat ein harter, unnachgiebiger Glanz. »Wenn es auch nur eine winzige Chance gibt, wiedergutzumachen, was ich getan habe … dann ist es die hier. Ich *muss.*«

Valeria spürte, wie das eisige Wasser ihr nun bis an die Knie schwappte. Noch immer stürzten Gesteinsbrocken in die eisige braune Brühe, noch immer öffneten sich neue Risse, durch die immer schneller Eiswasser hereinströmte.

Wenn Elias die Kurbel betätigte und sie nach oben brachte, aus der Gefahr, dann würde er zurückbleiben.

Er würde an diesem Ort sterben, ertrinken, für immer eingeschlossen mitten im Berg.

Man würde vielleicht nicht einmal seine Leiche finden.

Valeria warf ihm einen letzten Blick zu; er nickte. Dann trat sie in die Kabine. Das rostige Metall des Aufzugs knarrte.

Elias packte die Kurbel. Zunächst rührte sich nichts, sosehr er auch daran zerrte. Sie hörte ihn fluchen, ihn schreien – dann, mit einem Ruck, löste sich der jahrzehntealte Rost. Der Aufzug setzte sich in Bewegung. Valeria blickte hinab, auf das stetig ansteigende Wasser, das Elias, der mit zitternden Armen immer weiterkurbelte, nun bis an die Hüfte reichte.

Einmal sah er zu ihr hinauf, und ihre Blicke fanden einander. Da war kein Bedauern in seinen Augen, keine Angst. Nur Erlösung.

Die Aufzugskabine erreichte die obere Ebene, und Valeria sprang auf den schmalen Metallsteg, der quer durch die Höhle führte und an der Nordseite in einem Tunnel verschwand. *Du brauchst irgendwas Langes, das Elias packen kann, mit dem du ihn nach oben ziehen kannst!*

Der Metallsteg schwankte unter ihren Schritten, als sie auf die Tunnelöffnung zurannte. Sie drehte sich um und blickte zurück. Elias stand nun bis zur Brust im Wasser und ruderte mit den Armen.

»Halt durch«, rief sie. »Ich bin gleich zurück!«

Elias schrie etwas, doch konnte sie seine Worte über dem Brausen und Rauschen des Wassers nicht verstehen. Sie rannte in den Tunnel hinein, griff nach der Stirnlampe und schaltete sie ein, doch war das Licht nur noch schwach, gelb und trüb. Die Batterien würden nicht mehr lang durchhalten.

Finde was, um Elias zu retten.

Finde Berglund. Rette Nora. Elias hatte seine Chance.

Diese Gedanken kämpften gegeneinander an, während sie den Stollen hinabrannte, das Kabel, das sich an der Wand entlangzog, immer im Blick. Da war nichts, mit dem sie Elias hätte erreichen können, nichts, an dem er sich hätte festklammern können.

Das Geräusch des brausenden Wassers, das aus den Rissen im Gestein hervorbrach, begleitete sie noch immer – und Valeria ahnte, dass es sie auch noch viele Jahre länger verfolgen würde, sollte sie diese Nacht in dieser Mine überleben.

Das Kabel verschwand in der Dunkelheit, sie folgte ihm, bis sie schließlich vor einem einfachen Verschlag aus Wellblechwänden stand, neben dem ein Generator brummte. Im Inneren, sie warf nur einen flüchtigen Blick hinein, flimmerte ein alter Bildschirm, auf dem sie Elias erkennen konnte, der im Wasser trieb und versuchte, seinen Kopf über der eiskalten Oberfläche zu halten, während er hektisch mit den Armen ruderte.

Der Anblick versetzte ihr einen Stich ins Herz.

Er hat getötet. Und er wollte es so. Er opfert sich, damit du entkommen konntest – und Berglund aufhalten kannst.

Valeria traf ihre Entscheidung. Sie wandte sich ab und blickte nicht zurück.

Und dann bemerkte sie es: Im Licht ihrer Stirnlampe schimmerte Blut auf dem Felsboden.

Berglund war angeschossen.

Jetzt würde sie *ihn* verfolgen.

60

Berglunds Schritte hallten über den Fels, und Valeria hörte ihn lange, bevor sie ihn sah. Er schlich durch den Stollen zu ihrer Linken, das Blut seiner Verletzung schimmerte verräterisch im Licht seiner Stirnlampe.

Dieser Mistkerl ist überzeugt, dass er uns beseitigt hat. Dann steht ihm wohl gleich eine Überraschung bevor.

Valeria näherte sich ihm, hielt inne, wann immer er anhielt, um an einer Abzweigung den richtigen Weg zu wählen, duckte sich hinter Säulen und Stollenwände. Einmal drehte sich Berglund um, doch entdeckte er sie nicht, denn Valeria kniete sich rechtzeitig hinter einen massiven Felsvorsprung. Ihr Herz hämmerte. Wenn Berglund jetzt entkam, gab es für Nora keine Hoffnung mehr.

Irgendwo aus der Tiefe der Mine drang ein Laut, einem Schrei gar nicht unähnlich. Ein eiskalter Schauer kroch über ihre Haut. Vielleicht war das Elias' Stimme gewesen, vielleicht auch nur eine Einbildung.

Berglund verharrte, hielt den Kopf schräg gelegt und lauschte. Dann stürmte er los, als hätte ihn etwas aufs Neue mit Energie versorgt.

Sie erreichten eine breite, in den Fels gehauene Treppe, die steil nach unten führte.

Berglund stieg hinab, und Valeria folgte ihm.

Wasser floss über die Wände, schimmerte im Licht von Berglunds Stirnlampe wie flüssiges Silber. Sie wusste nicht, ob er mit dieser Sprengung tief im Berg den Giftmüll nun für immer verschüttet hatte oder ob er noch mehr tun musste … das blieb offen.

Also musste sie ihm weiter folgen. Vielleicht würde er sie, jetzt, da er dachte, sie wäre tot, direkt zu dem Versteck führen, zu jenem Ort, der all das Unheil vor einundzwanzig Jahren erst ausgelöst hatte.

Einmal hielt er inne, und Valeria erkannte, als er den Lichtkegel seiner Stirnlampe nach unten auf den Boden richtete, was er entdeckt hatte: einen langen Lauf, einen hölzernen Schaft – es war die Schrotflinte, die sie verloren hatte. Berglund packte die Waffe und spähte den Schacht hinauf, durch den sie herabgefallen war, dann schüttelte er den Kopf und setzte seinen Weg fort. Die Flinte nahm er mit.

Die Treppenstufen führten bald in einen niedrigen Stollen, durch den sie ihm nur halb geduckt folgen konnte, während Berglunds Stirnlampe ihr vorauseilte wie ein übergroßer Glühkäfer und in Valerias Gedanken nur eine Sache umherspukte: Wie in aller Welt sollte sie Berglund unbewaffnet aufhalten?

Der Untergrund veränderte sich nur wenige Meter später. Valeria musste auf Zehenspitzen schleichen, um auf dem mit großen Metallplatten stabilisierten Boden kein Geräusch zu verursachen. Der Weg führte immer tiefer hinab, bis sie Berglund durch eine in den Fels eingelassene Tür folgte, die mit einem großen Drehrad versehen war. Stahlbolzen konnten sie im Metallrahmen fixieren, doch nun stand sie offen, und Valeria beobachtete Berglund, wie er in der höhlenartigen Kammer dahinter über eine Rampe in eine kesselförmige Vertiefung hinabstieg …

Und dort standen die Fässer.

Auf jedem von ihnen war ein Warnsymbol aufgedruckt, und aus manchen sickerte Flüssigkeit, die sich mit dem Wasser, das kniehoch auf dem Boden der Vertiefung der Kammer stand, vermischt hatte.

Valerias Blick schweifte weiter durch die Höhle – sie sah die Sprengladungen im Lichtschein von Berglunds Stirnlampe, sah die Sprengschnüre, die die einzelnen Ladungen verbanden. Und dahinter, halb im Schatten verborgen, entdeckte sie eine schmale gefesselte zitternde Gestalt: Nora. Der Anblick ließ fast ihr Herz stehen bleiben.

Aber zitterte das Mädchen wirklich vor Kälte? Oder bewegte es sich schon längst nicht mehr? Valeria konnte es aus der Entfernung nicht sagen.

Das war es also. Das war Berglunds Endspiel. Er wollte Hunderte von Tonnen an Trümmern auf die Giftmüllfässer niederfallen lassen, sie begraben und jede Spur vernichten – und Nora zugleich für immer verschwinden lassen.

Ein mattes Schimmern fiel Valeria ins Auge.

Die Schrotflinte! Berglund hatte sie nah bei der Rampe achtlos liegen lassen. Sie duckte sich, schlich näher. Unten hantierte Berglund mit einer Sprengladung.

Die letzten paar Meter legte sie auf allen vieren zurück. Die kurze Distanz fühlte sich unendlich lang an, und ihr war es, als würden Stunden verstreichen, doch dann – endlich – schlossen sich ihre Hände um den hölzernen Schaft des Gewehrs. Als sie wieder hinab zu Berglund blickte, war er verschwunden.

Ein eisiges Gefühl kroch ihren Rücken hinab. *Verflucht, wo ist er? Du brauchst mehr Licht!* Valeria richtete sich auf, langte nach ihrer Stirnlampe und aktivierte sie.

»Guten Abend, Ravelli.« Berglund stand dicht bei Nora und hatte eine Pistole auf ihre Stirn gerichtet.

»Schluss damit, Knut.« Der dunkle Stahl der Schrotflinte in ihrer Hand reflektierte das Licht ihrer beider Taschenlampen. Sie bemerkte, wie sein Gesicht sich zu einer finsteren Maske verhärtete. »Lass es sein. Es ist genug. Nimm deine Hände hoch, aber ganz, ganz langsam. Lass Nora in Ruhe!«

Berglund starrte sie an, als müsste er überlegen, ob er es noch einmal versuchen sollte: ein weiterer Fluchtversuch, irgendeine andere Ausrede.

»Weißt du«, begann er mit rauer Stimme, »was geschieht, wenn du hier unten mit Schrot feuerst und etwas danebengeht? Wenn du das Mädchen triffst?«

»Das wird nicht passieren«, erwiderte Valeria kalt. »Ich verfehle mein Ziel nicht.«

»Wo ist Mattei?«

Sie schwieg.

»Oh, also ist er schon ...« Berglund verstummte und schüttelte den Kopf. »So viel Tod. So viel unnützes Leid.«

»Ein weiteres Opfer auf deiner Rechnung.« Valeria bemerkte, wie ihre Hand am Abzug zitterte. »Komm rauf! Sofort! Oder du wirst diese Mine nicht mehr lebendig verlassen.«

Berglund zog eine Augenbraue hoch. »Wer sagt dir, dass ich das nicht will? Du kannst mich nicht töten. Die Kugel in meiner Pistole hier, das ist meine Versicherung, Ravelli. Du siehst, du hast *nichts* gegen mich in der Hand.«

»Eine Schrotflinte«, erwiderte Valeria. »Die genügt.«

»Also würdest du es tun? Es riskieren?«

»Ich würde dir ein Angebot machen. Kann sie gehen?«

Berglund spähte flüchtig zu Nora hinab. »Gerade noch.«

»Dann lös ihre Fesseln. Bring Nora zu mir, und ich werde *dich* gehen lassen. Natürlich – ich könnte dich hier und jetzt festnehmen, aber dann würdest du doch nur versuchen, im Tausch gegen dein Wissen zu verhandeln. Also verhandeln wir gleich jetzt.« Valeria umfasste das Gewehr fester. Sie roch den Gestank von giftigen Chemikalien, der in die Luft aufstieg. *Jede Minute, die du hier unten verbringst, raubt dir Lebenszeit.*

»Das genügt mir nicht. Du musst mir versprechen, dass du nicht gegen mich aussagen wirst. Dass du nichts weiter unternehmen wirst.«

Das hättest du gerne.

Valeria nickte. »Bring mir Nora!«

Berglund zögerte einen Moment lang. »Wie du willst.«

Die Waffe in seiner Hand noch immer auf Noras Stirn gerichtet, begann er, ihre Fesseln zu lösen. Das Gestein ringsum knackte in der Dunkelheit, als würde der Berg selbst atmen. »Du kannst die Sprengung nicht verhindern – der Zünder ist scharf. Wenn du Nora retten willst, müsst ihr hier rechtzeitig raus.«

Valeria tastete in ihrer Tasche nach ihrem Smartphone, während Berglund abgelenkt war. Kein Empfang, das war in dieser Tiefe unter all den Gesteinsmassen zu erwarten gewesen – schnell schaltete sie die Aufnahmefunktion ein, sodass alles Gesprochene aufgezeichnet wurde. »Sag mir eins: Wer von euch hat die Patronen in meiner Pistole ausgetauscht? Wem von euch stand ich dort im Sägewerk gegenüber?«

»Ich war in der Pension. Du hast geschlafen. Räthi hat dir etwas in den Kaffee getan, als du ein paar Stunden zuvor bei ihm im Sägewerk warst. Du hast nichts mitbekommen, als ich bei dir war. Räthi hatte aber bemerkt, dass du die Spuren des

Geländewagens, mit dem Henretti Nora transportiert hat, auf dem Gelände gesehen hast, und wusste, dass du zurückkommen würdest.« Berglund sah aus, als amüsierte er sich über all das, was er und die beiden anderen getan hatten. »Der maskierte Typ im Sägewerk selbst, dem du nachts begegnet bist … das war Räthi. Er mochte es, die Leute zu ängstigen. Das ist ihm auch schon mit Xaver Baumann gut gelungen.« Berglund hatte Nora endlich von ihren Fesseln befreit. Das Mädchen zitterte und konnte sich kaum auf den Beinen halten, als er sie in Valerias Richtung führte, sich an ihr vorbeidrängte, sie brutal am Arm in Richtung des Stollens zerrte, bis er halb in der Dunkelheit verschwunden war. Der Pistolenlauf zeigte dabei die ganze Zeit auf Noras Hinterkopf. Das Mädchen schwankte und war blass wie eine Puppe in der Kälte. »Jetzt lass mich gehen«, hallte Berglunds Stimme herüber.

»Lauf, Knut. Lauf, solange du es noch kannst.«

Er tauchte in der Dunkelheit des Stollens unter, und Valeria rannte zu Nora hinüber, hielt sie fest, ehe das Mädchen umgekippt und auf den kalten Stein gefallen wäre. Dann half sie ihr, sich zu setzen. »Ich bin gleich wieder bei dir.« Nora nahm keine Notiz von ihr, sie starrte nur apathisch ins Leere.

Valeria stürmte die Rampe hinab. Das Zündgerät saß auf einem großen rostigen Metallbehälter, blinkte grün und war mit unzähligen Kabeln verdrahtet, die zu den einzelnen Sprengladungen führten, die sich überall in der Höhle befanden. Natürlich – Berglund konnte die Ladungen nicht aus der Ferne zünden, da kein Funksignal die meterdicke Gesteinsschicht durchdringen konnte. Also musste er es automatisieren.

Valeria starrte auf den Countdown, die unerbittlichen Zahlen, die sich unaufhaltsam der Null näherten. Berglund konnte die Mine verlassen, noch ehe das Gerät den Zündfunken an die Sprengladungen leitete und sie zündeten …

Valerias Hände zitterten, als sie die Schrotflinte beiseitelegte.

Lauf und bring Nora hier raus. Aber du weißt nicht, ob du es mit ihr, so schwach wie sie ist, rechtzeitig nach draußen schaffst. Oder bleib hier und verhindere, dass diese Sprengung noch viel mehr verseucht.

Das Gerät, das den Zündfunken erzeugen sollte, war nicht besonders kompliziert aufgebaut. *Du kennst andere wie dieses, hast häufig genug mit Typen zu tun gehabt, die dachten, sie könnten auf ihrer Flucht keine Beweise hinterlassen, indem sie einfach alles niederbrannten.* Valeria tastete an der Seite des Metallkastens entlang, bis sie eine kleine Erhebung unter ihren Fingern spürte.

Der Abschaltknopf.

Natürlich besaßen diese Geräte einen Knopf, mit dem man die zeitprogrammierte Sprengung unterbrechen konnte, alles andere war nur eine Erfindung von Hollywood, alles andere wäre viel zu riskant und gefährlich.

Und vielleicht wusste Berglund, dass sie es wusste. Vielleicht hatte er etwas im Inneren des Geräts neu verdrahtet … und vielleicht löste sie damit, sobald sie den Schalter umlegte, erst recht den Zündfunken aus.

Das kann man nie wissen.

Der Schalter war kalt unter ihren Fingern. Kalt wie der Fels, wie der Tod.

Valeria holte tief Luft. Sie blickte zu Nora hinüber.

Verzeih mir.

Dann drückte sie ihn.

61

Und sie war zurück.

Valeria war wieder vierzehn Jahre alt – und nun erinnerte sie sich.

Sie sah, wie Berglund mit einer Spritze auf sie zukam. Sie spürte den Stich der Injektion in ihrer Armbeuge … Und das Letzte, was sie sah, waren die verängstigten, weit aufgerissenen Augen von Sophie und Stephanie.

»Es gibt nichts, worüber du dir Sorgen machen musst. Du weißt es nicht«, flüsterte Berglund. »Du hast es nicht erfahren. Du darfst … leben. Aber denk immer daran, wenn du kannst: Wir werden dich im Auge behalten. Solltest du dich erinnern, sollte dieses Zeug nicht wirken … dann wird mit dir das Gleiche geschehen wie mit deinen Freundinnen hier.«

Dann wurde ihr schwarz vor Augen, und als sie wieder aufwachte, fand sie sich mitten im Wald wieder.

Die Kälte griff nach ihr. Im Unterholz knisterte und knackte es in den Ästen und Zweigen. Dann hörte sie es: das laute Stampfen, mit dem ihr Verfolger durch den Wald stürmte, sie zwischen den hoch aufragenden Tannen hindurch verfolgte.

»Du bist nicht real«, schrie sie. »Du bist nicht hier, ihr habt mich doch gehen lassen! Also was wollt ihr noch von mir?«

Sie rannte, rannte um ihr Leben, während das Eis, die hart gefrorene Erde, so scharfkantig wie eine Klinge, ihre nackten

Füße aufriss. Sie rannte, bis sie die ersten Lichter von Eigerstal sah.

Da waren Leute, die sich um sie sammelten, als sie weinend über die Kopfsteinpflasterstraßen lief, Gesichter, die für sie alle gleich aussahen.

Ein Gesicht schob sich zwischen die anderen. Es war ein Mann, aber niemand, den sie erwartet hatte, niemand, den sie jetzt sehen wollte. Es war nicht ihr Vater, nicht ihr Bruder …

»Wo kommst du her, kleine Valeria?«, fragte der Bürgermeister sie mit einem besorgten Lächeln. Knut Berglund blickte auf sie herab – und Valeria starrte zu ihm hinauf. »Was ist mit dir in den letzten Stunden geschehen?«

Valeria öffnete den Mund, um ihm zu antworten – dann begriff sie jedoch, sie erinnerte sich nicht. Da war nur dichter Nebel, der die letzten Stunden, ja den letzten Tag verhüllte.

»Ich weiß es nicht mehr«, flüsterte sie. »Es tut mir leid.«

Berglunds Lächeln wurde breiter, doch erreichte es seine Augen nicht. »Das macht nichts, kleine Valeria. Das ist nicht schlimm. Überhaupt nicht schlimm.«

»Was …«, krächzte sie und spürte, wie sie mit jeder Sekunde schwächer wurde, als die Dunkelheit der Erschöpfung von allen Seiten näher drängte und sie in ihre Umarmung nehmen wollte. »Was passiert jetzt mit mir?«

»Nichts, Valeria.« Berglund richtete sich auf. »Ruft einen Arzt«, rief er den Umstehenden mit seiner lauten autoritären Stimme zu. »Sie muss versorgt werden, damit sie schnell wieder gesunden kann. Leben … « Diese Worte hörte Valeria nur noch durch einen Schleier, während sie vor Erschöpfung einschlief. »… Leben ist kostbar.«

Valeria keuchte.

Für einen Moment war sie wieder vierzehn, und sie hatte sich erinnert – Berglund hatte sie geprüft. Über ihr Leben entschieden.

Aber du bist nicht vierzehn. Du bist hier, in der Mine, und du kannst all das aufhalten.

Nora retten.

Der Schalter an der Seite des Zündgerätes lag unter ihren Fingern. *Du hast ihn gedrückt. Und … es ist nichts geschehen. Bei Gott, es ist nichts geschehen, du lebst …*

Sie blinzelte: Nein, ganz richtig war das nicht. Etwas hatte sich verändert: Die Leuchte war von Grün auf Rot umgesprungen – und der Countdown stand bei weniger als einer Minute, die Zahlen verharrten, liefen nicht weiter.

Valeria rannte die Rampe hinauf, ließ die Fässer hinter sich. Berglunds Blutspur war auf dem Boden auszumachen, sie schimmerte im Licht ihrer Stirnlampe. Valeria nahm Nora am Arm und half ihr wieder auf die Beine. Das Mädchen starrte sie an, doch schienen ihre Augen sie nicht wirklich zu fixieren. Valeria schlüpfte aus ihrem Mantel und hängte ihn der zitternden Nora über. »Wir gehen jetzt«, sagte sie zu ihr. »Komm schon!«

Das Mädchen folgte ihr, und in der Stille des Bergwerks waren ihre beiden Atemgeräusche das einzige Zeichen von Leben. Sie konnte die Kälte in Noras Körper durch den Mantel spüren, ihr heftiges Frösteln. »Nur noch ein bisschen«, sagte sie zu ihr, als Nora die Kraft verließ. Die Spur endete vor einer eisernen Tür, die nur angelehnt war. Valeria stemmte sich mit der Schulter dagegen und stieß sie auf.

Die Kälte des Winters schlug ihr entgegen wie ein unsichtbarer Angreifer. Noch immer war es Nacht – und wieder schneite es.

»Hause«, sagte Nora leise.

»Ja, meine Süße. Wir gehen nach Hause. Du bist in Sicherheit.«

Langsam begann Valeria, den Berghang nach unten zu steigen, sie stützte Nora und sorgte dafür, dass das Mädchen, so geschwächt, wie es war, nicht stürzte.

Von weiter unten drangen die Geräusche von den lauten Motoren weiterer Schneemobile heran – und der Klang von Helikopterrotoren. Ein heller Lichtkegel strich über die Tannen und schroffen Felsen hinweg, fand und blendete sie. Der Hubschrauber senkte sich herab, verharrte in der Luft und jagte Windböe um Windböe zu ihr.

Valeria bedeckte die Augen mit der Hand. Dann schwenkte der grelle Lichtkegel des Suchscheinwerfers weiter und tauchte zwei andere Gestalten in gleißendes Licht, die etwa fünfzig Meter tiefer am Berghang standen.

Sie erkannte beide augenblicklich – wenngleich sie ihren Augen kaum trauen wollte.

Es war vorbei.

62

Etwa zehn Minuten zuvor und zweihundert Meter entfernt, am unteren östlichen Hang des Bergs, öffnete sich eine andere Metalltür am Ausgang eines Bergwerksstollens. Berglund taumelte daraus hervor, hielt sich die blutende Seite und hustete. In der Spucke, die in hohem Bogen in den tiefen Schnee flog, schimmerte ebenfalls Blut. Er verharrte, holte tief Luft, während seine Brust sich hob und senkte, so außer Atem war er. Schließlich ließ sich Berglund in den Schnee sinken, schloss die Augen und spuckte abermals Blut, das matt im Licht seiner Stirnlampe schimmerte.

Er wusste, er musste weiter. Fliehen. Dieses Tal verlassen. Die Berge hinter sich lassen und niemals zurückblicken.

Es war der einzige Weg.

Einmal blickte er sich nach der Tür des Bergwerkstollens um und überlegte, ob er auf Ravelli warten sollte. Wenn sie herauskam, würde er sie überfallen können …

Aber es war wohl ohnehin nicht sehr wahrscheinlich, dass sie es rechtzeitig herausschaffte.

Sie würde Mattei suchen, ihn retten wollen … und wenn ihr das gelang, dann wäre er schon längst auf und davon.

Berglund packte die Pistole, ließ das Magazin herausgleiten und zählte die verbliebenen Kugeln.

Eine einzige war ihm geblieben.

Eine einzige, die du dir auch gut selbst gleich in den Kopf jagen könntest. Dein Leben endet hier. Alles, was dir bleibt, ist, das Heil in der Flucht zu suchen. Dich irgendwo zu verstecken, ein neues Leben beginnen … vielleicht irgendwo in Südamerika, wovon du schon so lange träumst.

Langsam atmete er aus, rappelte sich auf und kam wieder auf die Beine. Noch einmal blickte er sich zu dem dunklen Stolleneingang um, der wie ein offener Mund im Berg klaffte. Ein Schaudern überkam ihn. Die Explosion, mittlerweile hätte sie schon längst stattfinden müssen … Etwas war schiefgegangen. Kein Zweifel, Ravelli hatte ihm abermals dazwischengepfuscht.

Berglund wandte sich um.

Plötzlich traf ihn ein Schlag von hinten, ein heftiger Hieb auf seinen Rücken, der ihn wieder nach vorn in den Schnee schleuderte und ihm alle Luft aus der Lunge trieb.

»Was zur Hölle …?« Er packte die Pistole, versuchte aufzustehen, doch zur gleichen Zeit spürte er etwas Kaltes und Hartes, das gegen seine Schläfe drückte. Die Mündung einer fremden Waffe.

»Wenn du auch nur einmal mit der Wimper zuckst, Arschloch, mach ich aus deinem Hirn einen Haufen Blut.« Eine Frauenstimme – voller Autorität und Ernst. Eine Hand ergriff Berglunds Pistole am Schaft. »Loslassen.«

Er ließ los, und sie schleuderte das Teil in den tiefen Schnee.

»Deine anderen Waffen – wirf sie weg. Sofort!«

Er zögerte. Er hatte noch eine Handfeuerwaffe und ein Messer dabei, und wenn er sie zwang, ihn zu durchsuchen, könnte sich eine Gelegenheit ergeben …

Der Schlag gegen seine Schläfe war derart kräftig, dass ihm kurzzeitig schwarz vor Augen wurde. Einen Moment lag er betäubt im Schnee und fragte sich, warum zum Teufel er hier lag und wer diese Frau war, die dort über ihm stand. Dann kehrte er langsam in die Realität zurück, während sie sich über ihn beugte, ihn unsanft durchsuchte, das Messer und die Pistole sicherstellte und beide ebenfalls weit weg in den Schnee warf.

»Wer … zum Teufel sind Sie?«, fragte er.

Die Antwort erfolgte durch einen weiteren Schlag ins Gesicht mit dem Griff ihrer Waffe, sodass die Innenseiten seiner Lippen rissen und bluteten und ihm für einen Moment schwarz vor Augen wurde.

»Mein Name«, sagte sie knapp, »ist Chloe Muston. Wir sind uns schon mal begegnet, erinnerst du dich? Ich hab dich gesucht. Du wolltest fliehen, nicht wahr? Daraus wird nichts. Du hast verloren – dieses Mal für immer.«

63

Valeria stapfte durch den Schnee auf Chloe zu, die Berglund mit einer Pistole in Schach hielt. Die ältere Polizistin atmete schwer, ihr Arm steckte in einem dicken Druckverband, und ihr Gesicht hatte alle Farbe verloren – dennoch stand sie aufrecht und wirkte vollkommen entschlossen.

»Da mache ich ganz zufällig einen Nachtspaziergang, und wer läuft mir da vor die Füße?« Chloes Stimme klang erschöpft, doch zeigte sie ein zynisches Lächeln. »Du hast Nora gefunden. Gott sei Dank.«

Berglund murmelte etwas Unverständliches. Die Worte gingen im Schnee unter, in den er seinen Kopf hatte sinken lassen, doch klangen sie für Valeria ganz eindeutig nach einer Reihe der allerbösartigsten Schimpfwörter.

»Wie in aller Welt bist du …?« Valeria spürte, wie ihre Hände zitterten. Sie konnte noch immer nicht verkraften, nicht begreifen, was in den vergangenen Stunden geschehen war. Elias, der im eisigen Wasser trieb … Elias, der unterging … für immer in den Tiefen der Mine eingeschlossen war.

»Nachdem mich die Sanitäter notdürftig zusammengeflickt haben«, sagte Chloe, »konnte ich Birkner und die Kollegen überzeugen, dass wir Elias und dir folgen müssen … und dann haben wir versucht, alle Minenausgänge im Auge zu behalten.« Sie blickte den Berg hinauf, dann zu Valeria und Nora. »Ravelli, wo ist Mattei?«

Nun hob auch Berglund den Kopf, starrte sie an. Das Mondlicht spiegelte sich in seinen Augen.

»Er kommt nicht«, erwiderte sie. »Elias ist tot. Ertrunken, während er mein Leben gerettet hat.«

Chloe senkte den Blick. »Das ist bedauerlich.«

»Es ist mehr als das. Und Berglund hier ist für seinen Tod verantwortlich.« Valeria blickte zum Berg zurück, der in Eis und Schnee gehüllt hinter ihnen in den Nachthimmel aufragte. Für einen Moment war es ihr, als würde sich die Tür zum Stollen abermals öffnen und ein Mann heraustreten ... jemand, der wie Elias oder Alvaro Costa aussah – beide Opfer von Berglund, Räthi und Henretti.

Aber niemand kam, und die Tür blieb verschlossen, und Valeria konnte den Gedanken, der ihr in diesem Moment durch den Kopf geisterte, klar fassen: dass sich diese Tür dort oben *nie* mehr öffnen würde, niemals mehr.

Das Geräusch der Motoren von Schneemobilen überlagerte das Dröhnen der Helikopterrotoren, während die Lichtkegel der Scheinwerfer den Berg heraufwanderten. Das waren Birkners Leute.

Valeria blickte auf Berglund hinab. »Du hörst, da kommt unsere Verstärkung. Du kommst von hier oben nicht mehr weg, es gibt für dich nur noch einen Weg ... ins Gefängnis. Vielleicht kann dich irgendein findiger Anwalt raushauen, vielleicht kommst du mit einigen Jahren Haft davon, aber was du niemals mehr loswirst, das ist das, was du all diesen Menschen hier oben angetan hast. Du hast getötet, Familien zerrissen, die Natur vergiftet. Deine Frau krank gemacht, deinen eigenen Sohn Mathias belogen, der dich immer für ein Vorbild hielt, Erik Henretti angestiftet, der Freundin seines Sohnes Grausames anzutun. Und eines Tages wirst du begreifen, Knut: Du hast dich wirklich mit ihm eingelassen. Mit dem Leibhaftigen.«

Berglund sah zu ihr auf, spuckte Blut in den Schnee und leckte sich über die Lippen. »Du hast es verhindert, nicht wahr? Die Explosion … hast sie gestoppt. Toll. Toll für dich.«

Valeria nickte. Da war keine Genugtuung in ihr, nur noch Kälte und Erschöpfung und das Bild des Eiswassers, das über Elias' Kopf zusammenschlug, vor ihrem geistigen Auge, wo es sich wieder und wieder abspielte wie ein Film, der kein Ende nehmen wollte.

»Weißt du was? So, wie du vor mir stehst, so selbstgerecht, so überheblich … ich weiß, du bist kein bisschen besser als ich. Oder als Henretti oder Räthi. Und eines Tages … eines Tages wird deine Welt genauso brennen. Ich wette, keiner der alten Römer hat damals gedacht, dass ihr gewaltiges Reich fallen würde. Und was unterscheidet *uns* heute von ihnen? Richtig, nichts, nur etwas Zeit. Aber wenn die Zeit da ist … dann werden sie Leute wie mich aus den Gefängnissen holen … und wir werden frei sein.« Er schloss die Augen. Danach sagte Berglund nichts mehr, selbst als man ihn in die Pistenraupe lud, mit hinter dem Rücken gefesselten Händen, und ins Tal hinabtransportierte.

Chloe schüttelte den Kopf. »Ich begreife es nicht. All das … diese Geheimnisse, diese Wut, diese Grausamkeit …«

»Oh, ich denke, sie waren alle auf ihre Weise grausam«, entgegnete Valeria. »Berglund … Er kam auf die Idee, all das Xaver anzuhängen und es so dämonisch zu inszenieren … und na ja, wir haben ihn gerade gehört. Er ist verrückt. Räthi hat mit mir gespielt wie eine Katze mit einer Maus, und Henretti … er hat geschwiegen, all die Jahre.«

»Bis Elias anfing, Fragen zu stellen.« Chloe sah traurig zum Berg hinauf, dann wandte sie sich um und betrachtete Eigerstal, das in Dunkelheit gehüllt unter ihnen lag. »So viel Leid. Ich will nicht sagen, die vier haben es verdient, aber … verdammt, sie *haben* es verdient.«

»Und am Ende gab es nicht einen Gewinner. Nicht Elias, nicht Berglund, Räthi oder Henretti. Und ganz sicher nicht die Menschen hier oben.«

Valeria hörte das leise Seufzen von Nora, die schwankend zu ihnen trat. Man hatte ihr eine Rettungsdecke umgelegt und sie bereits notdürftig untersucht. Das Mädchen blinzelte, hob die Hand vor die Augen. »W-was … was ist los?« Ihre Stimme war schwach und brüchig, als hätte sie kaum mehr Kraft, laut zu sprechen. Valeria spürte einen heftigen Stich in der Herzgegend, als sie Nora so sah.

»Du bist jetzt in Sicherheit«, erwiderte sie. »Du bist in Sicherheit, Nora, niemand kann dir etwas tun.« Valeria nahm das Mädchen in die Arme, spürte, wie der abgemagerte Körper von heftigen Schluchzern geschüttelt wurde, wie die Tränen an ihrem Hals hinabflossen, wo Nora ihren Kopf versteckte. »Es wird wieder«, flüsterte sie und wiederholte damit jene Worte, die man vor über einundzwanzig Jahren zu ihr gesagt hatte, als sie eiskalt und starr vor Panik den Wald verlassen und Eigerstal erreicht hatte.

»Berglund«, sagte Nora leise. »Er …«

»Ja. Wir haben ihn. Er kann dir nichts mehr tun.«

Doch Nora starrte sie nur an. »Ich weiß es. Ich weiß … wo ich war, bevor ich in die Mine gebracht wurde. Er darf nicht … ihr müsst …«

»Wo du warst?«

Und Nora, mit schwacher Stimme, beschrieb ihr, was sie gesehen hatte. Wo man sie gefangen gehalten hatte.

»Ich denke, ich weiß, wo das sein könnte. Wir werden uns das ansehen. Danke, Nora. Glaub mir, es wird wieder«, sagte Valeria noch einmal und sah zu, wie Birkner mit einem Schneemobil zu ihnen heraufgefahren kam.

Valeria winkte ihm. Als er abstieg, den brummenden Motor hinter sich ließ und zu ihnen herüberkam, sich den Schnee aus dem Bart wischte, stapften sie ihm entgegen. »Wir müssen los. Es gibt noch eine letzte Spur. Und Chloe und Nora hier – ich denke, sie sollten so schnell wie möglich ins Krankenhaus.«

Das Mädchen würde wieder gesund werden, das wusste Valeria. Zugleich ahnte sie, dass Nora vom heutigen Tag an für immer eine Dunkelheit tief in sich tragen würde. Solche Wunden verheilten nie ganz.

64

Es war ein unscheinbarer, windschiefer Schuppen am Rande von Eigerstal – ein alter Schafstall, der seit Jahren nicht mehr genutzt wurde. Die Eigentümerin war vor Jahren verstorben, und die Erben kümmerte es nicht, was mit dem Grundstück geschah, und ebenso wenig kümmerte es sonst jemanden, wenn der alte Bürgermeister Eigerstals hin und wieder dort zu sehen war – oder auch der Chef des Sägewerks und der alten Mine.

Valeria sprang aus Birkners Wagen, kaum dass er ihn zum Stehen gebracht hatte. Kurz blickte sie zum Himmel hinauf, während ringsherum die bewaffneten Polizisten einen Kreis um den Stall zogen. Am Horizont stieg die Sonne empor, durchdrang den nebligen Dunst der Nacht, während in der Ferne das Geräusch des Hubschraubers verklang, der Chloe und Nora ins Krankenhaus brachte.

Sie würde es schaffen, davon war Valeria überzeugt. *Wir lassen Eigerstal hinter uns, auch wenn es uns nicht gehen lassen konnte, ohne uns zuvor Wunden zuzufügen.*

Valeria näherte sich dem Schuppen mit gezückter Pistole und streckte die Hand aus. Ein massives Schloss mit einer fingerdicken Kette schimmerte in der Sonne, es hielt die Tür fest an Ort und Stelle. Es dauerte zehn Minuten, bis ein Mann von der Feuerwehr mit einem Bolzenschneider das Metall durchtrennen konnte, dann endlich stand die Tür offen.

Das Innere des Schuppens war in ein von Spinnweben behangenes staubiges Zwielicht gehüllt. Da standen ein paar rostige Schaufeln, die an den Bretterwänden lehnten, ein Drahtzaun, der zu einer Rolle gewickelt war, lag wie der Kokon einer riesigen Spinne am Boden.

Vor ihr befand sich ein zweiter Bretterverschlag, eine Wand aus dicken Bohlen, in die eine schmale Tür eingelassen war. Der Riegel war vorgeschoben, Valeria zog ihn zurück und blickte in ein dunkles enges Gefängnis, das nicht einmal drei Meter breit und lang war. Ein Bett stand da, rostiges Metall in der Dunkelheit, und eine Matratze, fleckig von Schmutz und Schimmel. Die Luft war verbraucht und feucht, roch nach Verzweiflung und Hoffnungslosigkeit.

Für einen Moment war Valeria überzeugt, dass ihr aus der Dunkelheit zwei rot glühende Augen entgegenstarren würden – rasch langte sie nach der Taschenlampe. Dies war er also, der Ort, wo man Nora gefangen gehalten hatte, ehe Berglund sie ins Bergwerk gebracht hatte.

65

Chloe öffnete ihre Augen, als hätte sie bereits geahnt, dass Valeria sie besuchen würde. Es roch antiseptisch in ihrem kleinen klinisch reinen Krankenhauszimmer, und die Geräte neben dem Bett piepten leise.

»Ravelli.« Chloes Stimme klang rau. Ihr Anblick schmerzte Valeria, ihre Wangen waren eingefallen, ihre Haut blass, als hätte sie in den vergangenen Tagen einen Großteil ihrer Kraft verloren.

»Wie geht es dir?«

»Den Umständen entsprechend«, erwiderte Chloe mit Krächzen in der Stimme. »Und Nora?«

»Sie kommt wieder auf die Beine, hoffe ich. Sie hat Luca, sie hat ihre Freunde und ihren Vater … es besteht noch Hoffnung. Auch wenn ich es nicht für dieses Dorf erwartet hätte.«

»Und die Mine? Das, was Berglund und die anderen dort unten zurückgelassen haben?«

»Es wird beseitigt. Nach und nach, aber die Aufräumarbeiten werden Monate in Anspruch nehmen. Elias' Leiche wurde noch nicht gefunden, und ich bezweifle, dass sie je wieder auftauchen wird. Aber wir haben diesen Murkner von Zarov Chemicals gefasst, der mit den dreien zusammengearbeitet hat und für den sie den Giftmüll entsorgt haben. Er ist geständig. Die Dokumente, die wir in dieser Hütte gefunden haben, wo sie Nora gefangen gehalten haben, belasten ihn. Sieht ganz so aus, als hätte sich Berglund damit eine Rückversicherung schaffen wollen, für den Fall, dass jemand der anderen ihn hintergehen will.«

Chloe nickte. Ein Schatten huschte über ihr Gesicht, ein Schleier durch ihre Augen wie Regen in ihren Pupillen. »Und du, Valeria? Was hast du jetzt vor?«

»Es gab eine Beerdigung. Ein leerer Sarg, damit die wenigen, die überhaupt noch kommen wollten, nachdem bekannt wurde, dass er Räthi ermordet hat, Abschied von Elias nehmen konnten.«

»Also ist das Dorf nicht froh, dass er diese Machenschaften aufgedeckt hat?«

»Er ist ein Mörder, Chloe. Als das wird man sich an ihn erinnern, und sonst nichts.« Valeria blickte zum Fenster hinüber, zu den schneebedeckten Bergen, deren Gipfel in einer dichten Wolkenschicht verborgen waren. »Aber ich werde es tun. Das Grab besuchen, meine ich. Weil … ich es tun muss. Das schulde ich ihm.«

»Du schuldest hier oben niemandem mehr etwas. Du hast den Giftmüll entdeckt und die Mörder deiner beiden Freundinnen enttarnt. Xaver Baumann ist nun endgültig entlastet, auch das kommt noch hinzu. Du hast mehr getan als jeder andere, und wenn Birkner meint, dass …« Der Rest ihrer Worte ging in einem heftigen Hustenanfall unter.

Valeria nickte. »Du hast recht. Wahrscheinlich sollte ich mich einfach umdrehen und gehen. Es ist vorüber, hier gibt es nichts mehr für mich.«

»Vielleicht treffen wir uns ein anderes Mal, Ravelli. Vielleicht eines Tages«, erwiderte Chloe. »Aber ich spüre, dass es für mich zu Ende geht. Nicht heute, nicht morgen, vielleicht nicht mal in den kommenden Monaten, aber meine Zeit, in der ich Verbrechern hinterherjagen konnte, geht zu Ende.«

»Kann ich irgendwas für dich tun?«

»Nein. Schon gut. Es ist okay. Wir haben es geschafft, weißt du? Wir haben es wirklich geschafft.« Sie zögerte. »Tu mir nur einen Gefallen: Geh nicht zu hart mit dir selbst ins Gericht. Was damals geschehen ist, ist vorbei. Die Zeit lässt sich nicht wiederholen. Wir müssen weitermachen – wir alle.«

Valeria trat zur Tür, spürte Chloes Blick, der auf ihr lastete. »Es … hat mich gefreut, mit dir zusammenzuarbeiten«, sagte sie. »Danke.« Chloe nickte Valeria zu, dann schloss sie die Tür hinter sich.

Die Zeit lässt sich nicht wiederholen.

Valeria stand an jenem einfachen Holzkreuz, das die Inschrift *Elias Mattei* trug.

Ein Junge, mit dem sie ihre Jugend verbracht hatte.

Ein Mann, der zum Mörder geworden war.

Sie streckte die Hand aus und berührte das raue Holz des Kreuzes, das in der schwarzen Erde steckte. »Leb wohl, alter Freund«, sagte sie leise.

Sie wandte sich ab, klappte den Kragen ihres Mantels nach oben, als über das Gelände des Eigerstaler Friedhofs ein kalter Wind blies, der das letzte gefallene Laub vor sich hertrieb.

Der alte Spruch beinhaltete also doch Wahrheit: *Wer auf Rache aus ist, der gräbt besser zwei Gräber.*

Sie fuhr mit dem Mietwagen die Serpentinenschlucht hinab, ließ das Dorf und die hoch gelegene karge Ebene hinter sich. Ihr Blick fiel aus dem Fenster auf die Wälder.

Etwas beobachtete sie. Natürlich war es nur Einbildung, das wusste sie genau – genau wie sie wusste, als die Berge hinter ihr kleiner und kleiner wurden, dass etwas in diesen Schluchten und Tälern sie begutachtete und eine Entscheidung über ihr Leben getroffen hatte; etwas wie ein monströser Schatten, wie ein Geist der Höhen und endlosen Gletscher, der sie berührt hatte, ein Schatten, der mit Klauen nach ihr gegriffen und sie doch im letzten Augenblick freigegeben hatte und vorübergezogen war.

Der ihr erlaubt hatte, ihr Leben weiterzuleben.

Ihr Smartphone gab einen leisen Ton von sich. Tanner, ihr Vorgesetzter von Einheit 11, meldete sich. Es gab einen neuen Fall für ihre Interpol-Abteilung: fünf Tote in einem Container im Hafen von Palermo, vermutlich Schmuggler – und eine tonnenschwere Kokainlieferung.

»Wir brauchen Sie zurück, Ravelli«, sagte Tanner kurz angebunden. »Die Zivilisation schläft nicht. Also kommen Sie wieder her.«

Valeria atmete erleichtert auf, während der Mietwagen auf die Autobahn rollte und sie beschleunigte.